T. R. RICHMOND

Wer war Alice?

GOLDMANN
Lesen erleben

T. R. RICHMOND

Wer war Alice?

Roman

Ins Deutsche übertragen
von Charlotte Breuer
und Norbert Möllemann

GOLDMANN

Die Originalausgabe erschien 2015 unter dem Titel
»What She Left« bei Michael Joseph, Penguin Random House UK, London.

Textnachweise:
Das Zitat »Was ist sterben?« auf S. 370 stammt aus dem Gedicht »The Sailing Ship« von Bishop Charles Henry Brent.
Das Zitat »Der Tod bedeutet nichts« auf S. 396 entstammt einer Predigt von Henry Scott Holland, Domherr der St.-Pauls-Kathedrale, mit dem Titel »König der Schrecken«.

1. Auflage

Neumarkter Str. 28, 81673 München
Umschlaggestaltung: UNO Werbeagentur, München
Umschlagmotiv: © Tomasz Jankowski / Trevillion Images
Satz: Uhl + Massopust, Aalen
Druck und Bindung: CPI books GmbH, Leck
Printed in Germany
ISBN 978-3-442-20508-0
www.goldmann-verlag.de

Für Isabel. Für alles.

Widmung in Professor J. F. H. Cookes Buch *Wer war Alice?*, erschienen im September 2013

Für Alice Salmon (7. Juli 1986 – 5. Februar 2012)
und Felicity Cooke (16. Oktober 1951–).
Ohne Erstere hätte dieses Buch keine Bedeutung,
ohne Letztere auch ich nicht.

Prolog

Artikel in der vom Arts Council herausgegebenen Zeitschrift *Das Schlüsselwort*, 2001

Was verbirgt sich hinter einem Namen? Diese Frage baten wir Teenager, für den diesjährigen New-Talent-Wettbewerb mit höchstens tausend Wörtern zu beantworten. Hier lesen Sie den preisgekrönten Beitrag der fünfzehnjährigen Alice Salmon.

Mein Name ist Alice.

Dabei könnte ich es eigentlich belassen. Ich weiß ja, was ich damit meine. Ich bin ich, Alice Salmon. In die Höhe geschossen, durchschnittliches Aussehen, große Füße, Haare, die sich schon bei der Erwähnung von Wasser kräuseln, ein bisschen ängstlich. Ich liebe Musik, bin eine echte Leseratte und gern in der freien Natur, falle aber in Ohnmacht, wenn ich eine Spinne sehe.

Die meisten nennen mich Alice, manche auch Al oder Aly oder Lissa, wobei ich Letzteres nicht ausstehen kann. Als Kind hatte ich unzählige Spitznamen wie Ali Baba oder Ice oder Ace, was mir besonders gut gefiel, vor allem wenn mein Dad mich so nannte.

Mein Onkel nennt mich Celia, das ist ein Anagramm von Alice. Aber ich verwechsle Anagramm immer mit Anachronismus. »Das bin ich«, sagt mein

Dad immer, wenn jemand das Wort Anachronismus erwähnt, obwohl »Dad« eigentlich ein Palindrom ist. Das habe ich gestern gelernt.

Es macht mir Spaß, solche Dinge zu wissen, auch wenn meine beste Freundin Megan sagt, ich rede schon wie ein Wörterbuch. Es ist nicht so, dass ich angeben will, aber es bleibt einem nichts anderes übrig, wenn man vorhat, Englisch zu studieren. Wenn meine Noten gut genug sind, würde ich gern nach Exeter oder Liverpool gehen, wenn nicht, einfach möglichst weit weg von Corby. Obwohl es wahrscheinlich an jedem Ort Leute gibt, die von *dort* wegwollen. Ehrlich gesagt kann ich es kaum erwarten, von zu Hause auszuziehen. Meine Mum steckt dauernd ihre Nase in meine Angelegenheiten. Sie bildet sich ein, sie würde das aus Fürsorglichkeit machen, aber ich finde es nicht fair, dass ich leiden muss, nur weil sie paranoid ist. Den letzten Satz habe ich geschrieben, nachdem sie das hier gelesen hat, aber sie wird ihn nie zu Gesicht bekommen, weil ich diesen Wettbewerb sowieso nicht gewinne.

Mit meinem Namen verbinde ich vielleicht die Musik, die mir gefällt (heute habe ich mir ungefähr vierhundert Mal *Dancing in the Moonlight* angehört), oder die Fernsehsendungen, die ich mir ansehe (ich bin der größte *Dawson's Creek*-Fan der Welt). Oder meine Freunde oder das, was in meinem Tagebuch steht. Vielleicht setzt sich das, wofür mein Name steht, auch aus allem zusammen, woran ich mich erinnere, was nicht viel ist, ich habe nämlich ein miserables Gedächtnis.

Vielleicht ist es meine Familie? Meine Mum und mein Dad und mein Bruder, der mich früher immer

»a lice« oder »Mice« oder »Malice« genannt hat, als wäre das der größte Witz aller Zeiten. Vielleicht sind es mal meine Kinder, obwohl ich keine will, vielen Dank auch, auf all das Sabbern, Spucken und Windelwechseln kann ich verzichten. Ich habe noch nicht mal einen Freund, das heißt, falls Mr DiCaprio das hier liest: Am Freitag hätte ich Zeit …

»Das überlegst du dir schon noch anders«, sagt meine Mum zum Thema Kinder, aber das hat sie auch gesagt, als es ums Spargelessen ging, und ich hab's mir nicht anders überlegt.

Vielleicht sind es die Sachen, die ich mir vorgenommen habe, wie zum Beispiel reisen, oder das Edelste, was ich bisher gemacht habe, was zweifellos der Tag war, an dem ich ehrenamtlich bei den Gehörlosen gearbeitet habe (seht ihr meinen Heiligenschein?), oder das Schlimmste, was ich bisher verbrochen habe (was das war, verrate ich natürlich nicht!).

Ich könnte vom besten Tag erzählen, den ich jemals erlebt habe, auch wenn das gar nicht so einfach ist. Vielleicht war es der Tag, an dem Meg und ich auf dem Konzert von Enrique Iglesias waren, oder als ich J. K. Rowling getroffen habe oder als meine Großeltern zu meinem Geburtstag ein Überraschungspicknick veranstaltet haben. Das Problem mit »jemals« ist nur, dass nur zählt, was bis jetzt passiert ist, und morgen kann ja schon was Besseres passieren. Deswegen sollte ich lieber »bisher« sagen anstatt »jemals«.

Andererseits kann man auch etwas beschreiben, indem man erklärt, was es *nicht* ist (ich hab das gerade gegoogelt, das heißt »Präteritio«), und vielleicht beinhaltet mein Name ja alles, was ich jetzt tun könnte, anstatt das hier zu schreiben, zum Beispiel meine Mathehausaufgaben machen oder mit Mr Woof Gassi gehen.

Früher habe ich mir immer gewünscht, mehr berühmte Leute hießen Alice. Also nicht *mega*berühmte Leute, denn dann wären die ja jedes Mal gemeint, wenn jemand den Namen erwähnen würde – wie bei Britney oder Cherie –, aber so halb berühmt eben. Es gibt Alice Cooper, aber der ist ein Mann, und es ist noch nicht mal sein richtiger Name. Dann wäre da noch *Alice im Wunderland*; aus der Geschichte wurden mir früher dauernd Sprüche um die Ohren gehauen, Sachen wie *Viel Glück zum Nichtgeburtstag*. Aber meine Lieblingsstelle war schon immer die, dass man sich nicht selbst erklären kann, weil man sich ja nicht wirklich selber sieht, auch wenn ich das nie verstanden habe.

Irgendwie bin ich auch das, was ich jetzt hier schreibe, was vielleicht ziemlicher Müll ist. Ich habe meine Mum gebeten, es zu lesen – wegen der Rechtschreibung –, und sie fand es toll, auch wenn sie meinte, die ersten und die letzten Zeilen würden sich anhören, als wäre ich Alkoholikerin, aber ich hab gesagt, das liegt nur daran, wie sie sie interpretiert.

Mum sagt, einige Stellen sollte ich noch mal umformulieren, aber wenn die Hälfte gelogen ist, brauche ich den Text gar nicht erst einzureichen. Allerdings habe ich auf ihren Rat hin die SMS-Texte und die Schimpfwörter gestrichen, und davon gab es jede Menge in der ersten Fassung (das ist die siebte!). Eigentlich setze ich auch zu viele Klammern und Ausrufezeichen ein, aber die lass ich drin, denn sonst wäre das schon wieder nicht ich selbst.

»Manchmal finde ich es erschreckend, wie sehr wir uns ähneln«, hat meine Mum gesagt, nachdem sie das hier gelesen hat. Da ist sie nicht die Einzige. Manchmal (auch wenn sie versucht, es zu verbergen) schleicht sie mit einer Leichenbittermiene durchs Haus, als stünde der Weltuntergang bevor. (Ja, auch das hab ich erst geschrieben, nachdem sie alles gelesen hat – von wegen Gedankenpolizei!)

Mein Dad sagt, ich bin wahrscheinlich kurz nach der Geburt auf den Kopf gefallen, weil wir fast gar nichts gemeinsam haben, außer dass wir beide auf Lachs stehen, was, wenn man bedenkt, dass Salmon »Lachs« heißt, echt witzig ist, denn damit wären wir ja sozusagen Kannibalen.

Mein Name ist Alice Salmon. Fünf von ungefähr tausend Wörtern. Ich hoffe, ich bin mehr als zweihundertmal fünf Wörter. Vielleicht noch nicht jetzt, aber hoffentlich eines Tages.

So, das war's. Ich werde jetzt aufstehen und mich fragen, wer ich bin. Das mache ich oft. Ich werde in den Spiegel schauen, werde mich beruhigen, mich erschrecken, mich mögen, mich hassen.

Mein Name ist Alice Salmon.

TEIL 1

Etwas in der Bewegung Eingefangenes

Southampton StudentNet Online Forum, 5. Februar 2012

Thema: Unfall

Weiß irgendjemand, was unten am Fluss los ist? Da ist alles voll mit Polizei und Krankenwagen.

Von: Simon A, 08:07

Stimmt. Jede Menge Polizei. Johnny R ist mit dem Ruderboot draußen, er sagt, das ganze Ufer ist abgesperrt.

Von: Ash, 08:41

Hoffe, es ist kein Unfall passiert, dieses Wehr war schon immer eine Todesfalle. Die Uni hätte die Stelle schon vor Jahren mit einem Zaun sichern müssen. Neulich ist dort ein Hund ertrunken.

Von: Clare Bear, 08:48

Todesfalle, kann sein. Aber man müsste schon auf dem Geländer rumturnen oder verdammt viel Pech haben, um da runterzufallen.

Von: Woodsy, 09:20

Scheint ein Obdachloser zu sein.

Von: Rebecca die Biologin, 09:54

Auf Twitter heißt es, es ist ein Typ, der bei einem Junggesellenabschied wegen einer Wette auf die Brücke geklettert und runtergefallen ist. Dabei ist er mit dem Kopf aufgeschlagen und war bewusstlos. Ich hab früher an der Stelle geangelt ... da ist es eiskalt im Winter. Nach ein paar Sekunden im Wasser ist man unterkühlt. Und die Strömung ist höllisch, die zieht einen sofort ins tiefe Wasser, wenn man kein sehr guter Schwimmer ist.

Von: Greame, 10:14

Das war früher *die* Selbstmörderbrücke. Kein Witz.

Von: 1992, 10:20

Ihr Leichenfledderer solltet euch zurückhalten – was glaubt ihr wohl, wie die Angehörigen sich fühlen, wenn sie diesen Scheißdreck lesen.

Von: Jacko, 10:40

Die Angehörigen werden kaum diesen Thread verfolgen, Jacko. Das machen nur Loser wie du und ich, die nichts mit ihrem Leben anzufangen wissen!

Von: Mazda Man, 10:51

Mein Bruder ist Feuerwehrmann, und der meint, es ist eine, die mal hier an der Uni studiert hat – Alice Samson.

Von: Gap Year Globetrotter, 10:58

Mit meinem Bruder zusammen hat eine Alice *Salmon* studiert. Tolles Mädchen wohl.

Von: Harriet Stevens, 11:15

Auf Facebook gibt's jede Menge Alice Salmons. Aber nur eine scheint auf der Uni gewesen zu sein. Keine neuen Einträge mehr auf ihrer Seite, seit gestern Nachmittag, als sie geschrieben hat »Kann's kaum erwarten, heute Abend ins Flames zu gehen«. Wohnte die denn noch in Southampton?

Von: KatiePerryfan, 12:01

OMG. Hab grade das mit Alice Salmon gehört. Hab sie nicht mal gekannt und bin am Boden zerstört. Sie hatte doch keine Kinder, oder? Bitte, bitte, sagt mir, dass das NICHT STIMMT!

Von: Orphan Annie, 12:49

Inzwischen wimmelt es nur so von Polizei. Wieso sind das so viele? War es kein Unfall?

Von: Simon A, 13:05

Hallo, alle. Ich hab mit ihr zusammen studiert, falls es »die« Alice Salmon ist. Sie wohnte erst in Portswood, dann, im letzten Studienjahr, in Polygon. Sie arbeitete als Journalistin in London, aber sie kam mir nie vor wie eine Medientussi.

Von: Gareth1, 13:23

Wir haben sie immer Alice the Fish genannt! Ich kann nicht glauben, dass das stimmt! Was haltet ihr von einer Gedenkseite auf Facebook?

Von: Eddie, 13:52

Können Fische nicht normalerweise schwimmen?

Von: Smithy, 13:57

F**k dich, Smithy, das ist voll daneben, du Vollpfosten!

Von: Linz, 13:58

War die nicht mit 'nem Typen von der Uni Southampton zusammen? Das war doch die mit den Sommersprossen, oder? Immer mit unterschiedlichen Mützen auf dem Kopf?

Von: Not so plain jane, 14:09

Die Universität wird in Kürze zu dem Thema eine offizielle Stellungnahme abgeben. Bis dahin wäre es unangebracht, weitere Kommentare zu posten, daher wird dieser Diskussionsstrang hiermit beendet.

Von: StudentNet Forum Administrator, 14:26

■ ■ ■

Brief von Professor Jeremy Cooke, 6. Februar 2012

Mein lieber Larry,
ich habe die Neuigkeit nebenbei erfahren. Nebenbei erfahren, kannst du dir das vorstellen? Noch dazu ausgerechnet im Aufenthaltsraum. *Nebenbei* erfährt man von einem leichten Unfall, den ein Kollege mit seinem neuen Auto hatte, oder von dem Megamarkt, den Tesco am Stadtring hochziehen will, oder von der Wahlniederlage irgendeines Parlamentsabgeordneten, aber nicht von einem Todesfall.

Es war heute Morgen, und ich hatte mich gerade in das Kreuzworträtsel der *Times* vertieft. »Vorname für einen Code, neun Buchstaben«, murmelte ich vor mich hin. »Sieben senkrecht.«

Keiner reagierte. Ich hatte drei tödlich langweilige Vorlesungen für Erstsemester vor mir. Um mich herum gingen die Gespräche weiter.

»Habt ihr schon vom Tod dieser ehemaligen Studentin gehört?«, fragte Harris plötzlich. Alle verstummten und warteten auf die Fortsetzung. Der kleine Parvenü wusste sich schon immer Gehör zu verschaffen. »Es war gestern überall im Fernsehen. Sie ist im Fluss ertrunken.«

Mir war das völlig entgangen. Aber ich kann mich auch nur selten dazu aufraffen, mir die Nachrichten anzusehen; das meiste ist oberflächlicher, sensationslüsterner Mist und nur allzu vorhersehbar. Ich hatte immer gedacht, die Evolution würde uns allmählich *zivilisierter* machen. Außerdem habe ich gestern den Garten umgegraben.

»*Points South* meint, sie wäre eine gute Schwimmerin gewesen«, bemerkte jemand.

»Ja, aber *Points South* behauptet auch, es fände keine globale Erwärmung statt«, hielt jemand anders dagegen.

Es ist doch nichts so gut geeignet, die Gespräche in einem Aufenthaltsraum zu beleben wie ein Todesfall. Ich fragte mich, ob sie wohl auch mal so reagieren würden, wenn ich das Zeitliche segnete.

»Es war die junge Salmon«, sagte eine Englischdozentin. »Ich hatte sie mal in einem Seminar.«

Mir wäre beinahe die Zeitung aus den Händen geglitten. O Gott, dachte ich, nicht Alice. Bitte, lieber Gott, lass es irgendjemanden sein, aber nicht Alice.

»Sie war ganz begeistert von Plath – wie zu erwarten«, fügte die Dozentin hinzu. »Nettes Mädchen. Sehr intelligent.«

Immer mehr Leute meldeten sich zu Wort. Ein Mann, der seinen Hund ausführte, hat sie entdeckt und zuerst gedacht, es handle sich um einen Müllsack. Eine Theorie, die sich herauskristallisierte, lautete, sie sei auf einem Junggesellinnenabschied gewesen, und einige der Damen hätten auf einem Boot herumgealbert.

»Ist hier die Rede von der Alice Salmon, die 2007 bei uns Examen gemacht hat?«, fragte ich so beiläufig wie möglich in die Runde.

»Ganz genau«, sagte Harris.

»Alice, Alice, *who the fuck is Alice?*«, rief ein Doktorand lachend. Offenbar ein Witz für Eingeweihte.

Das hat nichts mit dir zu tun, Jeremy, sagte ich mir. *Überhaupt nichts. Konzentrier dich auf das Kreuzworträtsel. Geh in den Hörsaal, und bring den schwerfälligen Horden von Erstsemestern etwas über interkulturelle Vielfalt in Familienbeziehungen bei. Geh zu deinem Termin im Krankenhaus und dann nach Hause, und koch den Barsch, den du dir besorgt hast.* Aber das Problem war, dass sich ein Bild von Alice in meinem Kopf festgesetzt hatte. Ich versuchte, sie mir so gleichmütig und entspannt vorzustellen wie Ophelia auf den Bildern von Millais, sah sie rücklings im Wasser treiben, das Kleid aufgebläht von Strudeln und Wirbeln. Nur dass der Dane nichts mit dem klaren, kühlen Fluss in John Everett Millais' Bildern gemein hat; er ist schmutzig und tückisch und voller Müll und Ratten. In der Zeit, die es mich gekostet hatte, drei Kreuzworträtselaufgaben nicht zu lösen – früher habe ich so etwas bei einer Tasse Kaffee erledigt, aber neuerdings nehmen meine Wissenslücken überhand –, war sie zu einer anderen Person geworden als die, die ich in Erinnerung hatte: Jetzt spielte sie Tennis auf Bezirksligaebene, war schrecklich aufbrausend und sprach Französisch, und zwar fließend. Nichts davon stimmte, soweit ich wusste.

»Sie war ein ziemlich heißer Feger«, sagte einer von den neuen Kollegen.

»Herrgott noch mal«, platzte ich heraus. »Ihr solltet euch mal reden hören, ihr führt euch auf wie die Aasgeier.«

»Reg dich bloß nicht auf, sonst kriegst du noch 'n Herzinfarkt, alter Junge«, erwiderte er.

Irgendeiner ließ den Spruch vom Stapel, dass einem nach dem Tod die Haare und Fingernägel noch drei Tage lang weiterwüchsen, während Telefonanrufe ganz schnell aufhörten, woraufhin das Gespräch auf andere Themen abschweifte: das Gesundheitssystem, die Leveson-Kommission, die die Abhöraktion durch die Murdoch-Verlagshäuser aufklären sollte, die letzte Tarifrunde, die Situation in Syrien. Ich musste an ihre Abschlussfeier denken. Niemand hat sich gewundert, dass ich daran teilgenommen habe, warum auch? Ich bin ein ehrbares Mitglied des Lehrkörpers und gehöre sozusagen zum Inventar. Ich war nur da, um dem Abschlussjahrgang 2007 alles Gute zu wünschen, die jungen Leute in die große, weite Welt hinaus zu entlassen. Ich stand ganz still im Hintergrund – das wäre übrigens eine passende Grabinschrift – und habe Alice gesehen, erwachsen und flügge. Sie sah großartig aus in Talar und Doktorhut. Ich hätte mich gefreut, auch ihre Mutter dort anzutreffen, aber entweder habe ich sie übersehen, oder sie ist mir aus dem Weg gegangen. Elizabeth. Die Ärmste. Wie wird sie es wohl erfahren haben? Wahrscheinlich von der Polizei; die werden hoffentlich jemanden vorbeigeschickt und es ihr nicht per Telefon mitgeteilt haben. Weiß der Himmel, wie sie das verkraftet, sie war schon immer zartbesaitet, selbst in guten Zeiten. Ich weiß noch, wie sie aussah, wenn sie weinte. Also, ich meine die Mutter, nicht Alice. Ich erinnere mich an den eigentümlichen Mechanismus ihrer Trauer: wie ihr Gesicht, ja ihr ganzer Körper eine andere Form annahm. Ich ließ die Zeitung auf den Tisch fallen. Ich war den Tränen nahe, dabei habe ich seit bestimmt fünfundzwanzig Jahren nicht mehr geweint.

»Endeavour«, rief Harris quer durch den Raum. »Vorname für einen Code. *Endeavour* – so hieß Inspektor Morse mit Vornamen.«

Er hatte recht. Er hatte tatsächlich recht, der Klugscheißer.

Es tut mir leid, dass ich mich schon wieder bei dir auskotze, Larry, aber du bist der Einzige, dem gegenüber ich ehrlich sein kann. Allein meinen Füllhalter zur Hand zu nehmen (ein handgeschriebener Brief, was sind wir doch für liebenswerte Dinosaurier) und die vertraute Anrede zu schreiben, tröstet mich. Es sind keine Formalitäten nötig, ich brauche nichts zurückzuhalten, ich kann ganz ich selbst sein. Ich bin froh, dass ich dich nicht erst darum bitten muss, mit niemandem über das hier zu sprechen, denn die Sache wird bestimmt ein Nachspiel haben.

Sie hat es nicht verdient zu sterben, Larry.

Wie immer von ganzem Herzen
dein Jeremy

▪ ▪ ▪

Alice Salmons Twitter-Biografie
8. November 2011

Ab und zu bei Twitter, oft beim Shoppen. Meinungen (hauptsächlich) meine eigenen. Mit Vorsicht zu genießen. Bei Verlust an den Absender zurückschicken. Lieblingsgetränk: ein Latte mit schön viel Schaum …

▪ ▪ ▪

Auszug aus Alice Salmons Tagebuch,
6. August 2004, Alter 18

Ich wünschte, ich hätte normale Eltern.

Mum ist heute einfach in mein Zimmer gekommen und hat sich auf mein Bett gesetzt, um mich ins Gebet zu nehmen. »Wie geht es dir?«, wollte sie wissen.

Ein Vortrag von meiner Mum war das Letzte, was ich gebrauchen konnte. Mir drehte sich alles. »Hör auf, so ein Kontrollfreak zu sein«, sagte ich.

»Ich mache mir nur Sorgen.«

Ich hab sie wirklich lieb, aber wenn sie mich so lieb hätte, wie sie behauptet, würde sie mich in Ruhe lassen. Sie kann es einfach nicht ertragen, wenn ich ein bisschen Spaß habe.

»Schlimme Dinge passieren, wenn man so betrunken ist«, sagte sie und streichelte mir die Stirn.

Typisch Mum. Sie wittert immer und überall Katastrophen. Bei ihr mag das ja vielleicht so gewesen sein, aber für mich gilt das nicht. »Wenn man nüchtern ist, passieren einem auch schlimme Dinge«, sagte ich tiefsinnig.

»Ich wünschte, du würdest ausnahmsweise mal auf mich hören, Alice!«

Das war eine Unverschämtheit, denn ich habe mein Leben lang nichts anderes gemacht, weil mir nämlich gar nichts anderes übrig blieb. »Ich will endlich ausziehen«, sagte ich. Ich zähle schon die Tage. Ende September geht's nach Southampton. Mum wollte mir das unbedingt ausreden und ließ sich endlos darüber aus, ich sollte doch lieber nach Oxford gehen. Sie meinte, es wäre vollkommen verrückt, einen Studienplatz in Oxford abzulehnen. Auch das ist typisch für sie. Immer schnell bei der Hand mit Ratschlägen, solange es keine Auswirkungen auf ihr Leben hat. Hauptsache, ich erfülle ihre Erwartungen und werde eine fleißige Studentin mit Spitzennoten, heirate einen netten Mann und bekomme 2,4 Kinder oder werde eine enthaltsame Nonne. Aber mich würden keine zehn Pferde nach Oxford kriegen. Das fehlte mir noch, dass ich mich da unter all die Lackaffen mische. Jetzt verlangt sie auch noch von mir, dass ich nächsten Freitag vor Mitternacht zu Hause bin, und gestern meinte sie aus heiterem Himmel, sie müsse sich noch überlegen, ob ich zu V. gehen darf. »Vielleicht solltest *du* dich ab und zu volllaufen lassen, dann wärst du nicht so langweilig«, sagte ich. Sie fing an, meine Klamotten aufzusammeln, gebückt wie eine alte Oma, und sie in den Wäschekorb zu stopfen. Sie war richtig mies drauf.

»Herrgott noch mal, lass die Finger von meinen Sachen! Dauernd machst du Stress!«

Dann hat sie wieder dieses Gesicht gemacht: Sie beißt sich auf die Lippe und sieht aus wie ein geplatzter Ballon nach einer Party: »Also entschuldige bitte, dass ich um das Wohlergehen meiner Tochter besorgt bin, entschuldige bitte, dass ich dich liebe!«

»So hab ich das nicht gemeint …«

»Wie *hast* du es denn gemeint?«

»Du bist einfach so scheinheilig«, sagte ich. Übrigens mein Lieblingswort im Moment. Als ich klein war, habe ich bei jedem Tagebucheintrag ein neues Wort benutzt, am liebsten ein mehrsilbiges, kultiviert (wie letzteres) klingendes, woraus ich möglichst komplizierte Sätze bildete, die jeden, der mein Geschreibsel zufällig zu lesen bekäme, schwer beeindruckt hätten – auch wenn ich natürlich niemals irgendjemanden auch nur in die Nähe meines Tagebuchs gelassen hätte. Alles alte Tagebuchzeugs ist weg – verbrannt –, und das hier, lieber Leser, ist mindestens die achtzehnte Ausgabe! Das hier sind die verborgenen Aspekte meiner Persönlichkeit, die keiner sieht. So etwas wie die Blackbox in einem Flugzeug. Ich schreibe das alles auf, weil mir hier sowieso keiner zuhört. Ich könnte genauso gut unsichtbar sein.

Mum meint, ich werde ihr furchtbar fehlen, wenn ich erst aus dem Nest geflüchtet bin, und wenn sie das sagt, komme ich mir jedes Mal vor wie ein Riesenküken, ein großes, hässliches Straußen- oder Storchenküken und nicht wie ein süßes, hübsches, und deswegen hätte ich, als sie in meinem Zimmer war, die letzten Minuten am liebsten ungeschehen gemacht. »Warum trinkst du eigentlich nie Alkohol?«, fragte ich.

»Das ist eine lange Geschichte«, sagte sie. »Lang und kompliziert.«

Aber sogar das hat mich geärgert. *Ich* bin die mit dem komplizierten Leben. Sie braucht doch bloß jeden Morgen ihren bescheuerten Job bei dieser Wohnungsbaugesellschaft anzutreten, am Revers das Schild mit der Aufschrift »Elizabeth Salmon, Hypothekenberaterin«, und Leuten, die sich keine Hypothek leisten können, Zuschüsse zu bewilligen und sie solchen, die sich eine leisten können, Zuschüsse zu verweigern. Sie redet nie über ihr Studium, es war garantiert hundertmal interessanter als in einer beschissenen Geschäftsstraße zu arbeiten. Ich musste wieder an V. denken, die vielen SMS von Meg, die Fotos von Pink und den Kings of Leon auf der Bühne zwischen all den hochgereckten Armen in der Sonne, und wurde auf einmal sauer. »Du bist ja nur neidisch«, sagte ich.

»Und worauf, wenn ich fragen darf?«

»Darauf, dass ich mein Leben genieße. Das hier ist doch der reinste Friedhof.«

Ich war fix und fertig, nachdem sie mein Zimmer verlassen hatte.

Kurz danach bin ich nach unten gegangen. Mum war gerade dabei, das Geschirr in die Spülmaschine zu räumen. Ich steckte zwei Scheiben Brot in den Toaster. »Wie fühlst du dich jetzt?«, fragte sie. »Wir könnten nachher ein bisschen spazieren gehen, wenn du Lust hast. Frische Luft tut gut.«

Ich aß meinen Toast. Er schmeckte nach nichts, aber mir wurde trotzdem schlecht davon.

»Was du eben gesagt hast, das hast du doch nicht wirklich ernst gemeint, oder?«

In dem Moment konnte ich mich gar nicht mehr erinnern, was genau ich gesagt hatte. In mir hatte dieser Motor gearbeitet, der mich Dinge sagen lässt, die ich lieber für mich behalten sollte, der mich Dinge tun lässt, die ich lieber lassen sollte, und jetzt fühlte ich mich beschissen – ich hatte einen Kater, das war scheiße, aber auch sonst fühlte ich mich richtig scheiße. Ich legte eine Hand auf den Ärmel ihres pinkfarbenen Morgenmantels, den Dad ihr mal zum Geburtstag geschenkt hat – ich hab ihm geholfen, ihn auszusuchen, okay, ich hab ihn für ihn ausgesucht – und schämte mich. Ich dachte, dass sie vielleicht einfach unglücklich war. Ich nahm sie in die Arme und weinte ein bisschen, und sie hielt mich fest.

»Ist ja gut, meine Kleine«, sagte sie und rieb mir den Rücken. »Lass alles raus. Das schadet nicht. Eltern müssen ihre Kinder erwachsen werden lassen, aber sie müssen sie auch loslassen. Eines Tages wirst du das verstehen.«

Ich verzog das Gesicht.

»Das ist die Zukunft«, sagte sie. »Bis dahin hast du noch viel vor dir. Als Erstes die Uni. Denk nur, bald werden meine beiden Kinder an der Uni sein.«

Seit Robbie in Durham ist, sehen wir ihn kaum noch. Er verbringt gerade den Sommer in Australien, der Glückspilz; er schickt mir Fotos von Stränden und Nachrichten wie »Alles prima in Corby, du Pfeife?«.

»Tut mir leid, was ich eben gesagt hab«, murmelte ich. »Ich bin manchmal so doof.«

»Du bist eben die Tochter deiner Mutter.«

Danach haben wir ein bisschen im Netz gesurft, die Webseite der National Union of Students und verschiedene andere Uniseiten gelesen, um mal zu sehen, welche Kurse ich belegen muss (die Liste wird von Tag zu Tag länger!). Es gab jede Menge Fotos von jungen Mädchen, die Hockey spielen oder zu zweit und zu dritt mit Büchern unterm Arm und Doktorhut auf dem Kopf zwischen alten Backsteingebäuden herumschlendern. Es kam mir alles so unwirklich vor. Bald werde ich ausziehen.

»Es wird alles gut, Liebes«, sagte Mum, als hätte sie meine Gedanken gelesen. »Es wird dir gefallen.«

Vielleicht, dachte ich, als ich am Küchentisch saß, *ist das Heimweh* – das Rauschen der Spülmaschine, der Geruch des Holzbodens, das Klackern des Boilers –, *vielleicht ist es das, woran ich mich erinnern werde, was mir fehlen wird*. Mr Woof legte mir die Pfoten auf die Knie und drückte mir die Schnauze in den Schoß. Es ist, als wüsste sogar *er*, dass ich bald weggehe.

»Wie fühlst du dich, wenn du Alkohol trinkst?«, fragte Mum.

Beinahe hätte ich gesagt, furchtbar, aber dann musste ich an gestern Abend denken. Die Peppers spielten, und einer von den Jungs tanzte auf einem Tisch, und ich hatte ordentlich von der Bowle getrunken, man konnte die Ananas rausschmecken, und ich dachte, wie toll es wäre, wenn das Leben immer so bleiben könnte. »Irgendwie besser«, antwortete ich. »Nicht wie ich selbst, nicht wie Alice.«

»Liebes«, sagte sie. »Das glaubst du nur. Der Gin gaukelt dir etwas vor.«

»Ich hasse Gin«, sagte ich.

»Wär's mir nur genauso ergangen«, sagte sie mit einem schiefen Lächeln. »Die Wirklichkeit ist der Morgen danach, die Reue, die Scham, unsere Streitereien, das Schlimmste von allem – aber zum Glück vertragen wir uns ja jedes Mal wieder, du und ich.« Sie fuhr mir mit den Fingern durchs Haar wie früher, als ich noch klein war. »Wie hübsch du bist«, sagte sie.

»Ich finde es schrecklich, wenn wir uns streiten«, sagte ich.

»Ich auch.«

»Du bist die beste Mutter, die ich je hatte!«, sagte ich lachend und wischte mir den Rotz weg.

»Und du bist die beste Tochter, die ich je hatte.«

■ ■ ■

Brief von Professor Jeremy Cooke,
7. Februar 2012

Larry,

zwei Briefe in zwei Tagen, das muss ein Rekord sein – zumindest in Bezug auf unsere Korrespondenz in letzter Zeit.

Es ist widerlich, wie der Tod die schlechtesten Seiten der Menschen zum Vorschein bringt. Die Studenten weiden sich regelrecht an dieser Sache mit Alice, obwohl keiner von ihnen sie gekannt hat. Wie du dir vorstellen kannst, ist die Gerüchteküche auf dem Campus am Überkochen – Alice hat die arktischen Temperaturen von Platz eins der beliebtesten Gesprächsthemen verdrängt. Die Studenten tauschen per Handy, Laptop und iPad Theorien aus. In der Mensa und in den Hörsälen schütteln sie die Köpfe und nicken begeistert, stehen in Gruppen frierend und plaudernd draußen im Kolleghof vor meinem Büro herum und stampfen sich den Schnee von den Füßen. Ja, ich kann's nicht lassen, es Kolleghof zu nennen, mein Freund; eine hochtrabende Angewohnheit aus den Zeiten, als ich mir noch Hoffnungen auf Oxbridge machte. In Wirklichkeit ist es ein betonierter Innenhof, in dem die Studenten richtungslos umherschlurfen – eine passende Metapher für ihre Zukunft, wenn du mich fragst.

Ich war am Montag aus dem Aufenthaltsraum zurück in mein Büro gekommen, nachdem ich meine Vorlesungen abgesagt hatte unter dem Vorwand, ich fühlte mich krank (welche Ironie), und habe im Internet nach Alice gesucht. Es gab eine Menge Alice Salmons, aber schon bald hatte ich die gefunden, die ich suchte. In den sozialen Medien war der Fall Thema Nummer eins; wer zum Teufel behauptet, man könne einem alten Hund keine neuen Tricks mehr beibringen, Larry? So verbreiten sich Nachrichten heutzutage, es ist ein gigantisches, groteskes Stille-Post-Spiel. Pikante Halbwahrheiten, Gesprächsfetzen, wiedergekäute Informationshäppchen, aufgeschnappt zwischen 4 senkrecht und 19 waagerecht. Und was für ein Quatsch; sie war keine quirlige Blondine, sie war keine streitbare Feministin, sie war keine Starjournalistin. Es war alles so verdammt banal. Sie wurde abwechselnd beschrieben als unbekümmert, perfekt, verantwortungslos, vom Pech verfolgt, dumm, fit, fett, umwerfend, einzigartig.

»Nein«, murmelte ich unwillkürlich vor mich hin. »*Hört auf damit.*«

Vielleicht trauern junge Leute heutzutage auf diese Weise? Diese Therapeutin, mit der ich vor Jahren mal ein Techtelmechtel hatte (das war kurz nachdem ich Alice' Mutter kennengelernt hatte, wie du dich erinnern wirst), sagte immer, irgendwo sucht der Schmerz sich ein Ventil.

Ich habe alles über sie und von ihr gelesen, was ich finden konnte. »Du bis jetzt bei den Engeln«, hatte jemand auf ihre Facebook-Seite geschrieben, und es versetzte mir einen kleinen Stich. Achtet wenigstens auf eure Rechtschreibung, verdammt! Ich habe das ganze Zeug kopiert und auf meinem Computer gespeichert, und danach ging's mir besser, das hat mich irgendwie beruhigt. Jetzt hatte ich ein bisschen von ihr. Dann dachte ich, wenn ich nur wenige Minuten gebraucht hatte, um all das zusammenzutragen, würde ich noch viel mehr finden, wenn ich tiefer grub. Ich hoffe, dass wir mehr sind als nur die Summe unserer Einzelteile. Selbst ich. Ein vierundsechzigjähriger Akademiker, der noch nie das Gefühl hatte, seinen Platz in der Welt wirklich gefunden zu haben.

Ich habe gerade diesen Brief noch einmal gelesen, und zwar laut, um ein Gefühl für den Rhythmus zu bekommen. Aber der Klang der eigenen Worte ist wirklich furchtbar, man meint, einen Fremden zu hören. Die müden, zähen Eliteschulvokale, keine Spur von einem schottischen Einschlag. Komisch, dass ich das bin, dass das meine Stimme ist. *Der alte Cookie.* Und das müssen sich meine armen Studenten seit Jahren anhören. Ich versuche die ganze Zeit, mich an Alice' Stimme zu erinnern. Sie hatte einen Akzent, der schwer einzuordnen war. Die Eltern – soziale Aufsteiger. Ihr Tonfall der eines Schülers mit humanistischer Bildung. Mit Lachen durchsetzt. Wo ist sie geblieben, die Stimme, die mal zu mir gesagt hat: »Warum behandeln Sie mich, als wäre ich etwas Besonderes?«

Mit Elizabeth kann ich schlecht Kontakt aufnehmen, aber mit Alice' Freunden und Kollegen schon. Mit dem Bruder. Ich habe ihn auf der Website seiner Kanzlei gefunden, samt Kurzbiografie und einem Schwarz-Weiß-Foto. Robert. Er hat kaum Ähnlichkeit mit seiner Schwester oder seiner Mutter. Auch ihre Freunde waren leicht zu finden. Alle in den Bereichen Marketing, Immobilien und Finanzen tätig. Ein paar haben Kinder, kleine Sophies und Georges. Die Kinder, die Alice nie haben wird. Ich habe sie einen nach dem anderen angemailt. »Wir kennen uns nicht«, habe ich mich vorgestellt, »aber wir haben etwas gemeinsam.«

Recherchieren, aufzeichnen, zuordnen – das ist die Rolle des Anthropologen. Larry – könnte es ihren Angehörigen nicht ein bisschen Trost spenden, sie vielleicht sogar erfreuen, wenn ich ein paar Informationen für sie zusammentragen, ihr wieder ein bisschen Leben einhauchen würde? Wenn ich sie noch einmal tanzen lassen würde? Denn sie war immer eine Tänzerin. Das hatte sie wahrscheinlich von ihrer Mutter, die war früher auch eine leidenschaftliche Tänzerin.

Es wäre großartig, deine Meinung dazu zu hören. Trotz deiner akademischen Qualifikationen bist du schon immer besser geerdet gewesen als ich, du giltst als – zugegeben, ein scheußlicher Ausdruck – Mann des Volkes, auch wenn ich der Meinung bin, dass du mir allein gehörst. Du bist der Einzige, an den ich mich wenden kann. »Inspiration« ist ein überstrapaziertes Wort, aber genau das bist du für mich. Du urteilst nie über mich. Ich werde dir das nie vergelten können. Immerhin habe ich diese Woche mein Testament geändert und deine Kinder als Erben eingesetzt.

Ach, was ist es für eine Wohltat, mit der Hand zu schreiben. Als Kind hat es mich irritiert, dass meine Handschrift sich dauernd änderte; ich dachte, ich würde erst erwachsen werden, wenn sie gleich blieb. Dann wäre ich *ich*, dann wäre ich geformt. Wie entwickeln die Menschen heutzutage dieses Gefühl von sich selbst, wenn sie zum Schreiben nur noch Tastaturen benutzen? Ich bin jedenfalls fest entschlossen, weiterhin mit dir auf diesem Wege zu kommunizieren. Es ist eine unserer Traditionen, eins unserer Geheimnisse. Eins von vielen.

Es wird dich nicht wundern zu erfahren, dass diese Sache mit Alice mich ziemlich umgehauen hat. Ich versuche nicht so zu tun, als wäre das nicht der Fall, warum auch? Wir beide haben vielleicht andere Leute hinters Licht geführt, doch wir haben einander noch nie belogen. So lautete unser Pakt: keine Lügen. In einer Welt der allgegenwärtigen Geheimnisse ist unsere Aufrichtigkeit eine der wenigen Konstanten geblieben.

»Spießgesellen sind wir«, hast du mal gescherzt.

Ich habe alle Informationen in einem Ordner namens »Save Alice« gespeichert. Über den Namen musste ich lachen; mir einen Arbeitstitel für etwas auszudenken hat mir schon immer viel Spaß gemacht. Die erste Antwort von einem ihrer Freunde kam innerhalb von zehn Minuten.

Vergiss Ophelia, ich werde Alice Salmon malen.

■ ■ ■

Blogeintrag von Megan Parker,
6. Februar 2012, 22:01

Ich habe eine Karte gekauft, aber was schreibt man da drauf? Wie kann eine Beileidskarte auch nur einen Hauch von Trost spenden? Alice ist tot. Meine beste Freundin Alice ist tot. Ich habe noch nie erlebt, dass jemand in meinem Alter gestorben ist. Es ist so ungerecht, so unfair, so unwirklich – wie wenn einer behaupten würde, im Garten steht eine Giraffe. Ich kann gar nicht mehr aufhören zu weinen. Wie kann es sein, dass du fort bist? Wie kannst du tot sein, wenn andere Leute weiterleben? Wenn Mörder und Vergewaltiger und anderer Abschaum weiterhin atmen und essen und herumlaufen dürfen? Wenn ein so wunderbarer Mensch wie du sterben kann, gibt es keine Gerechtigkeit. Du bist nicht für einen Tag oder eine Woche oder einen Monat weg oder für den ganzen Sommer, wie in dem Jahr, als du bei Center Parcs gearbeitet hast, sondern für immer. Ich ertrage es nicht, darüber nachzudenken, wie sich das anfühlen wird oder wie lange das ist.

Ich habe es nicht ausgehalten, allein zu sein, deswegen bin ich zu meinen Eltern gegangen. Dad meint, die Leiche wird bestimmt obduziert werden, weil das immer gemacht wird, wenn jemand unerwartet stirbt. »Die Ärmste, das muss sie jetzt auch noch über sich ergehen lassen«, sagte er.

Wo bist du, wo hat man dich hingebracht? Ich weiß, wo du nicht bist – du bist nicht auf dem Hügel im Lake District mit mir und Chloe und Lauren, unsere Hände auf dem Vermessungspfeiler. Du bist nicht in dem Thai-Restaurant auf der Clapham High Street, wo wir immer hingegangen sind (ein stinknormales Restaurant, Alice – was sind wir doch erwachsen geworden!). Du bist nicht in dem Kleinbus auf dem Ausflug des Hockeyvereins und singst mit uns *Amarillo*. Es gibt so viele Orte, wo du nicht bist. Da ist sie schon wieder, die Giraffe im Garten. Aber wenn ich aus dem Fenster kucke, sehe ich nur die rostige Schaukel, auf der wir so oft gesessen und einander unsere Geheimnisse erzählt haben, wo wir Pläne für die Zukunft gemacht haben, für die Zeit, wenn wir erwachsen sein würden – und du konntest nur ein paar von all den Plänen verwirklichen, warst ja gerade erst dabei, so richtig durchzustarten, du verrücktes, dummes Huhn, jetzt steht dir überhaupt nichts mehr offen. Das ist nicht fair, aber immer wenn ich das gesagt habe, hast du mir zurückgegeben, dass die Welt nun mal nicht fair ist, dass sie voller Ungerechtigkeit ist und dass die Menschen das sehen würden, wenn sie nur die Augen aufmachten.

Ich habe die Karte an deine Eltern geschickt. Eine blöde Karte mit einer rosa Blume vorn drauf und darunter »Aufrichtiges Beileid«. Es fühlt sich so unwirklich an, dass *du* der Grund für unser aufrichtiges Beileid bist. Du wirst deinen Eltern so schrecklich fehlen. Und Robbie auch. Ich wünschte, ich wüsste, wie ich mit Luke umgehen soll. Würdest du wollen, dass ich ihn hasse oder nicht? Denn ich glaube immer noch, dass ihr wieder zusammengekommen wärt.

Wir waren seit unserem fünften Lebensjahr Freundinnen. Wir sind zusammen durch dick und dünn gegangen ... Weißt du noch, wie du immer gewitzelt hast, du wärst die Dicke und ich die Dünne? Wir haben unsere Schulzeit gemeinsam erlebt und die ersten Jungsgeschichten, und wir haben sogar zusammen studiert, aber nicht, weil wir uns allein nicht getraut hätten, sondern weil Southampton so toll war, und ich war so froh, dich in der Nähe zu haben, auch wenn du viel mehr in der Szene drin warst als ich.

Wer soll denn jetzt auf mich aufpassen? Wer sagt mir jetzt, dass ich komisch bin, weil ich auf ältere Männer stehe?! Du hast immer gesagt, wir wären zwei hoffnungslose Fälle, du wegen allem, was du mit Luke durchgemacht hast, und ich, weil ich immer auf George Clooney gewartet habe, aber notfalls auch mit Harrison Ford vorliebgenommen hätte.

»Alle, die was Besonderes sind, treten mit siebenundzwanzig ab«, hast du gesagt, als Amy Winehouse an einer Überdosis gestorben ist, doch das hast du nur gesagt, um eine Diskussion anzufachen, das hast du ja oft getan, und du hast es noch nicht mal bis siebenundzwanzig geschafft. Sterben – das ist ein schreckliches Wort, ein abscheuliches Wort. Es kursieren alle möglichen Theorien, aber was hast du überhaupt unten am Fluss gemacht? Du konntest doch Wasser nie ausstehen.

Alice, Liebes, ich hoffe, es macht dir nichts aus, dass ich das alles in mein Blog schreibe. Du hättest wahrscheinlich dasselbe getan. »Lass es raus«, hast du immer zu mir gesagt. »Spuck den Schmerz aus. Schmeiß es alles in die Welt zurück.«

Habe heute mit Chloe und Lauren gesprochen. Wir haben nicht viel geredet, nur geweint. Deine Eltern hab ich auch angerufen, aber die hatten auf Voicemail geschaltet. Wir müssen jetzt alle stark sein für die beiden: für deinen netten Vater mit seinen verrückten Pullovern und der lustigen Art, wie er Al-ice ausspricht, mit einer Pause zwischen »Al« und »ice«, als würde er eine Frage stellen, und für deine wunderbare Mum, dieses Eine-Frau-Kraftwerk, der du wie aus dem Gesicht geschnitten und der du überhaupt so ähnlich bist, was jetzt vorbei ist, ja, unter dich wurde ein Schlussstrich gezogen, die letzte Seite in deinem Buch ist geschrieben, und da, wo du warst mit deinem Lachen und deinem ABSCHEULICHEN Musikgeschmack und deinen ABGEFAHRENEN Leggins, da, wo du sein müsstest, ist jetzt ein riesengroßes Loch.

Ich habe gerade dein Handy angerufen, weil ich deine Stimme hören wollte. *Bin nicht da. Klar. Würde gern mit dir reden, also hinterlass mir bitte, bitte eine nette Nachricht, und ich melde mich ganz bald …*

Meine Mum ist grade reingekommen, sie sagt, wir müssen die guten Zeiten in Erinnerung behalten, weil die Menschen nur darin weiterleben. Ich habe über ihre Schulter hinweg nach draußen geschaut, zu der alten Schaukel. »Im Garten steht eine Giraffe«, sagte ich.

Sie hat wahrscheinlich gedacht, ich wäre verrückt geworden.

Ein Licht ist ausgegangen. Ich hab dich lieb, Alice Palace …

■ ■ ■

Artikel in *Anthropology à la Mode*, August 2013

Warum ich die Vergangenheit exhumierte

Professor Jeremy Cooke, vor einem Jahr noch ein unbekannter Akademiker, ist inzwischen eine allgemein bekannte Persönlichkeit. In diesem sehr persönlichen Artikel erklärt er offen, wie die Entdeckung einer Leiche den Anstoß zu seinen »Forschungen« gab und sein Leben für immer veränderte.

Es war nicht unbedingt ein Aha-Erlebnis, und doch war ich vielleicht noch nie so kurz davor, *Heureka!* zu rufen.

Ich war in der Bibliothek gewesen und hatte gesehen, wie ein Student seine Initialen auf die beschlagene Fensterscheibe malte. RP. Robert Pearce, so hieß er, glaube ich, aber das ist unwichtig. Die Buchstaben faszinierten mich, und nachdem der junge Mann gegangen war, fügte ich ein I zwischen den beiden anderen Buchstaben ein. Eine Bibliothekarin lächelte mich verlegen an. Mein lieber Schwan, wird sie gedacht haben, was für ein komischer Kauz. Ich setzte mich auf den Platz, auf dem der Student gesessen hatte, der Stuhl war noch warm. Das RIP – Ruhe in Frieden – war noch stundenlang zu sehen, und so lange blieb ich auch. Irgendwann muss ich eingenickt sein, denn als ich aufwachte, waren die Buchstaben weg. RP – RIP – hatte dort gestanden, dann stand es nicht mehr da. Und da traf es mich wie ein Blitz. Wie wir alle genau das täglich tun: eine Spur hinterlassen, einen Abdruck. *Unseren* Abdruck. Wäre es möglich, überlegte ich, anhand solcher Fragmente ein Leben zu rekonstruieren? Einen Menschen aus solchen flüchtigen Splittern wieder zusammenzusetzen? Denn ich hatte die perfekte Gelegenheit dazu. Ein Leben – das heißt, ein *Todesfall* – vor meiner eigenen Haustür. Direkt vor meiner Nase. Alice Salmon.

Es war zweifellos, um es mit einem Modewort auszudrücken, so etwas wie ein Flash. Zu sehen, wie dieser Geografiestudent seine Initialen auf die beschlagene Scheibe malt, und im selben Augenblick freudig erregt zu spüren, wie eine neue Idee Gestalt annimmt. Nur wenige Tage zuvor war Alice, wie ein Bericht es euphemistisch ausdrückte, »ins Wasser gegangen«. In der Nacht vom 4. auf den 5. Februar 2012 zwischen Mitternacht und zwei Uhr, wie ein Gerichtsmediziner später feststellte. Acht Jahre zuvor, im Herbst 2004, war sie hierhergekommen. Für die Allgemeinheit – und anfangs auch für mich – war sie damals natürlich nichts weiter als eine von vielen Studienanfängerinnen, eine von Tausenden, die ich über die Jahre kennengelernt habe. Ich erinnere mich, sie während der ersten Monate ein paarmal gesehen zu haben: groß, langes Haar, auffallend hübsch.

In letzter Zeit gab es unweigerlich eine Menge Spekulationen über unsere »Beziehung«, aber unabhängig davon war sie für mein Vorhaben in verschiedener Hinsicht perfekt. Nicht nur wegen der Art, wie sie gestorben ist, sondern vor allem wegen der Zeit, in der sie gelebt hat. In den vergangenen fünfundzwanzig Jahren – innerhalb einer Generation – hat sich die Art und Weise, wie wir miteinander kommunizieren, stärker verändert als während der vorherigen tausend Jahre. Das Internet hat die Regeln neu geschrieben.

Alice' Generation hat diese Veränderung erlebt, sie ist diese Veränderung.

Selbstverständlich konnte ich nicht vorhersehen, wo das alles hinführen würde, aber das Gesetz der unbeabsichtigten Folgen habe ich nicht einkalkuliert. Ich ging davon aus, dass es eine unkomplizierte, hoffentlich erhellende Studie werden würde, wenn auch eine, die zugegebenermaßen Feingefühl verlangte. Es ging gar nicht so sehr um den Versuch, eine These zu beweisen, ich wollte nur ein Leben nachzeichnen. Ihr Leben. Wegen unserer »Verbindung«, das auch, ja, aber in erster Linie, weil sie so war wie wir alle: kompliziert, faszinierend, einzigartig, menschlich.

»Ist das nicht ein bisschen niveaulos?«, fragten einige meiner Kollegen.

Ich gab nichts auf ihr Gerede. Ausnahmsweise hörte ich auf mein Herz. Ich wollte herausfinden, wie viel von dieser liebenswürdigen, wunderbaren jungen Frau noch da war, was geblieben war. Schließlich ist es noch gar nicht so lange her – es lohnt sich, uns daran zu erinnern, dass in Bezug auf die Evolution nichts lange her ist –, da wurde vom Leben und Tod eines Menschen, wenn er nicht gerade dem Adel oder der königlichen Familie angehörte, nichts aufgezeichnet, da verlief das Leben und Sterben eines Menschen weitgehend *unbemerkt*. Die Angehörigen und einige Freunde erinnerten sich noch eine Zeit lang an einen, aber danach kam *nichts*.

Was ich in Angriff nahm, kann man nicht direkt »Forschung« nennen, zumindest nicht im herkömmlichen Sinn. Es wäre eine allzu hochtrabende Bezeichnung und ließe auf ein methodisches Vorgehen schließen, das ich nicht anwenden konnte – oder wollte. »Besessenheit« nannten es einige, und vielleicht war etwas Wahres daran. Wie heißt es bei den Pfadfindern so schön: Ich habe mein Bestes getan.

Meine »Forschungsergebnisse« stehen alle in meinem Buch. Der Text wurde leicht überarbeitet, ich denke aber, dass das Ergebnis trotzdem aussagekräftig genug ist, auch wenn meine Bemühungen nicht Anspruch auf Vollständigkeit erheben können. Ich hoffe, dass es Alice Salmon gerecht wird, und vor allem, dass es Gerechtigkeit schafft. Denn das ist mein aufrichtiger Wunsch: dass der Inhalt des Buchs als Beweismaterial dient.

Fünfundzwanzig war dieses arme, wundervolle Menschenkind, als es ins Wasser ging.

Es ist pervers, wie die Welt sich häufig erst für einen interessiert, wenn man nicht mehr da ist, aber so war es schon immer.

Und was für eine Ironie, dass mich das Buch zu einer Art Berühmtheit gemacht hat. Von all meiner Forschung über Ethnolinguistik und die Sprache der Samen hat außer einem kleinen Kreis von Akademikern niemand Notiz genommen. Aber plötzlich war ich ein gefragter Mann. SKY News schickte zu unchristlichen Zeiten Limousinen vorbei, die mich in Studios brachten, wo junge Blondinen mich schminkten, damit die Kameras mich »liebten«. Ihre Fragen bezogen sich häufig auf eine »Reise«: die von Alice, meine, ihre eigene, alle scheinen sich heutzutage auf irgendeiner Art von Reise zu befinden. Anthropologe. Alle klammerten sich an dieses Wort. Als gäbe es ihnen Autorität, Authentizität. *Wir haben einen Anthropologen hier im Studio, einen echten, lebendigen.* Schon bald verlangte man von mir nicht nur, dass ich über mein Fachgebiet dozierte, sondern wollte meine Meinung zu allen tagespolitischen Themen hören. Afghanistan. Abtreibung. Das neue iPhone. Einmal, ausgerechnet auf Channel 5, ging es um unsere Sucht nach Daytime-Fernsehen – eine Ironie, die den Machern der Sendung offenbar entgangen war.

Angesichts dieses neuen Wertes gerieten meine Dienstherren in Konflikte: Zwar verhalf ich ihrer Institution zu Ruhm und Ehre, aber diese Alice-Geschichte war ein zweifelhafter Segen, da jetzt nicht nur meine Wohnung, sondern auch die Fakultät von Reportern belagert wurde.

Neuerdings werde ich vorgestellt als der Alice-Salmon-Anthropologe. Als der Mann, der die Wahrheit über die junge Frau aus dem Dane ans Tageslicht gebracht hat. Einmal sogar – Himmel hilf! – als der zum Detektiv mutierte Wissenschaftler. Alice und ich werden nur noch in einem Atemzug genannt. Wir sind jeweils zu einer Fußnote im Leben des anderen geworden. Aber das wären wir sowieso immer gewesen.

Auf meinem Schreibtisch liegt ein Leseexemplar meines Buchs; Alice' Gesicht schaut mich vom Buchdeckel an. Falls Sie sich dazu entschließen sollten, es zu lesen, werden Sie, sobald Sie die letzte Seite umgeblättert haben, die Wahrheit über Alice Salmon kennen. Ich hüte mich davor zu behaupten, dass jedes Wort der Wahrheit entspricht, denn alle, die mit ihr in Berührung kamen, sind notgedrungen subjektiv: geblendet von Liebe oder, wie ich festgestellt habe, in einigen Fällen von Hass.

Im Großen und Ganzen waren alle sehr hilfreich, selbst wenn ich ihnen erklärte, dass ihre Beiträge womöglich veröffentlicht werden würden. Ich habe von Anfang an klargestellt, dass ich nichts auslassen würde. Alles würde in die Geschichte einfließen, egal wie beschämend oder schockierend es auch sein mochte, und das galt übrigens auch für mich selbst.

In Anbetracht des heiklen Feldes, auf das ich mich vorwagte, war damit zu rechnen, dass ich auf Widerstand stoßen würde, einige Reaktionen jedoch hätte ich niemals vorhersehen können: dass Versuche unternommen würden, meine Arbeit zu sabotieren, dass mein Ruf systematisch geschädigt würde, dass meine Frau angegriffen würde. Man hat mich als Frevler beschimpft, als Perversen bezeichnet, mir vorgeworfen, ich würde die Toten ausgraben wollen. Aber wir Angehörigen der Spezies Homo sapiens haben nun mal die Pflicht, das zu tun. Wenn wir es nicht täten, wüssten wir nichts über Tutanchamun oder Machu Picchu. Wenn wir nicht mit einer unstillbaren Neugier gesegnet wären, wenn wir nicht immer wieder einen Blick über unsere Schulter werfen würden, wüssten wir nichts über die Höhlenmalereien von Lascaux. Dann könnten wir auch nicht dort stehen und diese großartigen steinzeitlichen Stiere bewundern, könnten nicht staunen über das verdammte Wunder, dass sie jetzt, nach 17 000 Jahren vor uns lebendig werden. Ich hoffe, mir bleibt die Zeit, sie noch ein letztes Mal zu sehen. Ich freue mich auf das nächste Kapitel meines Lebens, auch wenn es ein kurzes sein wird.

Ich möchte hier nicht dozieren, aber was wir heutzutage »Kommunikation« nennen – die Sprache –, entstand vor 100 000 Jahren. Eine Entwicklung fand statt von der nicht verbalen zur verbalen Verständigung. Die Erfindung der Schrift war ein gigantischer Schritt, sie gab uns die Möglichkeit, Dinge aufzuzeichnen, uns zu erinnern. Sie beschleunigte die Verbreitung von Wissen. Sie war Teil der Evolution und beförderte die Evolution. Sie ist das, was uns Menschen abhebt; mit ihrer Hilfe können wir festhalten, wie wir leben und wer wir sind. Alice war eine begnadete Redekünstlerin. Ich wollte sie unbedingt für sich selbst sprechen lassen. Wie ein ehemaliger Kollege es für ihn uncharakteristisch klug ausdrückte: *Lass sie ihre eigene Geschichte sein.*

Ich bilde mir ein, dass ich heute ein besserer Mensch bin als zu der Zeit, bevor das alles begann. Ich bin auf jeden Fall weniger hochmütig, obwohl diese Selbsteinschätzung vielleicht auch schon Auskunft über das gewaltige Maß an Hochmut gibt.

Wenn ich mit dem Finger über den Buchdeckel fahre, widerstehe ich dem Impuls, es wie jedes andere Buch als unzulänglich abzutun: ein Stapel Seiten, Zeichen aus Druckerschwärze; das Weiß wird vergilben, das Papier brüchig werden. Stattdessen rufe ich mir seine Macht in Erinnerung, sein Potenzial. Dass die Gerechtigkeit ihren Lauf nimmt. Nehmen muss.

Und ich rufe mir in Erinnerung, dass Menschen, denen ich nie begegnet bin – von denen ich mir noch nicht einmal ein Bild machen kann –, diese bescheidene Opfergabe in den Händen halten werden (ich bin kein Technikfreak, sondern gehöre der Generation an, die das Buch sich als handfestes Objekt vorstellt, nicht als elektronische Datei). Dass ich gehört werde, dass ich zu Fremden sprechen werde, dass meine Worte uns miteinander verbinden werden wie sehniges Gewebe. Vielleicht trachte ich nach Absolution. Nach Sühne. Nach Vergebung. Natürlich gibt es eine Person in dieser traurigen Saga, der ich nie, niemals vergeben werde.

Vielleicht lag ja doch ein Körnchen Wahrheit in den Kommentaren. In den Fragen, warum ich ausgerechnet diese junge Frau ausgewählt habe, warum ich sie wieder zu einem Ganzen zusammensetzen wollte, musste. Sie wieder zum Leben erwecken musste. Denn danach sehnen wir uns doch alle, nicht wahr? Zu spüren, dass wir wichtig sind, dass wir geliebt werden, dass wir wahrgenommen wurden. Dass wir etwas bewirkt haben. Dass man uns vermisst. Dass man sich an uns erinnert. Wir wollen spüren, wie meine Kollegen in Alice' Fakultät es vielleicht ausdrücken würden, dass wir auf dieser Welt *gesegnet* sind.

Aber mehr als das. Mehr als das und weniger als das.

Wir wollen ganz einfach *geliebt* werden.

Alice Salmon, RIP. Ruhe in Frieden.

- *Wer war Alice?* von Professor Jeremy Cooke erscheint nächsten Monat bei Prion Press. Preis: 9,99 Pfund. Leser von *Anthropology à la Mode* erhalten einen Rabatt, wenn sie das Buch unter der auf S. 76 angegebenen Telefonnummer bestellen.

■ ■ ■

Alice Salmons »Lieblingszitate« auf ihrer Facebook-Seite
3. November 2011

»Grammatik heißt, den Unterschied zwischen ›du machst Scheiße‹ und ›du bist scheiße‹ zu erkennen.«
Anonym

»Sei die Heldin deines Lebens, nicht das Opfer.«
Nora Ephron

»Die Wahrheit tut einen Moment lang weh, aber Lügen hören nie auf wehzutun.«
Anonym

»Es gibt eine Theorie, die besagt, dass eine Million Affen, die unendlich lange auf Schreibmaschinen herumtippen würden, irgendwann sämtliche Werke Shakespeares reproduzieren würden. Dank des Internets wissen wir, dass das nicht stimmt.«
Robert Wilensky

»Die Jugend ist ein Traum, eine Art chemischer Wahnsinn.«
F. Scott Fitzgerald

▪ ▪ ▪

Abschrift von Luke Addisons Aufzeichnungen auf seinem Laptop, 8. Februar 2012

Du hast nicht geahnt, dass ich dir einen Heiratsantrag machen wollte, nicht wahr? Das kannst du auf die Liste all der Dinge setzen, die ich dir nie gesagt habe. An dem Abend, als du mich wegen Prag zur Rede gestellt hast – an dem Abend, als du meintest, wir bräuchten eine Auszeit voneinander –, hatte ich einen Ring in der Tasche. Ich hatte es seit Wochen geplant. Am nächsten Morgen wollte ich dir sagen, du sollst deine kleine Reisetasche packen, wir würden zum Bahnhof gehen, nach Gatwick fahren und nach Rom fliegen. Es war schon alles gebucht.

Aber du bist mir zuvorgekommen. »Luke, ich werde dir eine

Frage stellen, und ich will, dass du mir eine ehrliche Antwort gibst«, hast du gesagt. »Versprichst du mir das?«

»Klar«, hab ich geantwortet. Ich stellte mir gerade vor, was du für ein Gesicht machen würdest, wenn ich dir erklärte, dass du am Montag nicht zur Arbeit gehen müsstest, dass ich das alles schon mit deinem Chef abgesprochen hatte. Es war ein Wahnsinnsgefühl zu wissen, dass die anderthalb Jahre, seit wir zusammen waren, erst der Anfang waren. Okay, wir waren vielleicht ein bisschen jung – heutzutage bindet man sich erst mit Ende zwanzig –, aber warum hätten wir warten sollen? Du warst nicht die Einzige, die impulsiv sein konnte.

»Das Wochenende, an dem du mit der Rugbymannschaft in Prag warst – bist du da mit einer Frau ins Bett gegangen?«

Es war, als wäre plötzlich alle Luft aus dem Zimmer gewichen. Ich habe mich auf dein Bett gesetzt. Ich spürte die Ringschachtel in meiner Hosentasche, klein, viereckig, hart. Ich konnte dich nicht belügen. »Al, das war vollkommen bedeutungslos.«

»Wer war es?«, wolltest du wissen, deine Stimme klang tonlos, resigniert.

Wir kannten uns gerade mal sieben Wochen, als es passiert ist. Das weiß ich noch genau, weil ich mir damals gesagt habe, wenn wir weniger als zwei Monate zusammen waren, würde ich es für mich behalten, wenn es mehr waren, würde ich es beichten. »Das spielt keine Rolle.«

»Für mich schon«, hast du gefaucht. »Glaub mir, jetzt spielt es für uns beide eine Rolle.«

»Es war ein Mädchen auf einem Junggesellinnenabschied. Ich war betrunken.«

»Warum hast du es mir nicht erzählt?« Wieder ein neuer Ton in deiner Stimme: hart, unerbittlich.

»Ich hatte Angst, du würdest Schluss machen.« Ich befühlte die Ringschachtel in meiner Hosentasche. Dachte: Soll ich's einfach machen? Statt zu warten, bis wir in dem Restaurant am

Campo de' Fiori sind – das hatte ich ausgesucht, weil es berühmt war für seine Tagliatelle mit Prosciutto, dein Lieblingsgericht; der Tisch war schon bestellt – ich hatte sogar dem Chefkellner Bescheid gesagt. Tu's einfach, sagte ich mir. Beweise ihr, wie sehr du sie liebst, beweise ihr, dass das, was damals passiert ist, keine Bedeutung hat, ein kurzes Abenteuer mit einem Mädchen, an dessen Namen ich mich kaum erinnerte, an einem Wochenende, an das ich mich genauso wenig erinnerte. Aber da hast du angefangen zu weinen, und als ich dich in die Arme nehmen wollte, hast du meine Hände weggeschlagen und dich neben mich aufs Bett fallen lassen, sodass wir im rechten Winkel zueinander saßen. Erinnerungsfetzen an Prag gingen mir durch den Kopf: das Irish Pub, die Kleine und ihre Freundinnen am Tisch neben uns, eine schmale, dunkle Straße mit Kopfsteinpflaster – es war fast vier Uhr morgens –, wie ich links um die Ecke biege zum Hotel, die Kleine aus Dartford oder Dartmouth neben mir, Jen – nein, nicht Jen, *Gill*. Ich fühlte mich so weit weg von meinem wirklichen Leben. »Es war vollkommen bedeutungslos«, sagte ich noch einmal, drehte mich zu dir und nahm deine Hand. Ich schaute dir beim Weinen zu, hinter dir auf der Kommode blinkte der Miniweihnachtsbaum. Noch mehr Einzelheiten der Pragreise fielen mir wieder ein: der Geruch von nassen Pflastersteinen, die *rohlík*-Schilder in den Fenstern der Bäckereien, dass es sich angefühlt hatte wie das Ende einer Ära. Ich wusste, dass du die Richtige warst, Al, schon sieben Wochen nachdem wir uns kennengelernt hatten, wusste ich es, aber ich hatte auch gewusst, dass du das Ende des Lebens bedeuten würdest, das ich gewöhnt war, dass es vorbei sein würde mit den Wochenendtrips mit den Jungs, den Saufgelagen bis vier Uhr früh, den Zufallsbekanntschaften in Bars, und ich bereute es nicht. Klar würde mir das alles zunächst fehlen, doch jetzt hatte ich dich, und das war noch viel besser. Schon damals habe ich dich geliebt, Alice, aber es war, als hätte ich mich zuerst von meinem alten Ich verabschieden müssen, als hätte ich mein altes Ich mit einem Knall fortschicken müssen, noch ein letztes Mal auf die Kacke hauen.

»Du gehst jetzt besser«, hast du gesagt.

Ich stellte mir vor, wie unser Flugzeug nach Rom abhob, unsere beiden Sitzplätze leer, deiner am Fenster, weil du immer so gern die Aussicht genossen hast.

»Du kannst nicht alles haben, Luke. So funktioniert das Leben nicht.«

»Adam ist ein Arschloch«, sagte ich. »Ein Schwätzer.«

»Lügen haben kurze Beine.« Du hast dir die Augen gewischt. Die anderthalb Jahre mit mir seien schön gewesen, hast du gesagt. Aber wir seien jetzt Mitte zwanzig, und in dem Alter seien Beziehungen zu wichtig, um das Risiko einzugehen, einen Fehler zu machen. »Wir müssen uns darüber klar werden, was wir füreinander empfinden.«

»Ich weiß, was ich für dich empfinde«, sagte ich. »Ich liebe dich.« Ich würde nicht zulassen, dass das passierte, nicht schon wieder, nicht mit dir. Ich überlegte noch einmal, ob ich den Ring aus der Tasche ziehen und sagen sollte: »Hier. Siehst du?« Aber es ging nicht. Ich hatte es vermasselt. Außerdem hattest du längst deine Entscheidung getroffen.

»Also, *ich* weiß es nicht«, hast du gesagt. »Im Moment weiß ich nicht, ob ich dich liebe. Das heißt, doch, ich weiß es, aber ich weiß nicht, ob ich dich genug liebe.«

»Ich bin derselbe, der ich immer war.«

»Nein, das bist du nicht.« Du warst kurz davor, aus der Haut zu fahren; das hatte ich bis dahin erst ein einziges Mal erlebt, damals, als du gesehen hast, wie ein Mann im Bus seinem kleinen Sohn eine Ohrfeige verpasste.

»Ich habe nie behauptet, ich sei ein Engel.«

»Wag es nicht, mir die Schuld dafür in die Schuhe zu schieben, Luke.«

»Wir kannten uns erst sieben Wochen, Herrgott noch mal! Wir haben uns damals noch nicht mal als richtiges Paar betrachtet!«

»Geh jetzt. Bitte. Ich möchte dich eine Zeit lang nicht sehen.«

»Aber wir trennen uns doch nicht, oder?«

»Ich möchte, dass wir eine Auszeit nehmen. Keine SMS, keine Mails, kein nichts.«

Unter anderen Umständen hätte ich gelacht und dich damit aufgezogen, hätte gesagt, kein nichts, das ist eine doppelte Verneinung, das bedeutet, ich kann dich anrufen, aber dir liefen Tränen über die Wangen. Es war zwei Wochen vor Weihnachten.

»Zwei Monate lang keinen Kontakt«, hast du gesagt.

Es schien mir ein merkwürdiger, willkürlich gewählter, viel zu langer Zeitraum zu sein, doch ich hatte das Gefühl, es war immer noch besser als die Alternative – nichts als Wochenenden in Prag für den Rest meines Lebens.

»Und jetzt verschwinde aus meiner Wohnung.«

Früher hast du Leute mit einem komplizierten Liebesleben mit vernichtender Kritik überzogen. Es ist ganz einfach, hast du immer gesagt, entweder man liebt jemanden, oder man liebt ihn nicht. Jetzt hatte ich dafür gesorgt, dass du zu diesen Leuten gehörtest. Das war mein Geschenk an dich, und jetzt bist du tot. Du bist seit drei Tagen tot, und ich kriege nichts auf die Reihe, Al. Schlafen, aufstehen, essen, duschen, rasieren, U-Bahn fahren, ans Telefon gehen. Alles sinnlos. Du hast mir mal erzählt, dass du dich als junges Mädchen eine Zeit lang so gefühlt hast, und ich habe nie verstanden, was du meintest, aber jetzt verstehe ich es, endlich, *endlich*, jetzt, wo es zu spät ist, bekomme ich eine vage Vorstellung davon, wie es für dich gewesen ist, wie es war, du zu sein, Alice Louise Salmon, die junge Frau, die ich am Freitag, dem 7. Mai 2010 im Covent Garden kennengelernt habe (siehst du, ich erinnere mich doch an unseren Jahrestag).

Du kamst rein und hast dich neben mir angestellt – meine animalische Anziehungskraft, habe ich später gescherzt. Du wurdest vor mir bedient, worauf ich sagte: »Ah, eine Frau, die sich durchzusetzen weiß«, und du hast blitzschnell zurückgeschossen: »Ein Mann, der sich vordrängeln will!«

Ich konnte nicht ohne dich leben, als du noch am Leben warst, und jetzt kann ich nicht ohne dich leben, wo du tot bist.

Es hat mir noch nie gelegen, meine Gedanken aufzuschreiben, aber du hast immer gesagt, wenn keiner es je täte, wie würden wir uns dann untereinander austauschen und lernen und uns entwickeln, also schreibe ich jetzt alles auf, was mir durch den Kopf geht, so wie du es immer getan hast – weil es wichtig ist, wie du immer gesagt hast.

Du willst, dass ich ehrlich bin, Al? Okay, ich bin ehrlich. Ich bin in eine Prügelei geraten – zwei Mal. Vom zweiten Mal hast du nie erfahren, denn das war letzten Sonntag, der Tag nach deinem Tod, aber von der ersten weißt du, denn du warst daran beteiligt.

■ ■ ■

E-Mail von Elizabeth Salmon
3. März 2012

Von: Elizabeth_salmon101@hotmail.com
An: jfhcooke@gmail.com
Betreff: Halt dich da raus

Jeremy,
ich kann es selbst nicht glauben, dass ich dir nach all den Jahren schreibe. Ich hatte nie wieder etwas mit dir zu tun haben wollen, das hatte ich mir geschworen – aber wer auch immer unser Schicksal lenkt, hat offenbar andere Pläne. Ich spare mir

die üblichen Nettigkeiten. Was zum Teufel geht da vor? Ich habe gehört, dass du Informationen über Alice sammelst. Der Himmel weiß, warum du das tust, es heißt, es sei für irgendein Forschungsprojekt. Ehrlich gesagt, es ist mir scheißegal, wofür du es brauchst, aber du musst sofort damit aufhören!

Mein Sohn arbeitet in einer Anwaltskanzlei, er hat einen Brief an dich aufgesetzt. Ich habe ihm gesagt, ich hätte den Brief abgeschickt, aber ich habe ihn in den Papierkorb geworfen. Es war ein einziges Juristenkauderwelsch, er bat dich um die Wahrung unserer Privatsphäre, forderte dich höflich auf, deine Nachforschungen einzustellen und ließ durchblicken, dass wir andernfalls rechtliche Schritte unternehmen würden. Ich kenne dich besser. Und ich warne dich.

Es heißt, du würdest eine Art Sammelalbum zusammenstellen. Hier hast du was für dein Sammelalbum: *Ich bin stolz auf meine Tochter.* Es interessiert mich nicht die Bohne, was die Leute reden, ich bin stolz darauf, dass sie das Leben bei den Hörnern gepackt und es gelebt hat. Manchmal schreie ich es einfach heraus, egal wo ich bin: *Alice Salmon war meine Tochter.* Ich gehe in ihr Zimmer und sage es ihren Kleidern und ihren CDs und ihrem pinkfarbenen Sparschwein mit den weißen Punkten. Ich sage ihr Gute Nacht und Guten Morgen und dass ich sie liebe und dass sie eine große Dummheit begangen hat, aber wir machen ihr keine Vorwürfe, natürlich nicht. Sie fehlt uns einfach nur ganz schrecklich. Niemand hat sein Schicksal ganz in der Hand, und in puncto Dummheiten anstellen steht es mir wohl kaum zu, eine Moralpredigt zu halten, nicht wahr?

Du warst schon immer groß darin, gewisse Situationen falsch zu deuten, deswegen möchte ich eins klarstellen: Ich schreibe dir einzig und allein, um dir zu sagen, dass du dieses groteske, makabre Projekt, das du in Angriff genommen hast, auf der Stelle einstellen sollst. Über die E-Mail, die du mir kurz vor ihrem Tod geschickt hast, will ich mich gar nicht erst auslassen. Sie war sentimental, unangebracht und verletzend.

Es heißt, Gott passt auf Betrunkene und Kinder auf. Wo war Gott am 5. Februar, Jem? Wenn du wirklich so klug bist, wirst du mir die Frage beantworten können. Oder nein, lieber nicht – antworte mir nicht. Lass mich und meine Familie in Frieden. Tu's für mich, und wenn das zu viel verlangt ist, tu's für Alice.
Elizabeth

■ ■ ■

Auszug aus Alice Salmons Tagebuch
25. November 2005, Alter: 19

»Hallo, Miss Perspektive«, sagte der Typ aus dem Marketingseminar, als wir den Seminarraum verließen.

Ich war beeindruckt, dass er sich an meine Worte erinnerte.

»Ich bin Ben«, sagte er und streckte seine Hand aus. »Gehen wir noch einen trinken?«

Ich zögerte, aber nicht, weil er mir nicht gefiel, sondern weil es mir nicht oft passierte, dass mich jemand ansprach. »Na?«, sagte er. »Und was ist, wenn *wir* in der Bewegung eingefangen werden?«

Das hatte ich vor wenigen Minuten im Seminar rausposaunt, als wir gefragt wurden, was ein gutes Foto ausmachte. »Sehr witzig«, sagte ich, und dann wurde mir klar, dass das klang, als dächte ich, er wollte sich über mich lustig machen, während mir in Wirklichkeit nur ein Gedanke durch den Kopf schoss, nämlich dass ich unbedingt mit ihm einen trinken gehen wollte. Es wurde höchste Zeit: Seit ich vor einem Jahr mit dem Studium angefangen hatte, lebte ich praktisch wie eine Nonne.

»Komm«, sagte er. »Ich lade dich ein. Na ja, genau genommen bezahlt die Bank meiner Eltern, aber es bleibt ja in der Familie.«

Wir gingen über den Parkplatz und nahmen die Abkürzung am Dane entlang zur High Street. Er war im sechsten Semester, er gehörte zum coolen Partyvolk, zu den Leuten, die in Kostümen durch die Stadt liefen, Verkehrskegel klauten oder sich gegenseitig huckepack trugen. Im Pub bestellte er für jeden von uns ein Glas Cider und für sich noch einen Wodka Red Bull.

»Volle Dröhnung, was?«, bemerkte ich.

Er reagierte nicht darauf. »Der Typ hat nur Scheiße verzapft. Ich hab den mal gegoogelt, er ist wahrlich kein Henri Cartier-Bresson – der fotografiert hauptsächlich auf Hochzeiten und Taufen.«

»Es ist doch nichts Schlimmes, Leute in glücklichen Momenten abzulichten. Ich nehme an, du fotografierst nur in Krisengebieten?« Ich war immer noch ganz aufgekratzt von dem Seminar, wo wir mit Wörtern wie Perspektive und Persönlichkeit um uns geworfen hatten. Deswegen war ich an die Uni gegangen. Und um neue Leute kennenzulernen, so wie jetzt. Die Wirkung des Cider machte sich bemerkbar, und ich fühlte mich warm und kuschelig.

»Vergiss es! Ich lass mir doch nicht den Arsch wegschießen!«

Vielleicht, dachte ich, während ich einen großen Schluck Cider trank und ihm zusah, wie er dasselbe tat, färbt ja ein bisschen von seinem Selbstvertrauen auf mich ab.

»Willst du mal Fotografin werden?«, fragte er.

»Würde ich gern, aber alles, was mit Technik zu tun hat, ist für mich ein Buch mit sieben Siegeln. Bis ich die ISO eingestellt hab, ist es längst zu spät. Als Paparazza wäre ich eine komplette Niete.«

»Ich würde eher Müllmann werden als Paparazzo. Das heißt, wenn ich's mir überlege – Müllmänner müssen früh aufstehen.

Vielleicht sollte ich lieber Drogendealer werden, die leisten wenigstens einen Beitrag für die Gesellschaft.«

»Aber was willst du denn nun in Wirklichkeit werden?« Er war immerhin im sechsten Semester, da bewarben sich viele schon auf Stellen.

»Weiß der Teufel, für das meiste bin ich nicht zu gebrauchen.« Er wirkte plötzlich irgendwie kindlich. »Und du?«

»Ich würde gern Journalistin werden. Wie fast alle.«

»Aber du willst doch nicht etwa für eins von den Skandalblättern arbeiten, oder?«

»Um Gottes willen, nein, es sollte schon etwas Anspruchsvolleres sein.«

Wir tranken noch einen Schluck. Das Zeug ging richtig gut runter.

»Ich dachte immer, die Medien hätten die Aufgabe, Klischees infrage zu stellen, aber stattdessen bestätigen sie sie nur«, sagte er.

»Sehr tiefsinnig«, sagte ich und dachte, das ist es wirklich.

»Hast du schon mal in so einen Nachrichtensender reingekuckt?«, fuhr er fort. »Ich meine, dich vor die Glotze gehockt und dir das Zeug *angesehen*? Ich mach das oft, weil ich von Natur aus faul bin, und ich sage dir, da läuft nur Schwachsinn. Selbst die Sprecher scheren sich nicht um das, was sie sagen.«

»Du meinst, dass das denen alles am Arsch vorbeigeht?«

»Touché«, sagte er.

»Also, was hast du nach dem Studium vor?«

»Wahrscheinlich werde ich bei meinem Vater arbeiten.«

So wie er »Vater« sagte – gelangweilt, verächtlich –, schien er von der Vorstellung nicht gerade begeistert zu sein, aber vielleicht war es ja seine einzige Option. Ich war mir nicht sicher, ob er mir sympathisch wäre, wenn ich ihn näher kennenlernen würde, aber das brauchte ich ja auch nicht. »Und was macht dein Vater?«

»Versicherungen.«

»Arbeitet er in einem Callcenter, oder was?«

»Sehr witzig. Er versichert Schiffe.«

»Soll ich jetzt etwa beeindruckt sein?«

»Mir egal, was du bist. Wir sollten feiern.«

»Feiern? Was denn?«

»Was du willst. Ich stoße auf die Hochzeit von Charles und Camilla an, wenn du einen Grund brauchst.«

»Ich bin kein Fan der Monarchie.«

»Ist ja ein Ding! Wir könnten darauf anstoßen, dass ich gute Bedingungen für die Abtretung meiner Patent- und Urheberrechte ausgehandelt hab. Oder darauf, dass wir ein Seminar bei einem Typen überlebt haben, der sich für Robert Capa hält? Dass wir hier in Southampton sind? Oder dass wir beide uns kennengelernt haben? Ja, das ist überhaupt der beste Grund!«

Es gefiel mir, wie er dasaß, mir halb zugewandt, ein Bein untergeschlagen, den linken Arm auf der Sofalehne hinter mir. Auch wie er mit den Händen gestikulierte; er war so lebhaft.

»Fuck. Ich hab heute noch nichts gegessen. Nur damit du nichts Falsches denkst: Ich wollte nicht vorschlagen, dass wir es tun«, sagte er. Dann, nach einer kleinen Pause fügte er hinzu: »*Essen*, meine ich, nicht ficken. Wobei, wenn ich's mir recht überlege ...«

»Das könnte dir so passen«, sagte ich. Seine Bemerkung hatte unser Gespräch auf eine andere Ebene gebracht, eine, die andere Folgen haben könnte. *Du könntest mit diesem Mann schlafen, Alice.* Der Gedanke schwebte an mir vorüber, während er zum Tresen ging.

»Und ich dachte schon, du wolltest mich zu einem romantischen Abendessen einladen«, sagte ich, als er zwei Gläser mit Cider und zwei Kurze auf den Tisch stellte.

»Essen ist was für Feiglinge«, sagte er. »Ich war so frei und hab uns zwei doppelte Gin mitgebracht. Ich hab doch eben gesagt, dass ich so ziemlich zu nichts zu gebrauchen bin. Aber das gilt zum Glück nicht für alles«, sagte er, dann verschwand er auf dem Klo. Als er zurückkam, grinste er. »So, das kann ich richtig gut.«

»Was, pissen?«

»Nein, was ich danach getan hab.« Er tippte sich seitlich an die Nase. »So, wie wär's mit einem kleinen Kuss?« Er beugte sich über mich, und wir küssten uns. *Er ist nicht dein Typ*, dachte ich, als ich seinen sommersprossigen Unterarm sah. Dabei fiel mir auf, dass ich mir noch nie überlegt hatte, wer mein Typ war.

»Genug von mir, was macht denn *dein* Vater?«, fragte er.

»Er hat ein eigenes Planungsbüro«, sagte ich. Dann dachte ich, was für ein Quatsch, ich brauche keine Anerkennung von diesem Kerl. »Das heißt, er hatte. Aber die Firma ist baden gegangen. Mein Vater ist Heizungsmonteur.«

»Tut mir leid«, sagte er.

»Was, dass die Firma pleitegegangen ist oder dass er Heizungsbauer ist?« Etwas trieb mich dazu, ihn zu provozieren; er löste eine Mischung aus Verachtung und Begierde in mir aus, die ich noch nie empfunden hatte. Noch ein paar Drinks, und ich könnte es vielleicht genauso machen wir er – reden, wie mir der Schnabel gewachsen war und ungeschoren damit davonkommen. »Wir stoßen auf den Schiffsmagnaten an!«

Kurz darauf ging er auch schon wieder zum Tresen. Groß, fast zehn Zentimeter größer als ich, und ich bin immerhin eins dreiundsiebzig, und er war gut durchtrainiert. Er kam mit einer Flasche Sekt zurück.

»Ich bin immer noch nicht beeindruckt.«

»Dann willst du ja bestimmt keinen!«, sagte er und füllte zwei Gläser.

Manchmal kann das Leben einen ganz schön überraschen. Ein Dienstagnachmittag und Sekt in einem fast leeren Pub mit diesem neuen Mann, Ben – der Name hat mir schon immer gefallen –, mit diesen Wahnsinnsaugen. Ich betrachtete die Luftbläschen in meinem Glas, und das Wort »dekadent« kam mir in den Sinn.

»Was du vorhin über Fotos gesagt hast, das hat mir gefallen«, sagte er. »Was der Typ geschwafelt hat, von wegen, dass seine Arbeit eher darin besteht, die Geschichte zu dokumentieren, anstatt sie zu beeinflussen, das war großkotziger Schwachsinn, aber was du gesagt hast, war echt gut.«

»Jetzt mal im Ernst, was hast du vor nach dem Studium?«, fragte ich. Ich fühlte mich plötzlich eingeschüchtert von dem, worauf das hier unweigerlich hinauslaufen würde.

»So wenig wie möglich. Vielleicht in einer Bar kellnern.« Wir küssten uns. »Du ... bist ... umwerfend.«

»Das sagst du bestimmt zu allen Mädchen.«

»Klar, aber bei den anderen ist es nicht ernst gemeint. Bei dir schon, Miss In-der-Bewegung-eingefangen. Rühr dich nicht vom Fleck, bin schneller zurück, als du piep sagen kannst«, sagte er und verschwand wieder auf dem Klo.

Mir war plötzlich ganz schwindlig, und ich dachte, dass ich auch gehen sollte, dass ich kurz vor dem Punkt war, an dem es kein Zurück mehr gab, also nicht, dass ich nicht mehr zurück *konnte*, aber *wie*, das lag nicht mehr in meiner Gewalt. Ich mache das öfter: Es ist, als würde ich mir dabei zusehen, wie ich eine Grenze überschreite.

»Willst du auch?«, fragte er, als er zurückkam.

»Nein.«

»Na, komm schon, entspann dich, amüsier dich ein bisschen.«

Er berührte mein Haar, und ich fragte mich, wie es wohl sein würde, Kokain zu nehmen, was es mit mir machen würde, wie ich *sein* würde – noch mehr wie ich oder wie eine andere Person? Gerade lief »Holiday« von Green Day, und ich dachte, dass ich doch eigentlich ganz gut dabei war. Es war ein schönes Gefühl, ich zu sein. Ich hatte Bläschen in der Nase, und auf einmal empfand ich sogar echte Zuneigung für mein früheres Ich, für das junge Mädchen in der grau-gelben Schuluniform, das »Ich hasse das alles« durch seine Zimmertür mit dem Boyzone-Poster schrie.

»Ich fand dich immer schon tierisch nett«, sagte Ben.

»Wieso *immer schon*? Du hast mich doch grade erst kennengelernt.«

»Ich kenne dich seit mindestens einer Stunde. Das ist lange genug.«

»Lange genug wofür?«

Er legte seine Hand auf mein Bein, und ich nahm sie: warm, fleischig, knochig. Wir küssten uns wieder, und er drückte sich auf mich, und ich rutschte unter ihn auf dem Sofa. »Freut mich, dich kennenzulernen, Miss In-der-Bewegung-eingefangen«, sagte er.

Der Seminarleiter hatte uns gefragt, was ein Foto denn nun eigentlich sei, und als sich keiner meldete, hatte er mich gefragt – die junge Dame ganz vorn mit dem lila Halstuch –, und ich war rot angelaufen und dann rausgeplatzt: »Ein Fragment, ein bisschen, als würde die Zeit angehalten«, und er meinte, das sei sehr poetisch und ob ich das vielleicht noch ein bisschen ausführen wolle, worauf ich dann gesagt hatte: »Wie etwas, das in der Bewegung eingefangen wird.«

»Gehen wir zu mir?«, fragte Ben.

»Auf einen Kaffee?«

»Das auch.«

Um ein Haar wäre ich abgehauen, aber die Sektlaune beflügelte mich, und auf keinen Fall würde ich jetzt nach Hause gehen. Wir wohnten zu sechst, und die Bude war ein Saustall; außerdem müssten die anderen alle ausgeflogen sein, damit wir ganz allein wären. Außerdem war ich vor ein paar Stunden in meinem Zimmer gewesen, und es war wieder da gewesen. *ES.* Das Schlimme – der Zustand, wenn ich mich elend fühle und gereizt und nicht schlafen kann, wenn eine alte, zerrupfte Pinnwand schon reicht, um mich zum Flennen zu bringen. Ich gebe ihm nicht die Genugtuung, es mit einem Namen zu ehren. ES muss reichen.

Ben legte seine Hand auf meinen Oberschenkel. *Alice, das passt überhaupt nicht zu dir,* dachte ich. Ich gehe *nie* beim ersten Mal mit einem Mann ins Bett. Ich sah uns in dem großen Spiegel, ineinander verkeilt auf dem braunen Sofa, vor uns die ganzen leeren Gläser auf dem niedrigen Holztisch. »Gehen wir?«

»Ja«, antwortete ich so lässig wie möglich, aber es klang trotzdem unsicher und nach der alten Alice, doch er kannte ja die alte Alice nicht, und ich dachte, wenn ich ein bisschen Kokain probierte, wäre ich bestimmt nicht mehr die alte Alice.

»Ich will mit dir schlafen«, flüsterte er mir ins Ohr, als wir aufstanden. Ich hatte das Gefühl, nichts mehr mit dem Mädchen in Corby zu tun zu haben, der kleinen Alice, die sich gefragt hatte, wie sie einen Mann anfassen sollte und was das mit ihr machen würde, ob sie hinterher anders aussehen oder anders sein würde und ob es nur diejenigen merken würden, die sie am besten kannten, ihre Eltern also (Robbie nicht, der Trottel hätte es noch nicht mal gemerkt, wenn mir ein drittes Bein gewachsen wäre!). »Ich hab reichlich zu saufen zu Hause, jede Menge Stoff«, sagte er und fasste sich an die Nase.

»Ich bin ein anständiges Mädchen«, sagte ich lachend.

Es war kalt bei ihm, und es war ein Saustall. Wir tranken Weißwein und Wodka, und er legte Eminem auf, und als die Nachbarn gegen die Wand pochten, pochte er zurück. Später streute er Kokain auf den Couchtisch und machte es genauso wie im Kino, zerteilte und schabte es mit einer Kreditkarte. Dann rollte er einen Geldschein zu einem Röhrchen und inhalierte scharf, und ich sah, wie das weiße Pulver in seiner Nase verschwand.

»Jetzt du«, sagte er.

»Aber nur ein bisschen«, sagte ich und kam mir plötzlich wieder fast nüchtern vor. Aber schon im nächsten Moment drehte sich alles.

»Es wird dir gefallen«, sagte er.

»Ich hab Angst«, lallte ich.

Er meinte, ich solle mich nicht so anstellen, dann: »Keine Sorge, es macht Spaß, es ist überhaupt nichts dabei«, und er sprach »überhaupt nichts« wieder so träge aus, wie in Zeitlupe, und auf einmal lief alles wie in Zeitlupe ab: die Bewegungen seiner Hände, die Muster, die die Schatten des Baums draußen auf die Wand warfen, sogar die Musik klang irgendwie lang gezogen.

Ich beugte mich vor und dachte: *Heute wird eine neue Alice geboren.* Aber die alte Alice kann mir nicht allzu viel bedeutet haben, denn sie hielt mich nicht auf. Ich spürte den klaren, sauberen Kick, als ich das Pulver in die Nase sog – ich sog alles auf einmal ein, so wie ich es in Filmen gesehen hatte, und ich fühlte mich sofort rundherum besser.

»Gut?«, fragte er.

»Gut.«

Einer von uns sagte was von Schiffsmagnaten und Kühlschrankmagneten, und wir lachten und füllten unsere Gläser mit Rotwein, ich wusste gar nicht, dass wir roten tranken, und ich dachte, ich muss aufpassen mit dem Zeug, dass er mir am Ende nicht zu gut gefällt.

Als wir heute Morgen in seinem Bett lagen, sagte er: »Verdammt, man friert sich ja den *Arsch* ab.«

Es hatte geschneit, und seine Heizung war kaputt. Bilder vom Vorabend gingen mir durch den Kopf: wie er an meinem Ohrläppchen knabbert, wie er mir ins Ohr flüstert, ich sei schön, seine Schulterblätter, groß und knochig. Er brühte Tee auf, und wir lasen die Zeitung, und er verkündete, er werde heute übers Wochenende nach Hause fahren – nach Buckinghamshire oder Berkshire, ich hab's nicht genau verstanden, um den einundzwanzigsten Geburtstag seines Bruders zu feiern. Eine Party in einem Festzelt. »Das wird die geilste Nacht des Jahres«, sagte er.

»Und letzte Nacht, was war das?«

»Das war nur das Vorspiel.«

Du gehst doch nie am ersten Abend mit einem Typen ins Bett, Alice, dachte ich.

Nie war bis gestern.

Du nimmst nie Kokain.

Dito.

Ich wusste nicht, ob ich gehen sollte oder ob ich bleiben und versuchen sollte, irgendwas zu retten, irgendeinen Zug an ihm zu finden, der mir wirklich gefiel, abgesehen davon, dass er so fit war. Irgendeinen netten Zug hat doch jeder.

»Im Ernst, danke für gestern Abend«, sagte er.

Da, vielleicht war es das, diese Bemerkung. Er meinte es also ernst. Mir war aufgefallen, dass er das oft machte, dass er Sätze mit »im Ernst« anfing. Ich dachte: In ein paar Jahren trägst du einen Anzug und arbeitest in einem schicken Büro, und wir werden keine Studenten mehr sein. Ich versuchte, mir das Zimmer einzuprägen. Die leere Weinflasche mit der Kerze obendrauf, die vertrocknete Grünlilie, das geklaute Verkehrsschild zwischen dem Kleiderschrank und der Wand. Ich wusste, dass ich ihn womöglich nie wiedersehen würde, das heißt, ich würde ihn unweigerlich wiedersehen, aber nicht auf *diese* Weise. Er würde ein Typ sein, der mich nach einem Gespräch über Fotografie abgeschleppt hatte, einer, mit dem meine Freundinnen mich aufziehen würden, Mr Marketing oder Mr In-der-Bewegung-eingefangen.

»Sind wir also ab jetzt Fuckbuddies?«, fragte er.

Ich hatte gelacht, als ich das Wort zum ersten Mal in einer alten Episode von *Sex in the City* gehört hatte, aber jetzt klang es brutal und drückte überhaupt nicht aus, was wir hatten. Er bückte sich und zog ein Tablett mit Kokain unter dem Bett hervor. »Zeit für einen Nachschlag«, sagte er.

Ich sammelte meine Klamotten ein und fing an, mich anzuziehen. Konnte es wirklich erst ein paar Jahre her sein, dass ich dachte, mit jemandem zu schlafen wäre ein Riesending? Plötzlich trauerte ich der alten Alice nach. Zumindest hätte ich mich gern erinnert, ob ich mich selbst ausgezogen hatte oder ob er das getan hatte.

»Geh nicht. Im Ernst. Ich fühl mich allein, wenn du gehst.«

Er zog eine Linie, bereitete eine zweite vor und lächelte mich an.

»Alles in Ordnung?«, hatte Mum mich an dem Morgen gefragt, nachdem ich zum ersten Mal mit Josh geschlafen hatte. Sie hatte gewusst, dass er bei mir übernachtete, Mum und Dad mochten ihn. Besser der Teufel, den man kennt, lautete Mums Devise. Sie sind alle Teufel, hielt Dad dagegen. Wir waren nur ein paar Monate zusammen, und jedes Mal, wenn Dad und Josh sich begegneten, schüttelten sie sich die Hand – die beiden Männer in meinem Leben. Sie fragten: Wie läuft's in der Schule? Wie läuft's bei der Arbeit? Hast du das Manchester-United-Spiel gesehen? *Männer sind sich so ähnlich und zugleich so unterschiedlich*, hatte ich gedacht, als ich sie einmal zusammenstehen sah, zwei gegensätzliche Gestalten: Josh spindeldürr und Dad kugelrund. Mir war der Gedanke gekommen, dass das jetzt das Erwachsensein war: mein erster Freund. Lass dich nie von jemandem behandeln, als wärst du nichts Kostbares, hatte Dad zu mir gesagt, doch Ben mit seinem ekelhaften Aftershave und seiner vom Rasieren geröteten Haut tat genau das.

Ich setzte mich auf die Bettkante. Mir dröhnte der Schädel.

Ich dachte an die Seminararbeit, die schon seit drei Tagen überfällig war und die ich heute fertig machen musste, dachte an die helle, weite Stille der Bibliothek. Betrachtete das Kokain, dann Ben, dann wieder das Kokain; vielleicht war ich immer noch ein bisschen beschwipst. Ich dachte: *Mum und Dad wären entsetzt, aber es ist nichts dabei, und ich hab's ja schon einmal gemacht.* Gestern Abend hatte ich eine Grenze überschritten, jetzt würde es nur eine *Wiederholung* sein. Auf einmal wusste ich, was das neue Wort für meinen nächsten Tagebucheintrag sein würde, es war ganz einfach – Koks.

»So gefällst du mir«, sagte Ben, als ich mich über das Tablett beugte.

Es tat so gut, dass ich hätte heulen können.

TEIL II

Kein Wort für das, was wir sind

Brief von Professor Jeremy Cooke
17. Februar 2012

Hallo Larry,
früher glaubte ich, ich würde sehr alt werden. Ich war davon überzeugt, ich würde mal einer von diesen alten Knackern werden, die bei jedem Wetter in Mütze und Mantel die High Street entlangschlurfen. Einer, der die Zeit völlig vergisst, dann plötzlich verblüfft auf seine Uhr schaut und vor sich hin grummelt. Der, wenn er sich beeilen will, aussieht wie ein Aufziehspielzeug, das irgendwie falsch zusammengebaut wurde. Der es nicht merkt, wenn ihm die Nase läuft und wenn er sabbert; der sich mit leeren, wässrigen Augen an Tischen und Stuhllehnen aufstützt, um in einer sich immer schneller drehenden, immer unverständlicheren Welt das Gleichgewicht nicht zu verlieren. Aber offenbar soll es nicht sein. In meiner Prostata befindet sich ein Knoten, ein harter, kanzeröser Knoten. Ich bin mit dem Arzt durchgegangen, was mich im besten beziehungsweise im schlimmsten Fall erwartet, und während er Wörter aussprach, die ich entweder nicht kannte oder die ich nie mit mir selbst assoziiert hatte, »Biopsie«, »Metastasen«, »Finasterid«, beschloss ich, auf dem Heimweg Blumen für Fliss zu kaufen, einen riesigen Strauß Astern und Iris und Schleierkraut. Vielleicht würde ich einen Braten kochen, einen Schweinebraten, ihr Lieblingsgericht. Sie weiß natürlich Bescheid, aber du bist außer ihr der Einzige. All die Arzttermine in letzter Zeit

haben mir noch einmal bewusst gemacht, was ich für ein Glück habe, sie an meiner Seite zu wissen.

Eigentlich wollte ich es mir als Rentner gut gehen lassen, Larry. Mit meiner Baumschere im Garten herumwerkeln, in Winchester in Antiquitätenläden stöbern, mit meiner Kaffeetasse mit der Aufschrift *Der griesgrämigste Mann der Welt* durchs Haus schlurfen. Eine Zeit lang habe ich davon geträumt, meine Bedenken wegen der Energiekrise über Bord zu werfen und mir einen alten Sportwagen zu kaufen und unter der Motorhaube herumzuschrauben. Ich hätte mir einen Blaumann zugelegt – ich glaube, ich habe noch nie einen besessen – und ölige Fingerabdrücke auf dem Teekessel hinterlassen. Selbst wenn ich, Gott bewahre, in einem Heim gelandet wäre, wo ich mit den anderen Insassen auf an der Wand aufgereihten Stühlen gesessen hätte, als warteten wir auf ein Erschießungskommando, oder an runden Tischen mit den anderen Karten gespielt hätte, mit gemusterter Auslegware unter den Füßen, die die Folgen kleiner »Malheurs« kaschieren sollte – selbst so ein Zustand, reduziert auf Kleinkindniveau, selbst das wäre besser gewesen als das, was ich jetzt vor mir habe: das Nichts.

Aber ich sollte mich nicht beklagen: Ich werde trotzdem mehr als doppelt so alt wie Alice. Eine bemerkenswerte Feststellung, die festgehalten werden sollte, oder nicht, Larry? Ich dachte immer, der Tod sei etwas, das anderen zustößt, wie ein Streit in der Öffentlichkeit oder ein Konkurs. In den Millionen Jahren der Evolution ist es uns nicht gelungen, die Unentrinnbarkeit dieses speziellen menschlichen Defekts zu beheben, nicht wahr?

»Klingt irgendwie nach Übertragung«, sagte Fliss leise, als ich ihr von meinem Vorhaben erzählte, »Informationen über eine verstorbene Exstudentin zusammenzutragen«.

Auf jeden Fall ist es eine gute Ablenkung, es füllt die Löcher, die sich sonst mit Angst füllen würden. Und ich werde regelrecht überschwemmt von Alice' Vergangenheit, die sich darbietet in Gestalt von Fotos, E-Mails, SMS, Twitter-Meldungen, Anekdoten, sogar unausgegorenen Theorien, darunter eine, nach der sie heroinsüchtig war. Wenn man sich vorstellt, dass wir früher nichts weiter waren als ein paar offizielle Dokumente, auf Papier gedruckt und objektiv: Geburtsurkunde, Führerschein, Heiratsurkunde, Totenschein. Heute sind wir an tausend Orten: in Einzelteile zerlegt und doch vollständig, flüchtig und doch endgültig, digital und doch gegenständlich. Dieses gigantische Informationsarchiv *da draußen*. Gott, man kann überhaupt keine Geheimnisse mehr haben. Wir beide wären niemals unter dem Radar durchgeschlüpft, wenn wir vierzig Jahre später das Licht der Welt erblickt hätten, alter Junge, glaub's mir.

Ein paar Leute haben mich sogar persönlich aufgesucht. Sie haben in ihrem Gedächtnis oder in ihren Hosentaschen gekramt, woraufhin ich instinktiv mein Notizheft oder mein Diktafon gezückt habe. Ich bin allmählich fast zwanghaft darauf versessen, jedes Detail zu erfassen.

»Sind Sie der Alice-Typ?«, fragte mich heute Morgen eine junge Frau, ein Spitzname, der mir nicht übel gefiel. Sie hielt mir ihr Handy vor die Nase wie eine Bittstellerin. »Es ist nur eine SMS, aber die letzte, die ich von ihr bekommen habe.«

Während ich das Material durchging, das ich bereits gesammelt hatte, dachte ich: Was *ist* das eigentlich? Dieses Foto, das eine Schulfreundin von Alice mir überlassen hatte, es zeigt Alice in einem Zeltlager, wo sie ihren Dienst für den Duke-of-Edinburgh-Award ableistet. Oder dieses Foto von ihr auf einem Ausflug zum Pfarrhaus der Geschwister Brontë – »Die armen Bewohner von Haworth wussten nicht, wie ihnen geschah« stand in der begleitenden E-Mail. Oder dieser Brief von einem Paar, das neben ihr wohnte, als sie noch klein war; darin heißt es: »Wir haben sie über den Zaun hinweg immer auf dem Trampolin springen sehen.«

»Klingt ein bisschen wie ein verspäteter Nachruf«, bemerkte Fliss.

»Genau das ist es«, sagte ich und stellte mir vor, wie dürftig mein eigener ausfallen wird: ein paar Absätze in der Universitätszeitschrift, ein paar Zeilen in einer Tageszeitung.

Ich sterbe, Larry. So, jetzt ist es raus. Es hat eine Weile gedauert, aber jetzt kann ich es aussprechen. Nicht in dem Sinne »Wir müssen alle sterben«, das Lieblingsthema der Philosophie-Erstsemester, nein, ganz konkret, *buchstäblich*. Nicht sofort. Weihnachten werde ich noch erleben, das nächste und übernächste wahrscheinlich auch noch. Das ist mal wieder typisch, nicht wahr? Ich kann noch nicht mal auf dramatische Weise sterben.

Ich frage mich, wie er genau sein wird, der Moment des Ablebens. Wo wird es passieren? Wie wird es sich anfühlen? Die Ehefrau am Sterbebett, die einem die Hand hält – das ist wahrscheinlich die bereinigte TV-Version. Vielleicht werde ich gar nichts davon mitbekommen. Oder, schlimmer, ich werde es mitbekommen, aber es wird vieldeutig und verworren sein: irgendein komplizierter Übergang … ja, wohin? Auch so ein Rätsel, das wir neunmalklugen Wissenschaftler nicht lösen konnten. Ich habe nicht die Absicht, still und würdevoll in die Nacht zu entschwinden, Larry. Es ist Zeit, ehrlich zu sein, reinen Tisch zu machen. In Bezug auf Alice, auf mich, auf alles.

Ich weiß nicht, wie es an deiner Universität zugeht, aber einige Kollegen hier sind ziemlich hochnäsig. »Na, macht das *Salmon-Projekt* Fortschritte?«, fragte mich heute Morgen einer, ohne seine Verachtung zu verbergen. Aber die können mich alle mal, ich habe mich mein Leben lang um die Anerkennung meiner Kollegen bemüht, obwohl die nur darauf aus sind, einem die Ideen zu stehlen oder sich über deren Schwächen zu erheben. Gott, wie konnte ich jemals die Gesellschaft dieser Leute genießen? Sie sind wie Füchse, die sich gegenseitig am Arsch schnüffeln.

Ich bezweifle, dass hiesige Nachrichten, so tragisch sie auch sein mögen, in deinem Teil der Welt große Beachtung finden, aber es ist durchaus möglich, dass dir Teile dieser Geschichte zu Ohren gekommen sind. Die Medien schlachten die Sache hemmungslos aus, und die wissen nicht mal die Hälfte. Zumindest bisher. Verzeih mir, wenn ich in meiner Schilderung irgendwelche Fakten übersehe, ich werde mich bemühen, nach bestem Wissen und Gewissen zu berichten. Man soll der Geschichte vertrauen, nicht dem Erzähler, hat D. H. Lawrence gesagt – also, du wirst Geduld mit mir haben müssen, denn meine Detailgenauigkeit ist nicht mehr, was sie einmal war. Ich habe dich noch nie belogen, jedenfalls nicht bewusst, aber ich fürchte, ich werde in den nächsten Wochen und Monaten in Versuchung kommen. Trotzdem werde ich standhaft bleiben und selbst die weniger schmeichelhaften Einzelheiten nicht verschweigen, und davon gibt es wahrlich genug. Unwahrheiten, Treulosigkeiten, fixe Ideen, Ausflüchte – wo soll ich anfangen?

In Anbetracht des Zeitpunkts, an dem ich Alice das letzte Mal gesehen habe, muss ich vorsichtig sein, aber es ist kein Grund, um aufzuhören. Zweifellos kann mein Porträt von Alice nicht Anspruch auf Vollständigkeit erheben; hier kommt einem unweigerlich der japanische Ausdruck »kintsugi« in den Sinn – das Zelebrieren der Bruchstellen, die Vorstellung, dass die wieder zusammengesetzte Version eines Gegenstandes Teil von dessen Geschichte wird. Auch das gilt es dabei zu bedenken. Und was Schwanengesänge angeht, es gibt weiß Gott schlimmere.

Und dann heute Morgen diese junge Frau in meinem Büro, die ihr Handy in den Händen hielt, als handelte es sich um ein wertvolles antikes Kunstobjekt. Megan hieß sie, ein hübsches Ding und PR-Fachfrau. »Ich habe sie geliebt«, sagte sie.

Ich konnte nicht anders als mir vorzustellen, wie es sich anfühlen würde, ihre Hände – rot lackierte Fingernägel – auf mir zu spüren, auf meiner trockenen, blassen Haut. »Und jetzt?«, fragte ich. »Lieben Sie sie jetzt nicht mehr?« Seltsam, wie wir uns mit den Tempi herumplagen. Liebte. Liebe. Kannte. Kenne. Wollte. Will. Freunde von uns – ich bezeichne sie als »Freunde«, obwohl der Kontakt schon lange abgebrochen ist – haben einen ihrer Söhne verloren, als der ein Teenager war. Eine Frage, mit der sie überhaupt nicht umgehen konnten – oder vielleicht bis heute immer noch nicht umgehen können –, ist eine ganz simple: Wie viele Kinder haben Sie?

»Ich liebe sie«, sagte die junge Frau.

»Ich weiß, meine Liebe«, sagte ich und wollte sie berühren.

Sie wich vor mir zurück, als gäbe es auf der ganzen Welt nichts Widerwärtigeres als einen alten Mann. »Woher wollen Sie das wissen?«

»Weil ich sie auch liebe.«

■ ■ ■

Artikel auf der *Nationalgazette.co.uk*-Website, 6. Februar 2012

Junge Frau stirbt auf tragische Weise in der Nähe der Brücke, für deren Schließung sie gekämpft hatte

Eine junge Frau ist in der Nähe der Brücke, für deren Schließung sie gekämpft hat, ums Leben gekommen.

Die Leiche der 25-jährigen Journalistin Alice Salmon wurde am frühen Sonntagmorgen in einem Kanal in Southampton gefunden.

Salmon, die in Southampton studiert hatte, inzwischen jedoch in London lebte, wollte das Wochenende in Hampshire verbringen.

Die Polizei hält sich mit Informationen weiterhin zurück, es kursiert jedoch das Gerücht, dass die junge Frau den Anschluss an ihre Freunde verlor und nach einem langen feuchtfröhlichen Abend auf die Brücke zusteuerte.

Es ist eine Ironie des Schicksals, dass Salmon, die als frischgebackene Journalistin für eine Zeitung in Southampton tätig gewesen war, für mehr Sicherheit an genau dem Ort gekämpft hatte, an dem sie jetzt ihren eisigen Tod fand.

In einem Artikel hatte sie die Brücke, die fast acht Meter über der Wasseroberfläche verläuft und bei Fußgängern sehr beliebt ist, als »Einladung zu Unfällen« bezeichnet und die Behörden aufgefordert, sie mit einem höheren Geländer zu sichern. »Es sollte nicht nach den Kosten gefragt werden, sondern nach dem Preis, den wir womöglich zahlen müssen, wenn die Brücke nicht gesichert wird«, schrieb Salmon im *Southampton Messenger*.

Ehemalige Kollegen werden sie in Erinnerung behalten als furchtlose Anklägerin von Verbrechensdelikten – einer Mission, der sie sich verschrieb, als sie die Kampagne »Den nächtlichen Gewalttäter stellen!« ins Leben rief, in deren Folge ein Mann verurteilt wurde, der eine 82-jährige Urgroßmutter brutal misshandelt hatte.

In den sozialen Medien kursieren bereits zahlreiche Theorien. Auf Twitter meinte jemand, die Brücke sei »im Sommer das ideale Sprungbrett für Betrunkene«. Ein anderer Nutzer, der das Opfer angeblich kannte, behauptet, sie habe »ein kompliziertes Liebesleben« gehabt.

Ihre Eltern, von der *National Gazette* kontaktiert,

verweigerten jeglichen Kommentar, aber von einem Nachbarn heißt es, er habe gesagt, sie seien »buchstäblich am Boden zerstört«.

Weitere Themen:

- Jugendlicher kurz vor seinem Debüt in der englischen Fußballnationalmannschaft
- Empörung über Kehrtwende der Regierung bei den Haushaltsplänen
- Krise der Autoindustrie weckt Ängste vor Stellenabbau

■ ■ ■

Abschrift von Luke Addisons Aufzeichnungen auf seinem Laptop, 9. Februar 2012

Als ich gesagt habe, ich sei in eine Prügelei geraten, Al, war das nicht ganz richtig, und ich muss das klarstellen. Ich bin nicht in eine Prügelei geraten, ich habe eine *angezettelt*. Der arme Kerl hatte mir nichts getan, aber ich habe mit der Faust zugeschlagen, und dann haben wir uns am Boden gewälzt. Er war ein kräftiger Brocken – deswegen hatte ich ihn mir ausgesucht –, und in null Komma nichts saß er auf mir, und seine Fäuste bearbeiteten mein Gesicht. »Schlag zu, du Arschloch«, schrie ich, und jeder Hieb war ein köstlicher Schmerz, mit dem mir die vergangenen vierundzwanzig Stunden aus dem Kopf geprügelt wurde. Als es vorbei war, hast du die Leere sofort wieder gefüllt. Mein Gesicht war völlig zerschunden, aber der andere ist ohne einen Kratzer davongekommen. Ich hatte auch gar nicht versucht, ihn zu verletzen, schließlich gibt es schon genug Schmerz in der Welt, auch ohne dass Deppen wie ich ihn austeilen wie Konfetti auf einer Hochzeit.

Es war in irgend so einem Scheißpub in Waterloo. Ich war gerade aus Southampton zurück, und mir gingen tausend Dinge durch den Kopf. Ich hatte mir ein Bier bestellt und war gerade zu den Tischen draußen rausgegangen, als dein Bruder anrief. »Wo bist du?«, wollte er wissen.

Ich hab's ihm natürlich nicht gesagt. Was hätte ich ihm auch sagen sollen. Bin gerade wieder in London angekommen, nachdem ich deiner Schwester nach Southampton gefolgt war? Ich hab also nur so lässig wie möglich geantwortet: »Unterwegs.«

Er wusste, dass wir uns eine Auszeit voneinander genommen hatten. Er konnte mich von Anfang an nicht leiden, das hat er zwar nie gesagt, aber es war offensichtlich. »Ich habe ganz schlimme Nachrichten«, sagte er, und es klang nicht so, als würde er das zum ersten Mal sagen. Ich konnte ihn kaum verstehen in dem überfüllten Biergarten. Ich hörte irgendwas von unbegreiflich, dass noch keine Einzelheiten bekannt waren, letzte Nacht, absolut unwirklich, deine Eltern am Boden zerstört… Ich stand da und zog an meinem Joint, als hinge mein Leben davon ab, es brannte in der Lunge, und ich spürte den Kick, während ein paar Jugendliche mich einkreisten, die offenbar Ärger suchten. Aber die hatten keine Ahnung, dass sie mir überhaupt nichts anhaben konnten, weder sie noch ihre Kumpel drinnen im Pub. Ich war schon tot. »Mach, dass du nach Hause kommst, sonst kipp ich dir das Bier ins Gesicht«, hab ich zu einem von ihnen gesagt. Es war ein heilloses Gefühlschaos: das Bier, das Gras, das dringende Bedürfnis, das Feuer des einen Schmerzes mit dem eines anderen zu löschen.

Später kam eine SMS von deiner Mutter: »Komm uns besuchen.« Und dann, noch etwas später, als meine Schuldgefühle mich zu ersticken drohten, hockte dieser wuchtige Typ am Tresen, und ich dachte: Der kommt mir gerade recht.

In den zwei Monaten, die wir uns nicht gesehen haben, Al, habe ich getan, worauf wir uns geeinigt hatten: Ich habe nachgedacht und mir darüber Klarheit verschafft, was ich wollte. Nicht dass das nötig gewesen wäre, ich wusste auch vorher, dass ich *dich* wollte. Ich hatte hart gearbeitet, hatte ziemlich viel gespart und mir sogar ein paar Wohnungen angesehen, die für uns infrage gekommen wären. Ich hatte nichts mit einer anderen. Aber was ist mit dir? Wer zum Teufel ist dieser Ben, mit dem du dauernd getwittert hast? Als wir uns letztes Wochenende gestritten haben, hast du mir offensichtlich etwas verheimlicht. Umgekehrt wird ein Schuh draus, Alice. Es ging um unsere Zukunft, nicht nur um deine, um *unsere*. Und jetzt bist du tot, und wer auch immer der Typ ist, jetzt triffst du dich nicht mehr mit ihm, nicht wahr, genauso wenig wie mit mir, und genau das ist es, was Eifersucht mit einem macht, das passiert, wenn man jemanden liebt, und ich habe dich geliebt, Al. Das in Prag war überhaupt nichts – irgendein Mädchen aus irgendeinem Kaff mit D, dessen Namen ich mir nicht mal merken konnte, in einem schäbigen Hotelzimmer. Wir haben kaum ein paar Dutzend Worte gewechselt, und als sie ihre Sachen eingesammelt hat, weil sie gehen wollte, hat sie gesagt: »Du liebst jemanden, nicht wahr?«

»Wie kommst du darauf?«, hab ich gefragt.

»Weil ich das nicht tue, und wer es nicht tut, merkt es bei anderen.«

Ich rechnete fast damit, dass sie mir als Nächstes mit einem Zitat kommen würde – so wie du es in so einer Situation getan hättest –, das mir erklären sollte, was sie meinte, aber die Frau, die nicht du war, wischte sich nur eine Träne oder ein bisschen Wimperntusche aus dem Augenwinkel und ging.

Bei alldem geht es aber nicht um sie, sondern um *mich*. Ich muss das aufschreiben.

»Wenn niemand etwas aufschreiben würde, dann gäbe es keine Jane Austen, und stell dir mal vor, wie das Leben wäre ohne sie«, hast du gesagt, als wir uns gerade kennengelernt hatten. Ich wusste darauf nichts zu antworten, also hab ich den Mund gehalten, weil ich nicht wie ein Banause dastehen wollte, auch wenn du nicht lange gebraucht hast, um mich zu durchschauen!

Das Leben ist wie dieser Dominoweltrekordversuch, den ich mal im Fernsehen gesehen hab, als ich noch klein war: Eine einzige kleine Verschiebung eines Teils ändert alles, was danach kommt. Wenn das mit Prag nicht passiert wäre, wärst du vielleicht nicht in Southampton gewesen, oder wenn doch, wärst du vielleicht nicht so betrunken gewesen oder wärst nicht zum Flussufer gegangen, und ich wäre garantiert nicht mit dir da unten gewesen. Oder vielleicht hättest du mir an dem Abend eine SMS geschickt, und ich hätte an deiner komischen Schreibweise gemerkt, dass du besoffen warst, und es wäre wie eine Leuchtrakete gewesen, und ich hätte geantwortet: »Pass auf dich auf, Baby« oder »Geh zurück zu deinen Freunden«. Normalerweise hast du auf mich gehört, wenn du betrunken warst, auch wenn es mir manchmal so vorkam, als wärst du in dem Moment hinter einer Glasscheibe.

Du hast immer gesagt, Alkohol würde mich lustig machen, doch das stimmt nicht, Alkohol macht mich konfus, ängstlich, wütend. Mein Gesicht ist grün und blau, aber warum sollen die anderen nicht sehen, was ich mir angetan habe, was du mir, was du uns angetan hast? Ich habe immer versucht, mir vorzustellen, wie unsere Kinder mal aussehen würden, ob sie meine Nase oder deine Sommersprossen erben würden, mein Kinn oder dein Haar, meine Ohren oder deine Grübchen – ich habe mir unsere gemeinsame Zukunft ausgemalt –, aber du hast alles in tausend Stücke zerschlagen, obwohl wir, als ich das in Prag gemacht hab, erst sieben mickrige Wochen zusammen waren, obwohl wir da noch nicht mal ein richtiges Paar waren.

Komisch, dass ich mich, als der Typ auf mich einprügelte, zum ersten Mal seit zwei Monaten wie ein Mensch gefühlt habe. Seit du gesagt hattest: »Ich möchte, dass wir eine Auszeit nehmen.« Seit du gesagt hattest: »Kein nichts.«

Auch komisch, dass die Polizei nicht mehr Fragen stellt, dass die nicht misstrauischer sind. Die rufen nur Zeugen dazu auf, sich zu melden, vor allem diejenigen, die am Samstagabend mit dir zusammen waren. Wahrscheinlich ist es nichts Ungewöhnliches, dass eine Betrunkene den Tod findet. Jeden Tag, jede Minute stirbt jemand.

»Ich habe gehört, dass Sie sich vorübergehend getrennt hatten«, sagte eine Polizistin zu mir. »Das war doch bestimmt schwierig, oder? Hatten Sie sich mit Alice gestritten?«

Darüber musste ich lachen, ich hab ihr laut ins Gesicht gelacht, in ihr schlaues, selbstgefälliges, neugieriges kleines Gesicht.

■ ■ ■

Auszug aus Alice Salmons Tagebuch, 3. Dezember 2006, Alter 20

Paris, I'm only in Paris!

Ich hatte schon seit Wochen nicht mehr mit Ben gesprochen, aber am Mittwoch rief er an und fragte, ob ich Lust hätte auf einen Wochenendtrip, er würde mich einladen.

»Ich hab zu tun«, sagte ich. »Ich muss mit meiner Examensarbeit weiterkommen.«

»Und wenn ich sage, du würdest dafür deinen Reisepass brauchen?«

Es gibt kein Wort, um zu beschreiben, was wir sind. Wir sind kein Paar, aber wir unternehmen alles Mögliche gemeinsam. Er ist nicht mein Freund, und ich bin nicht seine Freundin, manchmal jedoch verhalten wir uns so, als wären wir es. Irgendwie. So war es immer, seit wir uns bei diesem Seminar kennengelernt haben, in dem es um Fotografie ging. Und jetzt sind wir in Paris.

»Ziemlich klein«, sagte er über die *Mona Lisa*.

»Ja, aber sieh dir die Augen an. Die würde sich nichts gefallen lassen!«

Ich musste ihm erklären, dass die *Venus von Milo* Aphrodite ist, aber sein einziger Kommentar war, es sei eine Schande, dass der Künstler sich nicht hatte aufraffen können, die Skulptur zu vollenden. Und als ich darüber lachen musste, sagte er: »Siehst du, ich hab dir doch gleich gesagt, es würde dir guttun, mal ein paar Tage nicht an deine Examensarbeit denken zu müssen. Wie kommst du denn überhaupt voran mit dem grauenvollen Scheiß?«

»Überhaupt nicht. Ich hab das Gefühl zu ertrinken. Warum, wolltest du mir vielleicht dabei helfen?«

»Eher würde ich mir in den eigenen Arsch beißen!«

Wir waren auf dem Eiffelturm, wo Ben mir grinsend erklärte, dass man jemanden auf dem Boden töten könnte, wenn man von da oben einen Apfel fallen ließe. Dann waren wir auf dem Pont des Arts (wusste ich's doch, dass mein Französischgrundkurs mal nützlich sein würde), der Brücke mit den unzähligen Vorhängeschlössern. »Verliebte Pärchen hängen die hier hin als Symbol für ihre unzerbrechliche Liebe und werfen anschließend den Schlüssel ins Wasser«, sagte ich. »Es heißt, wenn man sich auf dieser Brücke küsst, bleibt man für immer zusammen.«

Er wirkte nervös. »Komm nicht auf dumme Gedanken, Fischgesicht.«

Plötzlich nagte es wieder an mir, dieses unbefriedigende Gefühl, nicht zu wissen, was dieser Mann und ich eigentlich darstellten. Als »Freunde mit gewissen Vorzügen« hatte er uns einmal bezeichnet. Aber er ist schon einundzwanzig, und ich werde es bald. Vor einem Jahr, als wir uns gerade erst kennengelernt hatten, mochte das ja noch angehen, aber ich habe keine Lust, mich auf Dauer verarschen zu lassen. »Wir könnten so was öfter machen«, sagte ich, »und ein richtiges Paar sein.«

»Mir reicht es, wie es ist.«

Meg findet, dass er ein kompletter Idiot ist, aber – Kotzeimer bereithalten – sie kennt nicht seine anderen Seiten. Wie er zum Beispiel manchmal ganz plötzlich bei mir mit Blumen vor der Tür steht, oder wie er mich Leuten als Miss In-der-Bewegung-gefangen vorstellt. »Aber wäre es denn so schrecklich, wenn wir ein ganz normales Paar wären wie andere Leute auch?«

»Ich dachte, du hättest was gegen alles, was normal ist.«

»Ich schlage ja nicht vor, dass wir heiraten und uns ein Wohnmobil zulegen. Ich meine nur, dass wir uns häufiger sehen könnten. Das wäre doch bestimmt schön.«

»Du kennst mich doch, Fisch, ich habe keine Lust, mich fest zu binden.« Er schaute hinunter ins Wasser. »Hin und wieder passt mir besser.«

Wir hatten einen wunderbaren Tag gehabt, aber ich wusste, dass dieses Gespräch mich zermürben würde. Selbst wenn wir das Thema wechselten – was wir natürlich tun würden –, würde es mich verfolgen. »Jeder kann sich ändern«, sagte ich und rang mir ein Lächeln ab.

»Verdirb uns nicht das Wochenende«, sagte er.

»Dann bring mich nicht dazu.«

Zum Teufel mit dir, Ben, dachte ich. Ich hab was Besseres verdient als hin und wieder. Ich fuhr mit der Hand über die Vorhängeschlösser und dachte, vielleicht würde ja genau hier – auf der Brücke der Verliebten, im Hintergrund die blinkenden Lichter des Eiffelturms, in der romantischsten Stadt Europas – unsere sogenannte Beziehung enden.

Andererseits hatte ich das schon öfter gedacht.

Ich hätte nicht nach Paris kommen sollen.

Es gehört zum Dümmsten, was ich je getan habe. Ich hätte zu Hause bleiben und weiter an meiner Examensarbeit basteln sollen (keine Frage, welches das Stichwort dieses Tagebucheintrags ist: Examensarbeit!). Dr. Edwards, mein Tutor, meinte neulich, ich hätte gute Chancen auf eine Eins, er findet, dass ich – ich zitiere – ein extrem reifes Verständnis für Austens Werk besitze. »Sie sind eine einfühlsame Leserin, Alice«, sagte er. »Und Sie scheinen außerdem eine Schwäche für tragische Heldinnen zu haben!«

Doch die aufmunternden Worte änderten nichts an meinem Stress. Das wäre ja alles nicht so schlimm, wenn der Stress aufhören würde, sobald ich abgegeben habe, aber dann geht's ja los mit der Jobsuche (für Ben ist das kein Problem, man braucht keinen Job, wenn Mama und Papa einen aushalten). Manchmal habe ich das Gefühl, dass ich einfach nicht intelligent genug bin, um mithalten zu können. Ich meine, bei *Mastermind* kann ich zehn oder elf Fragen richtig beantworten, aber bei *University Challenge* höchstens vier. Wenn ich ein elektrisches Gerät wäre, ein iPod oder eine Waschmaschine zum Beispiel, hätte man schon längst eine Rückrufaktion für mich gestartet. Dann hätte man mich ins Werk zurückgebracht und repariert, aber mit Menschen kann man das nicht machen, weil wir nicht in Fabriken hergestellt werden, und wenn man sich ansieht, wer mich hergestellt hat … Vor allem meine Mum ist genauso schlimm wie ich, aber wenn ich sie frage, wie sie in meinem Alter war, macht sie komplett dicht. »Es kommt nicht darauf an zu warten, bis das Gewitter vorbei ist«, hat sie mal zu mir gesagt. »Sondern dass man lernt, im Regen zu tanzen.«

Früher dachte ich immer, so ein Tagebuch würde als Überdruckventil dienen, aber es hilft nicht, denn selbst wenn man so wortgewandt ist wie Stephen Fry (ein veritables Füllhorn, der Mann!), bedeutet das nur, dass man mehr Möglichkeiten hat, zum Ausdruck zu bringen, wie beschissen man sich fühlt. Nichts von dem, was er in seiner Quizsendung QI zum Besten gibt, macht, dass *ES* weggeht, seine Worte geben ihm nur eine neue Form, eine neue Gestalt, einen neuen Klang.

Natürlich gibt es eine Möglichkeit, den Stress loszuwerden. Ich schaue zum Bad des Hotelzimmers und erinnere mich an ein anderes Badezimmer vor ein paar Jahren, sehe, wie ich leise das Medizinschränkchen öffne und alles herausnehme – Pflaster, Augentropfen, Nagelschere, Paracetamol –, es auf den Wannenrand lege und ordentlich nebeneinander anordne, als würde ich meine Monopolysteine sortieren (ich hatte immer die Spielfigur, die aussah wie ein kleiner Hund). Mich fröstelt. Ich nehme mein Handy. Ben ist losgegangen, angeblich um Zigaretten zu holen, aber wahrscheinlich hockt er in irgendeiner Bar. Ich schicke ihm eine SMS: *Komm zurück*. Gestern Abend, nach unserem Gespräch auf der Brücke, war es wie immer. Nichts ist geklärt. Nichts hat sich geändert. Panisch rief ich ihn an.

»*Alice*«, sagte er verwundert.

Ich sah ihn vor mir, wie er auf einer Brücke stand, den Kopf nach hinten warf, Rauch ausblies und an mich dachte, und plötzlich kam ich mir vor wie eine Romanfigur, konnte mich aber nicht entscheiden, wie ich sein wollte: verstört und unglücklich oder mutig und nicht bereit, mich verarschen zu lassen. »Wo bist du?«

»Äpfel kaufen!«

»Ich mein es ernst. Wo bist du?«

»Unterwegs.«

Er lallte ein bisschen. Ich sagte mir, dass das nicht so weitergehen konnte. Es war aus, und als mir klarwurde, dass ich am Ende diejenige sein würde, die in Tränen aufgelöst war, hasste ich ihn ein bisschen.

»Wenn du's genau wissen willst, ich hab dir ein Geschenk gekauft«, sagte er. »Eine Überraschung.«

Eine halbe Stunde später die nächste SMS. *Dieses Geschenk. Du musst es mir vorführen, wenn ich zurück bin.*

Plötzlich war ich aufgeregt, oder vielleicht schämte ich mich auch.

»Bist du meine Aphrodite?«, fragte er später, als wir den Wein tranken, den er uns aufs Zimmer bestellt hatte.

Es stimmt: Ich habe tatsächlich eine Schwäche für tragische Heldinnen.

Ich versuchte, an meiner Examensarbeit weiterzumachen, schaute aber stattdessen zu, wie die Landschaft vorbeiflog, und nahm mein Tagebuch heraus.

Als ich zwölf oder fünfzehn oder siebzehn war, hätte ich mir nie träumen lassen, dass ich mit zwanzig so sein würde, wie ich jetzt bin – dass ich mal im Eurostar sitzen würde, nach einem Wochenende in Paris mit einem Mann, der es nicht fertigbringt, das Wort »Freundin« auszusprechen.

Ben schlief tief und fest. So vertrauensselig, so verletzlich. Dieser blonde Haarschopf und die perfekten weißen Zähne. Wahrscheinlich würde er durchratzen, bis wir in Waterloo ankamen, dann würde er verblüfft die Augen aufmachen, sich strecken, seinen Rucksack aus dem Gepäcknetz nehmen, und dann würden wir nach Southampton fahren, und er würde für ein paar Tage abtauchen, dann vielleicht eine SMS, irgendwas Albernes über das Wochenende – Nina Simone in der Brasserie oder die Venus von Milo oder die Äpfel. Ja, das passt zu ihm, das wird er sich merken: dass man jemanden umbringen kann, indem man vom Eiffelturm einen Apfel auf ihn fallen lässt.

Aber er wird keine Antwort kriegen.

»Wir müssen zusammenhalten«, hat er mal ganz erschrocken zu mir gesagt, nachdem ich ihn angeschrien hatte. »Außerdem«, hatte er hinzugefügt, als sein Selbstbewusstsein sich wieder eingerenkt hatte, »kannst du dich nicht von mir trennen, weil wir gar kein Paar sind.«

Nach dem Streit war länger als gewöhnlich Sendepause: mehrere Monate anstatt mehrere Wochen. Aber ich lasse es immer wieder zu: Am Ende eines Abends, wenn die Band zu Ende gespielt hat, oder wenn er bei einer Versammlung neben mir steht oder am Ende einer Party, wenn man nur noch zu zweit in der Küche hockt – es hat etwas Unausweichliches, das mit ihm und mir. Das ist typisch für mich, dass ich Dinge tue, obwohl jede Zelle in meinem Körper schreit (können Zellen schreien?): *Tu's nicht.* Schulden machen. Meinen Vermieter als Parasiten beschimpfen. Mich gleich im ersten Semester auf der Weihnachtsfeier der Anthropologen volllaufen lassen. Einerseits bin ich froh, dass ich mich nicht an mehr erinnere, aber andererseits *muss* ich mich erinnern. Mir kommen nur einzelne Bilder hoch. Sardellen-Canapés. Ein Gespräch über irgendeine Entdeckung in Indonesien, irgendwas mit Hobbits. Kalter Weißwein (*Nicht schlecht*, hatte Professor Cooke gesagt, obwohl er roten bevorzugt hätte, und dann ratterte er Namen und Rebsorten herunter, was für mich alles chinesisch klang). Später hab ich versucht, eine Plakette an der Wand zu lesen, was aber nicht ging, weil die Buchstaben verschwammen. Gelächter und dann Cookes Stimme: »Zeit, dass wir Sie hier fortschaffen, junge Dame.«

Ben rührte sich auf seinem Platz und fragte verschlafen: »Wo sind wir?«

Es stimmte mich traurig, dass wir später nicht gemeinsam in Erinnerungen an das Wochenende würden schwelgen können. Wir würden uns zwar an dieselben Dinge erinnern, aber aus unterschiedlichen Perspektiven.

Dr. Edwards reitet permanent auf dem Thema Perspektive herum. »Durch wessen Augen sehen wir?«, fragt er. »Wer ist der Erzähler in der Geschichte? Wer ist der Held?«

Ben kam zu sich, gähnte, rieb sich das Gesicht, und einen Moment lang geriet ich ins Wanken.

Zu spät, dachte ich.

»Wir alle sind die Helden unserer eigenen Geschichte«, hat Dr. Edwards mal gesagt.

»Oder Heldinnen«, hatte ich eingeworfen. »Vergessen Sie die Heldinnen nicht. Schließlich war Anonymus in der Geschichte häufig eine Frau …«

»Sehr richtig. Die Verhunzung eines Woolf-Zitats, soweit ich weiß.«

Es war ein Aha-Erlebnis gewesen. Eine Erleuchtung. In meiner Geschichte war ich die Heldin. Immer ich.

»Wir könnten uns Bagels besorgen«, sagte Ben, und ich dachte: *Du Idiot, wir hätten uns Bagels besorgen können, aber du hast es versaut. Keine zweite Chance. Das heißt, du hattest schon sechs zweite Chancen. Eine siebte gibt's nicht.*

Er hatte keine Ahnung, was auf ihn zukam. Er tat mir beinahe leid.

■ ■ ■

**E-Mail von Professor Jeremy Cooke,
4. März 2012**

Von: jfhcooke@gmail.com
An: Elizabeth_salmon101@hotmail.com
Betreff: Halt dich da raus

Liebe Elizabeth,
das mit Alice tut mir unendlich leid. Es wird dir nichts bedeuten, dass ich dir das schreibe, aber es ist wirklich so. Überall wird von der Macht des Wortes geredet, doch in Situationen wie diesen lassen sie einen schmählich im Stich. Ich habe lange über-

legt, ob ich dir eine Beileidskarte schicken sollte, bin jedoch zu dem Schluss gelangt, dass es besser ist, wenn ich davon Abstand nehme, vor allem nach meiner falsch verstandenen E-Mail. Ich bitte um Verzeihung, wenn das unsensibel war.

Ich kann verstehen, dass du Alice schützen willst. Welche Mutter würde das nicht tun?

Vielleicht sollte ich dir genauer erklären, was ich mit meiner »Forschung« bezwecke. Ich betrachte das Ganze mehr als Ehrung denn als Nachruf, aber keinesfalls ist mir daran gelegen, ihre Schwächen bloßzustellen, denn Schwächen haben wir weiß Gott alle genug. Du kennst mich, Liz: Ich interessiere mich nun mal für Menschen, und zwar in all ihren schillernden, farbenfrohen Facetten. Und es gibt kaum Menschen auf der Welt, die schillernder und farbenfroher sind als Alice.

Ähnlich wie ein menschliches Leben lässt sich ein quasiakademisches Unterfangen nur schwer beurteilen, bevor es vollendet ist; man muss das Endresultat auswerten. Aber beruhigt es dich denn nicht, dass so viele von Alice' Freunden und Kollegen mich unterstützen? Außerdem hast du mein Wort, dass ich ihr Andenken immer in Ehren halten werde.

Ich möchte noch betonen, dass es sich um ein ganz persönliches Projekt handelt, das nichts mit meiner wissenschaftlichen Arbeit zu tun hat. Ehrlich gesagt hängt mir die akademische Welt mit ihrem Snobismus und ihrer Kleinkariertheit zum Hals heraus. Ich sage, dass ich das Wort »Forschung« meide, aber ich bin nun mal Wissenschaftler, so wie du eine Mitarbeiterin bei einer Wohnungsbaugesellschaft bist oder dein Mann Heizungsbauer ist oder dein Sohn Rechtsanwalt. Und apropos Spuren: Ein kleiner Fischzug im Internet hat einige von *deinen* zutage gefördert.

Wie ich sehe, hat dein Sohn zwei Kinder (Gott, Liz, dass du schon Großmutter bist), und dass er in seinem Alter bereits Partner in einer derart renommierten Kanzlei ist, ist eine beachtliche Leistung. Vielleicht wäre es übertrieben, ihn als »jung« zu bezeichnen, aber von einem gewissen Alter an kommen einem alle, mit denen man zu tun hat, jung vor – bis auf die alten Freunde und Kollegen natürlich, die reihenweise den Löffel abgeben. In jüngster Zeit sind Beerdigungen die einzigen Gelegenheiten, bei denen ich mit meinen Zeitgenossen in Kontakt komme. In diesem Jahr war ich schon auf zweien, dabei haben wir gerade mal März. Das Protokoll dieser Veranstaltungen ist mir mittlerweile in Fleisch und Blut übergegangen: der schwere Gang, das Händeschütteln, die unbeholfenen Worte, selbst das Umarmen, und wie du weißt, bin ich nie ein Umarmer gewesen. Das verdammte *Herr, bleibe bei mir* kann ich schon auswendig singen!

Könnten wir uns nicht mal auf einen Kaffee oder auch etwas Stärkeres treffen? Wir könnten uns einen »neutralen« Ort aussuchen, falls bei mir zu viele Geister herumspuken. Ich könnte dir einige von meinen – verzeih mir das taktlose Wort – »Erkenntnissen« offenbaren.

Ich bin der Ansicht, dass Alice, die wahre Alice, die ich erst in den vergangenen Wochen wirklich kennengelernt habe, ganz anders war als die Alice, die die meisten Leute kannten. Vielschichtiger. Komplexer. Sie war dir unglaublich ähnlich.

Wie ist es *dir* eigentlich ergangen, Liz? Ich nehme an, du bist in Corby geblieben. Southampton wird für dich eine Ewigkeit her sein. Ich bin dieser Stadt nie entkommen; ich sitze sogar noch in demselben scheußlichen Büro. Ich habe bald Geburtstag, es ist ein wichtiger, ein halb runder: fünfundsechzig. Somit müsstest du jetzt vierundfünfzig sein. Mit meiner Gesundheit steht es nicht zum Besten, aber Fliss hat mich zum Abendessen eingeladen, in einem Landhotel im New Forest. Die haben ein paar erstklassige italienische Rotweine auf der Karte, und der Rehrücken ist ein Gedicht. Wir gehen ein Mal im Jahr dahin und reservieren immer denselben Tisch. Ich mag Traditionen.

Heutzutage nennt mich niemand mehr Jem.

Dein Jem

▪ ▪ ▪

**Blogeintrag von Megan Parker,
8. Februar 2012, 21:30**

Das könnte jetzt ein Riesenfehler sein, aber manchmal muss man auf sein Herz hören. Nach mir die Sintflut!, hat Alice immer gesagt.

Sie war eine von den Anständigen unter den Journalisten, eine, die etwas bewirken wollte. Sie hat keine Artikel über die Kardashians geschrieben oder über Katy Perrys neuen Hund, und sie hat auch keine Fotos veröffentlicht von Berühmtheiten mit Schweißringen unter den Achseln oder von Stars, die angeheitert aus Nachtklubs stolpern, und sie war genauso empört über die Abhörskandale wie alle anderen auch. Aber sie konnte sich wochenlang an die Fersen eines kleinen Gauners heften, der eine alte Oma um ihre Ersparnisse gebracht hatte, oder eines zwielichtigen Bauunternehmers, der sich mit dem Geld aus dem Staub gemacht und die Leute mit einem halb fertigen Anbau sitzen gelassen hatte. Ich werde mir also ein Beispiel an ihr nehmen. Es kann die Situation nicht noch schlimmer machen.

»Manchmal bekommt man eine Antwort, ohne zu wissen, wie die Frage lautet«, hat Alice mal gesagt. »Man muss es einfach ans Tageslicht bringen.«

Ich habe den Zettel in einem Karton gefunden, den ihre Mutter mir gegeben hat, weil sie es nicht übers Herz brachte, die Sachen durchzusehen. Es war lauter banales Zeug – alte

Cosmopolitan-Hefte, ein Stapel H&M-Quittungen, ein Ausdruck von einem JustGiving-Benefizlauf, an dem Alice teilnehmen wollte, eine Einladung zu einer Hochzeit im Herbst, ein paar Arbeitsunterlagen – aber ganz unten lag ein DIN-A-4-Blatt mit einer Haftnotiz, auf der in Alice' Handschrift stand: Erhalten am 21. Dezember 2011.

Ich habe zwei Stunden darüber nachgedacht, ob ich das in meinem Blog veröffentlichen soll.

Nach mir die Sintflut!

ERINNERST DU DICH AN MICH, KLEINE MISS VERBRECHERJÄGERIN? HAT SICH BESTIMMT TOLL ANGEFÜHLT, LEUTE EINSPERREN ZU LASSEN, DAMIT WIR ALLE RUHIGER SCHLAFEN KÖNNEN, ODER? MÄNNER ALS MONSTER ZU BESCHIMPFEN. DU SOLLTEST AUF DER HUT SEIN, SONST KRIEGST DU ES BALD MIT DEINEM PERSÖNLICHEN MONSTER ZU TUN. WIE WÜRDE DIR DAS GEFALLEN? EIN WEIHNACHTSMONSTER? HAST DU ANGST VOR MONSTERN? FÜR WEN HÄLTST DU DICH EIGENTLICH, DU MISTSTÜCK? DU UND DEINE SCHEISSKAMPAGNE. DU WEISST ÜBERHAUPT NICHTS ÜBER MICH. DU MACHST MIR KEINE ANGST. MACH ICH DIR ANGST? SCHLÄFST DU GUT? SCHLUSS MIT GUTEN MANIEREN, ZEIT, DASS DU MAL ANDERE SEITEN KENNENLERNST. ICH STEH JA EHER AUF ÄLTERE FRAUEN, ABER BEI DIR MACH ICH 'NE AUSNAHME. SCHÖNE GRÜSSE VON FREEMAN.

Kommentar zu obigem Blogeintrag:

Du bist genauso eine HURE wie deine Freundin. Wie schläfst DU denn nachts, Megan Parker?

A FREEMAN

▪ ▪ ▪

Q&A mit Alice Salmon in der Herbstausgabe 2005 der Studentenzeitung der Universität Southampton, *Voice*

Frage: Warum hast du dieses Seminar belegt?

Antwort: Ein Lehrer hat mir mal gesagt, die Schule kann uns die Liebe zu einem Autor lehren, aber die Uni hilft uns zu verstehen, *warum* wir einen Autor lieben. Ich wollte herausfinden, wie es möglich ist, dass eine Einsiedlerin wie Emily Brontë in so jungen Jahren so viel zu sagen hatte. Sie ist ja nie gereist und hatte auch kein Internet zur Verfügung. Wie konnte sich in einem winzigen Flecken der windumtosten Yorkshire Moors so viel Lebensweisheit herausbilden? Die Formulierung muss ich mir merken, sie gefällt mir: *in einem winzigen Flecken der windumtosten Yorkshire Moors*.

F: Hast du einen Freund?

A: Nein, aber ich bin offen für Angebote. Auch wenn ich keine Zeit habe für Männer!

F: Halb volles oder halb leeres Glas?

A: Halb voll, auf jeden Fall. Aber wenn ich eingeladen bin, hätte ich gern noch eins. Einen Mojito, bitte.

F: Lieblingsort?

A: Southampton. Vor allem das Flames, mittwochs abends. Ansonsten alles, was mit Wanderschuhen begehbar ist.

F: Wer inspiriert dich?

A: Die Leute in New Orleans, die nach dem Hurrikan Katrina ihre Stadt wiederaufgebaut haben. Ich habe im Fernsehen gesehen, wie eine Frau aus ihrem überfluteten Haus gerettet wurde und ihren Hund zurücklassen musste – sie hat ihm noch Futter hingestellt, obwohl sie wusste, dass der arme Kerl sterben würde. Okay, es war kein Mensch, aber ich hab Rotz und Wasser geheult.

F: Politik?

A: Interessiert mich, auch wenn sie meistens inkonsequent und widersprüchlich ist. Studienkredite jedenfalls sind Mist!

F: Was willst du machen, wenn du erwachsen bist?

A: Die Frage kann ich nicht beantworten, weil ich nie erwachsen werde! Spaß beiseite, ich würde am liebsten sagen: den Weltfrieden sichern, die Armut abschaffen und Krebs ausrotten, aber wahrscheinlich werde ich als ewige Praktikantin enden oder arbeitslos sein. Vorausgesetzt, ich schaffe überhaupt meinen Abschluss. Im Moment bin ich nämlich mit einer Seminararbeit im Verzug.

F: Du in drei Wörtern.

A: Säumig, loyal, fleißig.

F: Was an dir würdest du ändern, wenn du einen Zauberstab hättest?

A: Meine Füße, meine Haare, meine Schultern … wie viel Zeit hast du?

F: Was macht dich wütend?

A: Das Übliche. Ungerechtigkeit, Gewalt, Egoismus, ich selbst. Und kalter Kaffee. Kalten Kaffee kann ich nicht ausstehen.

F: Dein wertvollster Besitz?

A: Mein iPod und meine Familie und meine Freunde. Nicht unbedingt in der Reihenfolge …

F: Der beste Rat, der dir je gegeben wurde?

A: Glück ist, wenn man sich glücklich schätzt. Das hat irgendjemand Berühmtes gesagt, wer, weiß ich nicht mehr.

F: Wenn du eine Million Pfund im Lotto gewinnen würdest, wofür würdest du das Geld ausgeben?

A: Kann man Profs bestechen?

F: Deine größte Leistung?

A: Der erste Preis in einem Schreibwettbewerb, als ich fünfzehn war.

F: Was bereust du am meisten?

A: *Je ne regrette rien.* Das heißt, doch, aber wenn ich dir das verraten würde, müsste ich dich nachher umbringen …

F: Zum Schluss möchten wir noch ein Geheimnis über dich erfahren.

A: Als ich klein war, hab ich Fremden gegenüber so getan, als wäre ich jemand anders, hab mir Fantasienamen gegeben und mir eine ganz andere Familie ausgedacht.

Möchtest du auch unsere Fragen beantworten? Ein Honorar gibt's nicht, aber deine Antworten werden in Southamptons hippster Studentenzeitung abgedruckt, und du kriegst deine Fünfzehn-Minuten-(fünfzehn Fragen!) Berühmtheit!

▪ ▪ ▪

**E-Mail von Elizabeth Salmon,
18. März 2012**

Von: Elizabeth_salmon101@hotmail.com
An: jfhcooke@gmail.com
Betreff: Halt dich da raus

Du hast dich kein bisschen geändert, Jem. *Deine* Arbeit, *dein* Geburtstag, *dein* Wein – hier geht es aber nicht um *dich*. Behandle mich nicht, als wäre ich eine deiner Studentinnen. Soll mich das etwa beeindrucken, dass du im Internet nach uns gesucht hast? Es ist ja wohl nichts Neues, dass wir da alle zu finden sind, dich eingeschlossen. Manche Dinge haben sich nicht geändert. Die Studenten der unteren Semester empfinden dich nach wie vor als abgehoben und arrogant. Der Durchbruch bei deiner Phonologieforschung ist dir offenbar versagt geblieben. Ebenso der Verdienstorden MBE, der mal im Gespräch war. Nicht schön, deine Schwächen schwarz auf weiß vor dir zu sehen, wie? Ich habe den Eindruck, dass nicht Alice', sondern *dein* Leben dringend rekonstruiert werden müsste. Bist du glücklich? Wie geht es deiner Ehe? Nagt es an dir, dass du keine Kinder hast? Siehst du, es ist nicht angenehm, unter dem Mikroskop betrachtet zu werden. Normalerweise würde es mir nicht im Traum einfallen, dir solche Fragen zu stellen, aber genau das machst du mit Alice. Du hast uns in diese Situation gebracht. Wir alle möchten, dass bestimmte Bereiche unseres Lebens nicht in der Öffentlichkeit breitgetreten werden. Ist eine Obduktion nicht genug? Hör auf damit … bitte … und bitte keine hochgestochenen Erklärungen oder Rechtfertigungen! Hör einfach auf.

Ich wette, bei dir hat noch nie einer an die Tür geklopft und dich über einen verstorbenen Verwandten ausgefragt. David und ich haben das erlebt. Journalisten nennen das Witwen schütteln. Früher waren sie auf Fotos aus, aber die können sie sich ja inzwischen aus dem Internet herunterladen, und jetzt sind sie scharf auf Sprüche, die sie zitieren können. Als Alice gerade angefangen hatte, als Journalistin zu arbeiten, sollte sie die Mutter eines Jungen interviewen, der bei einem Verkehrsunfall mit Fahrerflucht ums Leben gekommen war. Sie hat sich glattweg geweigert. Kannst du dir das vorstellen – gerade frisch vom College, noch grün hinter den Ohren, aber schon mutig genug, um ihrem Herausgeber die Stirn zu bieten? Sie hat ihm erklärt, dass sie nicht Journalistin geworden war, um sich für so etwas herzugeben. Sie hat es nie bereut, diesen Beruf ergriffen zu haben, aber beim Witwenschütteln hat sie nie mitgemacht.

Es kotzt mich an, all diesen Unsinn über meine Tochter zu lesen, der sie noch bis zur Unkenntlichkeit entstellen wird. Die Tatsachen sind uns durchaus bekannt. Sie hatte über zwei Promille Alkohol im Blut. Welchen Teil des Wortes »Unfall« verstehen diese Blutsauger nicht?

Weißt du, was wirklich ironisch ist? Alice hätte beinahe gar nicht in Southampton studiert, weil man ihr nämlich einen Studienplatz in Oxford angeboten hatte. Am Merton College. Natürlich habe ich ihr zugeraten, nach Oxford zu gehen – meiner Meinung nach war alles besser als Southampton –, aber sie wollte an einen Ort, der »real« war. Ich bin froh, dass ich nicht in deinem Southampton hängen geblieben bin. Die akademische Welt ist eine grauenhafte Cliquenwirtschaft. Es war eine kleine Welt, und sie hat mich verdorben.

Alice ist nicht irgendein Malen-nach-Zahlen-Spiel, Jem, irgendein verstaubtes archäologisches Artefakt, das du polieren und ausstellen kannst. Sie gehört nicht *dir*. Es haben schon genug Leute ihr Leben zerpflückt. Such dir ein anderes Opfer, und lass Alice in Frieden. Es ist deine alte, immer gleiche Masche – du stürzt dich auf etwas, verwechselst Fiktion mit Fakten und biegst dir die Welt so lange zurecht, bis sie zu *deiner* Wirklichkeit passt. Und, nein, ich werde mich auf gar keinen Fall mit dir auf ein Glas Wein treffen – ich trinke schon lange keinen Alkohol mehr, und ich kann mir nicht vorstellen, dass mein Mann begeistert wäre, wenn wir uns in einem Pub treffen würden. Er ist im Moment ziemlich dünnhäutig, und ich habe ihm nichts davon erzählt, dass wir E-Mails austauschen. Ich hoffe, dass du den Anstand besitzt, das hier vertraulich zu behandeln.

Eine Antwort kannst du dir sparen – es sei denn, du bist in der Lage, die Toten wieder zum Leben zu erwecken, aber ich nehme an, dass selbst ein renommierter Anthropologe dazu nicht in der Lage ist.

Ich bitte dich noch einmal: Hör auf damit. Ich flehe dich an, wenn es sein muss. Meine Kleine fehlt mir so schrecklich, Jem.

Liz

■ ■ ■

Erklärung von Holly Dickens, Sarah Hoskings und Lauren Nugent, verlesen von ihrem Anwalt, 6. Februar 2012, 10 Uhr

Alice Salmon war eine liebenswürdige, großzügige und sehr warmherzige Frau, und es ist unfassbar, dass sie uns genommen wurde.

Sie war heiter, wunderbar und beliebt, und wir schätzen uns glücklich, mit ihr befreundet gewesen zu sein. Wir sind erfüllt von tiefer Trauer, die jedoch von der Trauer ihrer Angehörigen weit in den Schatten gestellt wird. Wie grausam der Schmerz ist, den sie erleiden müssen, können wir nicht ermessen, aber wir empfinden großes Mitgefühl mit ihnen.

Wie bereits von mehreren Zeugen ausgesagt wurde, waren wir drei am Samstag, den 4. Februar, vom frühen bis zum späten Abend mit Alice im Stadtzentrum von Southampton unterwegs. Selbstverständlich haben wir bisher mit der Polizei nach Kräften kooperiert und werden das auch weiterhin tun. Wir sind davon überzeugt – und hoffen sehr –, dass es der Polizei gelingt, die tragische Verkettung von Umständen zu rekonstruieren, die Alice' Tod unmittelbar vorausgegangen sind. Das wird sie zwar nicht wieder lebendig machen, jedoch den Angehören ein bisschen Trost spenden. Bedauerlicherweise wissen wir nichts darüber, was Alice nach 22 Uhr und bis zu ihrem Tod getan oder wo sie sich aufgehalten hat. Was geschehen ist, bedauern wir zutiefst, und wir werden es bis an unser Lebensende bereuen, nicht besser auf sie aufgepasst zu haben. Das tut uns von Herzen leid.

Wir sind uns darin einig, dass wir Alice den größten Respekt erweisen können, indem wir Spekulationen vorbauen. Aus diesem Grund haben wir uns entschlossen, uns öffentlich zu Wort zu melden, und die Polizei hat uns in diesem Entschluss bestärkt. Gleichzeitig möchten wir hiermit alle auffordern, die Privatsphäre der Familie Salmon zu respektieren.

▪ ▪ ▪

Brief von Professor Jeremy Cooke,
30. Mai 2012

Ich bin schockiert, Larry.

Ein schmuddeliger Bengel kam heute Morgen in mein Büro gestürmt und sprudelte drauflos: »Sie sind doch der Typ, der die tote Frau wieder zum Leben erweckt, oder?«

»So würde ich es nicht direkt formulieren«, erwiderte ich.

Er warf einen Rucksack auf meinen Schreibtisch und zog eine CD, ein Paar Turnschuhe, eine Henkeltasse und einen Ohrring heraus.

»Was zum Teufel…«

»Ich hab ein paar Geschenke für Sie«, sagte er. »Das sind Alice' Sachen.«

»Haben Sie sie gestohlen?«

»So könnte man es sehen. Sie hat sich einen Dreck für mich interessiert, und ich war sauer auf sie, und als mir klarwurde, dass wir es nicht zusammen auf die Reihe kriegen würden, wollte ich mir wenigstens ein paar Andenken sichern.«

»Falls das stimmt, was Sie sagen, sollten Sie diese Sachen Elizabeth Salmon übergeben, Alice' Mutter.«

»Klar stimmt das.«

»Wer sind Sie? Wie heißen Sie?«

»Das spielt keine Rolle.«

»Es ist wichtig – für die Vollständigkeit meiner Nachforschungen.«

»Ich bin ein interessierter Beteiligter«, sagte er. »Und zwar sehr interessiert. Ich hab sie alle gekannt. Sie und die ganze Bagage. Ich war mittendrin.«

»Sie waren ein Kommilitone?«

»Ja, und ein Mitbewohner. Wir hatten mal 'ne WG. Ich bin ein echter Insider, Kumpel.«

»Sie und Alice haben sich also nahegestanden?«

»Kann man wohl sagen.« Er hob eine Hand und kreuzte die Finger. »So war das mit ihr, mit ihren Freunden, mit allen. Ich kann Ihnen alles haarklein erzählen. Aber das kostet Sie ein bisschen was.«

Er nahm ein weißes T-Shirt aus dem Rucksack und breitete es aus; vorn drauf stand: *Wenn's im Himmel keine heiße Schokolade gibt, will ich da nicht hin!* Er hielt es sich unter die Nase, atmete tief ein und verdrehte wie berauscht die Augen. »Davon hab ich jede Menge. 'ne richtige Schatztruhe voll.«

»Gehört das ihr? Wo haben Sie das her?«

»Es war eine große Wohnung, wir haben zu sechst da gewohnt. Da kam alles Mögliche weg. Oder wurde verlegt. Leider«, fügte er mit einem wölfischen Grinsen hinzu, »hab ich sie nie gevögelt! Aber es war ganz einfach, sie hat dauernd Sachen verloren, wenn sie feiern gegangen ist und total zugedröhnt war. Ich hab die Sachen genommen, um ihr näher zu sein. Außerdem bin ich nicht blöd, ich hab das häppchenweise gemacht. Bei so was muss man vorsichtig sein – wie wenn man ein Hexenbrett austricksen würde.«

»Ein alberner Vergleich.«

»Kriegt sie 'ne Plakette?«

»Einer Universität ist wohl kaum daran gelegen, Gedenkplaketten für ehemalige Studenten anzubringen, die unter ungeklärten Umständen zu Tode gekommen sind.«

»Dann wird das denen aber nicht in den Kram passen, was Sie hier machen, Kumpel, Sie machen sie ja berühmt.« Sein Blick wanderte ins Leere. »Sie war topfit.«

Früher hat es mir wehgetan, an die Männer in ihrem Leben zu denken. In den ersten Monaten, die sie hier war, hätte ich jedem Studienanfänger den Hals umdrehen können – die Vorstellung, dass diese Bürschchen mit ihren Rucksäcken und Abzeichen und ihrem Strahlegrinsen sie betatschen könnten, war mir ein Graus. Du wirst dich erinnern, wie mich das damals beschäftigt hat, Larry. Einmal sah ich sie aus dem Studentenwohnheim kommen. Das heißt, ich hatte einen Hausmeister gefragt, wo sie wohnte – D3, Bates Hall –, und sie abgepasst. Um ein Haar hätte ich sie angefasst. Wäre das so schlimm gewesen? Wenn ich, als ich hinter ihr herging, den Arm ausgestreckt und ihr eine Hand auf die Schulter oder auf den Rücken gelegt hätte? Wenn ich ihre Hand genommen hätte?

»Wollen Sie das beste Stück meiner Sammlung sehen? Mein Lieblingsstück?«, fragte der Bengel und hielt mir einen roten Schlüpfer hin.

»Sie krankes Arschloch.«

»Immer mit der Ruhe, jetzt werden Sie mal nicht pampig. Wir beide haben 'ne Menge gemeinsam, Sie und ich. Außerdem würde ich sie ihr ja zurückgeben, aber da, wo sie jetzt ist, hat sie kaum Bedarf an Unterwäsche, oder?«

Du warst damals auch nicht unempfänglich für die Reize junger Frauen, nicht wahr, Larry? Der Duft ihres Parfüms, hast du mal auf deine typische, poetische Art gesagt, war wie Händel in Hochform. Manchmal ist dir fast *schwindlig* geworden, hast du mir mal gestanden, wenn du die Studentinnen von deinem Bürofenster aus beobachtet hast. Ich habe uns eher als Ästheten betrachtet. Man muss es nur lange genug auf einem Campus aushalten; irgendwann hat selbst der hässlichste, sozial inkompatibelste Trottel (damit meine ich natürlich mich selbst, du bist weder das eine noch das andere) gewisse »Chancen«.

»Was haben Sie eigentlich vor mit alldem Zeug, das Sie da zusammentragen?«, wollte der junge Mann wissen. Er sah sich um, als erwartete er, einen Karton mit der Aufschrift »SALMON, A.« zu entdecken. »Klingt nach einem Riesenpuzzle, und ich wüsste gern, wie es aussieht, wenn's mal fertig ist. Ich nehme an, sie hat sich selbst das Licht ausgepustet. Haben Sie sicher auch schon dran gedacht, oder? Dass es Harakiri war.«

Ich musste an den scharfen Geruch im Behandlungszimmer

meines Arztes denken. »Ich bezahle Sie nicht dafür, dass Sie Vermutungen anstellen«, hatte ich ihn angefahren. Der junge Mann und ich schwiegen einander eine Weile an. Dann sagte ich, wütend über sein Benehmen: »Wissen Sie überhaupt, was dieser Ausdruck bedeutet?«

»Klar – Selbstmord.«

»Nein, was es *wörtlich* übersetzt heißt.«

Er sah mich ausdruckslos an.

»Es ist Japanisch und bedeutet Bauchschnitt.«

Der junge Mann in meinem Büro sagte nichts. *Wie schrecklich, nicht redegewandt zu sein*, dachte ich. *Nicht gehört zu werden.* Vielleicht ist das der Grund, warum wir schreiben? Warum Alice Tagebuch geführt hat? Sie hat das einmal sehr schön ausgedrückt, sie meinte, es gehe nicht darum, aufzustehen und zu rufen »Seht mich an«, sondern in einer Menge zu stehen und zu rufen »Hört uns an«.

»Seppuku ist der formellere Ausdruck«, sagte ich. »Der wird in der Schriftsprache benutzt, im Gegensatz zu Harakiri.«

»Meinetwegen. Ich wollte nur wissen, ob Sie die Möglichkeit bei Ihrer kleinen Ermittlung berücksichtigen.«

»Nein«, sagte ich. Aber sie war mir durchaus schon in den Sinn gekommen. Die Verzweifelten und Verlorenen haben sich schon immer von dieser Stelle am Fluss angezogen gefühlt – ich habe selbst oft dort gesessen –, aber für die Polizei war der Fall klar: Sie war alkoholisiert, ist ausgerutscht und ertrunken.

»Wieso reden eigentlich immer alle so positiv über die Toten? Sie war eine ziemliche Nervensäge, als sie noch lebte.«

Ich spielte mit dem steinernen Briefbeschwerer auf meinem Schreibtisch. Ein Geschenk von Elizabeth, mein einziges Andenken. Keine Fotos, keine Briefe (das haben wir nie gewagt), nur dieser einzige, kostbare, dunkelgraue Stein, kleiner als eine Kinderhand, kleiner als eine Faust. Diese Phase meines Lebens reduziert auf ein Stück Feuerstein von Chesil Beach und unsere

Erinnerungen, die Überreste chemischer Reaktionen in dem glitschigen, anderthalb Kilo schweren grauen Gewebeklumpen, den wir Gehirn nennen.

Er stand auf, ging in meinem Zimmer herum, fuhr mit dem Finger über Buchrücken. *Man to Man* von Professor John Winter, *Where the Body Becomes The Brain* von Margaret Monahan, *Painting the Past* von Guy Turner.

»Nicht anfassen«, fauchte ich.

»Wer schreibt so einen Scheiß?«

»Ich zum Beispiel. Zumindest habe ich an einigen dieser Bücher *mitgeschrieben.*«

»Immer der Trittbrettfahrer, wie?«, bemerkte er überraschend scharfsinnig.

Ein Dozent verliebt sich in eine Studentin, es ist so ein klassisches Klischee, nicht wahr? Aber an dem Tag, an dem ich hinter ihr herging, schlug mein Herz schneller, ich biss die Zähne zusammen, ballte die Fäuste. Ich kam mir vor, als wäre ich selber wieder ein Erstsemester. Sie wirkte nervös, so wie alle Studienanfänger, aber sie lachte viel, und die, die gern und viel lachen, sind immer in Ordnung. Ich wünschte, ich könnte mehr lachen. Erinnerst du dich noch an diesen Statistiker mit der Vorliebe für Pink Gin und dem Hang zu Jungs, von dem ich dir mal erzählt habe? Der, der bei mir nebenan wohnte? Er hat mich mal als »alten Knochen« bezeichnet. Ich habe es als Kompliment betrachtet: Ich feilte damals an meinem »Zu-intelligent-um-über-Dinge-zu-lachen-die-alle-anderen-lustig-finden«-Image und hielt es für eine unverzichtbare Eigenschaft des unabhängigen Denkers, der ich werden wollte. Das mit dem Image habe ich verdammt gut hingekriegt, was ich von unabhängigem Denken leider nicht behaupten kann.

»Stecken Sie das Ding weg, Herrgott noch mal«, sagte ich mit einer Kinnbewegung in Richtung des Schlüpfers. »Wem auch immer es gehört.«

»Er gehört Alice, keine Sorge. Sie können ihn gern behalten«, sagte er. »Betrachten Sie ihn als Zeichen meines guten Willens, als Geschenk. Aber wir wissen ja, dass es nichts umsonst gibt, nicht wahr, Professor?« Er lehnte sich auf seinem Stuhl zurück und hängte den Schlüpfer über die Lampe auf dem Tisch neben ihm. »Unerwiderte Liebe ist etwas Schreckliches, stimmt's?«

An der Wand ein Foto von meiner Frau, eins von Milly, einer Labradorhündin, die wir in den Neunzigern hatten, ein Schwarz-Weiß-Foto von mir mit meiner Mutter. Was wusste er, dieser Junge auf dem Foto, von dem, was er im Leben einmal tun, was aus ihm werden würde? Er lächelte, aber schon damals war es ein ängstliches Lächeln. Dem Jungen ist es nie in den Sinn gekommen, dass es einmal enden könnte, sein Leben, das ihn morgens aufwachen ließ, das ihn Blumen zwischen den Seiten der Bibel seines Großvaters pressen ließ, ihn mit großen Augen die Karten in Atlanten betrachten und in Mikroskope schauen ließ. Wie hätte er sich das Nahen des Endes vorstellen sollen, die ersten Anzeichen der Sterblichkeit, die Worte eines Arztes: Es gibt einige Testergebnisse, über die wir reden müssen.

Der Bursche tippte mit den Fingern auf den Bücherstapel, auf den der Schlüpfer gefallen war. »Wow, die sind ja krass.«

Ich bin mir nicht sicher, ob der Ausdruck dir geläufig ist, Larry, aber soviel ich weiß, bedeutet er »gut«. Ich bin mir auch nicht sicher, ob es mir möglich sein wird, dich zu besuchen. Leute in meinem Zustand sollten wahrscheinlich nicht fliegen; es ist wohl nicht ratsam, sich so weit von seinen Ärzten und Medikamenten und Behandlungen zu entfernen. So funktioniert Krankheit, wie ich jetzt lerne: Sie nimmt dir nacheinander alle Bestandteile des Lebens. Das Reisen, den Sexualtrieb, die Zielstrebigkeit. Es ist, als würde man willkürlich Zahlen aus einer Gleichung streichen oder ein Modell eines Moleküls auseinandernehmen, bis das, was übrig ist, nicht mehr funktioniert und nicht die geringste Ähnlichkeit mehr mit dir hat.

»Diese Bücher, dieses Zimmer ... Sie sind wie eine Figur aus einem Film. Sie sind großartig.«

»Ich betrachte das als Kompliment.«

»Betrachten Sie es, als was Sie wollen, aber wir müssen über den Brief reden.«

»Welchen Brief?«

Mein Blick fiel auf seine Unterarme: Sie waren komplett tätowiert, in Rot und Grün und Blau und Gelb. »Ich nehme an, Sie wissen, dass das da nichts besonders Originelles hat«, bemerkte ich fasziniert. »Die Menschen markieren ihren Körper seit tausenden von Jahren. Sogar Ötzi hatte Tätowierungen.«

»Wer?«

»Der Mann aus dem Eis. Die steinzeitliche Leiche, die wir 1991 ausgegraben haben. Sie war über fünftausend Jahre alt.«

»Heiliger Strohsack«, sagte er.

Das »Wir« war natürlich Blödsinn, dachte ich. Wieder einmal war ich nur Zuschauer gewesen. »Ötzi hatte braune Augen und Blutgruppe Null, er war sechsundvierzig Jahre alt, als er starb – das heißt, als er ermordet wurde. Wir wissen sogar, was er zuletzt gegessen hat: Steinbockfleisch. Man vermutet, dass die Tätowierungen ein Versuch waren, seine Schmerzen zu lindern; der arme Kerl litt an Arthritis.«

»Sie sind auch einer«, sagte er.

»Ein was?«

»Sie haben gesagt, die Menschen markieren *ihren* Körper, das ist komisch ausgedrückt. Sie müssten sagen *wir* Menschen und *unseren* Körper, denn schließlich sind Sie auch einer, ein Mensch. Aber egal. Was machen wir mit dem Brief, Professor?«

»Mit welchem Brief?«

»Versuchen Sie nicht, den Unschuldigen zu markieren. Sie sind eine Lokalgröße, Kumpel, stellen Sie sich mal vor, was es für einen Shitstorm gäbe, wenn die Medien sich auf Sie stürzen würden. Die würden Sie fertigmachen, Sie *und* ihre Frau.«

Er kramte in seinem Rucksack, brachte ein sorgfältig gefaltetes Blatt Papier zum Vorschein und schob es halb über den Schreibtisch, ohne es loszulassen. Ich erkannte meine Handschrift, und mein Herz setzte für einen kurzen Moment aus. Der Brief begann mit »Meine liebste Alice«.

»Verschwinden Sie, oder ich werfe Sie raus«, sagte ich wütend. Es erinnerte mich an die Zeit, als ich Anfang fünfzig, vielleicht Ende vierzig war. Ich *empfand* tatsächlich etwas. Ich nahm den Briefbeschwerer wieder in die Hand, und eine seltsame Frage schoss mir durch den Kopf: Wie wäre es, ihm damit den Kopf einzuschlagen? Ihn zu verscheuchen, ihn zum Schweigen zu bringen, ihn wissen zu lassen, wie es ist, sterblich zu sein, endlich zu sein. Ich rieb mir das Gesicht und beruhigte mich. »In ihrer Gegenwart haben Menschen sich anders gefühlt«, sagte ich. »Sie hat die Menschen berührt.«

»Mich hat sie nicht berührt. Sie vielleicht? Oder Sie sie? Was ist los, Sie sehen aus, als hätten Sie ein Gespenst gesehen!«

Larry, es ist alles so kompliziert. Wir wissen, dass es kompliziert ist, aber es ist *noch* komplizierter, als es so schon gewesen wäre.

Die Selbstmordtheorie dieses Bürschchens ist falsch, genauso wie alle anderen Theorien. Ich betrachte es als meine Pflicht, aus diesem ganzen Wahnsinn Informationen zu klauben, in dem Chaos Ordnung zu schaffen. Ich habe mich sehr in diese Aufgabe vertieft, was auch erklärt, warum es so ewig lange gedauert hat, bis ich mich wieder gemeldet habe. Ich hoffe auf deine Nachsicht, denn ich werde mich bemühen, alles zusammenzufügen, aber meine geistigen Fähigkeiten sind nicht mehr, was sie einmal waren. Ein neuer Tag, neue Einzelheiten sickern in mein Gehirn, drängen in den Vordergrund: Bruchstücke aus der Vergangenheit, beleuchtet im abwechselnd klaren und nebligen Terrain der Erinnerung. Nichtsdestotrotz bemühe ich mich natürlich um Faktentreue, egal wie schmutzig und obszön die Fakten auch sein mögen. Es ist alles da, eingesperrt in den Köpfen und Herzen weniger, und wartet darauf, ans Tageslicht befördert zu werden. Meine Aufgabe ist es, die Einzelheiten zu erfassen, zu verifizieren, zu beglaubigen, zu belegen, Fakten von Mythen zu trennen: Lügen, Liebe, Groll, Ehebruch, Verrat, Mord.

Da war er, unübersehbar und unbestreitbar, der Liebesbrief und die darin enthaltenen Enthüllungen: ein bitterer Cocktail aus Beschützerinstinkt und, na ja, etwas eher Unkeuschem.

Ich saß da und rang nach Atem. Versuchte, mehr als einer Leiche Leben einzuhauchen.

Mein Gott, was habe ich bloß getan?

Dein Jeremy

■ ■ ■

Artikel auf der Website von *Southern Eye*, 7. Dezember 2012

Erster Polizist am Fundort der Leiche von Salmon quittiert den Dienst nach »Anrufen aus dem Jenseits«

Der ehemalige Polizist, der seinerzeit im Todesfall Alice Salmons als Erster am Fundort der Leiche eintraf, spricht zum ersten Mal über seine erschütternde Erfahrung.

Der tapfere Mike Barclay erklärt dem *Southern Eye*, warum der Vorfall, der seit fast einem Jahr immer noch durch die Schlagzeilen geistert, dazu beigetragen hat, dass er nach fast dreißig Jahren den Dienst quittierte.

Die offiziellen Ermittlungen sind noch nicht abgeschlossen, aber der ehemalige Polizist sagt, er habe zuerst auf ein Sexualdelikt getippt, weil ihr »Oberteil zerrissen und hochgerutscht« war.

Da der dreifache Vater sofort erkannte, dass er es mit einer Leiche zu tun hatte, machte er keinen Versuch, sie aus dem Wasser zu ziehen, sondern forderte Verstärkung an. »Ich wäre neben ihr hergegangen, wenn sie flussabwärts getrieben wäre, aber sie hatte sich im Schilf verfangen«, sagte er. »Der Mann, der die Polizei alarmiert hatte, saß schockiert auf dem Boden und wiederholte immer wieder, er habe sie genauso vorgefunden.

Mein Sergeant kam und übernahm das Kommando, und plötzlich wimmelte es nur so von Leuten – die Kriminalpolizei, Spurensucher, Taucher, das volle Programm. Als Erstes musste der Fundort abgesperrt werden – der Pfad, die Treppe, die Brücke. Es ging vor allem darum zu verhindern, dass Leute da herumtrampelten und wichtige Spuren vernichteten.«

Die Obduktion ergab Ertrinken als Todesursache, aber im Bericht des Coroners stand auch, dass Salmon Alkohol und Kokain im Blut hatte. In seiner offiziellen Schlussfolgerung »unbekannte Todesursache«, erwähnte der Coroner außerdem »Hautabschürfungen und Schnittwunden im Gesicht, Schürfwunden an den Knien und ein frisches Hämatom an der rechten Schulter«.

»Selbst in der Dunkelheit und auf die Entfernung konnte ich die Verletzungen in ihrem Gesicht erkennen«, sagte Barclay. »Es sah aus, als wäre sie mit einem Gegenstand geschlagen worden.«

Ein besonders traumatisches Erlebnis war für Barclay, Salmons Handy klingeln zu hören. »Es lag im Uferschlamm, aber es klingelte die ganze Zeit. Wer auch immer der Anrufer war, hatte keine Ahnung, was ihn erwartete«, so Barclay.

»Nach dreißig Jahren im Dienst stumpft man ab, doch meine jüngste Tochter ist auch Mitte zwanzig, deshalb hat mich das alles richtig umgehauen.«

Barclay berichtet von Flashbacks, die ihn heute noch quälen, häufig ausgelöst durch einen bestimmten Handyklingelton.

Abschließend sagte er: »Als Polizist muss man mit allem Möglichen fertigwerden, aber dieser Fall ist mir mehr als jeder andere an die Nieren gegangen. Am nächsten Tag hatte meine Enkelin Geburtstag, und als sie die Kerzen ausgepustet hat, habe ich mir auch im Stillen etwas gewünscht.«

■ ■ ■

Konzertkritik von Alice Salmon in der Southamptoner Musikzeitschrift *Stunt*, 2005

Die Dynamite Men muss man gesehen haben.

Sie stürmten auf die Bühne im Pump House, strotzend vor Selbstbewusstsein, und legten in dem ausverkauften Saal eine sechzigminütige Show hin, in der ein Song den anderen übertraf.

In dem beliebten Veranstaltungsort, wo es nur Stehplätze gibt, drängten sich an die zweihundert Zuschauer, um dieses Trio aus ihrer Stadt live zu erleben.

Aber zuerst ein Geständnis: Die Rezensentin ist alles andere als objektiv. Ich bin dem Leadsänger einmal in einer Kneipe auf der East Street begegnet und war so hingerissen wie ein vierzehnjähriges Groupie. Sein bürgerlicher Name, den STUNT verraten darf, lautet Jack Symonds, er ist neunzehn Jahre alt, stammt aus Southampton und ist ein moderner Lord Byron mit seinem Schmuddellook, seinen dunklen Locken, Röhrenjeans und seiner düsteren Bühnenpräsenz.

Eine Stunde lang schien die Welt stehen zu bleiben. Geldsorgen, Examensstress, faschistoide Vermieter, alles war vergessen, es zählte nur noch die Musik, die den Saal und unsere Herzen füllte. In dem wehmütigen und tiefsinnigen »Morning«, in dem es um Beziehungen geht, heißt es »waking up with a strange woman, I rolled over and saw her face. She wasn't smiling«. Dann das melancholische »Away«, das die Probleme und Nöte thematisiert, wenn man von zu Hause auszieht, den Moment, wenn »we see what's over our shoulder as smaller, but we're taller, so we stand up proud and walk on«. Aber die Texte sind durchaus nicht ohne Humor. Der vergnügte und offenbar autobiografische Song »67p« beschreibt, wie es ist, keinen Penny in der Tasche zu haben. Eins meiner Lieblingsstücke ist »You kill me«, eine Hymne an die namenlose erste große Liebe (die Glückliche!), eine, die »broke my heart and didn't as much as blink«.

Man konnte den Einfluss einiger berühmter Musiker heraushören. The Libertines, Oasis, sogar Amy Winehouse. Aber die Dynamites haben aus diesen Einflüssen etwas ganz Neues geschaffen. Ihren ureigenen Sound.

Mein Favorit bei dem Konzert war »Hit«, ein Song über das Thema Sucht. Ein gequälter Jack stand allein auf der Bühne und beschrieb mit messerscharfer Klarheit das erleuchtende, tröstende und Mut machende Gefühl, das Drogen erzeugen können. »My turn in the toilet, my turn for a tablet, like breathing in pollen or swallowing a sparkling fish…«

Natürlich ist Jack nicht allein aufgetreten, er wurde begleitet von Callum Jones (19) und Eddy Cox (20). Die drei sind Schulfreunde, sagte er während des Konzerts, und zusammengeführt hat sie die Überzeugung, dass Musik die Macht besitzt, die Welt zu verändern. »Wir glaubten, wir hätten etwas zu sagen«, schrie er in den Saal.

Wir hören dir zu, Jack. Wir hören dir aufmerksam zu.

In Musikerkreisen sagt man, dass in dem Geschäft sehr viel vom Glück abhängt, und im Moment ist das das Einzige, was zwischen den Dynamite Men und dem großen Erfolg steht. Ein neunzehnjähriger Mathematikstudent beschrieb den Auftritt als das beste Konzert, das er je gesehen habe. Dem möchte ich mich nicht unbedingt anschließen – den ersten Platz in meiner Rangliste hält immer noch der Auftritt von Pulp im Apollo in Manchester –, aber der zweite Platz ist ihnen fast sicher.

Die Dynamite Men haben schon jetzt unter Studenten eine treue Fangemeinde, und das zu Recht. Jack gesellte sich später zu den Konzertbesuchern, die noch in der Bar abhingen (darunter die Autorin dieses Artikels, die ausharrte, bis die Bar schloss – natürlich alles im Dienst der Recherchen für STUNT!).

Es war ein überwältigendes Erlebnis, diese Band zu hören, weil in dem Moment Musikgeschichte geschrieben wurde. So ähnlich wie das erste Konzert von den Arctics. Eins von diesen besonderen Ereignissen, von denen die Leute noch Jahre später reden. Der Abend, als die Dynamite Men zum ersten Mal im

Pump House aufgetreten sind. Sie werden noch viele Feuerwerke entfachen. Sie werden sich weiterhin Gehör verschaffen. Diese Band wird einmal zu den ganz großen gehören.

Ich werde mir in Zukunft keinen ihrer Auftritte entgehen lassen (auch wenn ich mir das von meinem Studentenkredit kaum leisten kann), das Studium kann warten, solche Musik nicht. Oder mit Babyshambles gesprochen: *Fuck Forever*.

■ ■ ■

Blogeintrag von Megan Parker, 12. Februar 2012, 21:30

Ich habe mir Alice' Twitter-Meldungen angesehen. Zum Glück hast du nie auf meinen Rat gehört und dein Passwort geändert, Salmonette … Offenbar hast du für jede Website, auf der du dich jemals registriert hast, dasselbe Passwort benutzt! Diesen Verlauf habe ich am 15. Januar entdeckt. Natürlich habe ich die Polizei darauf hingewiesen, aber das hat überhaupt nichts gebracht. Nach mir die Sintflut!
Hallo Alice!

Von @FreemanisFree: Ich habe dich nicht vergessen, meine kleine Freiheitskämpferin.

Von @AliceSalmon1: Wer bist du?

Von @FreemanisFree: Gedult, Gedult, Miss Verbrecherjägerin, alles zu seiner Zeit.

Von @AliceSalmon1: Mir machst du keine Angst.

Von @FreemanisFree: Dito.

Von @AliceSalmon1: Wer bist du? Hast du keine Eier in der Hose?

Von @FreemanisFree: Eier hab ich. Willst du sie sehen?

Von @AliceSalmon1: Du bist eine Witzfigur.

Von @FreemanisFree: Du bist tod.

Von @AliceSalmon1: Hör auf, mir zu twittern, sonst zeig ich dich an.

Von @FreemanisFree: Deine neue lila Mütze gefällt mir. Ich will dich ficken.

Von @AliceSalmon1: Scher dich zur Hölle. Da kannst du dann auch gleich einen Rechtschreibkurs machen.

▪ ▪ ▪

SMS-Verlauf zwischen Gemma Rayner und Alice Salmon, 14. Dezember 2011

GR: Sorry wg dem zw dir und Luke – Lust auf joggen zur Ablenkung?
AS: Geht nicht, Fuß verknackst

GR: Sportverletzung?

AS: Im Suff gestürzt!

GR: Wo?

AS: Neulich bei Meg. Auf der Treppe. Das wackelige Geländer war schuld.

GR: Du verträgst wohl nichts x

AS: Ich ruf dich an, hab viel zu erzählen. Bin neugierig, wie es mit deiner Wohnungssuche steht. Vllt ein bisschen joggen im Battersea Park am WE? x

▪ ▪ ▪

Brief von Professor Jeremy Cooke, 10. Juni 2012

Mein lieber Larry,
der Bursche mit den Tätowierungen war heute wieder da. Ich musste schnell noch in mein Büro, um ein paar längst fällige Fördermittelanträge durchzuschauen, und als ich eintrat, saß er da und grinste mich dreist an. »Sie!«, sagte ich.

»Hallo Steinzeitmann«, erwiderte er. »Ich dachte, Sie würden sich Ihren Brief gern noch mal ansehen.«

Er zog ihn aus seinem Rucksack. »Weiß gar nicht, warum ich ihn überhaupt aufgehoben hab, vielleicht hat er einfach eine Saite in mir zum Klingen gebracht. Zu erfahren, dass es außer mir noch einen gab, der auf Alice fixiert war, das war echt komisch. Es hat mich erst recht angespornt, ihre Sachen zu klauen. Das wäre ein gefundenes Fressen für einen Psychologen, nicht wahr, der würde wahrscheinlich sagen, dass ich das Spiel auf ein neues Level gebracht habe, um meine Chancen zu erhöhen!«

Ich hätte damit rechnen müssen, dass der Brief noch einmal auftauchen würde, Larry, ich hatte geglaubt, er würde längst nicht mehr existieren – er sei verloren gegangen, unentzifferbar geworden, zerfallen: Schließlich war es nur ein Blatt Papier.

»Mir gefällt die Stadt, und die Uni gefällt mir auch sehr, auch wenn mir während der Einführungswoche für Erstsemester irgendein Freak einen Zettel unter der Tür durchgeschoben und mir seine unsterbliche Liebe erklärt hat«, hatte sie mir anvertraut.

»Wie beunruhigend«, antwortete ich und tat so, als wüsste ich von nichts. »Eine Motte, die vom hellen Licht angezogen wird?«

»Eher eine Fliege, die von Scheiße angezogen wird«, sagte sie.

Der Bursche in meinem Büro sagte: »Um so was zu schreiben, muss man schon ziemlich krank im Kopf sein.«

Der Schwung der B, die hohe, scharfe Spitze der A. Von mir, eindeutig von mir.

»Sie hat es für einen dummen Streich gehalten, aber ich weiß, wann ich's mit einem Perversen zu tun hab. Was meinen Sie, Steinzeitmann, was sagt Ihr Perversenradar? Scherzkeks oder Irrer? Ich wette auf Irrer. Und Sie? Na los, sagen Sie schon, worauf setzen Sie Ihr Geld?«

»Ich brauche Ihren Namen«, sagte ich

»Meine Freunde nennen mich Mocksy.« Er befingerte meinen Brief; er hatte kein Recht, ihn ans Licht zu holen. Ich erkannte noch ein Wort, einen Ausdruck, einen Satz. Für einen Linguisten ist so ein Schriftstück wie ein Mini-DNS-Profil, so beweiskräftig wie eine Gegenüberstellung. Ich sah mich im Zimmer um. Meine Examensurkunde, ein verblasstes Foto von mir mit einem unbedeutenden Minister, ein Zeitungsausschnitt mit Titelzeile »Cooke kurz vor dem Durchbruch«, ein Artikel über ein Forschungsprojekt, bei dem letztlich nichts herauskam.

»Anstelle einer Unterschrift steht hier ein Fragezeichen. Wie blöd muss man sein – ein Fragezeichen und ein Kuss? So was machen Teenies.«

Ich betrachtete das X. Die zwei gekreuzten Balken. Der vierundzwanzigste Buchstabe des Alphabets, das Zeichen für zehn, eine unbekannte Variable, der erste Buchstabe des griechischen Wortes für Christus. Ein Kuss. »Lassen Sie mich in Frieden, und lassen Sie die Finger von Alice Salmons Andenken, verstanden?«

»Warum?«, fragte er. »Das tun Sie doch auch nicht.«

Wir betrachteten beide den einzelnen Bogen Papier: ein ehemaliger Teil von mir, giftig, kostbar. *Meine liebste Alice, hab keine Angst*, lautete die erste Zeile.

»Fünfhundert Pfund«, sagte er.

Ich weiß nicht, wie oft ich dir schon mein Herz ausgeschüttet habe, Larry. Aber ich hatte – habe – so wenige Vertraute. All die Seiten, wie wir mit Gedanken über Descartes und Thomas von Aquin gefüllt haben, müssen verblasst sein gegenüber den Papierbergen, die ich 2004 mit Grübeleien über Alice und davor, Anfang der Achtzigerjahre, mit Reflexionen über meinen Seitensprung vollgeschrieben habe. Weißt du noch, wie ich dich angefleht habe, du mögest mich besuchen? Dich auf eine Rettungsmission begeben wie ein tapsiger Bernhardiner, der ein Fässchen Branntwein bringt und guten Rat? Wir hätten ins Crown gehen können; wir hätten uns ins Hinterzimmer irgendeines Pubs verkriechen können, und kein Wirt hätte sagen können, ob wir Fremde waren oder enge Freunde. Wir hätten bei einem Krug von dem scheußlichen schaumigen Mundwasser, das sie Bier nennen, Geschichten austauschen können.

»Fünfhundert Pfund«, sagte der Bursche mit den Tätowierungen noch einmal. »Oder Mr und Mrs Salmon bekommen eine Kopie hiervon.«

Er hielt den Brief hoch, und ein schwaches Lächeln umspielte seine Mundwinkel. Ich sah noch ein Wort, und plötzlich musste ich voller Wehmut an die Zeit denken, als ich schreiben lernte: diese Verheißung unendlicher Möglichkeiten; als ich zum ersten Mal mit dem Konzept in Berührung kam, dass unser Verständnis der Welt – also von der Welt selbst – auf den Wörtern basiert, die uns zur Verfügung stehen, um sie zu erklären.

Ich erinnere mich noch lebhaft daran, wie ich mich in die Bates Hall geschlichen habe: die kühlen Treppenhäuser, hallenden Korridore und abgetretenen Teppiche. Ich fühlte mich an Warwick erinnert. Der Geruch nach fadem Essen, nach Chili con Carne; die proustsche Abteilung meines Gehirns lief auf Hochtouren. *Du bist kein mittelmäßiger, unbedeutender Gelehrter*, dachte ich, als ich mich auf die Suche nach ihrem Zimmer machte. Sie hatte so ein handgemaltes Namensschild an der Tür, wie Kinder es basteln. Wenn sie geöffnet hätte, wer weiß, was ich getan hätte? Ihr Guten Tag gesagt? Mich erkundigt, ob sie sich gut eingelebt hatte? Mir Zugang zu ihrem Zimmer verschafft? In meinem Kopf drehte sich alles, als ich den Korridor hinunterging. *Mach nicht auf, mach nicht auf, mach nicht auf, mach nicht auf.* Es durfte nicht ungesagt bleiben, wie außergewöhnlich sie war. Und dass sie das selbst nicht ahnte, machte sie natürlich noch außergewöhnlicher. Sie war ihrer Mutter wie aus dem Gesicht geschnitten.

Gott, wie sehr ich die Frauen liebe. Ich verehre alles an ihnen, ihren zarten Hals, die Farbe ihrer Lippen, den Duft ihres Haars. Ich weiß noch, wie ich dir einmal geschrieben habe, *dass ich sie alle ficken möchte, jede Einzelne.* Aber ich fühle mich nicht nur zu Frauen hingezogen, wie du weißt – ich habe dir oft genug von den paar Rendezvous mit Kommilitonen in Warwick erzählt. Wie kommt es, Larry, dass ich mich an diese kurzen, im Großen und Ganzen unbefriedigenden Begegnungen mit einem Anflug von Scham erinnere? Von Hunderten Tierarten ist bekannt, dass sie homosexuelle Praktiken pflegen, aber nur bei einer Spezies – nämlich der *unsrigen* – existiert Homophobie. Wahrscheinlich hätte jeder dieser Männer mich in eine andere Richtung lenken können. Stattdessen habe ich diesen Teil von mir unterdrückt, wenn es denn tatsächlich ein *Teil* von mir war, der Teil, der mich in öffentliche Parks führte, in die Zimmer von Fremden, die geschmückt waren mit den Memorabilien von Internaten, die meisten davon nur eine Spur weniger nobel als das Internat, das ich besucht habe. Heute ist das irrelevant. Ich habe meine Entscheidungen getroffen.

Ich hatte den Brief auf eine Weise formuliert, von der ich hoffte, dass sie Alice nicht ängstigen würde. Unglaublich, dass es möglich ist, in neun Sätzen so viel und zugleich so wenig zu sagen. Während ich den Brief schrieb, dachte ich: *Habe ich einen*

Nervenzusammenbruch? Ich habe mich schon oft gefragt, wie sich das anfühlen würde. Wahrscheinlich längst nicht so dramatisch, wie man es sich vorstellt: eine Abfolge von winzigen, kaum wahrnehmbaren, im Einzelnen unsichtbaren Schritten. Aber es war mir egal. Ich würde wahrgenommen werden, gehört, gespürt. *Ich.* Der alte Cookie. Selbst wenn sie damit an die Öffentlichkeit ging, würde niemand darauf kommen, dass ich der Briefschreiber war, außerdem war meine Karriere sowieso in einer Sackgasse gelandet. Erst kurz zuvor war ich bei der Beförderung zum Dekan zugunsten eines Jungspunds vom Imperial College übergangen worden. »Nicht dass wir Ihre Leistungen nicht zu schätzen wüssten«, sagte man mir herablassend. »Aber die Aufgabe erfordert ein anderes Profil als das Ihre.«

Fliss hatte gespürt, dass etwas nicht stimmte. »Du wirkst so bedrückt«, sagte sie an dem Abend, an dem ich den Brief schrieb. Ich war auf einen Dokumentarfilm von Attenborough gestoßen, der uns für eine Weile beschäftigte, dann gingen wir nach oben, sie las in ihrem Buch über die Flora und Fauna in den South Downs, während ich gedankenabwesend in meinem Buch über die letzten Tage der Irokesen blätterte. Als sie ein paar Minuten später schnarchend neben mir lag, bin ich nach unten in mein Arbeitszimmer geschlichen und habe meinen Füllhalter zur Hand genommen.

Fliss glaubte, meine Affäre – tut mir leid, dass ich immer wieder in der Vergangenheit herumwühle, alter Junge, aber so funktioniert die Erinnerung nun mal – hätte uns stärker gemacht, aber in Wirklichkeit hat sie unser Fundament beschädigt. Das Problem ist, dass es in der Natur des Menschen liegt, immer die Nummer eins sein zu wollen. Wir alle müssen uns dauernd bestätigen, dass wir der Nabel der Welt sind; das ist eine Grundvoraussetzung der Evolution. Ist das eine sehr pessimistische Einstellung – vielleicht ein Symptom eines Mannes, der im Gegensatz zu dir nie Kinder hatte? Es heißt, Kinder lehren einen, sich selbst zurückzustellen. Ich habe auch Opfer gebracht. Wenn man zusehen muss, wie die eigene Mutter langsam stirbt, ist das unumgänglich – mein Vater und ich hatten schon Jahre bevor der alte Stinkstiefel den Löffel abgegeben hat, jeden Kontakt abgebrochen –, aber wenn man mich vor die Wahl gestellt hätte, ihr Leben oder meins? Wie hätte ich mich entschieden? Wie würde irgendjemand sich entscheiden?

Ja, ich hatte getrunken, aber nur ein bisschen was gegen die Winterkälte. Etwas von dem Balvenie, dem Single Malt Whisky, den Fliss und ich für eine besondere Gelegenheit aufbewahrten. Nur dass die Gelegenheit nie kam. Mein ganzes Leben lang habe ich nichts anderes getan, als zu *warten*, Larry.

Vielleicht war ja der Tag, an dem ich mich in die Bates Hall geschlichen habe, so eine besondere Gelegenheit? Ich fühlte mich lebendig, beschwingt, spürte, was es bedeutete, ein Mensch zu sein, ein *Mann*. So war mir schon seit Jahren nicht mehr zumute gewesen. Manchmal sind wir mehr als Wissenschaft, nicht wahr? Mehr als meine Anthropologie und deine Genetik. Wir stellen die Logik auf den Kopf. In solchen Momenten sind wir am besten. Und am gefährlichsten.

»Würdet ihr sagen, dass ich ein guter Mensch bin?«, fragte ich die zwei Burschen in meinem Zimmer, den mit den Tätowierungen, der mir gegenübersaß, und den ängstlich dreinblickenden auf dem Foto an der Wand.

»Der, der das geschrieben hat, war kein guter Mensch«, antwortete einer der beiden. »Wo bleiben meine fünfhundert Pfund, verdammte Scheiße.«

Zehn Minuten später stand ich mit ihm an einem Geldautomaten.

Dein Freund
Jeremy

■ ■ ■

Auszug aus Alice Salmons Tagebuch,
5. August 2007, Alter 21

Kaum hatte ich meinen Käsekuchen gegessen, sprang Dad auch schon auf und klopfte mit der Gabel an sein Glas. »Ich bitte um Aufmerksamkeit, nur für ein paar Minuten. Es kommt mir vor, als wäre es gestern gewesen, dass Lizzie ins Krankenhaus gebracht wurde – und zwar mit *Blaulicht*! Unsere wunderbare Tochter wäre um ein Haar auf der A427 geboren worden!«

Meine Eltern hatten für das Festessen zu meinem einundzwanzigsten Geburtstag in ein piekfeines Restaurant geladen. Wir waren achtzehn Personen, Verwandte, Patenonkel und -tante, Freunde der Familie, die ich Onkel und Tante nannte, obwohl sie es gar nicht waren. Ich bestellte schottischen Räucherlachs (macht mich das zur Kannibalin?), der sehr lecker war, obwohl die Muscheln und der Hummer mit Ingwer auch verlockend klangen, wenn ich nicht in Bezug auf Schalentiere so zimperlich wäre. Wir hatten sogar noch einen zusätzlichen Grund zum Feiern, denn ich hatte gerade meinen ersten Arbeitsvertrag unterschrieben. Jawohl, rück ein Stück rüber, Kate Adie, Starreporterin der BBC, vor dir siehst du das neue Redaktionsmitglied des *Southampton Messenger* Alice Salmon, Arbeitsbeginn 10. September.

»Wir sind alle mächtig stolz auf dich, Alice«, sagte Dad. »Sie hat sogar besser abgeschnitten, als sie je gedacht hätte.«

Hinterher hat er behauptet, es wäre eine unvorbereitete Rede gewesen, aber mir kann er keinen vom Pferd erzählen! Als wären ihm all die Witze ganz spontan eingefallen, zum Beispiel der, dass Gordon Browns erste Amtshandlung als Premierminister die war, mich zum Steuernzahlen zu verdonnern. Mein Dad war schon immer ein guter Alleinunterhalter.

»Soviel ich weiß, findet die richtige Geburtstagsparty nächstes Wochenende in Southampton statt – in einem Etablissement namens Flames«, sagte Dad, und es machte mich ganz traurig, dass er sich das Flames nicht vorstellen konnte, wo ich so viele Nächte durchgemacht habe – die Fensternischen und die Holzbalken, die glänzende Tanzfläche und die dunklen Ecken – der angesagteste Laden am Ort, wie man uns während der Einführungswoche gesagt hatte. »Männer von Southampton, nehmt euch in Acht«, fügte er hinzu, was Tante Bev offenbar so verstand, dass er mich für ein Flittchen hielt, denn sie kam gleich nach Dads Rede angeschossen, um mich über mein Liebesleben auszuquetschen (sie ist die Gotteskämpferin der Familie).

»Du siehst großartig aus, Alice«, sagte Dad, worauf mir prompt die Tränen kamen, und fügte hinzu, er könne sich keine bessere Tochter vorstellen. Ich hatte ein ganz schlechtes Gewissen, als er meinte, ich hätte meine Eltern immer verwöhnt, denn ich habe nichts dergleichen getan, aber als er dann anfing zu schwärmen, was für eine tolle Familie wir wären und wie nah wir uns stünden, hab ich mich richtig aufgeregt, denn ich dachte, du kennst mich *längst* nicht so gut, wie du glaubst, und ich hätte ihm gern erzählt, was er nicht über mich weiß: dass ich nie das Gefühl habe, gut genug zu sein, dass es ist, als müsste ich immer so tun als ob, und genau deswegen ist Alkohol so ein Segen, denn wenn ich trinke, fühle ich mich allen anderen ebenbürtig, ein paar Drinks und ein paar Linien, aber damit höre ich jetzt auf, schließlich geht es jetzt um meinen Job. Am liebsten würde ich Dad das alles erzählen, denn sonst kennt er nur die Hälfte von mir.

»Ich kann es kaum glauben, dass das winzige, schreiende Prachtstück, das Lizzie vor einundzwanzig Jahren beinahe auf der Autobahn zur Welt gebracht hätte, zu so einem … großen schreienden Prachtstück geworden ist!«

Als er dann auch noch meinte, seine zwei Wörter Latein zum Besten geben zu müssen – *tempus fugit* –, rief Mum: »Dave, ich hatte dich gewarnt, dass ich den Feueralarm auslösen würde, wenn du länger als fünf Minuten redest!«

»Danke Alice«, sagte er. »Einfach nur danke.«

Ich bin um den Tisch rumgegangen und hab ihn ganz fest gedrückt und gehofft, dass er all den Wein und das Koks nicht roch, das mir aus den Poren drang, als würde es meinem Körper langsam zu viel. Er fühlte sich an wie immer: groß und kräftig und weich und wie mein Dad.

Nachdem wir Dad überredet hatten, sich wieder hinzusetzen, habe ich die Gastgeberin gespielt und mit allen Gästen geplaudert.

»Du bist erwachsen geworden«, sagte Grandpa Mullens, als ich mich bis zu ihm vorgearbeitet hatte.

»Ich fühle mich sehr alt.«

»Warte, bis du in mein Alter kommst, dann fühlst du dich wirklich alt.« Eine Kellnerin brachte ihm ein Bier. »Aber ein alter Knacker zu sein hat auch seine Vorteile«, sagte er mit einem Augenzwinkern. Er bat mich, mich zu ihm zu setzen, mühte sich mit einem Stuhl ab, den er näher zog, und begann, von meiner Grandma zu erzählen, wie sehr sie sich gefreut hätte, heute dabei sein zu können; dass sie ihm drei Jahre nach ihrem Tod immer noch fehlte, und was für ein Klasseweib sie gewesen war, als sie »poussierten«, herausgeputzt wie Elizabeth Taylor mit langem Haar und Söckchen, wenn er sie mit seinem Ford Anglia abholte. So ist Grandpa – er hat manchmal diese Momente der Luzidität (das ist mein Stichwort für den heutigen Eintrag), dann ist alles wieder da, was ihn ausmacht, aber dann plötzlich ist alles wieder weg, und er nennt mich Liz und Mum Alice und Robbie David. »Redet ihr eigentlich viel miteinander, du und deine Mum?«, fragte er plötzlich. »Ich meine nicht plaudern, sondern ernsthaft reden.«

»Ab und zu«, sagte ich.

»Geheimnisse kommen am Ende immer raus, und wenn es Jahrzehnte dauert. Es ist besser, wenn man es selbst in die Hand nimmt, sie ans Licht zu befördern.« Er war abgedriftet, aber das passiert dauernd. Früher hat mich das geärgert, doch Mum sagt, ich soll Nachsicht mit ihm haben, weil bei alten Menschen das Gehirn nicht mehr so geradlinig arbeitet. »Ich kenne niemanden, der so stolz ist wie meine Kleine, aber sprich mit ihr, hör auf sie.«

Wir sahen Mum zu, wie sie von Tisch zu Tisch ging und mit ihren Freunden schwatzte. »Weißt du noch, wie du immer mit Chip spazieren gegangen bist?«, fragte Grandpa, und ich fragte mich, ob heute so ein Tag war, an dem sein Gehirn nicht geradlinig arbeitete.

»Klar, weiß ich das noch, das war so ein süßer Hund!« Rob und ich haben ihn oft abgeholt und sind mit ihm losgezogen, und wenn wir zurückkamen, stand Grandpa am Fenster und wartete auf uns. Wenn Chip sich zu seinen Füßen zusammenrollte, hat er ihm den Kopf getätschelt und gesagt »Guter Junge, guter Junge, guter Junge«.

Eines Nachmittags, als ich schon in der Oberstufe war, hat er mir einen braunen Umschlag in die Hand gedrückt. »Amüsier du dich an der Uni, meine Kleine«, hat er damals gesagt. Später, wenn ich meine Miete bezahlte oder Bücher kaufte, habe ich mir eingeredet, es sei Grandpa Mullens Geld, Alkohol oder Zigaretten jedoch habe ich immer von meinem Studienkredit bezahlt.

Ich musste ihm immer von der Uni berichten, davon konnte er nie genug bekommen, weil das für ihn eine ganz fremde Welt war, und deswegen habe ich ihm an dem Abend auch ein paar Geschichten erzählt: Wie ich nächtelang am Schreibtisch gesessen habe, um meine Examensarbeit fertigzukriegen, von der bescheuerten Vermieterin, die sich mit unserer Kaution aus dem Staub gemacht hat, und von dem schrägen Vogel mit den Tätowierungen, der bei uns in der WG wohnte.

»Du musst mir was versprechen«, sagte er. Er war schon wieder ganz woanders. »Dass du auf deine Mum aufpasst, wenn ich mal nicht mehr da bin.«

»Die ist zäh wie altes Schuhleder«, sagte ich. Einer seiner Lieblingssprüche.

»Sie ist nicht so unverwüstlich, wie sie tut. Du bist genauso. Frag sie mal nach Southampton, wie es ihr da ergangen ist. Frag sie, denn es ist wichtig für sie, dass du sie verstehst, aber warte, bis ich nicht mehr da bin, Prinzessin, denn ich musste ihr schwören, den Mund zu halten!«

»Was habt ihr beide zu flüstern?«, fragte Mum und setzte sich zu uns. »Ihr seht aus, als würdet ihr irgendwas aushecken.«

»Wir reden über dich, nicht mit dir«, sagte Grandpa und zwinkerte mir zu. Dann, als sie gegangen war, lächelte er spitzbübisch und brachte einen seiner altbekannten Scherze: »Hab ich dir schon mal erzählt, dass ich mit fünfzehn von der Schule abgegangen bin?«

Es war einer seiner guten Tage. Das Gehirn arbeitete geradlinig.

»Hallo Fischgesicht.«

Bens glasige Augen erinnerten mich an die von Grandpa, aber seine waren aus einem anderen Grund wässrig: Er war volltrunken. »Was machst *du* denn hier?«

»Ich dachte, ich komm mal auf einen Sprung vorbei. Willst du mich nicht deiner Familie vorstellen?«

»Woher weißt du, dass wir hier sind?«

»Das war nicht schwer, Lissa. Du hast dich die ganze Woche auf Facebook darüber ausgelassen. Wollen wir eine rauchen?«

Es war genau wie früher, nur dass wir jetzt zum Rauchen nach draußen gehen mussten, außerdem war das Restaurant keine Studentenkneipe, und nur einer von uns beiden war besoffen. Wir gingen ein paar Schritte, sodass man uns vom

Restaurant aus nicht sehen konnte, denn ich habe Mum und Dad noch nie erzählt, dass ich hin und wieder rauche, und ihnen – vor allem Dad – die Sache mit Ben zu erklären, würde nicht einfach sein.

»Du hast also einen Job.«

»Ja. Nicht gerade bei der *New York Times*, aber immerhin. Auf jeden Fall kein Scheißpraktikum.«

»Und du kannst in Southampton bleiben«, sagte Ben.

»Das ist wahrscheinlich ein Fehler. Man kann nicht sein Leben lang so tun, als sei man noch Student.« Ich erklärte ihm, dass ich jetzt nicht mehr in Polygon, sondern in Highfield wohnen werde, dass ich in der kommenden Woche umziehe. Die Miete beträgt sechzig Pfund, aber wir werden auch nur zu dritt sein. »Schließlich bin ich jetzt berufstätig.«

»Schön, dass einer von uns einen Beruf hat«, sagte er. »Das klingt vielleicht komisch, Lissa, aber ich … ich bin stolz auf dich. Das klingt großartig.«

Ich war überzeugt gewesen, es vermasselt zu haben, denn ich hatte mich beim Vorstellungsgespräch aufgeführt wie eine Quasselstrippe, wie Mum das nennt, hatte erzählt, dass ich mich für große Storys interessiere wie das Verschwinden von Madeleine McCann oder den Amoklauf an der Virginia Tech, dass ich gern Konzertkritiken schreibe und auf jeden Fall über Verbrechen berichten möchte, weil viel zu viele Widerlinge frei rumlaufen, aber als ich schon dachte, ich hätte mich um Kopf und Kragen geredet, hat der Chefredakteur nur genickt und gesagt: »In dieser Stadt laufen wirklich viel zu viele Widerlinge frei herum.«

Wie sie wohl sein wird, die neue Alice? Die mit hochgestecktem Haar, mit einem Schreibtisch in einem Großraumbüro, die Alice, die als Beobachterin in Ratssitzungen und Gerichtsverhandlungen sitzt und fleißig mitstenografiert (ich habe versprochen, bis Weihnachten Steno zu lernen)? Ich habe die alte

Alice – oder besser, die junge Alice – vielleicht nicht unbedingt gemocht, aber ich hatte mich an sie gewöhnt: die Alice, die oft nicht vor zehn aus den Federn kam, die ihre Hausaufgaben in den frühen Morgenstunden erledigte, Onlinediskussionen über Sylvia Plath verfolgte, Bücher mit Randbemerkungen vollkritzelte, die Alice, die das Geschnatter in den Bars am Bedford Place liebte, und Wochenendausflüge mit dem Hockeyverein und sogar diesen Typen, Ben, der jetzt der Vergangenheit angehört.

Als ich mit Ben da draußen stand, machte es mich plötzlich traurig, dass das alles vorbei war – morgens auf schäbigen Sofas Tee trinken und die Fotos vom Vorabend rumgehen lassen, sich durch den Tag treiben lassen, lange Nachmittage in der Bibliothek, abends auf Sitzsäcken herumhängen und *Lost* oder *Deal or No Deal* ansehen, die Tage und Wochen, die ineinander verschwammen, und dann ein großer Knall, bumm!, meine Examensarbeit. »Ich finde es unglaublich, dass du einfach in meine Party geplatzt bist. Schämst du dich nicht?«

»Nein«, sagte Ben. Er lächelte, und alles stürzte wieder auf mich ein: er als Superman verkleidet, der Abend, an dem wir zum ersten Mal koksten, wir beide in Paris. Damals war alles so einfach – nur Vorlesungen und durchgemachte Nächte und die Aufregung, als er mich fragte, ob ich Lust auf einen Wochenendausflug hätte, keine Verpflichtungen, aber ich würde meinen Reisepass brauchen. Und dann musste ich daran denken, wie ich an dem Tag auf Bahnsteig 6 im Waterloo-Bahnhof auf ihn losgegangen bin.

»Soll das heißen, du machst Schluss«, hat er mich ungläubig gefragt.

»Ja.«

»Du Schlampe«, hat er nur gesagt und ist davongestürmt.

Dass er es gewagt hat, mich als Schlampe zu beschimpfen, machte mich plötzlich wütend, andererseits war das schon ein halbes Jahr her und weit weg. »Ich hab inzwischen kapiert, was mit dir los ist«, sagte ich.

»Und das macht mich unwiderstehlich?«

»Nein, es macht dich unmöglich.« Ich fühlte mich wie Grandpa an einem seiner guten Tage. Alles ergab einen Sinn. »Du siehst immer nur, was hier und jetzt ist. Du bist nur darauf aus, alle deine Bedürfnisse sofort zu befriedigen, wie ein kleines Kind, wie ein Tier.«

»Was denn nun?«

»Wie, was?«

»Ich kann nicht beides sein – entweder bin ich ein Kleinkind oder ein Tier.«

»Sei nicht so ein Arsch.«

»Wie wär's mit einem Mittelding? Ich könnte ja ein kleines Tier sein. Herrgott noch mal, Lissa, was soll der Scheiß? Ich bin extra den ganzen Weg hierhergekommen, um dir zum Geburtstag zu gratulieren.«

Das war typisch Ben – aus einer Laune heraus von Southampton bis nach Corby zu fahren. Ich konnte mir vorstellen, wie er in diesem beschissenen Studentenwohnheim festhing. Früher war er unbekümmert, aber bald wird es nur noch peinlich sein, traurig. Irgendwann, wenn er all seine Optionen ausgeschöpft hat, kriecht er sowieso wieder bei seinen Eltern in London unter, in die protzige Villa mit der riesigen Eingangshalle und dem Kronleuchter, der glitzert wie hundert Ohrringe. Das stimmt zwar alles, aber wie ich so über ihn herzog, fühlte ich mich plötzlich total alt, und ich war mir nicht sicher, ob mir das gefiel.

»Ich möchte mal wissen, warum ich mich je auf dich eingelassen habe.«

»Weil ich großartig bin.«

»Wahrscheinlich braucht man nur ein bisschen an der Oberfläche zu kratzen, dann kommt der alte Wichser wieder zum Vorschein.«

»Wichser? Du könntest mitkommen und mich von meinem Elend erlösen.«

»Also, es ist echt nicht möglich, mir dir ein erwachsenes Gespräch zu führen.«

»Scheiß auf erwachsen, Lissa. Komm, wir lassen uns volllaufen, wir gehen in irgendeine abgefahrene Bar. Wir machen eine kleine After-Show-Party.«

Ich musste daran denken, was Grandpa gesagt hatte, bevor er all das komische Zeugs über Mum vom Stapel gelassen hatte, dass ich jeden Tag so leben solle, als wäre es mein letzter. Wenn ich erst mal im Berufsleben bin, sagte ich mir, werde ich nur noch Mineralwasser trinken, ins Fitnessstudio gehen und mich früh in die Falle hauen. Ich schaute durch das Fenster ins Restaurant, wo wir gegessen hatten. Es war jetzt leer, die Tische wurden gerade abgeräumt, und ich fragte mich, zu welchem Anlass es wohl das nächste Familienfest geben würde. Ich sah, wie Mum Grandpa ins Auto half, zuerst seine Beine anhob und ihm dann seine Krücken reichte. Wahrscheinlich werden wir uns alle zu seiner Beerdigung wiedersehen.

»Warum nicht«, sagte ich zu Ben. »Man ist schließlich nur einmal jung.«

■ ■ ■

Alice Salmons Spotify-Playlist »Sommer 2011«, 30. August 2011

Post Break-Up Sex	The Vaccines
Skinny Love	Bon Iver
Tonight's the Kind of Night	Noah and the Whale
Sex on Fire	Kings of Leon
Someone Like You	Adele
That's Not My Name	The Ting Tings

Just For Tonight	One Night Only
Sigh No More	Mumford & Sons
Your Song	Ellie Goulding
Mr Brightside	The Killers
Dog Days are Over	Florence and the Machine
Last Request	Paolo Nutini
Sweet Disposition	The Temper Trap
Just the Way You Are	Bruno Mars
The A Team	Ed Sheeran
The Edge of Glory	Lady Gaga
Sleeping to Dream	Jason Mraz

■ ■ ■

E-Mail von Professor Jeremy Cooke,
22. März 2012

Von: jfhcooke@gmail.com
An: Elizabeth_salmon101@hotmail.com
Betreff: Halt dich da raus

Liebe Liz,
es wird dir schwerfallen, das zu glauben, aber ich habe deine E-Mail mit Freude gelesen, ich fand sie äußerst geistreich. Gott, das ist mal wieder typisch – ich habe erst einen Satz geschrieben und verhalte mich schon wie ein Dozent, der einen Aufsatz korrigiert. Die Macht der Gewohnheit … Und danke, dass du mich als »kultiviert« bezeichnest; über »großartig« hätte ich mich noch mehr gefreut, aber man nimmt die Komplimente, wie sie kommen.

Erinnerst du dich an die Cricket Pitches? Da stehen jetzt Häuser. Und an den Aufenthaltsraum? Es war der einzige halbwegs angenehme Raum auf dem ganzen Campus, aber er wurde zu einem schicken Verwaltungsbüro umgebaut – ein paar Holzbalken und hübsche Fensterkreuze haben offenbar diverse Investoren dazu bewogen, sich von ihrem Geld zu trennen, was zur Folge hatte, dass wir einfachen Fußsoldaten in einen grässlichen Betonsteinbunker verbannt wurden. Erinnerst du dich? Das Erinnern ist mir nämlich im Moment sehr wichtig. Ich habe Probleme mit der Prostata, verstehst du. Auch wieder typisch – ich kann nicht mal an einer originellen Stelle erkranken.

Ich zerbreche mir seit einer Weile den Kopf darüber, wann wir beide das letzte Mal vernünftig miteinander geredet haben. Anfang der Neunzigerjahre sind wir uns mal über den Weg gelaufen, nicht wahr; du hattest Alice dabei. Ich war wegen einer Konferenz in Corby und bin aus lauter Neugier durch eure Straße spaziert. Ich musste ein bisschen warten, bis ich dich endlich am Fenster entdeckte.

»Alice«, sagtest du. Du warst überraschend gelassen, nachdem ich dich überrumpelt hatte. »Alice, das ist ein Bekannter von Mummy, er heißt Doctor Cooke. Sag ihm Guten Tag.«

Ich gab ihr die Hand, und sie schüttelte sie ungezwungen. »Ich war vor langer Zeit ein Kollege deiner Mutter an der Universität«, erklärte ich ihr, als hätte ein kleines Mädchen auch nur die geringste Vorstellung davon, was ein Kollege oder eine Universität oder eine lange Zeit war. »Du bist schon ein großes Mädchen, nicht wahr?«, sagte ich. Ich hatte nicht viel Erfahrung mit Kindern, kannte ihre Sprache nicht. Eine ganz eigene Sprache: eine Teilmenge der unseren.

»Ich bin fast sieben«, sagte sie.

Ich erkannte dich in ihrer Stimme.

»Ich hab am Sonntag Geburtstag, wir machen eine Party, und es gibt Wackelpeter«, sagte das Kind.

Seltsam, dass mir das nach all den Jahren noch in Erinnerung geblieben ist. Dass es Wackelpeter geben würde.

»Kommst du zu meiner Party?«

»Dr. Cooke hat am Sonntag sehr viel zu tun«, warfst du ein. »Schön, dich zu sehen, Liz. Wie geht es dir?«

Du hast dir auf die Lippe gebissen, deine Augen funkelten, du hast eine Hand auf den Kopf deiner Tochter gelegt, sie sanft in eine andere Richtung gelenkt und geflüstert: »Es fällt dir ein bisschen spät ein, mich das zu fragen.«

»Aber ...«

»Nichts aber, Jem. Wie es mir geht, hat mit dir absolut nichts zu tun.«

Alice hatte deinen Ton genau mitbekommen und befreite sich aus deinem Griff. »Ein Doktor ist dazu da, die Leute gesund zu machen«, sagte sie.

»Dr. Cooke ist eine andere Art Doktor, mein Schatz«, hast du ihr erklärt. »Er beschäftigt sich mit Leuten, die gelebt haben, lange bevor wir geboren wurden.«

»Aber dann sind sie doch tot, oder?«

»Sehr klug, junge Dame«, sagte ich.

Ein Auto bog in die Einfahrt ein. »Daddy, Daddy, Daddy«, rief Alice und riss sich von dir los.

»Habt ihr Kinder?«, wolltest du wissen.

»Nein. Kindersegen war uns nicht vergönnt«, antwortete ich. Es war die Formulierung, die Fliss und ich uns angewöhnt hatten. Es hätte an jedem von uns liegen können, hatte ich immer wieder zu meiner Frau gesagt, worauf sie jedes Mal entgegnete: Aber es liegt nicht an uns, sondern an *mir*.

»Du schon, wie ich sehe.«

»Ja, und wir haben auch noch einen kleinen Sohn«, sagtest du.

»Schön für euch!«, entfuhr es mir ungehalten, denn ich musste an all die Zitterpartien denken, die Tests, die Theorien, die Statistiken. Die Ärzte waren ganz verliebt in ihre Statistiken.

Ich scharrte mit den Füßen, musterte deinen Mann. Kräftig. Sah gar nicht schlecht aus. Dein Alter. Ich dachte an die wenigen Monate, die wir vor fast zehn Jahren miteinander verbracht hatten. Er winkte uns freundlich zu, als wäre ich ein Fremder, der nach dem Weg gefragt hatte, und begann, die Einkäufe aus dem Kofferraum auszuladen. Am liebsten wäre ich zu ihm gegangen und hätte ihm gesagt: Ich weiß einiges über Ihre Frau, wovon Sie keine Ahnung haben.

Alice hat den Studienplatz in Oxford also abgelehnt? Sieh mal einer an. Ich kann mir vorstellen, dass das für einige Auseinandersetzungen in eurer Familie gesorgt hat. Ich hatte zwar den erforderlichen Notendurchschnitt, bin aber bei der mündlichen Aufnahmeprüfung durchgefallen. Offenbar war mir in dem zarten Alter schon anzumerken, was ich einmal werden würde: gut im schriftlichen Ausdruck. Als ich meinen Doktortitel erworben habe, hat man mir gesagt, dass man Seele braucht, um in seinem Fach Großes zu leisten.

Was kann ich tun, damit du es dir anders überlegst und mit mir einen trinken gehst, Liz? Ich könnte dir die Erinnerungen an Alice zeigen, die ich zusammentrage. Der Himmel weiß, was die Leute vom IT-Support der Universität hinter meinen Aktivitäten vermuten – so viele E-Mails habe ich schon seit Jahren nicht mehr bekommen. Mein Lieblingsfoto von ihr ist bisher das, wo sie auf die Statue vor dem Biologielabor klettert. Die Studenten an der Besteigung dieses scheußlichen Kunstwerks zu hindern ist ein ewiger Kampf, aber sie lassen sich nicht aufhalten. Auf dem Foto hat sie ihr die Arme um den bronzenen Hals gelegt und streckt der Figur die Zunge heraus. Bravo, Alice, sage ich, dass sie sich über ihn lustig gemacht hat, diesen alten Plagiator!

Liz, darf ich dir eine Frage stellen? Wie war sie kurz vor ihrem Tod? An ihren letzten Tagen? Ging es ihr gut? War sie gut gelaunt? Es ist einfach so – verzeih mir, dass ich darauf komme –, dass sich vieles von dem, was ich gelesen habe, auf ihren Gemütszustand bezieht.

Heißt es nicht, dass Journalismus die Rohfassung der Geschichte ist? Ich frage mich, ob das auch für unsere Korrespondenz gilt. Die Rohfassung von etwas. Die Wörter, die Sätze, die sich aus ihnen bilden, die Gefühle, die sie vermitteln. Die Wahrheiten – oder Unwahrheiten –, die wir austauschen. Denn nichts ist ganz und gar objektiv, und Fakten sind schlüpfrig wie ein Stück nasse Seife. Wir sind besser dazu befähigt, miteinander zu kommunizieren, als jedes andere Lebewesen, das jemals existiert hat, aber wir beherrschen die Kunst der Kommunikation nicht besser als vor vierzigtausend Jahren, als die Neandertaler ihre Handabdrücke mithilfe von Pigmenten an den Wänden der El-Castillo-Höhle verewigten. Tag für Tag misslingt es uns zu kommunizieren. Wir sprechen in Rätseln, verbreiten Halbwahrheiten oder Schlimmeres. Tag für Tag verpassen wir die grandiose Gelegenheit, aus der Dunkelheit heraus miteinander in Kontakt zu treten. Aber die einzige Möglichkeit, die wir haben, aus diesem Wahnsinn schlau zu werden, sind diese verrückten, lächerlichen, magischen, aufreizenden kleinen Gebilde, die wir »Wörter« nennen. Sie sind in der Tat alles, was wir haben.

Ich hätte mich so gern nach deinem Wohlbefinden erkundigt, nachdem wir uns getrennt hatten, und viele Male hätte ich es beinahe getan, aber ich wusste nicht, wie du reagieren würdest oder ob die Menschen in deinem Umfeld deine Situation kannten. Ich war krank vor Sorge.

Selbstverständlich werde ich deine E-Mail vertraulich behandeln. Auch ich habe es unterlassen, Fliss von unserer Korrespondenz zu berichten. Geheimnisse – Gott, wir sind vielleicht ein Gespann …

Ich würde dich wirklich sehr gern sehen, auch wenn es unser Schlussakkord ist.

Dein Jem

■ ■ ■

Leitartikel der Chefreporterin des *Southampton Messenger*, Alice Salmon, 14. September 2008

Die Bürger von Southampton können heute Nacht ruhig schlafen.

Liam Bardsley, der Mann, der eine 82-jährige Urgroßmutter überfallen hat, wurde diese Woche zu einer vierjährigen Gefängnisstrafe verurteilt.

Diese Bestie hat im Laufe eines Jahres hier in der Gegend vierzig Einbrüche verübt.

Und zahlreiche Bürger wurden zu seinen Opfern, unter anderem die unerschrockene betagte Dot Walker, die sich dem 36-Jährigen entgegenstellte, nachdem »Geräusche« in der Küche sie geweckt hatten. Er warf sie zu Boden und schlug sie laut Staatsanwaltschaft »mindestens fünf Mal ins Gesicht«, bevor er die Flucht ergriff. Vor Gericht wurde er als »unmenschlich und gnadenlos« beschrieben.

Dieser Mann gehört hinter Gitter. Und deswegen fragen wir uns alle: Warum wurde er nur zu vier Jahren verurteilt? Bei »guter Führung«, wie es so schön heißt, könnte er in weniger als zwei Jahren schon wieder auf freiem Fuß sein und unsere Straßen unsicher machen.

Die Leser, die sich an unserer Kampagne »Schnappt den brutalen Einbrecher« beteiligt haben, dürfen stolz darauf sein, dazu beigetragen zu haben, dass dieses Tier eingesperrt wurde. Ohne Ihre mutige Unterstützung wäre es niemals gelungen, so viel Beweismaterial gegen Bardsley zusammenzutragen – Beweismaterial, das »entscheidend« zur Überführung des Täters beigetragen hat, wie die Polizei verlauten ließ.

Das Foto von Dot Walker, das wir mit Erlaubnis der Familie nach dem brutalen Überfall veröffentlichten, ließ die Hotline der Polizei nicht stillstehen (einige von Ihnen haben sich auch direkt an den *Messenger* gewendet).

Für all die Einbrüche und die schwere Körperverletzung hätte Bardsley wesentlich mehr als vier Jahre Gefängnis bekommen müssen. Selbst die doppelte Strafe wäre zu kurz für einen Mann, der sich nicht scheut, einer alten Dame anzudrohen, er werde sie »ausweiden«, wenn sie es wage, »auch nur einen Mucks« von sich zu geben.

Wir rufen heute die Regierung dazu auf, das Strafmaß für Gewaltverbrechen gegen Senioren zu erhöhen, und wir sind bereits im Gespräch mit örtlichen Abgeordneten, die versprochen haben, das Thema im Parlament zur Sprache zu bringen.

Das letzte Wort aber überlassen wir Dot Walker, der mutigsten Frau, der wir je begegnet sind – in vielerlei Hinsicht eine typische Rentnerin, in anderer Hinsicht absolut einzigartig.

Als sie erfuhr, was sich diese Woche im Gerichtssaal D des Southampton Crown Court ereignet hat, sagte sie: »Ich hoffe bloß, dass nie wieder jemand so etwas durchmachen muss wie ich.«

Auf unsere Bitte um ihre Meinung zu der Strafe, die das Gericht über ihren Angreifer verhängt hat, antwortete sie voller Lebensweisheit, Würde und Mitgefühl: »Er wird seine gerechte Strafe bekommen, wenn er vor seinen Schöpfer tritt.«

- Haben Sie Informationen über ein Verbrechen? Melden Sie sich bei Alice Salmon unter der auf

Seite 7 oben angegebenen Nummer. Ihr Anruf wird vertraulich behandelt.

▪ ▪ ▪

Abschrift von Luke Addisons Aufzeichnungen auf seinem Laptop, 14. Februar 2012

Das Haus deiner Eltern war der letzte Ort auf der Welt, wo ich sein wollte, aber nicht hinzugehen kam nicht infrage. Damit hätte ich mich nur verdächtig gemacht.

»Du siehst aus, als wärst du im Krieg gewesen«, sagte deine Mum, als ich ankam. Ich hab ihr was von einem Unfall mit dem Mountainbike erzählt, aber später zugegeben, dass ich mich geprügelt hatte.

»Jeder tut im Leben mal etwas, worauf er nicht stolz ist«, sagte sie. »Es tut mir leid, dass die Polizei dich mit all diesen Fragen belästigt, aber die tun auch nur ihre Arbeit. Wir wollen alle dasselbe, Darling – die Wahrheit.« Das Wort »Darling« brachte mich um, weil ich mir vorstellen kann, dass sie es oft zu dir gesagt hat, und ich hatte nie ein enges Verhältnis zu meiner Mutter.

Ihr Haar an meinem Gesicht fühlte sich beinahe an, als wäre es deins.

»Sie hat dich so sehr geliebt«, sagte sie und umarmte mich plötzlich.

Geheimnisse, Al. So viele Geheimnisse.

»Sie wissen aber doch, dass Alice und ich nicht mehr zusammen waren«, sagte ich. »Wir hatten Probleme.« Mein Geständnis hallte von den Küchenwänden wider. Es wäre mir merkwürdig vorgekommen, es zu verschweigen. Nachher hätten sie sich gefragt, warum.

»Ja, das weiß ich. Wir gehen sehr offen miteinander um. Unsere Tochter redet mit uns. *Redete.*«

»Ich würde es verstehen, wenn Sie es lieber hätten, dass ich nicht zur Beerdigung komme«, sagte ich und hoffte fast, sie würde sich für mein Verständnis bedanken.

»Nein, wir wollen dich dabeihaben, das heißt, *ich* zumindest möchte es. Ich bin davon überzeugt, dass ihr beiden Dummköpfe euch über kurz oder lang wieder vertragen hättet. David sieht das natürlich anders.«

Es war komisch, bei deinen Eltern zu sein, in dem Haus, in dem ich so oft mit dir gewesen bin, in das ich mich anfangs nicht reingetraut hatte – ich hätte mich überhaupt nicht so anzustellen brauchen, deine Eltern waren von Anfang an einfach großartig, sie haben mich mit offenen Armen aufgenommen, mir gleich ein Bier angeboten, auch wenn es irgend so ein scheußliches helles Gesöff war, und betont, dass sie es überhaupt nicht unhöflich finden würden, wenn ich mich mit der Sonntagszeitung in den Wintergarten zurückzog. Das Haus, wo wir den Hund gehütet und zusammen gebadet haben, wo du mir deine alte Schuluniform gezeigt und mich einen Perversling genannt hast, als ich vorschlug, du sollst sie mal für mich anziehen, und dann sind wir in dein ehemaliges Kinderzimmer gegangen, es war zwei Uhr nachmittags, und wir haben uns in dein schmales Bett gelegt, du hast schnell deinen Plüschhasen weggedreht, das war so typisch für dich, und hinterher haben wir dagelegen und haben durchs Oberlicht die Wolken betrachtet, die über den Himmel jagten.

Das Haus war voll mit Leuten, die dich geliebt haben, dein Name in jedem Atemzug, jedem Wort, jedem Zimmer. Sie zuckten alle zusammen, wenn sie mich sahen. Einmal legte deine Mum mir einen Arm um die Schultern und ging mit mir in den Garten; das ganze Haus voll Leute, und sie hatte Zeit für *mich*, und ich erzählte ihr, was ich mir für schreckliche Vorwürfe mache. »Nicht«, sagte sie, »tu das nicht.« Ich wäre vielleicht anders geworden – ein *besserer* Mensch –, wenn ich solche Eltern gehabt hätte wie du. Ich hätte deine Mutter dafür umarmen können, dass sie mich vielleicht nicht für das, was ich getan hatte, verachtete. Später bin ich zu deinem Dad in die Garage gegangen, wo er an seiner Werkbank ein Stück Holz bearbeitete, und habe zu ihm gesagt: »Danke, dass ich hier sein durfte.«

»Dafür musst du dich bei meiner Frau bedanken. Wenn's nach mir gegangen wäre, hätte ich dich aus dem Fenster da geworfen.« Er betrachtete ein kleines, trübes Fenster. »Warum konntest du deinen verdammten Schwanz nicht in der Hose halten?«

Er wird mir nie verzeihen, und ich kann es ihm nicht verdenken. Ich werde mir selbst auch niemals verzeihen. Dabei kennt er nicht mal die Hälfte der Geschichte. Niemand kennt sie.

Er hobelte und hobelte, Späne segelten zu Boden und sammelten sich um seine Füße. »Fünfundzwanzig«, sagte er. »Was ist das für ein Alter? Sag mir das, du Mistkerl.« Er hob eine Faust, und ich dachte, schlag mich, schlag mich so wie der Mann in dem Pub. Es würde uns beiden guttun. Aber er ließ den Arm wieder sinken und machte ein Geräusch wie ein verwundetes Tier. »Wie konntest du meiner Kleinen so was antun?«

Unglaublich, dass sie mich bei der Beerdigung dabeihaben wollen, wir sind ja nicht verwandt, wir waren ja nicht mal *verheiratet*. Das ist auch etwas, was du nicht weißt, Al. Es gab noch eine Gelegenheit, wo ich dir einen Heiratsantrag machen wollte. Der Morgen, als du nach Southampton gefahren bist. Da waren die zwei Monate Trennung, die du verlangt hattest, fast um. Kein Kontakt, so lautete die Regel, die du aufgestellt hattest, aber ich wollte dich überraschen. Ich wollte dich um Verzeihung bitten, dir alles erklären, dich zur Vernunft bringen. Du wärst verblüfft gewesen – aber positiv verblüfft, glaube ich. In den zwei Monaten ist mir klar geworden, dass es für jeden einen ganz besonderen Menschen gibt, und für mich warst du das, Alice Louise Salmon. Zum Teufel mit der Romreise. Ich wollte es tun, direkt vor deiner Tür. Aber Soph hat aufgemacht und behauptet, du wärst nicht da.

»Wo ist sie denn?«

»In Southampton.«

Die Vorstellung, wir würden womöglich unser Leben lang nicht wissen, wo der andere steckte, trieb mich zur Verzweiflung. *Ich muss sie finden*, dachte ich. Ich muss meine Alice finden und ihr einen Heiratsantrag machen. Soph musterte mich argwöhnisch. Ich wusste nicht, wie viel du ihr erzählt hattest; ich hatte jedenfalls nicht herumposaunt, was los war. »Kann ich in ihr Zimmer?«

»Nein.«

»Dann ist sie also doch hier, oder?«, sagte ich, und plötzlich tauchte die Möglichkeit vor mir auf, du könntest mit einem anderen Mann oben in deinem Zimmer sein. »Wer ist bei ihr?« Als wir das letzte Mal in deinem Zimmer waren und du geweint hast und der Miniweihnachtsbaum blinkte und ich dich schüttelte, hattest du mir versichert, dass es keinen anderen gab – es tut mir leid, ich konnte nicht anders, ich hab die Nerven verloren, so sehr habe ich dich geliebt –, du hattest es mir hoch und heilig versichert, aber woher sollte ich wissen, was ich glauben sollte? »Ich lass mich nicht verarschen, Soph – wer ist bei ihr?«

»Frag sie doch selbst, wenn du es unbedingt wissen willst. Aber sie spricht ja nicht mit dir, oder?«

»Es tut mir leid«, sagte ich und versuchte es in einem versöhnlicheren Ton. »Sie fehlt mir einfach. Du musst mir helfen. Bitte.«

»Du hast sie ganz knapp verpasst«, sagte Soph und ging wieder rein.

Du musst nach Southampton, schoss es mir durch den Kopf.

Ich nahm mein Handy heraus. Anfangs warst du als Alice S. eingespeichert, weil Alice Kemp schon im Verzeichnis war, aber nachdem wir offiziell ein Paar waren, habe ich dich unter Alice und Alice Kemp unter Alice K. eingetragen, und nachdem wir eine Weile zusammen waren, lautete dein Eintrag nur noch Al. Ich schrieb dir eine SMS. *Unsere zwei Monate sind fast vorbei. Es bringt mich um, dich nicht zu sehen. Habe dir was Wichtiges zu sagen.*

Eine Stunde bin ich bei deinen Eltern geblieben, das Minimum dachte ich, was die Höflichkeit gebot, aber ich musste zurück nach London, zu diesem Tisch, zurück zu meinem Bier. Bilder von dir tauchten vor meinem geistigen Auge auf – du auf dem London Eye; du mit einem Glas Sekt um zehn Uhr morgens auf der Hochzeit von Kate und Wills; du in der U-Bahn, wo du diesen Typen angeschnauzt hast, er soll seinen fetten Arsch bewegen und der Schwangeren Platz machen; du beim Tanzen in der Küche auf dieser Party in Peckham; du, die Augen geweitet wie ein verschrecktes Reh, als du mich am Samstag am Fluss entdeckt hast; deine Stimme, dein Geruch, du, fortgespült von dem kalten Wasser, fortgespült mit all deinen Geheimnissen.

Jetzt fühle ich überhaupt nichts, ich bin besoffen und bekifft, und wenn ich die letzte Dose ausgetrunken und den Joint aufgeraucht habe, werde ich dein Gesicht nicht mehr sehen, nicht, wie du auf der Bettkante sitzt und mich verletzt und entsetzt anschaust, nicht an einem Tisch auf dem Campo de' Fiori, wo wir nicht hingefahren sind, nicht in dem schwarzen Wasser, ich werde in meiner Küche sitzen, und selbst die Wut wird verflogen sein: Es wird nur noch das Dröhnen des Fernsehers geben, das dumpfe Pochen der Wunden in meinem Gesicht und das gelegentliche Schluchzen eines Mannes irgendwo hier im Zimmer.

Ich bin eine Ewigkeit vor deiner Wohnung stehen geblieben.

Soph hat immer wieder durchs Fenster gespäht, um zu sehen, ob ich weg war. Du hast nicht auf meine SMS geantwortet. Ich bin zum Bahnhof gegangen. Du liebst doch Überraschungen, dachte ich, ich werde dir eine verdammte Überraschung bereiten.

■ ■ ■

Blogeintrag von Megan Parker,
20. März 2012, 18:35

Ich habe mit einem Professor in Southampton über dich geredet, Alice.

Ich konnte mich nicht an ihn erinnern aus der Zeit, als wir studiert haben, er heißt Cooke, aber anscheinend ist er schon seit ungefähr 1820 an der Uni. Er hatte die großartige Idee, eine Art Collage von dir zu erstellen. Manchmal sitzen wir nur zusammen und unterhalten uns, aber wir machen auch richtige Recherchearbeit, kontaktieren Leute und verifizieren Daten und alles Mögliche, was du geschrieben oder gesagt oder getan hast. Meine Mum meint, es ist gut, dass ich meine Trauer in positive Bahnen lenke, du hättest jedoch wahrscheinlich gesagt, dass das bloß ihr üblicher Yin-und-Yang-Blödsinn ist.

Anfangs kam ich mir ein bisschen vor wie eine Verräterin, weil es so persönlich ist, aber wir müssen uns zu Wort melden und all den ahnungslosen Leuten den Mund stopfen, die lauter dummes und gemeines Zeug über dich verbreiten. »Wir sind die Hüter von Alice' Andenken, jetzt, wo sie nicht mehr für sich selbst sprechen kann«, sagt er, und damit hat er nicht unrecht. Du hast doch immer davon gesprochen, du würdest mal gern in einem Buch vorkommen, und genau das könnte das werden – ein Buch über dich.

Er sagt, ich soll in meinem Blog nicht allzu viel über ihn

oder über mich schreiben, weil es um *dich* geht und nicht um uns, und damit es wahrhaftig ist, müssen wir uns wie Beobachter verhalten, objektiv sein und nicht subjektiv, aber ich frage ihn immer wieder – ich habe ihn schon mindestens zehn Mal besucht –, wie ich objektiv sein soll, wo du doch meine beste Freundin warst.

Ehrlich gesagt kann ich es selbst nicht glauben, wie viel ich ihm von mir erzähle, aber gegenüber einem Fremden kann man sich ganz anders öffnen als gegenüber jemandem, der einem nahesteht.

Er erinnert mich an eine Figur in einer Sitcom – und zwar an den sozial inkompatiblen »Onkel«. Seine Studenten können ihn wahrscheinlich nicht ausstehen, und er wäre der ideale Moderator bei Radio 4 mit seinen klugen Beiträgen. Du müsstest mal sein Büro sehen Alice, das würde dir gefallen! Alle Wände vom Boden bis zur Decke voll mit Bücherregalen. Da stehen *tausende* Bücher. Du würdest total auf Jeremy abfahren, denn er ist einer von diesen superintelligenten Typen, die schon an den verrücktesten Orten auf der Welt gewesen sind. Gott, ich führe mich auf wie ein verknalltes Schulmädchen …

Jeremy – falls Sie das hier lesen, was gut sein kann, da Sie mich ja zu mein Blog beglückwünscht haben –, willkommen in einem sehr exklusiven Klub. Sie sind einer von nur ungefähr sechs Leuten, die meinen Blog lesen, und Sie können mir nichts von dem, was ich schreibe, übel nehmen, schließlich besagt Ihre »Hypothese« ja, dass die Wahrheit über alles geht. ☺

Lieber Himmel, Alice Palace, ich mache schon wieder Witze, obwohl du erst seit sieben Wochen tot bist. Ich habe Jeremy gefragt, ob das heißt, dass ich ein schlechter Mensch bin, und er hat gesagt, wenn ich noch nie etwas Schlimmeres getan habe, als über glückliche Erinnerungen zu lachen, dann kann ich kein allzu schlechter Mensch sein.

Es würde dir gefallen, wie er immer alles in einen historischen Kontext stellt, Lissa. Einmal hab ich zu ihm gesagt: »Was soll die Geschichte denn daran ändern, dass ich meine beste Freundin verloren habe?«, und dann bin ich prompt in Tränen ausgebrochen. Da hat er mich in den Arm genommen – er ist gar nicht groß und kräftig, und trotzdem *wirkt* er so, vielleicht ist es das, was mit Präsenz gemeint ist –, und dann hat er gesagt, ich solle stolz darauf sein, dass du meine beste Freundin warst. Und das stimmt doch, oder? Ich war, ich bin deine beste Freundin, und das werde ich immer sein.

Er interessiert sich sehr für die Drohungen, die du erhalten hast, und er sagt, es war absolut richtig, dass ich die auf mein Blog gesetzt habe. Bei deinem Job war es unvermeidlich, dass der eine oder andere sich gekränkt fühlen oder sich aufregen würde, hat er gesagt. Aber er meint, ich soll vorsichtig sein, wenn ich mit den Medien rede, weil die ihre eigenen Interessen haben, aber wie die *mich* darstellen, ist mir eigentlich egal, Hauptsache, die Fakten werden bekannt.

Ich gehe vor allem deswegen so gern zu ihm, weil es mir einen Vorwand gibt, an dich zu denken. Ich meine, ich denke sowieso immer an dich, Süße, aber wenn ich bei ihm bin, dann ist diese Zeit ganz allein dir gewidmet – *quality time* nennt er das scherzhaft. Trotzdem muss ich dir was gestehen. Ein paar von unseren Treffen waren am Ende mehr so was wie eine Berufsberatung für mich. Du hast immer gesagt, ich soll meinen PR-Job aufgeben und weiterstudieren, und diese Gespräche – gestern bin ich wieder fast bis Mitternacht geblieben – erinnern mich daran, wie viel Spaß das Lernen macht, auch wenn das meiste, was wir tun, nichts mit Lernen, sondern mit Erinnern zu tun hat.

Eigentlich weiß ich, dass ich nicht so viel schreiben sollte, denn heutzutage findet man alles, was im Internet steht, hinterher in seinem Lebenslauf wieder; es verschwindet nie, selbst wenn man es löscht, es bleibt in diversen Feeds and Cache-Speichern, und Google kann es immer aufspüren, auch wenn es eigentlich nicht mehr da ist, so wie Leute, denen ein Bein amputiert wurde, trotzdem noch das Jucken in ihren Zehen spüren können.

Er fragt mich dauernd nach deiner Beerdigung, Alice … entschuldige die Gedankensprünge … und als ich deine Mum in den Arm genommen habe, da hat sie gesagt: »Meg, wie soll ich das bloß schaffen«, und ich hab geantwortet: »Das schaffen Sie, denn heute wird doch ihr Leben gefeiert«, und da hat sie gesagt: »Ich meine nicht heute, ich meine, für den Rest meines Lebens.«

Jeremy sagt, er hat gesehen, wie der Leichenwagen vorfuhr, er ist nicht reingegangen, aber er wollte dir in aller Stille die letzte Ehre geben. Ich habe ihm erzählt, wie du immer gesagt hast, in Kirchen würdest du bloß Ausschlag kriegen, und er meinte, in der Regel würde er sie auch meiden, dann hat er den Faden verloren und angefangen, mir von diesen Himmelsbestattungen in Tibet zu erzählen, wo sie die Toten zerlegen – das macht ein sogenannter Ragyapa, ein Knochenbrecher – und den Geiern zum Fraß vorwerfen. Das nennt sich »jhator«, und es bedeutet »den Geiern Almosen geben«.

Bei deiner Beerdigung habe ich kein Wort mit Luke gesprochen, weil er gleich danach abgehauen ist, außerdem war er ziemlich neben der Spur und roch schon nach Alkohol, als er ankam … Es ist mir egal, ob Luke das liest, du würdest nicht wollen, dass ich lüge, und jetzt geht es um die Wahrheit, wie Jeremy gesagt hat. Er sagt, es spielt keine Rolle, wie ich dich in Erinnerung behalte, Hauptsache, ich tu's. Und wer wird sich wohl mal an mich erinnern, fragt er mich dauernd, und ich musste ihm hoch und heilig versprechen, dass ich, wenn ich mal so alt bin wie er, nichts bereue, und wenn ich ihm erzähle, wie viele von unseren Freunden sich wegen dem, was dir passiert ist, geschworen haben ein besseres, erfüllteres, *reicheres* Leben zu führen, dann sagt er, das ist großartig, so soll es sein, pack das Leben bei den Hörnern, Mädel!

»*Carpe diem*«, hab ich mal gesagt – ein Lieblingsspruch von dir –, als könnte ihn das beeindrucken, und dann habe ich ihm noch ein paar Geschichten von uns erzählt. Wenn ich erst einmal damit anfange, sprudelt es nur so aus mir heraus, und er kommt mit seinen Notizen kaum nach, während das rote Lämpchen an seinem Diktafon blinkt.

»Töchter«, sagt er dann nur. »Töchter.«

Kommentare zu obigem Blogeintrag:

Ich lese das tatsächlich, junge Dame. Ich bin also eine Figur aus einer Sitcom, ja? Ich nehme an, eher der Schluffi-Typ als der verbitterte Nörgler.

Jeremy »Silver Surfer« Cooke

Du kannst nicht einfach solche Dinge über andere Leute verbreiten, Meg, du hast sie wohl nicht alle. Nur zu deiner Information: Ich bin nicht besoffen zur Beerdigung erschienen, ich hatte nur ein Glas Bier getrunken. Wie alle anderen auch versuche ich zurechtzukommen. Außerdem scheinst du praktischerweise vergessen zu haben, dass Alice sich von mir getrennt hat und nicht umgekehrt, und dass ich keine Affäre hatte!

Luke

Kein Mensch interessiert sich für den Scheiß in deinem Erinnerungsbuch und für deine dämlichen Theorien über den Tod einer Frau, die ertrunken ist, weil sie stockbesoffen war. Ihr solltet euch vorsehen, du und dieser Arsch von Professor.

A FREEMAN

■ ■ ■

SMS-Verlauf zwischen Gavin Mockler und Alice Salmon, 14. März 2006

GM: Hi Alice wie läuft die Party? LOL

AS: Wer bist du?

GM: Dein Lieblingsmitbewohner

AS: Super, danke, alle sind hier. Im Corrigan's.

GM: Ist das 'ne Einladung?

AS: Wir ziehen jetzt weiter. Was machst du?

GM: Chillen und Warcraft spielen.

GM: Das Corrigan's ist scheiße, der Wirt ist ein Fascho.

GM: War schön, gestern im Wohnzimmer mit dir zu reden, hat mich wieder runtergebracht, du bist anders drauf als die anderen.

AS: Ja, war nett ... Übrigens, Spam Sam sagt, wenn du sonst nichts vorhast, kannst du die Bude putzen

AS: Hör auf zu wichsen.

AS: Sorry, das kam von Ben. Hat mir das Handy geklaut.

GM: ROFLMAO!!! Du hast was Besseres verdient als Ben Finch.

GM: Wir sind Kreaturen der Nacht, wir Nachteulen.

■ ■ ■

E-Mail von Elizabeth Salmon, 3. April 2012

Von: Elizabeth_salmon101@hotmail.com
An: jfhcooke@gmail.com
Betreff: Halt dich da raus

Wie sie sich in ihren letzten Tagen und Stunden gefühlt hat? Wenn ich das nur wüsste. Ihr Gemütszustand, wo sie überall war, mit wem sie geredet hat – ich gehe das alles in Gedanken immer wieder durch. Mein Mann sagt, ich drehe mich im Kreis, aber schlimmer kann es für mich nicht mehr werden. Was hat sie am Flussufer gemacht? War sie so betrunken? Hat sie sich so elend gefühlt? Wer war bei ihr? Das dunkle Zeitfenster zwischen dem Moment, als sie von ihren Freunden getrennt wurde, und ihrem Eintreffen am Ufer, macht mich vollkommen verrückt. Und egal wie frustriert und wütend ich werde, wenn ich all den Unsinn lese, umso mehr treibt es mich an, nach mehr Informationen zu suchen.

Früher habe ich an das Schicksal geglaubt, aber jetzt glaube ich an gar nichts mehr, außer an das marginale Trostpotenzial von Fakten. Ich horte Fakten aus Angst, ich könnte sie vergessen, Jem, aus Angst, ich könnte eines Morgens aufwachen und mich nicht mehr genau an meine Tochter erinnern. Dass ich eines Morgens aufwache und sie noch einmal verliere.

Ich bitte dich um etwas, was ich nie für möglich gehalten hätte – deine Hilfe. Hilf mir, meine Fragen zu beantworten, hilf mir, Alice zu finden. Das bist du mir schuldig, Jem. Was zum Teufel hast du dir dabei gedacht, mir eine E-Mail zu schicken? Sie hat deine E-Mail in meinem Posteingang gesehen, an dem Tag, an dem sie gestorben ist. Das hätte jeden ins Schleudern gebracht.

Manchmal verachte ich Dave dafür, dass er das zugelassen hat, aber ich bin es, die es nicht verhindert hat. Was habe ich ihr denn schon Nützliches mit auf den Weg gegeben? Die üblichen Lektionen wie die, die im Fernsehen mit zuckersüßer Schlichtheit verbreitet werden, in diesen Serien, die sie verschlungen hat, wie *O.C., California* und *Dawson's Creek*, Ratschläge, die ihr helfen sollten, mit alldem Scheißdreck klarzukommen, mit dem man sich herumplagen muss. Ich habe ihr nichts mitgegeben außer vielleicht ihre Begeisterung für Sylvia Plath. Ich kann es nicht fassen, dass ich meiner Tochter Plaths Werk nahegebracht habe, obwohl ich sehr wohl wusste, dass es sich in einem festsetzt wie ein Haken in der Haut. Die Liebe zu Plath, das Haar, das ich einmal in einem Gedicht salbungsvoll mit Rabenflügeln verglichen habe (das hatte ich zweifellos mal irgendwo gelesen), und das immer wiederkehrende Bedürfnis, der Welt zu sagen, sie kann einen mal. All das und dazu unsere Intonation, unser Tonfall, selbst die Art, wie wir schrieben, das war ich in ihr und sie in mir.

Warum habe ich nie mit ihr darüber gesprochen, Jem? Es war ja nicht, als hätte ich nicht gewusst, dass das wie ein düsterer Wesenszug in allen Frauen der Familie Mullens angelegt ist, das, was sie nachts heimsuchte und mit Füchsen reden ließ, das, wofür ich nie einen Namen hatte, das sie *ES* nannte, in Großbuchstaben, weil kleine nicht ausreichten. Früher dachte ich, Plath hatte recht, aber sie hatte auf so groteske Weise unrecht, dass wir sie aus dem Kanon streichen sollten, nicht weil wir kontrollieren sollten, was Menschen lesen, wie in *1984*, sondern weil es keinen Grund gibt, den Tod zu verherrlichen oder junge Mädchen davon zu überzeugen, es gäbe einen schönen Tod.

Alice hat sich nicht das Leben genommen. Das hätte sie nicht gekonnt. Das hätte sie niemals getan.

Ich habe dich geliebt, zumindest eine Version von dir – ob es sich um eine handelte, die tatsächlich existierte oder ob ich sie mir in meinem Kopf konstruiert habe, darüber ließe sich diskutieren. Es wäre unehrlich zu behaupten, es hätte keine Momente gegeben, die mir unter anderen Umständen als schöne Erinnerungen erhalten geblieben wären, aber davon ist nicht viel übrig, es ist alles untergegangen in dem Wirrwarr, das auf unsere Trennung folgte. Was mir geblieben ist: die Erinnerung an die qualvolle Gewissenserforschung in jener Zeit (du hast keine Ahnung, wie schlimm das war, glaub's mir). Ein bestimmter Streit ist mir besonders lebhaft im Gedächtnis haften geblieben: »Du meinst Fliss!«, habe ich dich angeschrien, weil es mich in den Wahnsinn trieb, dass du es nicht fertigbrachtest, ihren Namen auszusprechen. »Wenn du mit mir schlafen kannst, dann kannst du sie wenigstens bei ihrem Namen nennen!«

»Eine Ehe ist eine komplizierte Angelegenheit. Du würdest das nicht verstehen.«

»Komm mir bloß nicht so von oben herab«, habe ich dich angefaucht. »Ich bin kein verliebter Teenager.« Dabei habe ich mich genauso aufgeführt. Ich hatte eine Stunde lang vor deinem Büro auf dich gewartet, und als du endlich gekommen bist und dich damit rausgeredet hast, du wärst bei einer Sitzung länger als geplant aufgehalten worden, bin ich explodiert. »Ich werde nicht zu einer von diesen Frauen werden, die permanent *dankbar* sind, Jem. Dankbar für einen Anruf, für ein Abendessen, für einen Morgen, an dem ich aufwache und du tatsächlich noch immer neben mir im Bett liegst. Das habe ich nicht nötig. Ich bin jung. Ich bin nicht unattraktiv.«

Und deine Antwort: »Wie wär's, wenn wir das alles bei einem Drink klären?«

Neben deiner Art, nicht mit Komplimenten zu sparen, war das dein Modus Operandi: mich mit Gin gefügig zu machen. Mich dermaßen damit abzufüllen, bis ich alles vergaß oder mir alles egal war, bis ich keinen Stress und kein Geschrei mehr machte, denn so etwas durfte nicht sein, nicht wahr, eine Szene. Ich war zu deinem Vergnügen da, und wenn du dich genug amüsiert hattest, bist du wieder zu deiner Frau zurückgekrochen. Ich habe dich dafür verabscheut, dass du so eine Frau aus mir gemacht hattest (nur zu deiner Information – ich hatte weder vor dir noch nach dir jemals eine Affäre mit einem verheirateten Mann), aber am meisten habe ich mich selbst dafür verachtet, dass ich das alles zugelassen habe. Ich fing an zu weinen. »Das soll wohl ein Witz sein«, sagte ich.

Du hast einen Schritt auf mich zu gemacht, rot vor Wut. »Wenn das alles so furchtbar lustig ist, warum lachst du dann nicht?«

Damals war ich per se ängstlich, aber in dem Moment hatte ich blanke, körperliche Angst. Ich konnte deinen Atem riechen: Kaffee und Zwiebeln.

»Na los«, hast du gesagt und mein Handgelenk gepackt. »Lach schon!«

»Du hast mich noch nie zum Lachen gebracht«, sagte ich. »Du lädst mich zum Essen ein, du führst mich in Nobelhotels, du kaufst mir Kleider, die ich nicht brauche, und Schmuck, der überhaupt nicht mein Geschmack ist, und dann gehst du nach Hause zu Fliss, und wahrscheinlich vögelst du sie auch, weil du so verdammt unsicher bist.«

Da hast du eine Hand gehoben – ich gebe zu, ich hatte getrunken, und mir schwirrte der Kopf –, aber was ich sah, war eine Klaue, die sich mir näherte, im Ernst, es sah aus wie die Klaue eines Raubtiers, und ich habe geschrien: »Es ist aus!«

Und jetzt stehen wir nach all den Jahren wieder in Kontakt. Ich kann es nicht fassen, dass ich so viel geschrieben habe. Eine Läuterungsübung, nehme ich an. Du bist Schnee von gestern für mich, doch du trägst Verantwortung. Du besitzt Macht, setze sie klug ein. Ich habe mich dir anvertraut, Jem, also enttäusche mich bitte nicht.

Für deine »Unterlagen« habe ich ein paar Auszüge aus ihrem Tagebuch angehängt und eins von meinen Lieblingsfotos. Es zeigt Alice und Rob an einem Strand auf dem Kontinent, es muss also entstanden sein, bevor Daves Geschäft pleiteging. Sieh sie dir an – sie schaut aufs Meer hinaus, als könnte sie die blaue Weite mit ein paar kräftigen Zügen durchschwimmen, als könnte sie sie durchwaten, auf ihr wandeln. Kein Wölkchen am Himmel. Ein Tag, wie man ihn aus der Kindheit in Erinnerung hat, ohne zu wissen, ob es ihn wirklich gegeben hat oder ob die Erinnerung einem einen Streich spielt: Eis am Stiel und Sandburgen und im Auto schlafen und ins Bett getragen werden. Ein Tag, wie ihn jeder in Erinnerung haben sollte, aber viele Kinder haben solche Tage nie erlebt. Wir haben uns wirklich bemüht, unseren Kindern das zu geben: Tage, an denen es nur das Meer und den Himmel gab.

Du hast recht, Worte sind so oft unzulänglich. Es tut mir leid zu hören, dass du krank bist. Mein Mitleid geht nicht so weit, dass ich für dich beten werde, aber ich wünsche dir alles Gute. Wenn ich mir dich vorstelle, dann sehe ich dich vor mir in deinem Zimmer in einem efeuberankten Haus, wo du Earl Grey trinkst und dir im Radio ein Cricketspiel anhörst. Liege ich damit richtig?

Du hast recht – wir sind wirklich ein merkwürdiges Gespann, mit all unseren Geheimnissen.

Ich würde dich tatsächlich gerne wiedersehen.

Deine Liz

■ ■ ■

Abschrift einer Voicemail-Nachricht für Professor Jeremy Cooke, 24. Mai 2012, 01:22

Ich weiß, wo Sie wohnen, Mr Starprofessor … Ihre Adresse zu finden war so einfach, wie eine Pizza zu bestellen … Lassen Sie sie in Frieden … Das alles hat nichts mit Ihnen zu tun … denn in dem Fall wären Sie nicht so scharf drauf, die Vergangenheit auszugraben, nicht wahr, Mr Anthropologik [sic] … Sie ist gestorben … [unverständliches Wort] … tot … weg … was kapieren Sie daran nicht? Sie [unverständliche Worte] Brücke. [unverständliche Worte]. Sie sollten sich schämen … Schluss mit dem Aufreißen alter Wunden, Schluss damit … [unverständliche Worte] Alice geliebt. Hüten Sie sich, alter Mann, schlimme Dinge passieren, Unfälle passieren.

TEIL III

Das Leben ist wie Scrabble spielen

SMS-Verlauf, 13. Mai 2010

Zwischen Luke Addison und Alice Salmon

10:06

L: Danke für den tollen Abend, Alice, aber jetzt hab ich 'n Kater. Wie gehts dir?

A: Wer bist du???

L: Sehr komisch! Der Typ, den du abgefüllt hast!

A: Du hast MICH abgefüllt – und das mitten in der Woche. Du bist ein schlechter Mensch, Mr Addison!

L: Normalerweise trinke ich nicht, hab für dich 'ne Ausnahme gemacht!

A: Du bist ein Held!

L: Du hast es erfasst. Sorry wg dem White Hart, btw. Wusste nicht, dass der Laden so abgefuckt ist.

A: Es WAR also ein Date?

L: Kein Kommentar☺

15:42 Uhr

A: Wie gehts deinem Kater?

L: Ein Prachtvieh! Und deiner?

A: Ich behandle mich mit eimerweise Tee. Wie war dein Tag?

L: War auf der langweiligsten Besprechung aller Zeiten. Was ist mit Samstag?

A: Kino?

L: Schwedische Retrospektive im Picture House …

A: Kein Bock …

L: *The Road?*

A: Wollte dich nur beeindrucken, als ich den erwähnt hab. Würd mir viel lieber *Für immer Shrek* ansehen.

L: Dito. Könnten vorher in dem neuen Tapasladen auf der Clapham High Street was essen gehen. Tequila zählt nicht als Alk, wenn es Tapas dazu gibt.

A: Bin tequilasüchtig☺

L: Das merk ich mir☺

20:02 Uhr

A: Freundin hat 'ne Flasche Wein aufgemacht, ich trink ein Glas. Wo bist du?

L: War in der Muckibude, bin jetzt im Pub.

A: Es ist Donnerstag!

L: Donnerstag heißt ab jetzt Freitag!

A: Werden deine Kumpel nicht sauer, wenn du dich nicht um sie kümmerst?

L: Bin draußen eine rauchen. Außerdem sind das keine dicken Kumpel. Dir schreiben macht mehr Spaß.

23:41 Uhr

L: Noch wach?

A: Lieg im Bett und les. Wo bist du?

L: Auf dem Heimweg. Gestern Abend war echt super, Alice.

A: Das sagtest du schon.

L: Wollt es noch mal sagen.

A: Ich fands auch toll. Ewig nicht so viel gelacht.

L: Hoffentlich MIT und nicht AUS.

A: Beides! Mach jetzt mein Handy aus, brauch meinen Schönheitsschlaf. Lass uns morgen schreiben, hab 'n langen Tag, brauch Ablenkung.

L: Stehe den ganzen Tag für Ablenkungsdienst zur Verfügung!

A: Danke! X

Zwischen Charlie Moore und Luke Addison

18:20 Uhr

C: Wie wars gestern Abend?

L: Heftig

C: Was, dein Date???

L: Nein, ausnahmsweise nicht. Sie war der Hammer.

C: Hast du sie flachgelegt?

L: Sie ist nach Hause gefahren.

C: Soll das ein Witz sein?

L: Nein. Wollte es nicht vermasseln.

C: KOTZ WÜRG

L: Arschloch

C: Welche war das gleich noch?

L: Hab sie letztes WE im Porterhouse kennengelernt, groß, dunkle Haare, Sommersprossen, bisschen verrückt, aber geil.

C: KOTZ

L: Arschloch!

C: Triffst du sie wieder?

L: Klar, Samstag. Essen, dann Kino

C: Bist zu leicht zu haben.

L: Will aber für sie zu haben sein.

C: Egal. Lass sie das nicht merken! Wir müssen uns auf ein paar Bier treffen, um Prag zu planen – schick dir 'ne E-Mail. Wird megahart.

L: Was auf Tour passiert …

■ ■ ■

Auszug aus Alice Salmons Tagebuch, 19. Februar 2009, Alter 22

Es ist achtzehn nach vier, und ich kann nicht schlafen.

Eine neue Stadt, ein neuer Job, neue Mitbewohner. Es ist, als wäre ich wieder in der Einführungswoche für Erstsemester. Ich bin zu dem Schluss gekommen, dass das Leben ein einziges riesiges Leiterspiel ist: Kaum hat man es auf einer Leiter bis oben geschafft, zack, rutscht man auf einer Schlange wieder nach unten!

Die Nächte fühlen sich meistens wie Schlangen an. Ich sollte mir zur Regel machen, nach 23 Uhr nichts mehr in mein Tagebuch zu schreiben.

Dieser Fuchs da draußen. Er ist immer da. Ein Rüde, nehme ich an, groß, aber struppig wie eine alte Puppe. Der ist bestimmt sehr einsam da draußen zwischen den Mülleimern und Bussen und träumt davon, wenigstens einmal Gras unter den Pfoten zu spüren. Ich hoffe, er findet eine Freundin. Andererseits hört es sich an, als hätte er schon mehr als eine Hündin gefunden, der Draufgänger!

Wie kann es sein, dass ich mich so einsam fühle, wo doch sieben Millionen Menschen in London leben? Ich beobachte sie in der U-Bahn – in Röhrenjeans und mit großen Brillen, sie lesen die kostenlose *Metro*, simsen, aus ihren Kopfhörern dringen blecherne Fetzen von Dizzee Rascal oder den Kaiser Chiefs – und stelle mir all die Leben vor, die sich um mich herum entfalten. Ich lausche den Gesprächen und versuche, aus aufgeschnappten Fetzen ganze Existenzen zusammenzusetzen.

»Du übertreibst es mit deiner Analysiererei«, hat Meg mal zu mir gesagt, und vielleicht meint sie das ja. Einen Fuchs im Garten beobachten – besser gesagt in dem briefmarkengroßen Hof aus Beton, den wir uns mit Maybe Baby, der möglicherweise schwangeren Frau aus dem Erdgeschoss, teilen und der polnischen Familie von oben, die wir »Wann ist Müllabfuhr« nennen, weil sie bisher noch kein anderes Wort mit uns gewechselt haben.

Bin ich nicht zu alt, um mich so zu fühlen? Um mich immer noch über mich zu wundern? Mich zufällig im Spiegel zu sehen und zu denken: *Alice, was zum Teufel soll das eigentlich?* Was ich mir als blauäugiger Teenager nicht alles geschworen habe: niemals Drogen anrühren, niemals Schulden machen, niemals jemanden enttäuschen. Das Leben überholt einen. Ich hätte mir nie träumen lassen, dass ich mir mal ein Tattoo machen lasse, okay, es ist an einer diskreten Stelle, aber es ist trotzdem ein Tattoo, und meine Eltern würden ausrasten, wenn sie es sehen würden. Ich hatte mir auch geschworen, mich nie von einem Typen verarschen zu lassen, und jetzt simse ich immer noch mit Ben. Er ist sogar uneingeladen bei meiner Geburtstagsparty aufgekreuzt.

»Bist du mit jemand zusammen?«, hat er sich beiläufig erkundigt.

»Nein. Du?«

»Nichts Ernstes.« Das Ganze hatte etwas beruhigend Vertrautes. »Weißt du noch, wie wir auf dem Pont des Arts gestanden haben?« So wie er es aussprach, klang es sehr französisch. »Das war echt cool.«

»Ich habe nicht vor, die Nacht mit dir zu verbringen.«

»Das werden wir ja sehen.«

»Ich mein's ernst.«

»Immerhin warst du schnell dabei, dir von mir einen Drink spendieren zu lassen.«

»Versau es nicht, Ben. Lass uns das Ganze wie Freunde beenden und zeigen, dass wir das können.«

Da hat er mir eine Hand aufs Knie gelegt. »Ich bin immer noch verrückt nach dir.«

»Nein, bist du nicht. Du bist verrückt nach mir als Idee, aber mit 'ner Freundin aus Fleisch und Blut kannst du nicht umgehen. Und nimm gefälligst die Hand da weg.«

Es war, als würden wir Siebzehn und Vier spielen, wobei er sich immer neue Karten geben ließ, obwohl er genau wusste, dass er verlieren würde. Typisch Ben. Irgendwie schämte ich mich dafür, dass ich mich je auf ihn eingelassen habe; Meg hat schon immer gesagt, dass er ein Arschloch ist.

Seine Hand hatte sich an meinem Bein weiter hochgearbeitet. »Na, was haben wir denn da? Das gefällt dir, was?«

»Nimm die Hand da weg!«

»Verdammt, Lissa, erst geilst du mich auf, und dann lässt du mich abblitzen, du Flittchen!«

Da habe ich ihm eine geknallt, blitzschnell mitten ins Gesicht. Es war das erste Mal, dass ich jemanden geschlagen habe, und am liebsten hätte ich ihn gleich danach gefragt, ob alles in Ordnung war. Seine linke Wange glühte feuerrot. »Sie liebt mich tatsächlich«, sagte er lachend zu einem Mann am Nebentisch. »Ich schlafe wieder mit dir«, meinte er dann zu mir. »Wenn nicht heute Nacht, dann eben ein andermal.«

Ich bin wortlos aufgestanden und habe ihn da sitzen lassen.

Ich hatte sofort ein gutes Gefühl mit dieser Wohnung, als ich die Anzeige auf »Gumtree« entdeckt habe.

»Helles Zimmer – bekommt die volle Abendsonne«, stand da, und drei Stunden später saß ich schon mit Alex und Soph beim Kaffee.

»Wir hätten gern jemanden, mit dem wir uns gut verstehen«, sagte Alex.

»Wenn das nicht geht, würden wir uns mit jemandem abfinden, der kein Serienmörder ist«, fügte Soph hinzu.

Als sie mir das Zimmer zeigten, schien die Sonne herein. »Wann kann ich einziehen?«, habe ich gefragt.

Jetzt scheint die Sonne nicht.

Er ist immer noch da draußen, der Fuchs. Ich werde ihn Rusty nennen. Little Rusty. Das wird mein Stichwort für diesen Tagebucheintrag. Ich hatte ihm was zu fressen rausgestellt, aber Soph meint, er hat vielleicht Flöhe und könnte außerdem beißen. Also, tut mir leid, Kleiner, du bist auf dich selbst gestellt, wir müssen uns aufs Plaudern beschränken.

Ich betrachte mich von oben bis unten im Spiegel. Ich bin mir immer noch so fremd, wie ich es als Teenager war: dieses Ding, das ich mit mir rumtrage, das mich rumträgt, dieser *Körper*. Ich berühre mein Haar, mein Gesicht, meine Hüften. Fahre mit dem Finger über die dünne Narbe an meinem Handgelenk. Was mir Angst macht: Zu was sie, diese Frau, die ich vor mir sehe, imstande ist.

Es ist aber so, dass ich mich selbst nicht nur auf negative Weise überrasche. Ich hätte mir nie im Leben träumen lassen, dass ich es draufhätte, ganz cool in Southampton im Gerichtssaal zu sitzen, während dieser brutale Verbrecher, der die alte Dame überfallen hat und zu dessen Ergreifen ich beigetragen hatte, verurteilt wurde und mir eine Kusshand zuwarf. Und dann dieses Seminar, kurz nachdem ich meine Stelle angetreten hatte, wo ich vor all den Chefs diesen Vortrag halten musste und mich dauernd verhaspelt habe (»Vor dem Sprechen Gehirn einschalten, Ace«, hat Dad immer zu mir gesagt), aber ich brauchte noch nicht mal meine Stichwortkärtchen, und als ich fertig war, haben alle applaudiert, kein Quatsch, und keiner hat sich lustig gemacht.

Wahrscheinlich bin ich einfach eine Drama Queen. So hat Dad mich immer genannt, und später, als ich anfing zu tanzen, hat er gesagt, ich sei eher eine Dancing Queen, und es hat mir Spaß gemacht, für ihn zu tanzen, und ich tanze immer noch so gerne, ich liebe es, ich liebe es!

Es ist nichts Schlimmes. Viele Leute können nicht schlafen – Mum zum Beispiel. Das weiß ich, weil sie's mir mal erzählt hat;

sie hat gesagt, als sie noch jung war, hat sie an Schlaflosigkeit gelitten, wenn ihr plötzlich alles sinnlos vorkam, wenn alles zu wenig, zu viel, zu anstrengend war. »Rede mit mir, wenn es dir jemals so geht«, hat sie zu mir gesagt. »Versprich mir, dass du dann mit mir redest, Alice.«

Man muss seinen Dämonen in die Augen sehen, sagt sie immer.

Ich habe Glück. Ich habe nicht viele Dämonen. Einen vielleicht, aber ich traue mich eigentlich nicht, ihm richtig in die Augen zu sehen. Dem alten Cookie.

»Ich hab einen Freund von dir kennengelernt«, hab ich zu Mum gesagt, als ich sie nach der Anthropologenparty angerufen habe, in der Hoffnung irgendwas aus ihr rauszukriegen. »Einen Professor Cooke. Wie ist er denn so?«

»Der Typ bedeutet nichts Gutes, Alice«, hat sie nur geantwortet.

Drei Jahre lang habe ich es ganz gut geschafft, ihm aus dem Weg zu gehen, trotz seiner plumpen Versuche, sich bei mir einzuschleimen. Einmal, aufgekratzt und übermütig nach einer durchtanzten Nacht im Union, hab ich einen Umweg gemacht und bin an seinem Büro vorbeigegangen, aus lauter Neugier – der Drang zu wissen, was passiert war, wurde allmählich stärker, als der Drang zu vergessen, es war ein Impuls, dem alten Mistkerl mal richtig die Meinung zu geigen –, und da saß er an seinem Schreibtisch und glotzte mit leerem Blick aus dem Fenster, so wie Mr Woof es immer gemacht hat, wenn er an der Hintertür saß und darauf wartete, dass einer mit ihm rausging. Um ein Haar hätte ich an das Fenster in der Tür geklopft, um zu sehen, ob er gestorben war. Aber dann musste ich an seine Hände denken und habe gemacht, dass ich wegkam …

Zwanzig vor sechs. Gerade wurde die Klospülung betätigt. Alex geht um zehn vor sieben zur Arbeit, und Soph macht sich um die Zeit auf und trabt ins Fitnessstudio. Komisch, wie wir alle den Tagesablauf der anderen ganz genau kennen: drei Fremde, zusammengebracht durch einen zehnminütigen Fußweg zum Bahnhof. Sie wissen, dass ich den Flur mit meinem Fahrrad blockiere, dass ich gern spät esse. Aber sie wissen nicht, dass Rusty und ich Freunde sind. Alex isst Toast zum Frühstück, Soph trinkt eine Tasse schwarzen Kaffee. Unsere Wege kreuzen sich flüchtig in der Küche. »Schönen Tag«, sagen wir. »Bis heute Abend.« Ich erwähne nichts davon, dass ich die halbe Nacht wach gelegen habe; Soph wird nichts davon erwähnen, dass sie schon wieder einen Tag lang so gut wie nichts gegessen hat; Alex wird kein Wort darüber verlieren, dass er immer noch verrückt nach seiner Ex ist. Aber ich weiß das, weil ich das Gefühl nur allzu gut kenne. Die Vorstellung, eines Tages keinen Kontakt mehr mit ihnen zu haben, macht mir Angst.

Aber heute Abend nach der Arbeit gibt's Essen und Drinks mit meiner WG. In einem warmen Restaurant an der South Bank, beim Klappern von Essstäbchen, dem Geraune von Gesprächen über das öffentliche Fahrradverleihsystem und Heath Ledger, es wird über Wayne Rooney und Coleen oder Russell Brand und Jonathan Ross gewitzelt werden, inmitten von alldem Geschnatter und Gelächter wird das nur noch eine blasse Erinnerung sein.

Ein kurzes Bad, eine Tasse Tee, ein Blick auf die Schlagzeilen auf meinem Smartphone – angeblich waren das jetzt die stärksten Schneefälle seit zwanzig Jahren –, und schon ist sie da, die neue Alice, die in zwölf Stunden an der South Bank sein wird; nur noch ein halber Tag, dann wird sie strahlen und lachen und der Mittelpunkt der Party sein. Die neue Alice, die mit der Maske.

Ich genieße das Singledasein, aber auf Dauer niemanden zu haben ist bestimmt scheiße. Eigentlich ist es immer dasselbe Spiel: Typen, die nur auf ein kurzes Abenteuer aus sind, erkläre ich, dass ich mehr brauche, aber Männer mit ernsten Absichten halte ich auf Abstand (wobei es davon noch nicht allzu viele gegeben hat, eigentlich nur einen, Josh, und da waren wir noch auf der Schule). Irgendwie gehe ich Beziehungen immer falsch herum an, als würde ich die Welt durch einen Spiegel betrachten.

Warst du heute Morgen um zehn vor vier wach? Hast du aus dem Fenster geschaut? War dir schwindlig? Hast du Rusty etwas zugeflüstert?

Erzähl mir von diesen Momenten, die du erlebst. Du und nur du.

Wer bist du?

Wer bin *ich*?

▪ ▪ ▪

**Brief von Professor Jeremy Cooke,
20. Juni 2012**

Mein lieber Larry,
weißt du, wo ich gestern Abend war? Das rätst du nie. Auf einem Polizeirevier! Der Diensthabende am Empfang, der ungefähr vierzehn war, kam ganz schnell zu dem Schluss, dass die Voicemail-Nachrichten ein Scherz waren; die ganze Situation amüsierte ihn ganz offensichtlich. »Was verlangen Sie, Sir? Polizeischutz rund um die Uhr?«

»Die Nachrichten könnten für den Fall Alice Salmon von Bedeutung sein«, sagte ich.

»Ah, ja, verstehe. Hat das mit Ihrem *Forschungsprojekt* zu tun?«

In der Lokalzeitung war wieder ein Artikel erschienen; dieser hatte einen vielversprechenden Untertitel »Interessante Erkenntnisse über unser kollektives modernes Gedächtnis«, aber der Autor verlor den roten Faden und deutete an, *ich* hätte die Leiche gefunden. Ich nahm das Foto von Alice heraus, das ich immer in der Brieftasche habe, und wedelte damit vor der Nase des Polizisten herum. »Was, wenn Alice tatsächlich einem Verbrechen zum Opfer gefallen ist? Stellen Sie mehr Fragen, stellen Sie andere Fragen. Rekonstruieren Sie die letzten Stunden ihres Lebens.«

»Wie gesagt, das haben die Ermittler sicherlich getan, Sir.«

»Und wenn sie was übersehen haben, was dann? Sie haben sie nicht gekannt.«

»Jetzt beruhigen Sie sich mal, Mr Cooke.«

»*Professor* Cooke, wenn ich bitten darf.«

»Wir neigen nicht dazu, wegen ein paar unverschämter Voicemail-Nachrichten einen Fall wiederaufzunehmen, der eigentlich klar ist.«

»Es waren nicht ein paar, es waren genau drei, und die waren nicht unverschämt, Kidson, das waren Drohanrufe.«

»*Inspector* Kidson, wenn ich bitten darf«, sagte er. »Wenn ich für jeden, der hier aufkreuzt und behauptet, es liege ein Fehlverhalten der Justizbehörden vor, ein Pfund bekäme, hätte ich längst in Rente gehen können.«

»Wenn keine Verbrechen verübt würden, säßen Sie nicht hier.«

Er warf einen Blick auf seine Uhr. »Verbrechen sind mein täglich Brot, Kumpel, aber ich kann Ihnen versichern, dass bei dem fraglichen Vorfall gründlich ermittelt wurde.«

Die Degradierung von Sir zu Kumpel schien mir ein Zeichen dafür zu sein, dass seine Geduld aufgebraucht war. Zwei Uniformierte schleppten einen betrunkenen Teenager herein, seine Füße schleiften über den Boden wie ein Besen. Früher hat mich das angewidert: junge Leute, die sich ins Koma saufen, aber heutzutage finde ich es erbaulich. In ihrer kindlichen Einfalt halten sie sich für die Erfinder einer Methode, die die alten

Mazedonier schon im vierten Jahrhundert vor Christus praktizierten. So unkultiviert und archaisch, dieses schamlose Streben nach unmittelbarer Bedürfnisbefriedigung. Ich habe nichts dagegen, mir ab und zu mal einen hinter die Binde zu kippen, aber Elizabeth war überhaupt nicht zu bremsen. Sie schluckte das Zeug, als wäre es ein Urbedürfnis, und der Alkohol machte sie roh und hemmungslos und Furcht einflößend. Ich habe versucht, es für sie in einen Kontext zu setzen, habe ihr von Silenos und Dionysos erzählt oder von den Indianern, die in der amerikanischen Prärie um Feuerwasser gekämpft haben, aber sie hat einfach nur getrunken und gelacht und mir gesagt, ich soll sie mit dem Scheiß verschonen und die Klappe halten – ich liebte diese vulgäre Seite an ihr –, und weitergesoffen. Sie schreibt, sie trinke nicht mehr, was mich nicht wundert. Es gab nur zwei Möglichkeiten, wie das enden konnte.

»Ich fühle mich größer, wenn ich trinke«, hat sie mal zu mir gesagt. »Es nimmt mir die Angst.«

»Ein bisschen Angst gehört zum Leben«, habe ich geantwortet. Typisch Jem Cooke: der Verfechter der Gewohnheiten.

Ich wünschte, ich könnte aufhören, Angst zu haben, Larry.

Der vierzehnjährige Polizist flüsterte kurz mit einem Kollegen, dann sagte er zu mir: »Am besten, Sie fahren nach Hause, legen sich ins Bett, und ruhen sich ein bisschen aus, Sir.«

»Ich bin nicht krank«, sagte ich und wurde mir sofort der Ironie dieser Aussage bewusst.

»War Miss Salmon nicht betrunken?«, fragte Kidson.

Anscheinend hatte sie noch mit einem Fremden zusammengesessen; ein junger Mann, den ich befragt habe, erzählte mir, er hätte die beiden streiten gesehen, und zwar ziemlich heftig. Ein anderer behauptete, sie hätten sich geküsst. Sie habe Gläser umgeworfen. Einmal sei sie umgefallen. Sie habe jeden umarmt, geweint. »Ja, sie war betrunken, aber das ist kein Verbrechen.«

»Wenn man's so weit treibt wie der da, schon«, sagte der Polizist mit einer Kinnbewegung in Richtung des Spektakels, das sich vor uns abspielte.

Das Szenario erschien mir nicht unplausibel. Luke Addison hat mir erzählt, er habe mehr als einmal miterlebt, wie Alice sich sinnlos betrunken hat. Er hat sich ziemlich erschrocken, als er von der Arbeit kam und mich vor seiner Tür vorfand. »Ich suche nach Alice Salmon«, habe ich zu ihm gesagt.

»Sie ist tot«, fauchte er.

»Das ist mir bekannt, aber ich interessiere mich immer noch für sie. Und auch für Sie.«

»Wenn ich doch nur da gewesen wäre, dann hätte ich sie beschützen können«, sagte er.

»Sie scheinen sich bemerkenswert schnell wieder gefangen zu haben«, sagte ich.

Er sah mich durchdringend an. Gleich rastet er aus, dachte ich.

Es heißt, Alice' Freundinnen seien in eine Frittenbude gegangen in der Annahme, sie würde draußen an die Wand gelehnt auf sie warten, aber anscheinend ist sie wieder munter genug geworden, um unbemerkt abzuhauen, mit dem Tempo und der Entschlossenheit, die Betrunkene nicht selten aufbringen, und ist vom Zentrum langsam in Richtung Fluss getorkelt. Die drei jungen Frauen, mit denen sie angeblich an dem Abend unterwegs war, hüllen sich leider beharrlich in Schweigen.

»Wird es nicht allmählich Zeit, die Sache zu vergessen, Professor?«, fragte der Polizist. Plötzlich lag Mitleid in seinem Blick, und ich dachte, dass ich diesem bedauernden Blick von jetzt an häufiger begegnen werde.

»Es gibt mehr als eine Möglichkeit, betrunken zu sterben«, sagte ich. »Kein Wunder, dass sie mehr Erfolg dabei hatte, Verbrecher hinter Gitter zu bringen als Sie!« Ich habe alles über ihre Kampagne gelesen, mit der sie gefordert hatte, Übeltäter ihrer gerechten Strafe zuzuführen, sie war wirklich eine Frau mit einer Mission. Wenn Camerons Big-Society-Programm eine Bedeutung haben soll, so argumentiert sie in einem Leitartikel, dann die, dass es nicht länger allein das Vorrecht unserer Polizei ist, für Gerechtigkeit zu sorgen. »Ihnen muss doch bewusst sein, wie viele Menschen sie gehasst haben«, sagte ich zu Kidson.

»Der Zeitung gegenüber haben Sie aber behauptet, sie sei allgemein beliebt gewesen«, antwortete er sarkastisch.

»Ich habe noch viel mehr gesagt, aber das wurde nicht gedruckt.« Vom Ende des Korridors her war ein lang gezogenes Wimmern zu hören, wahrscheinlich der betrunkene Jugendliche. »Ich habe gesagt, dass alle, die sie kannten, sie gemocht haben, aber ihr Job hat sie in Kontakt mit einer Menge Leute gebracht, bei denen das nicht der Fall war.«

»Ja, davon kann ich ein Lied singen«, bemerkte er und schaute wieder auf seine Uhr.

»Noch etwas«, platzte ich heraus. »Als ich gestern von der Arbeit kam, habe ich festgestellt, dass jemand in meinem Haus gewesen war.«

»Wurde etwas gestohlen?«

»Nein, aber vieles stand nicht mehr an seinem Platz, und jemand hatte meinen Computer hochgefahren.«

»Und wurde der Computer gestohlen?«

»Nein, aber jemand hatte ihn benutzt. Ich konnte spüren, dass jemand da gewesen war.«

Schwer zu sagen, ob er mich mitleidig ansah oder ob er sich das Lachen verkneifen musste. »Verstehe«, sagte er. »Wurde *irgendetwas* gestohlen?«

»Nein, aber es ist auf jeden Fall jemand in meinem Haus gewesen. Ich bin sehr ordentlich, und viele Dinge waren verrückt worden. Außerdem habe ich immer wieder das Gefühl, dass mir jemand folgt.« Ich bin nicht so weit gegangen, ihm alles zu erzählen; ich habe nicht erwähnt, dass ich diesen Typen mit den Tätowierungen eindeutig auf dem Campus und gestern sogar auf dem Krankenhausparkplatz gesehen habe. Und er kreuzt immer wieder in meinem Büro auf, mit Gegenständen aus seiner »Alice-Sammlung«; er ist wie eine Katze, die ihre frische Beute präsentiert. Das Letzte, was ich gebrauchen kann, ist, dass die Polizei den Burschen vorlädt und er denen von meinem Brief erzählt (Gott, was ist, wenn er noch mehr weiß?), aber ich wollte ihnen unbedingt einen Grund geben, sich mit mehr Elan in die Ermittlungen zu stürzen. Für die Presse mag Alice ja nach wie vor ein gefundenes Fressen sein, die Polizei jedoch scheint nicht mehr als ihre Pflicht zu tun.

»Dieser Ben Finch, der ist ein Saftarsch«, hat der kleine Prolet heute verkündet. »Hält sich für was Besseres. Schwadroniert rum über sein Internat und die Lehrer, die er da hatte.«

»Das ist ein Exfreund von Alice, nicht wahr?«

»Gewissermaßen. Ziemlich durchgeknallter Typ, der hat mich mal zusammengeschlagen. Und noch auf mich eingetreten, als ich schon am Boden lag und mich an meinem Schreibtisch festgeklammert hab.«

»Warum?«

»Weil Ben Finch ein brutaler Sadist ist. Weil diese Eliteschulen die Leute hart machen. Da gilt das Gesetz des Stärkeren, töten oder getötet werden.«

»Diese Schulen können tatsächlich weniger verheißungsvolle Charakterzüge bei ihren Zöglingen hervorbringen, aber das heißt noch lange nicht, dass solche Leute grundlos gewalttätig werden.«

»Fragen Sie Alice. Oder auch nicht! Am nächsten Morgen hat dieser schmierige Typ nur gegrinst, als er mein geschwollenes Gesicht gesehen hat, und gesagt: ›Das solltest du mal untersuchen lassen, Kumpel. Sieht aus, als wär es was Ernstes.‹ Und wenn Mädchen in der Nähe waren, hat er sich erst recht über mich lustig gemacht und gemeint, in der Gaming Community wäre es wohl wieder mal ziemlich hoch hergegangen!«

Die Erinnerung an den Vorfall machte ihn so wütend, dass er mit der Faust auf meinen Schreibtisch schlug und verkündete: »Ich hab Ihre Frau bei Waitrose gesehen!«

»Halten Sie sich von ihr fern«, sagte ich.

»Fünfhundert Pfund«, lautete seine Antwort.

Vielleicht geht meine Fantasie mit mir durch, Larry. Ich schlafe kaum noch. Fliss sagt, ich soll ein bisschen kürzertreten. Sie wäre wahrscheinlich weniger mitfühlend, wenn sie wüsste, dass es sich bei der Elizabeth Salmon in den Nachrichten um die Elizabeth Mullens von früher handelt.

»Meinst du nicht, dass manche Dinge besser unausgesprochen bleiben?«, hat sie mich gefragt. »Vielleicht sind manche Geheimnisse dazu gedacht, mit ins Grab genommen zu werden, Jeremy.«

Ich habe ihr nicht widersprochen, aber ich bin anderer Meinung. Ich möchte in meinem Grab keine Geheimnisse haben. Ich möchte nichts unausgesprochen lassen. Was Alice angeht – und Fliss auch –, ich würde gern *unsere* Beziehung kopieren, die zwischen dir und mir: diese einfache, wohltuende Klarheit. Weißt du noch, wie wir immer unseren Ehrlichkeitspakt auf die Probe gestellt haben, Larry? Wie wir in unseren Briefen immer wieder an die Grenzen gegangen sind? Meine Pickel und dein Ekzem. Mein Hass auf meinen Vater, die Armut deiner Eltern. Meine Wichsfantasien, dein Verlust der Jungfräulichkeit. Es war wie ein Kartenspiel: befreiend, berauschend. Nur dass wir nicht mit Karten spielten, sondern mit uns selbst (damals sogar häufig im buchstäblichen Sinne, wir verdorbenen kleinen Racker!). Ich habe mich immer unglaublich auf diese Briefe gefreut, und zwar sowohl darauf, sie zu schreiben, als auch darauf, sie zu lesen. Es ging so weit, dass ich wichtige Dinge in meinem Leben – Examensergebnisse, eine neue Bude, meine Ehe – fast nur noch unter dem Aspekt betrachten konnte, wie ich dir darüber berichten würde. Du hast mich nie Jeremy Schlappschwanz genannt, wie die anderen Jungs, du hast nie Hakennase zu mir gesagt oder Lahmarsch oder Brillenschlange. Bei den vielen Hobbys, die wir gemeinsam hatten, hätte man meinen können, wir seien siamesische Zwillinge; was wir nicht alles gesammelt haben: Briefmarken, Autogramme (Unterschriften sind heute nicht mehr gefragt, die jungen Leute von heute sammeln Fotos von Berühmtheiten auf ihren Smartphones) und unbedeutende historische Ereignisse wie der Überfall der Holländer 1667, die den Medway hochgesegelt sind und in Chatham alle unsere Schiffe versenkt haben. Ich weiß noch, wie ich dachte: endlich noch ein Junge, der so ist wie ich. Es war das erste Mal, dass ich mich nicht vollkommen allein fühlte auf diesem Planeten.

Auf Überwachungskameras war zu sehen, wie Alice ein paar Meter weit ging, dann stehen blieb. Dann machte sie wieder ein paar Schritte, blieb stehen, ging ein paar Schritte, blieb wieder stehen. Sie torkelte wie ein verwundetes Tier. Dann ist sie, wie der Wirt des letzten Pubs, in dem sie war, gegenüber der Presse erklärt hat, »vom Radar verschwunden«. (Der Mann wies ausdrücklich darauf hin, dass Alice eindeutig alt genug war, um Alkohol konsumieren zu dürfen.) Sie hatte blaue Flecken und Schürfwunden an Ellbogen und Knien, laut Befund des Coroners hervorgerufen »von wiederholten Stürzen infolge von Trunkenheit«. UVVs, mehr nicht, wie sich ein Student ausdrückte, den ich befragt habe. UVVs, das musste er mir erklären: unspezifische Vollrauschverletzungen.

»Ich zahle Steuern, also tun Sie gefälligst Ihre Pflicht«, fuhr ich Kidson an.

»Also, ich habe mich bemüht, Geduld aufzubringen, aber das Gespräch ist hiermit beendet. Wenn Sie das Gefühl haben, nicht ernst genommen zu werden, steht es Ihnen frei, Beschwerde einzureichen.«

»Ich verlange, dass Sie aufschreiben, was ich Ihnen gesagt habe«, schrie ich und hörte mich selbst, wie ich in den Ohren anderer klingen musste: aufgeblasen, herablassend, überheblich. Typisch Jem Cooke. »Machen Sie wenigstens einen Vermerk.« Ich beugte mich über den Tresen, packte seine Hand, die einen Stift hielt, und drückte sie auf seinen Notizblock. Es knackte leise, als er mir seine Hand entzog.

»Wenn Sie nicht so ein armseliger alter Mann wären, würde ich Sie wegen tätlichen Angriffs auf einen Polizisten einsperren. Und jetzt verschwinden Sie gefälligst zurück unter den Stein, unter dem Sie hervorgekrochen sind.«

Jetzt möchte ich nur noch vor meiner eigenen Tür kehren, und in dem Zusammenhang möchte ich ein Geständnis machen: Ich habe es vielleicht versäumt, dich über einen Aspekt dieser Sache voll und ganz aufzuklären. Ich habe dir erzählt, dass ich gerne abends spazieren gehe, nicht wahr? Dass es mir Ablenkung und zugleich die Bewegung verschafft, zu der mein Arzt mir geraten hat. Also, am 4. Februar habe ich im Zentrum von Southampton einen solchen Spaziergang gemacht. Sagen wir einfach, ich hatte erfahren, dass Alice an dem Abend in der Nähe war.

Wahrscheinlich ist es ganz gut so, dass Kidson und seine Kohorten nicht so gründlich ermittelt haben, sonst hätte ich nämlich einiges zu erklären.

Als ich irgendwann nach Hause kam, fragte mich Fliss – es war sehr spät, aber sie hatte auf mich gewartet und war ganz außer sich vor Sorge –, warum ich so aufgewühlt und schreckhaft sei und fürchtete schon, es handle sich um bis dato nicht aufgetretene Symptome meiner Krankheit.

»Wenn ich Ihnen das gebe, werden Sie dann aufhören, meiner Frau nachzustellen?«, habe ich heute Morgen zu dem Burschen mit den Tätowierungen gesagt und ihm einen weiteren Umschlag gegeben. Es ist nicht das Geld, Larry, das ist nicht wichtig, aber ich muss Fliss beschützen.

»Es hat schon was Ironisches, was, Steinzeitmann, wie fürsorglich Sie ihr gegenüber sind, wo Sie doch derjenige sind, der Dinge getan hat, die sie fertigmachen könnten. Alice musste nur ein Jahr lang mit mir zusammenwohnen, aber Ihre Frau muss es schon seit 1976 mit Ihnen aushalten.«

Dass er das Jahr erwähnte, erwischte mich kalt.

»Es steht auf der Rückseite Ihres Hochzeitsfotos auf Ihrem Nachttisch«, sagte er und zwinkerte mir zu.

Sieht so aus, als hätte ich mich in eine ziemlich missliche Lage gebracht.

Dein Jeremy

■ ■ ■

Nicht versendeter E-Mail-Entwurf von Alice Salmon, 10. Dezember 2004

Diesmal hab ich's gemacht, Mum. Man hört ja von solchen Sachen, und ich habe mir immer etwas darauf eingebildet, dass mir so etwas nie passieren würde, und jetzt hab ich's doch getan und frage mich, wie ich so blöd sein konnte.

»Was halten Sie von unserer kleinen Zusammenkunft?«, hat er mich gefragt, als wir in Grüppchen herumstanden, krampfhaft um Gesprächsstoff bemüht. »Wir veranstalten diese Soiree jedes Jahr am selben Tag, das hat eine lange Tradition.«

»Ich möchte nicht wissen, wie es aussieht, wenn Sie und Ihre Kollegen sich *nicht* amüsieren«, sagte ich. Der Wein machte mich verwegen.

»Ich habe Ihre Mutter gekannt«, sagte er.

»Sie Glückspilz«, sagte ich. Meine Aufmerksamkeit war schon reichlich getrübt. Ich war bereits bei meinem vierten Glas.

»Und wie geht es Ihrer Mutter?«

Was soll ich nur tun? Meine Erinnerung ist bruchstückhaft … Aktenordner, ein Lampenschirm mit Fransen, ich soll ihn mit Jeremy anreden anstatt mit Professor Cooke, klassische Musik. »Prost«, sagte er. »Auf ex!« Ich weiß nicht mal, was ich eigentlich sagen will. Sie werden alle denken, ich hätte mich in ihn verknallt, so wie einige andere Studentinnen. Er ist berühmt. Soll ich mich einem anderen Professor anvertrauen? Wahrscheinlich würde er einfach behaupten, er hätte sich fürsorglich um mich gekümmert. Sie hat es ein bisschen übertrieben. Schon wieder eine junge Studentin, die zu tief ins Glas geschaut hat. Dummes Mädchen.

Warum mache ich mir überhaupt Vorwürfe? *Er* hätte es nicht so weit kommen lassen dürfen. Aber wenn ich es publik mache, wo wird es enden? Was, wenn ich von der Uni fliege? Sie würden mir Fragen stellen, und ich hätte keine Antworten: ein leichtsinniges junges Ding, das keinen Alkohol verträgt, eine, die es nie lernt. Alles, was übrig bleibt, ist der nach Zwiebeln stinkende Mundgeruch, sein heiseres Lachen, das gestärkte Hemd, die trockene, sonnengegerbte Haut, wie bei einem Reptil.

»Schau mich an«, hat er gesagt. »Konzentrier dich.«

Und ich habe mich an ihm festgehalten, während die Welt vor meinen Augen verschwamm. Ich hab Angst, Mum.

Eigentlich hätte ich nicht mal dort sein dürfen. Vielleicht sollte ich den alten Knacker bei Laune halten, dachte ich, als er vorschlug, ich sollte noch auf einen Drink mit zu ihm kommen, denn ein paar von seinen ehemaligen Studenten waren bei einer der großen überregionalen Zeitungen gelandet, und solche Kontakte sind Gold wert. Er hat mich ganz stolz ein paar alten Kollegen vorgestellt. »Merkt euch ihren Namen«, hat er gesagt. »Sie wird mal ganz groß rauskommen.«

Ich hätte im Erdboden versinken können.

»Sie strebt eine Karriere in den Medien an.«

»Ich habe mich noch nicht endgültig entschieden.«

»Ein klarer Fall.« Er machte eine bedeutungsschwangere Pause. »Sie weiß nicht, was sie sein wird, aber sie weiß, wer sie ist«, sagte er. »Shakespeare«, fügte er mit einem selbstgefälligen Lächeln hinzu.

»Ja, das ist aus *Hamlet*! Aber das Zitat geht anders, es heißt: ›Wir wissen wohl, was wir sind, aber nicht, was wir werden können.‹ «

»Touché«, sagte er. »Der Apfel fällt nicht weit vom Stamm.«

Die Kellnerinnen haben mir immer wieder mein Glas gefüllt, und das lähmende Gefühl einer bangen Vorahnung, das mich normalerweise in solchen Situationen im Griff hat, fiel von mir ab. Es war, wie nach einem langen Abend die hochhackigen Schuhe abzustreifen.

»Wie heißt es so schön?«, hatte ich einen seiner Kollegen frotzeln hören. »Und bist du nicht willig ....«

Warum bin ich nicht zur Studentenfete gegangen, Mum? Da wäre mir nichts passiert. Da hätte ich nichts anderes als Bier getrunken, Poolbillard gespielt, mit Meg und Holly und Jamie T. rumgehangen. Wir wären ins Studentenwohnheim gegangen, hätten Kaffee getrunken, die Jungs hätten lässig einen Rugbyball hin und her geworfen, aus Doncaster Wills Zimmer wäre Usher oder Kanye West zu hören gewesen.

Sein Zimmer ist ein Zwischending zwischen Büro und Schlafzimmer. »Die Welt ist ein gefährlicher Ort, wenn man so betrunken ist«, hat er gesagt. »Aber hier bist du in Sicherheit.«

Er hat mir aus meinem Rock geholfen. »Du hast das gleiche Haar wie deine Mutter«, hat er gesagt.

Das ganze Zimmer drehte sich, mir war übel. »Ruh dich aus, Kleines«, hat er gesagt.

Eine Decke auf mir, nimm sie weg, zu warm, ich krieg keine

Luft, ich ersticke, nimm sie *weg*... Ich schäme mich so, aber er müsste sich schämen, er, er, Er. »Schlaf gut«, hat er gesagt. »Und träum schön.«

Aufwachen auf einem Sofa, meine Hand in seiner. »Du hattest einen Alptraum«, sagte er sanft. »Du hast im Schlaf geschrien.«

»Finger weg«, hab ich gesagt und bin aufgesprungen.

Von draußen waren ganz normale Geräusche zu hören – das Piepen des Lieferwagens im Rückwärtsgang, zwei Jungs, die sich kabbelten, das Lachen eines Mädchens. Die vergangenen Stunden... Schatten, Formen, unruhiger Schlaf, er, der mir ein Glas Wasser an die Lippen hält, so wie du es gemacht hast, als ich klein war und Medizin schlucken musste. Er sagte mir, ich hätte auf dem Empfang ziemliches Aufsehen erregt, was er mir nicht übel nehme, aber ich solle vorsichtig sein, nicht jeder sei wie er, und eine junge Frau in so einem Zustand könne »ganz schön in die Bredouille geraten«.

Ich hatte mein T-Shirt nicht mehr an, und mein Rock lag zerknittert auf dem Boden. Mir war übel, ich hab ihn von mir weggeschoben, mich angezogen und bin abgehauen.

Du hast immer gesagt, ich könne dir alles anvertrauen, Mum, aber ich kann dir das hier nicht schicken...

▪ ▪ ▪

Brief von Professor Jeremy Cooke, 25. Juni 2012

Larry,
ich kriege Alice und Liz einfach nicht aus dem Kopf. Letzte Nacht habe ich sogar von ihnen geträumt. Als ich aufwachte, fragte Fliss, ob alles in Ordnung sei; ich hatte im Schlaf gemurmelt. Ich habe ihr nicht erzählt, dass ich im Traum in Liz'

Haar versunken war, dieser langen, schimmernden Fülle. »Du hast eine richtige Mähne«, habe ich irgendwann mal zu ihr gesagt.

»Vielen Dank auch«, hat sie lachend geantwortet, »dass du mich mit einem Pferd vergleichst.«

Wir lagen im Bett in einem billigen Hotel an der A36. Trotz unseres unbekleideten Zustands war da keine Spur von Verlegenheit oder Scham; was später regelmäßig kam. Margaret Thatchers Stimme erklang aus einem kleinen Schwarz-Weiß-Fernseher in der Ecke. Die Falklandinseln. 1982. Fliss drängte sich in meine Gedanken, aber ich schob sie weg und streichelte Liz' Gesicht. »Bei dir fühle ich mich unglaublich«, sagte ich zu der Frau, die nicht die war, die ich sechs Jahre zuvor geheiratet hatte, sondern die neue Kollegin, die ich vor ein paar Monaten zum ersten Mal über das Kolleghof hatte tänzeln sehen – sie ging nicht, sie tänzelte, als bewegte sie sich zu Musik. Sie lächelte; ihre Zähne waren verfärbt von dem nicht besonders guten Rotwein. Mir kam der Gedanke, dass dies das Ich war, das ich hätte sein können: ein Mann, der nachmittags Hotelzimmer in bar bezahlt. *Genau der bin ich*, dachte ich. »So habe ich mich noch nie gefühlt«, sagte ich.

»Ich auch nicht«, sagte sie.

Dass ich dir all das noch einmal erzähle, Larry … Es kommt mir vor wie eine Beichte.

Ich sah mich selbst mit ganz neuen Augen: Ich war nicht dabei, das Verhalten irgendeines anderen zu dekonstruieren, die Knochen der Existenz eines anderen zu analysieren, ich lebte im Hier und Jetzt, in der Gegenwart, nicht in einer seit tausenden Jahren vergangenen Ära. Ich berührte ihr schwarzes Haar, jede Strähne eine Anhäufung von DNS. *Denk nicht an DNS*, sagte ich mir, während ich ihr Haar streichelte. Das ist *sie*, das ist *Liz*. Es fühlte sich an, als würde sich alles ändern: die Politik, die Verhaltensregeln, die Gesellschaft. Vielleicht hatte diese schrille Tochter eines Lebensmittelhändlers recht: *Alles war möglich.*

»Sind wir nicht ein seltsames Paar?«, fragte sie kokett. »Mein süßes Artefakt.« Sie hat mich immer damit aufgezogen, dass ich fast elf Jahre älter war als sie.

Ich beugte mich über sie, und sie machte ein kleines Geräusch, das mich an ein typisches Geräusch von Fliss erinnerte.

Hör auf zu denken, sagte ich mir. *Hör verdammt noch mal auf zu denken.*

»Hast du eigentlich nie Angst?«, fragte sie hinterher. Liz hatte Angst.

»Doch, fast immer«, antwortete ich. Es gab eine Menge merkwürdige Fragen und kryptische Antworten, aber das war schon das zweite Mal, dass sie mir diese Frage stellte. Das erste Mal war am Abend zuvor gewesen, während wir uns fürs Abendessen anzogen.

Sie zündete sich eine Zigarette an und fragte, ob ich auch eine wollte, und das empfand ich als ziemlich ernüchternd: dass sie nicht wusste, ob ich rauchte. Andererseits konnte sie das auch ironisch gemeint haben. »Ich versuche aufzuhören«, sagte sie, während sie eine dünne Rauchfahne ausstieß.

Du weißt es einfach nicht, dass ich nicht rauche, dachte ich. *Du hast keine Ahnung, dass ich nicht rauche, ebenso wenig wie du weißt, dass ich mir ein Orchideengewächshaus wünsche oder dass ich extrem heißes Klima nicht ertrage* – die vierzehn Tage, die Fliss und ich in Leukaspis verbracht hatten, waren die Hölle gewesen – *oder etwa, dass ich eine leichte Allergie gegen Meeresfrüchte habe.* Wir lagen auf dem Bett. Ich sah auf meine Uhr: Fliss und ich wollten an dem Abend zu einer Fakultätsparty gehen.

»Ich meine es ernst«, sagte sie. »Schreckst du nie total verängstigt aus dem Schlaf?«

»Und wovor sollte ich Angst haben?«

»Davor, wo du einmal enden könntest?«

Fahles Sonnenlicht drang durch die Vorhänge. »Wahrscheinlich werde ich in dem Zimmer enden, in dem ich jetzt sitze, als alter Sack. Arthritisch und griesgrämig.«

Männer gelangen irgendwann an einen Punkt, hat mein Doktorvater mal zu mir gesagt, und zwar mit einem Pessimismus, den sogar *ich* damals als niederschmetternd empfand, an dem ihnen nichts anderes mehr übrig bleibt, als sich die Seele aus dem Leib zu ficken, um die Angst in Schach zu halten. Es funktioniert nicht, fuhr er fort, aber Sie werden es trotzdem versuchen. War es das, was ich mit Liz zu tun versuchte? Ich wusste nicht, ob ich Fliss verlassen würde; ob ich sie verlassen *konnte*. Kaum zu glauben, dass ein Mann wie ich, der stets so planvoll vorgeht, keinen Plan hatte. Alles, was ich hatte, war Angst: Angst, dass dies meine letzte Chance sein konnte zu bekommen, was jenseits meiner Vorstellungskraft lag. Ich hatte die achtzehn, die einundzwanzig und die dreißig in Unkenntnis überschritten, ohne zu erkennen, dass es Meilensteine waren, erfüllt von meinen Ambitionen als Wissenschaftler, aber inzwischen ging ich hart auf die fünfunddreißig zu, und das machte mir zu schaffen. Auf halber Strecke bis vierzig, dem nächsten Meilenstein. Und da war noch eine andere Angst. Was, wenn das erst der Anfang war, wenn es weitere Elizabeths geben würde? Ich hatte gehofft, dass sie auf meine Antwort mit der Frage kontern würde: Griesgrämig? Wolltest du nicht sagen griesgrämiger? Denn dann hätten wir gelacht, und damit wäre dieses unangenehme Thema beendet gewesen. Aber stattdessen betrachtete sie die kalten Bilder, die auf der Mattscheibe flimmerten, Bilder von toten Argentiniern, die nebeneinander aufgereiht in einer Grube lagen, und fragte: »Glaubst du, dass das Schicksal uns zusammengeführt hat? Dass es uns bestimmt ist, immer wieder zusammenzukommen, egal, bei wem wir enden? So was gibt's.« Als ich nichts erwiderte, sagte sie: »Ich weiß wenigstens, dass ich mich selbst nicht wirklich kenne. Du bist einer der klügsten Männer, denen ich je begegnet bin, aber irgendwie bist du auch einer der … hoffnungslosesten.«

»Ich weiß nicht, ob ich für Polygamie geschaffen bin«, antwortete ich kryptisch.

»Es gibt auch Polyandrie, wo nur die Frauen mehrere Ehemänner haben können.«

Das schien mir ein eher sicheres Terrain zu sein. »Stimmt«, sagte ich. »Sie wird zum Beispiel von den Massai-Frauen praktiziert – ein logisches Verhalten angesichts der hohen Sterblichkeitsrate bei Säuglingen und Kriegern.«

»Man kann es den Frauen nicht verdenken, dass sie sich ihre Optionen offenhalten«, sagte sie mit einem knappen, ironischen Lächeln. »Vor allem wenn deren Männer genau solche Nullen sind wie unsere.«

Plötzlich wurde mir bewusst, dass dieses Gespräch alles andere als theoretisch war: Es ging um uns.

Ich überlegte, ob es helfen würde, wenn wir noch mal miteinander schliefen. Mir war klar geworden, dass es wie das Gesetz des abnehmenden Ertrags war: Mit einer Frau zu schlafen, die nicht deine Ehefrau ist, ist nach dem ersten Mal nicht mehr so schlimm. *Selbst jetzt*, dachte ich, nackt in einem Hotel mit einer fast fremden Frau, *komme ich nicht gegen mich selbst an, bin ich immer noch ich selbst*: langweilig, pedantisch, lebensfremd.

In einem anderen Zimmer begann ein Kind zu weinen, und wir setzten uns auf. In dem Augenblick wusste ich, was ich mir in den Monaten und Jahren, die vor mir lagen, einreden würde: Wir waren beide erwachsen, niemand hat sie zu dem gezwungen, was wir taten, zu gar nichts. *It takes two to tango*. Ein zentraler Lehrsatz, den ich meinen Erstsemestern mitgebe, lautet: Jeder ist für sich selbst verantwortlich. Das Kindergeschrei steigerte sich zum Crescendo und verstummte dann plötzlich. »Ob das wohl ein kleiner Junge oder ein kleines Mädchen ist«, bemerkte ich, aber sie hörte mir nicht zu. *Ich habe dich verän-*

dert, dachte ich. Was auch immer du gewesen bist, als du über den Kolleghof getänzelt bist, jetzt bist du eine Frau, die mit einem verheirateten Mann in einem Hotelzimmer fickt, sich dieselbe Unterhose wieder anzieht und auscheckt, genauso wie ich meine Frau zu einer Frau gemacht habe, die mir das Essen warm hält und nicht allzu genau nachfragt, wenn ich »etwas länger arbeite« – außer dass sie den Eindruck hat, dass das in diesem Sommer häufiger vorkommt.

Liz streckte sich über mich hinweg, um ihr Weinglas vom Nachttisch zu nehmen, trank es aus, nahm ihre halb aufgerauchte Zigarette und zog daran. Ein Stückchen Asche fiel auf mein Bein. »Herrgott noch mal, Elizabeth!«, fauchte ich. »Pass gefälligst auf!«

»Ja, es wäre wirklich bedauerlich, wenn hier jemand verletzt würde, nicht wahr?« Sie lachte: verletzt, hohl, mit aufkeimendem Hass. »Möchtest du nicht auch eines Tages Kinder haben?«

»Ach das. Hm.« Fliss und ich hatten die Hoffnung auf eine Familie inzwischen mehr oder weniger aufgegeben, obwohl sich eine kleine Armee aus medizinischem Fachpersonal nach wie vor alle Mühe mit uns gab. Verbitterung stieg in mir auf; am liebsten hätte ich Liz erzählt, wie demütigend das alles war, wie sehr ich mich meiner Männlichkeit beraubt fühlte: dass die menschliche Rasse längst ausgestorben wäre, wenn man die Fortpflanzung Paaren wie uns überlassen hätte.

»Vielleicht ist es uns einfach nicht bestimmt, Kinder zu haben«, hatte Fliss einmal gesagt. »Vielleicht werden wir beide einfach unter uns bleiben.«

Bei der Vorstellung war ich auf die Barrikaden gegangen. »Sag das nicht«, hatte ich geantwortet. »Wir probieren es so lange, bis es passiert.«

»Vielleicht gehört es einfach nicht zu Gottes Plan. Außerdem – was wäre denn so schlimm daran, wenn wir beide unter uns blieben?«

Liz sagte: »Weil, ich möchte nämlich Kinder. Am liebsten einen Sohn und eine Tochter, aber vor allem eine Tochter. Das ist ungewöhnlich, nicht wahr? Es heißt, dass Frauen sich eigentlich Söhne wünschen.« Sie war schon wieder woanders. Das war typisch für sie. Sie wechselte von Hoffnung zur Verzweiflung in der Zeit, die sie brauchte, um eine Zigarette zu rauchen.

Der Bericht über die Falklandinseln war beendet, und das neue Thema in den Nachrichten war Reagan. Der großmäulige, glorifizierte Schauspieler ließ sich gerade über sein Lieblingsthema aus, die sogenannte nukleare Abschreckung. Ich sagte: »Manche Leute argumentieren, das Leben auf diesem Planeten sei so gefährlich, dass man der nächsten Generation einen Gefallen täte, wenn man sie nicht in diese Welt setzte.«

»Was ist, wenn meine Tochter alle meine schlechten Charakterzüge erbt und keinen von meinen guten?«, fragte sie.

»Du hast keine schlechten.«

Sie schnaubte verächtlich. »Falls ich eine Tochter bekomme, wenn ich eine Tochter bekomme, wird meine größte Angst sein, dass sie so wird wie ich, die arme Kleine.«

Ich berührte ihre Haut, ihre weiche, zarte Haut, und dachte, mit dieser Frau würde ich vielleicht den Sohn haben, nach dem ich mich so sehr sehnte.

»Und?«, sagte sie. »Du hast meine Frage nicht beantwortet. Hast du nie Angst?«

»Vergiss deinen Beruf als Dozentin, du solltest Journalistin werden«, sagte ich und nahm sie in die Arme.

»Du bist unersättlich«, murmelte sie.

»Unsinn.«

»Was bist du dann?«, fragte sie. »Was sind wir?«

Ich hätte wissen müssen, dass das der Anfang vom Ende war.

■ ■ ■

Alice Salmons »Leseliste für 2012« aus der Kindle Collection

Der Unausweichliche Tag – Rose Tremain
How to be a Woman – Caitlin Moran
Cranford – Elizabeth Gaskell
Die Frau des Zeitreisenden – Audrey Niffenegger
Der hellste Stern am Himmel – Marian Keyes
Schneemann – Jo Nesbo
Vom Winde verweht – Margaret Mitchell
Cold Comfort Farm – Stella Gibbons
Fifty Shades of Grey – E. L. James
Eat, Pray, Love – Elizabeth Gilbert
Das Haus der Freude – Edith Wharton

▪ ▪ ▪

Artikel auf der Website des *Southampton Star*, 15. März 2012

Alice' beste Freundin enthüllt Todesdrohung

Die beste Freundin der Toten im Fluss, Alice Salmon, hat mit ihrer Enthüllung, dass die junge Frau kurz vor ihrem Tod im Februar eine »Todesdrohung« erhielt, die Debatte um den Fall erneut angefacht.

In einem Exklusivinterview mit dem *Star* sagte Megan Parker, die Drohungen, über die bisher berichtet wurde, seien nur »die Spitze des Eisbergs«, und die 25-jährige Salmon habe »um ihr Leben gefürchtet«, nachdem ein Blumenstrauß mit einer »unheimlichen« Botschaft vor ihrer Tür abgelegt worden war.

Die brisante Enthüllung wirft neue Fragen auf zum

Tod der Journalistin, deren Leiche im Stadtzentrum am Ufer des Dane gefunden wurde, ein Fall, der den Behörden in Bezug auf die konkreten Umstände nach wie vor Rätsel aufgibt.

Parker sagte: »Alice hat mir erzählt, wie sie eines Abends, als sie nach Hause kam, einen Strauß verwelkter Blumen vor ihrer Tür fand, und daran eine Karte mit den Worten ›Du bist die Nächste‹.«

Möglicherweise stand die Drohung im Zusammenhang mit Salmons Kampagne gegen das Verbrechen, mit der sie zur Verhaftung und Verurteilung von mehr als einem Kriminellen hier an der Südküste Englands beigetragen hat.

»Sie erhielt schon lange solche Drohungen«, so Parker, die in Cheltenham wohnt. »Früher hat sie immer diese verrückten langen, nächtlichen Spaziergänge im Clapham Common gemacht – ich habe sie jedes Mal gewarnt und ihr gesagt, wie gefährlich es ist, im Dunkeln durch den Park zu laufen –, aber irgendwann hat sie damit aufgehört, weil sie davon überzeugt war, dass sie verfolgt wurde.

Ich wünschte, ich wäre zur Polizei gegangen, doch ich hatte ihr versprochen, mit niemandem darüber zu reden. Sie hatte sogar Angst, mich damit in Gefahr zu bringen, dass sie mir davon erzählte. Sie war die mutigste Frau, der ich je begegnet bin.«

Parker, die aus Angst vor Aggressionen wegen ihrer Verbindung zu der Verbrecherjägerin in Erwägung zieht, ihre Accounts in den sozialen Netzwerken stillzulegen, erklärte, sie habe sich zu Wort gemeldet, um ihrer toten Freundin ihren Respekt zu erweisen.

Sie sagte, Salmons tragischer Tod habe sie »zutiefst erschüttert«, widersprach jedoch Gerüchten über

Streitereien unter Salmons Freunden. »Wir fühlen uns jeder auf seine Weise irgendwie verantwortlich. Ich wusste, dass sie seit Monaten unglücklich war, aber ich habe tatenlos zugesehen, wie es unaufhaltsam mit ihr bergab ging. Das werde ich mir mein Lebtag nicht verzeihen.

Es sind alle möglichen verrückten Spekulationen im Umlauf, aber letztlich kann es genauso gut ein schrecklicher Unfall gewesen sein. Sie hatte sich viele Feinde gemacht, aber dass einer von ihnen etwas mit dieser Sache zu tun hatte, wäre reine Mutmaßung. Wir werden uns vielleicht damit abfinden müssen, dass es uns nie gelingen wird, die Ereigniskette, die zu Alice' Tod geführt hat, zu rekonstruieren.«

In einem Artikel für die auflagenstarke Frauenzeitschrift *Azure* vom vergangenen Oktober schrieb Salmon, sie habe das Gefühl, »das Leben durch eine dicke Glasscheibe zu betrachten«, und fügte hinzu, sie sei »wohl ganz einfach nicht für das Leben geschaffen«.

Ein Sprecher der Polizei von Hampshire bestätigte heute Morgen, man arbeite weiterhin an dem Fall. »Wir ermitteln in verschiedene Richtungen. Wir haben der Familie Salmon eine Verbindungsperson zur Seite gestellt und möchten den Angehörigen und Freunden von Alice Salmon bei dieser Gelegenheit noch einmal unser tiefes Mitgefühl aussprechen.«

Der Fall hat die Fantasie der Öffentlichkeit von Anfang an angestachelt, und die jüngsten Enthüllungen werden ihn unweigerlich wieder in den Mittelpunkt des Interesses rücken.

»Es würde mich überhaupt nicht wundern, wenn irgendein Dreckskerl, den sie hinter Gitter gebracht hat, hinter ihr her war«, lautet der Kommentar eines *Star*-Lesers auf Facebook. »In unseren Städten blüht das Verbrechen … Salmon hat ein paar Gangster zur Strecke gebracht, und solche Typen sehen es gar nicht gern, wenn Journalisten sich Freiheiten erlauben.«

- Das Foto zu diesem Artikel wurde am 16. März ausgetauscht. Auf dem ursprünglichen Foto waren Megan Parker, Alice Salmon und eine dritte Frau abgebildet, die in der Bildunterschrift als »Kirsty Blake, Freundin der vom Pech verfolgten Alice Salmon« bezeichnet wurde. Miss Blake hat uns aufgefordert klarzustellen, dass es sich bei der Frau auf dem Foto nicht um ihre Person handelt, und uns gebeten, das Bild zu entfernen. Wir sind ihrem Wunsch selbstverständlich nachgekommen.

■ ■ ■

E-Mail an Alice Salmon von der Chefredakteurin der Zeitschrift *Azure*, 2. November 2010

Hallo Alice,
danke für Ihren Vorschlag, den ich mit Interesse gelesen habe. Er ist mir heute Morgen auf der Zugfahrt zur Arbeit nicht aus dem Kopf gegangen, und das ist immer ein gutes Barometer für die potenzielle Stärke eines Beitrags! Sie sollten sich auf die persönlichen Elemente konzentrieren, das heißt, wie das Tagebuchschreiben Ihnen geholfen hat, mit einigen Problemen zurechtzukommen, die Sie als Teenager hatten, aber verwenden Sie wie vorgeschlagen das National Diary Archive als netten

thematischen Aufhänger. Ich schlage vor, dass wir das Thema telefonisch ausführlich besprechen.

Rufen Sie mich an.

Olivia x

PS: »Ein Gegengift für das Leben« – *großartiger* Titel! Ist der von Ihnen, oder ist das ein Zitat?

■ ■ ■

Blogeintrag von Megan Parker, 27. März 2012, 19:13

»Megan Parker, beste Freundin.«

Zumindest haben sie mich korrekt vorgestellt, Alice, auch wenn es dann rapide bergab gegangen ist. Vielleicht war ich naiv, so wie diese Idioten, die bei *Big Brother* mitmachen und glauben, sie würden positiv rüberkommen.

»Beste Freundinnen haben eine ganz besondere Verbindung zueinander«, hatte die Journalistin gesagt, als sie mich über LinkedIn kontaktierte. »Ein Interview würde Ihnen Gelegenheit geben zu erklären, warum sie Ihnen so viel bedeutet hat.«

Um böse Überraschungen zu vermeiden, habe ich mich, bevor die Kameras liefen, erkundigt, womit sie anfangen würde.

»Ganz einfach. Ich werde Sie bitten, Alice zu beschreiben.«

In diesem Punkt hat sie Wort gehalten.

»Warmherzig«, sagte ich. »Wunderbar. Talentiert.«

Arabella (die Journalistin) nickte mir aufmunternd zu, und aus den Augenwinkeln sah ich, wie die Kamera ruckte. Arabella hatte darauf bestanden, das Interview am Flussufer zu drehen. »Das setzt Ihre Ausführungen gleich in den richtigen Kontext«, sagte sie. »So wirkt es echter auf die Zuschauer.«

»Können Sie mir dafür ein paar Beispiele nennen, Megan?«

Sie hat mich dauernd beim Vornamen genannt, als wären wir alte Freundinnen, die auf derselben Seite standen, das Team Alice. Ich kenne mich aus mit den Tricks und Finten von Journalisten; das lernt man, wenn man in der PR-Branche tätig ist.

Ich habe ihr erzählt, wie du mal diese Rettungsaktion gestartet hast und quer durch Southampton gefahren bist, als ich mit einer Grippe im Bett lag, dann hab ich ihr gesagt, dass es nie langweilig wurde, wenn du in der Nähe warst – du warst ein echtes Energiebündel. Sie quittierte es mit einem begeisterten Nicken: Sie bekam, was sie wollte.

»Megan, was haben Sie empfunden, als Sie hörten, dass Ihre beste Freundin tot war?«

Du hättest über die Frage gegrinst. Absolutes Klischee, hättest du gesagt.

»Ich war am Boden zerstört«, sagte ich. »Wie benommen. Das bin ich noch immer. Ich war noch nie von ihr getrennt. Wir waren schon miteinander befreundet, als wir noch ganz klein waren.«

Wir standen an der Stelle, wo du – je nachdem, wem man glaubt – ins Wasser gegangen bist.

»Erzählen Sie uns davon. Wie es war, als Sie noch klein waren.«

Ich hab ein bisschen rumgestottert, erst behauptet, wir hätten uns mit fünf kennengelernt, dann mit sechs. Dummerweise hatte ich mich kein bisschen vorbereitet, weil ich wollte, dass meine Antworten von Herzen kamen.

»Erinnern Sie sich an irgendetwas Bestimmtes aus der Zeit, das Sie uns gern erzählen würden?«

Ich hab ihr jede Menge erzählt, aber nichts davon hat die Schlussredaktion überlebt. Es wurde alles rausgeschnitten, wahrscheinlich von irgendeinem Praktikanten oder irgendwelchen Studenten der Medienwissenschaft, die kurz vor dem Examen stehen und unbedingt noch eine knallharte Reportage für ihre Mappe brauchen. Für solche Nuancen war kein Platz, die hatten eine ganz bestimmte Herangehensweise im Auge.

Die Journalistin lächelte, eine alte, gut einstudierte Masche. »Was glauben Sie, hat sich in jener Nacht abgespielt?«

Ich hätte ihr sagen sollen, dass es mir nicht zustand zu spekulieren, und wir besser daran täten, uns zu äußern, wenn alle Fakten geklärt sind, und uns bis dahin, wenigstens aus Respekt vor deiner Familie, mit Mutmaßungen zurückhalten sollten. Was ich stattdessen gesagt habe, war bescheuert, das ist mir klar, aber da am Flussufer zu stehen hatte mich verstört, und diese Frau hatte mich ganz durcheinandergebracht. Ich sagte: »Ich wünschte, sie hätte nicht so viel getrunken.«

»War sie denn sehr betrunken?«

»Ich war nicht dabei.«

»Steckt in dieser Sache eine Lehre für andere junge Frauen, die zu viel trinken, wenn sie ausgehen? Oder vielleicht für uns alle?«

Da bin ich in Tränen ausgebrochen. Ich spürte die Hitze des Kamerascheinwerfers. Die Kamera haben sie natürlich weiterlaufen lassen, ist ja klar. Es geht doch nichts über ein paar Tränen als Beilage zu einem Mikrowellengericht und einer Tasse Tee, solange es nicht die eigenen sind.

»War Alice beliebt?«

»Und wie«, sagte ich. »Alle mochten sie. Und ich ganz besonders.«

»Sie sprachen von Drohungen, die sie erhalten hat.«

»Ich hatte sie so lieb.«

»Ihr Tod muss schrecklich sein für ihre Freunde. Vor allem für ihren Freund – hatte sie einen Freund?«

Ich zögerte und betete, sie würde mir einen Rettungsring zuwerfen. Sie hätte sagen können: »Sie war bestimmt ein

Fan von *My Big Fat Gipsy Wedding*« oder »Wollte sie nicht versuchen, Sponsoren für einen Halbmarathon zu gewinnen?«, aber sie hatte Witterung aufgenommen. »Sie hatte doch einen Freund, oder?«

Als hätte sie das nicht ganz genau gewusst. Die hatte garantiert ihre Hausaufgaben gemacht, sich alle anderen Beiträge angesehen, alles über das heutige Thema gelesen: Alice Salmon.

»Ja, irgendwie schon.« Ich hätte laut fluchen sollen – in einem Seminar habe ich mal gelernt, dass man, wenn ein Fernsehinterview total schiefläuft, am besten anfängt, laut zu schimpfen und zu fluchen, weil sie es dann abbrechen müssen.

»Ich habe gehört, sie wollte heiraten.«

»Wirklich?«, fragte ich verblüfft.

Ich hätte dieses Interview ein paar Tage nach deinem Tod geben sollen und nicht sieben Wochen später. Dann hätten sie noch mehr Respekt gehabt. Da war es noch eine Tragödie, sonst nichts. Aber das Thema »Wir sind alle entsetzt über ihren Tod« war längst ausgelutscht, die brauchten einen neuen Aufhänger. Sie hatten garantiert in der Redaktion darüber diskutiert, wie sie »die Geschichte weiterspinnen« konnten, und irgendein Schlaumeier hatte sicherlich erwähnt, dass im Internet alle möglichen Gerüchte kursierten – über Drohungen, dass Alkohol im Spiel war, über einen Streit mit dem Freund. Wie heißt es so schön? *Sex und Gewalt gehen immer.* So eine Journalistin bist du nie gewesen. »Wir haben noch nicht viel von ihren Freunden gehört – sie muss eine beste Freundin gehabt haben, die müsst ihr auftreiben«, hatte der Chefredakteur sicher gesagt.

Und sie hatten mich aufgetrieben.

»Ich habe gehört, sie war ein ziemlich komplizierter Mensch«, sagte die Journalistin.

Ich war drauf und dran, sie anzuschreien: »Was zum Teufel soll das denn heißen?« Aber ich wollte es unbedingt gut machen, dafür sorgen, dass alle den richtigen Eindruck von dir bekamen, ich wollte, dass du stolz auf mich bist, weil ich vor eine Kamera getreten bin, obwohl ich es nicht ausstehen kann, im Rampenlicht zu stehen. Also habe ich gesagt, ja, sie hatte viele Seiten, sie war tiefgründig, nicht ohne Widersprüche, und mit jeder Antwort bist du mir ein bisschen mehr entglitten.

»Mich würde interessieren, wie ihr Freund ist. Luke«, sagte die Journalistin.

»Er ist ein guter Schauspieler«, sagte ich und bereute es sofort.

»Wirklich?«

»Kein Kommentar«, sagte ich.

Die Kameras wurden ausgeschaltet, sie nahmen mir das Mikro ab. »Vielen Dank, Süße«, flötete Arabella. »Sie waren großartig.«

»War's das? Ich würde gern noch mehr erzählen.«

»Ein andermal.«

Ich wusste, was jetzt kam. Sie würden ihren Kram zusammenpacken, sich unterwegs was zu essen besorgen und zurück ins Studio fahren. Sie würde sich eine Notiz machen, um das Thema wieder aufzugreifen, wenn sie das nächste Mal was übers Komasaufen brachten oder über die nächste Hitzewelle oder über die Gefahren des Schwimmens in öffentlichen Gewässern. Vielleicht in einem Jahr: Ja, das ist immer eine einfache Kiste: Wenn sich eine Tragödie jährt.

»Sind Sie stolz auf Ihre Arbeit?«, habe ich gefragt. Jedes Mitgefühl in Bezug darauf, wie ich in dem Bericht erscheinen würde, war sofort verflogen.

Ihre Kollegin teilte mir mit, der Clip würde »wahrscheinlich« in den Sechs-Uhr-Nachrichten gebracht, was natürlich davon abhing, ob bis dahin noch etwas »Größeres« passierte.

»Mit ein bisschen Glück kommt es auch noch mal in den Neun-Uhr-Nachrichten«, sagte sie.

Ich habe deine Eltern angerufen, um ihnen zu sagen, dass heute Abend wieder was über dich in den Nachrichten kommt, und habe mich bei ihnen entschuldigt.

Wie zu erwarten endete der Clip mit der Aufnahme, wo ich wehmütig auf den Fluss hinausschaue. Am Ende kam es um sechs, um neun und um zehn in den Nachrichten. Offenbar hatte ich genug Tränen vergossen.

■ ■ ■

Auszug aus Alice Salmons Tagebuch, 20. Mai 2010, Alter 23

»Wie ist er denn so?«

»Nett.«

»Ist das alles, was dir einfällt? Nett. Du bist Journalistin, Herrgott noch mal!«

»Okay, sehr nett.«

Meg war in der Stadt wegen einer Tagung, und wir haben uns auf eine Pizza getroffen. Hauptthema unseres Gesprächs: Luke.

Das typische Geplänkel zwischen uns, seit wir angefangen haben, uns für Jungs zu interessieren. Mal stellt sie die Fragen, mal ich. Ich habe ihr seinen Facebook-Avatar gezeigt. »Sieht ein bisschen aus wie David Tennant, findest du nicht? Ohne die Tardis natürlich.«

»Ist er scharf auf dich? Wie oft schickt er dir ’ne SMS? Einmal am Tag oder öfter?«

»Öfter. Fünf, sechs Mal … manchmal noch öfter.«

»O Gott, ein Psychopath!«

Wie aufs Stichwort kam eine SMS. Wir mussten beide lachen. Ich habe Meg erzählt, dass er Computerprogramme schreibt –

nichts Schräges, Sachen wie Projektmanagement, Personalmanagement – und dass er auf den ersten Blick wie ein großer Junge rüberkommt: Zu unserem zweiten Date ist er mit einem blauen Auge vom Rugby aufgekreuzt, aber das ist alles Show. »Und er kann unheimlich gut zuhören.«

»Sag mal, wie oft genau habt ihr euch bisher getroffen?«, fragte Meg. »Du redest, als würdest du ihn schon eine Ewigkeit kennen.«

»Zweimal. Dreimal, wenn man den Tag mitzählt, an dem wir uns kennengelernt haben.«

Luke behauptet, ich hätte ihn im Porterhouse angequatscht, aber es war auf jeden Fall umgekehrt. »Gibst du mir deine Telefonnummer?«, hatte er gesagt, und ich musste sie dreimal schreien, weil es so laut war. Er hat die Nummer auf seinem Handy gewählt, und mein Handy leuchtete kurz in meiner Handtasche auf. »So«, sagte er. »Jetzt hab ich dich.«

Bei unserem ersten Date sind wir in Clapham Junction und Balham um die Häuser gezogen, und letztes Wochenende waren wir im Kino, weil man das beim zweiten Date eben so macht. Irgendwann hat er was von einem Skiurlaub erzählt und »wir« gesagt, aber das muss sich nicht unbedingt auf eine Frau beziehen, damit kann er auch Freunde gemeint haben. Und dann hat er mir geradeheraus erzählt, dass er letztes Jahr eine Freundin hatte, Amy, und wollte wissen, wann ich zuletzt eine Beziehung hatte.

»Ich bin praktisch eine Nonne«, habe ich geantwortet.

»Meine letzte Beziehung ist nicht gerade großartig geendet«, sagte er.

»Das tun sie doch nie«, sagte ich und dachte beschämt daran, wie ich Ben abserviert hatte. Aber alles, was bisher war, ist irrelevant; alles Vergangene ist Geschichte. Ja, es war ziemlich schlimm, letztes Jahr – am Ende bin ich zum Arzt gegangen, und weil ich früher schon mal Antidepressiva bekommen hatte, hat er die obligatorische Frage gestellt: »Wie fühlen Sie sich?« Aber das ist eine sinnentleerte Frage; Journalisten und Fernsehreporter stellen sie permanent. Eine Frage von Denkfaulen. Dann, als ich antwortete: »Im Allgemeinen gut«, sagte er, ich solle mir noch einen Termin geben lassen. Und als ich durchs Wartezimmer rausging, saßen da ein paar junge Mütter, und ich dachte, eine von denen würde ich vielleicht nie sein, und ein paar alte Omas saßen auch da, und ich dachte, so eine würde ich bestimmt auch nie sein, und an einer Wand hing ein Bildschirm, auf dem verkündet wurde, dass sie weniger Antibiotika verschreiben würden, weil sie bisher so freizügig verabreicht wurden, dass wir alle sterben würden, weil wir keine Widerstandskräfte mehr hätten, und ich war drauf und dran, noch mal zurückzugehen und dem Arzt zu sagen, dass das genau mein Problem war, dass es mir manchmal so vorkam, als hätte ich keine Widerstandskräfte gegen die Welt. Aber die Vergangenheit auszulöschen ist so einfach wie mit dem Finger über die Maus zu streichen, eine ganze E-Mail zu markieren und auf Löschen zu drücken. Weg. Als ich mit Luke im Kino saß – wir hatten uns für *Robin Hood* entschieden –, ist mir klar geworden, dass das ein Neuanfang sein könnte. Morgen treffen wir uns wieder. Wir gehen ins Theater, Daaarling! Es tut so gut, diese Vorfreude, dieser Optimismus. Ich bin glücklich. Und wohlgemerkt: Es wurden für diesen Tagebucheintrag keine künstlichen Substanzen benutzt!

Auf dem Heimweg vom Porterhouse habe ich seine Nummer betrachtet und mich gefragt, wie lange sie wohl in meinem Handy gespeichert bleibt: ob sie in der Anrufliste bleibt und immer weiter nach unten wandert, bis sie weg ist, oder ob ich sie unter »Kontakte« speichern werde. Ich habe überlegt, ob es eine Nummer ist, die ich vielleicht irgendwann auswendig kenne. *Hör auf damit, Alice,* hab ich mir dann gesagt. *Deine Fantasie geht mit dir durch. Das kann nur böse enden.*

Denn das Einzige, dessen ich mir bisher immer sicher war, ist, dass ich zu sein nicht ausreicht. Zum Beispiel wollte ich schon immer an einem Marathon teilnehmen, aber als ich letzte Woche vor dem Balham Bowls Club stand, dachte ich: *Das ist die Frau, die ich sein will*, die Frau, die gerade ihr drittes Glas Wein intus hatte und eine Marlboro Light rauchte. *Wieso willst du dich mit einem Marathontraining abquälen*, dachte ich. *Du bist nur einmal jung, das Leben ist wie Scrabble spielen, man darf seine guten Buchstaben nicht bunkern, man muss sie einsetzen, sobald man sie zieht.* Aber in der U-Bahn auf dem Heimweg vom Covent Garden hatte ich das Gefühl, dass es reichte.

Vielleicht bist du gerade rechtzeitig aufgekreuzt, Luke.

Alles verändert sich. Ich werde befördert. Ich werde Chefreporterin sein, ha! Mein Job gefällt mir. Ich mag die Frau, die ich im Job bin, und ja, ich werde vielleicht Verrückte interviewen und mir anhören müssen, wie Psychopathen ihre Unschuld beteuern, aber ich werde auch außergewöhnliche junge Leute kennenlernen, die Kinderlähmung hatten und trotzdem studieren, oder nette alte Damen, die nach einem halben Jahrhundert längst verloren geglaubte Verwandte wiedersehen. Ich habe den Bogen raus, wie das bei der Zeitung funktioniert, ich weiß, worauf es ankommt.

Alle verändern sich. Meg will bei der PR-Agentur aufhören und wieder studieren, Alex hat eine neue Freundin, Soph hat einen neuen Freund, Robbie ist Partner in seiner Kanzlei geworden. Selbst Rusty ist verschwunden. Ich rede mir ein, dass er irgendwo was Besseres gefunden hat, aber wahrscheinlich ist er tot. Aber er hatte ein schönes Leben. *Pflück deine Rosenknosp', solang sie blüht.* Wo habe ich diesen Spruch schon mal gehört? Das wird mich so schnell nicht wieder loslassen, wie ein Wort, das einem auf der Zunge liegt.

Ich habe meinen Kamillentee ausgetrunken. Diese Freundin, die Luke letztes Jahr hatte. Möchte wissen, ob er meinte, dass er nur im letzten Jahr mit ihr zusammen war oder dass sie länger zusammen waren und sich im letzten Jahr getrennt haben. Hoffe, es war Ersteres.

Beziehung. Das könnte mein Stichwort für diesen Eintrag sein. Ja, das klingt gut. *Beziehung.*

An dem, was Meg gesagt hat, ist etwas Wahres dran. Es kommt mir tatsächlich so vor, als würde ich Luke schon ewig kennen.

■ ■ ■

Luke Addisons Aufzeichnungen auf seinem Laptop, 26. Februar 2012

Ich hatte nie vor, dich am Ufer zur Rede zu stellen.

Ich hatte den ganzen Abend versucht, dich allein zu erwischen, hab dich in jedem Pub, in dem du warst, beobachtet, aber du warst *immer* in Begleitung. Einmal, als du zur Toilette gegangen bist, hätte ich es fast geschafft, aber auf dem Weg dahin hast du angefangen, mit irgendeinem alten Knacker zu quatschen. Weiß der Teufel, wer das war. Er fiel total aus dem Rahmen in seinem Tweedjackett. Vielleicht gehörte ihm ja der Laden.

Ich hatte überall vergeblich nach dir gesucht. Und dann dämmerte es mir: Facebook und Twitter. »Habe angefangen, an meinem morgigen Kater zu arbeiten«, hast du um 16:12 Uhr getwittert. Um 17:20 Uhr: »Bei Nando's.« Um 18:12 Uhr: »Southampton ist geil.« Ich bin auch die älteren Tweets durchgegangen. 01:41 Uhr: »Kann man einen anderen Menschen eigentlich wirklich kennen?« 01:51 Uhr: »Werde mir die Kante geben.«

Du bist vor Schreck zusammengefahren, als du mich gesehen hast. Als würdest du deinen Augen nicht trauen. »Luke«, hast du gesagt. »*Luke.*«

»Hallo, Al. Überraschung! Ich hab dich überall gesucht.«
»Ich will nicht gefunden werden.«

Wir waren unten am Fluss, du hast auf einer Bank gesessen. »Männer sind wie Busse. Wenn einer weg ist, kommt der nächste«, hast du gesagt und gelacht, aber es war kein glückliches Lachen.

»Du bist betrunken.«

»Wer bist du, mein Vater?«

Es war dunkel, und es fing ein bisschen an zu schneien. »Kuck mal, Schnee«, hast du gesagt, aber es klang wie »Kummerschnee«. »Wenn man fällt, fällt man tief, nicht wahr?«, hast du gesagt und einen großen Schluck aus einer Dose Gin Tonic getrunken. Dann hast du angefangen zu schluchzen, und ich dachte, wahrscheinlich hat dir jemand was in deinen Drink getan, und die Vorstellung, dass du, meine wunderbare Al, betrunken durch die Kneipen ziehst, mit Männern, die dir so was antun, und das alles nur meinetwegen, machte mich wütend. Du hättest im Porterhouse nur einen Meter weiter am Tresen stehen müssen, die U-Bahn hätte nur dreißig Sekunden Verspätung haben oder meine Nachmittagsbesprechung ein bisschen länger dauern, ein Kollege noch irgendwelche Fragen haben müssen. Wenn irgendetwas davon passiert wäre, wärst du mir nie begegnet. »Ich hab den ganzen Abend versucht, dich anzurufen«, sagte ich.

Da hast du angefangen, alle deine Hosentaschen abzuklopfen. »Ich hab mein Handy verloren.«

»Nein, hast du nicht, Liebling, hier ist es.« Ich habe es vom Boden aufgehoben und dir gegeben. Es hatte sich offenbar eingeschaltet, als es runtergefallen war, denn es spielte Musik ab, ein Stück von einer deiner Lieblingsbands, The xx. »Du frierst«, sagte ich.

»Kalte Hände, warmes Herz.«

Dein Gesicht war ganz rot, und dir klebten die Haare an Stirn und Wangen: Es erinnerte mich daran, wie du nach dem Sex aussahst. Vielleicht würde es helfen, wenn ich mit dir schlief – wenn wir in tausend Teile zerfallen könnten, dann wären wir, wenn wir uns wieder zusammensetzten, vielleicht ganz neu, und ich wäre nicht so ein Arschloch. Ich wollte deine Hand nehmen, aber du hast meine Hand weggeschlagen. »Wer hätte das gedacht, hä? Meine Mum!«

»Was soll das, Al?«

Ich sah sie vor mir, wie sie mir Kaffee einschenkte und sich nach meiner Arbeit erkundigte. »Sie war bestimmt mal eine schöne Frau«, habe ich damals zu dir gesagt, nachdem ich deine Mutter kennengelernt hatte.

»Was ist mit den Lemmingen?«, wolltest du plötzlich wissen. »Du hast überhaupt nicht auf die Mail mit den Lemmingen geantwortet.«

Natürlich hatte ich das nicht, da hatte ich sie ja noch gar nicht gelesen. Für mich war das alles unverständliches Geschwafel, und ich war total frustriert. »Du und ich, Al«, sagte ich. »Wir gehören zusammen. Du und ich gegen den Rest der Welt.«

»Du und ich und ein Mädchen in Prag!«

Das Wort Prag war wie eine eiskalte Dusche.

»Warum kann ich nicht aufhören, mich so zu fühlen?«, hast du gesagt.

»Wie denn?«

»Wie *ich*.« Aber es klang wie »Wisch«.

Deine Jacke war nass an den Schultern. Ich hätte dir meine gegeben, aber ich hatte keine an. »An dir ist nichts falsch. Du bist perfekt.«

»Perfekte Menschen landen nicht hier.«

Ich sah eine Eisbude, die Treppe zum Ufer, die Brücke. *Wir beide sehen dieselben Dinge*, dachte ich, *aber es nützt nichts*. »Allein sein ist scheiße.«

»Mit jemand zusammen sein ist noch beschissener. Du kannst dir nicht aussuchen, was dir an mir gefällt und was nicht. So funktioniert das nicht. Ich bin kein verdammter Bausatz. Du solltest mich lieben, egal was passiert. Du hast es versprochen.«

»Das tue ich.«

»Ja, wenn es dir passt, wenn es einfach ist, aber was ist, wenn es schwerfällt? Denn das ist es, was zählt. Ich hab dich gebeten, mir mehr Zeit zu geben. Warum kannst du das nicht?«

Ich fragte mich, wie wir uns das alles in Erinnerung rufen würden. Es hatte uns immer Spaß gemacht, nach durchfeierten Nächten morgens zusammenzustoppeln, was alles passiert war. Früher bin ich immer gern mit dir losgezogen, aber in letzter Zeit hatte ich die stillen Abende viel mehr genossen, die Abende, an denen wir nüchtern waren, wenn wir allein waren, nur wir beide. Ich musste daran denken, wie ich dir einmal beim Ausziehen zugeschaut hatte, kurz nachdem wir uns kennengelernt hatten, wie ich dir beim Abschminken zuschaute, wie ich plötzlich dachte – und es war wie eine Erleuchtung: Ich *musste* nicht unbedingt ein mieser Freund sein. »Ich liebe dich wirklich«, sagte ich.

»Möchtest du eigentlich nie einfach wegschwimmen, Luke? Weg von allem? Ich schon. Ich weiß überhaupt nicht mehr, wer ich bin.«

»Du bist Alice.«

»Der war gut«, hast du geantwortet, als hätte ich einen Witz gerissen. Dann: »Wer ist das? Wer ist Alice?«

Ein Polizeiauto raste vorbei, und es war, als hätte das Geräusch der Sirene ein Loch in die Schutzhülle gerissen, die uns umgab. Plötzlich warst du wieder sturzbetrunken. »Will zu meinen Freunden«, hast du gesagt. »Will nach Hause. Wo ist zu Hause?«

»Balham«, sagte ich. »Du wohnst in Balham.«

»Ich bin nicht da.« Du hast gezittert, dich mit den Armen umschlungen und dir die Schultern gerieben. Dünne Arme, Haut und Knochen. »Ich schlaf nicht. Das Leuchten des Schnees.«

»Was redest du da, Al?«

»Alles Quatsch. Das helle Glitzern des Schnees.«

Ein Krankenwagen raste vorbei, mit Blaulicht und Sirene.

»Was für ein Scheißabend«, sagtest du.

Das hattest du oft – völlig klare Momente, wenn du total betrunken warst, als würdest du auftauchen, um Luft zu holen. Du hast ein paar Schneeflocken von deinem Schoß gewischt, und ich dachte, diese Jeans musstest du dir gekauft haben, nachdem wir uns das letzte Mal gesehen hatten. Was war sonst noch alles passiert in den vergangenen acht Wochen? So läuft das, so trennen sich Paare, sie lassen es einfach geschehen, und ich dachte: *Scheiß drauf, warum nicht, wahrscheinlich gibt es sowieso keinen richtigen – oder besser, keinen total falschen – Moment*, dann bin ich vor dir auf die Knie gefallen. »Du bist die Richtige, Alice«, sagte ich.

Aber du dachtest offenbar, ich wäre ausgerutscht und hingefallen, denn du hast nur laut gelacht. »Steh auf, Mann«, hast du geprustet. »Steh auf!«

Ich habe mich aufgerappelt, plötzlich war ich stinkwütend. Ich versuchte, mich wieder einzukriegen, starrte auf die Plakette an der Bank, irgendwas über eine Tote. *Sie saß oft hier und sah die Welt vorbeifließen.* Du hast dir eine Zigarette angezündet, zweimal tief daran gezogen und mir den Rauch ins Gesicht geblasen.

»Bring mich nicht dazu, dich zu hassen«, sagte ich, auch wenn ich gar nicht vorhatte, das zu tun.

Noch ein Schluck aus deiner Dose, noch ein Zug an deiner Zigarette.

»Verarsch mich nicht«, sagte ich.

»*Du* hast rumgefickt.«

»Ein Mal, Alice, ein Mal. Seit wann bedeutet *ein Mal* rumficken?«

»Ein Mal mehr, als ich dich betrogen habe. Ich krieg mehr Scheiße ab, als ich selbst scheißen kann«, sagtest du lachend. »Aus König Lear.«

Ein paar Männer liefen in einiger Entfernung vorbei und sangen: »Why can't you all stop following me?«

Ich fragte mich, ob du den Typen meintest, mit dem du im All Bar One geflirtet hattest. Du hast praktisch bei dem auf dem Schoß gesessen. Ich habe durchs Fenster gestarrt, so wie wir die Haie im Aquarium angeglotzt hatten, und musste mich beherrschen, um nicht reinzustürmen. Vielleicht gab es ja einen Zusammenhang, vielleicht warst du da mit einem Verflossenen zugange, um mir das mit Prag heimzuzahlen. Ich hatte es verdient. Eifersucht ist wie Trauer: Sie vervielfacht sich rasend schnell, verbreitet Hass und Schmerz, aber ich will nichts anderes als wieder alles so haben, wie es war. Dass du vorbeikommst, um dir mit mir *Live at the Apollo* anzusehen. Ich würde dich sogar *Wallander* kucken lassen. Dass du über all das schmutzige Geschirr in der Spüle schimpfst und über den Stapel drei Tage alter Pizzakartons, dass du aus der Dusche in mein Zimmer gelaufen kommst, zitternd und tropfnass, und sagst, es müsste nichts Großes sein und vielleicht nicht im angesagtesten Viertel – Tooting oder Brixton oder Elephant wären völlig okay –, aber wenn wir zusammenlegten, könnten wir uns vielleicht eine eigene Wohnung leisten.

»Ich hab das ernst gemeint, eben«, sagtest du. »Die Liebe ist nicht wie ein Wasserhahn, den man einfach abdrehen kann. Hat dir das nicht gereicht, dass ich dir in meiner E-Mail geschrieben habe, was ich fühle? Ich kann es nicht fassen, dass du sie nicht gelesen hast.«

»Sieht ganz so aus, als müsstest du mal in den Arm genommen werden.«

»Stimmt, aber nicht von dir. Nicht jetzt.«

Plötzlich spürte ich, wie in mir der Groll wuchs. Es ging wieder alles von vorn los, ich war im Wiederholungsmodus, drauf und dran, wieder alles zu versauen, wie in einer Parodie von *Und täglich grüßt das Murmeltier. Ich bin siebenundzwanzig*, dachte ich. *Ich bin zu alt für so was.*

»Weißt du noch, wie wir nackt in den Fluss gesprungen sind?«, fragtest du. »Lass uns das noch mal machen!«

»Spinn nicht herum. Es schneit.«

»Du bist derjenige, der sich mit seiner Rumbumserei lächerlich macht.«

Meine Wut wurde immer schlimmer, und ich versuchte, bis zehn zu zählen, ehe ich antwortete, hörte das Wasser am Wehr rauschen, aber bei sechs hörte ich mich sagen: »Sieh dir doch mal an, in was für einem Zustand du bist. Das ist echt peinlich.«

»Du bist auch nicht besser. Wir sind alle gleich abgewrackt. Du, ich, sogar meine Mum.«

Plötzlich wollte ich mich nur noch volllaufen lassen. Ich hatte sechs oder sieben Bier getrunken, aber ich fühlte mich nur noch halb – halb nüchtern, halb betrunken, halb leer, halb voll, halb ich selbst. Ich wollte mich zuschütten, bis ich nicht mehr wusste, was ich für eine Scheiße baute. »Kann ich davon einen Schluck haben?«, fragte ich und zeigte auf deine Dose.

»S'leer«, hast du gesagt. »Alle.«

So hatte ich mir das nicht vorgestellt. Ich wollte dir einen Heiratsantrag machen, auf keinen Fall wollte ich dir wehtun, ich hatte dir schon genug wehgetan, aber ich spürte, wie die Wut in mir wuchs, widerlich und sauer und tückisch. Ein neues Gefühl, das keine Liebe war: boshaft und unkontrollierbar. »Komm mit mir ins Hotel.«

»Eher schlaf ich hier auf der Bank«, hast du geantwortet, den Blick resigniert auf die Plakette an der Rückenlehne geheftet.

Dann plötzlich hast du mit zusammengekniffenen Augen meine Jeans angestarrt und losgekichert. »Ist das dein Schlüsselbund, oder freust du dich, mich zu sehen?«

Ich betrachtete die Beule in meiner Hose, die von der kleinen Ringschachtel verursacht wurde. Sogar den Heiratsantrag hatte ich vermasselt. Dafür hattest du gesorgt. Ich hatte mir schon ausgemalt, wie ich Charlie ganz cool die Neuigkeit berichten würde. Ich wollte ihm von der Hotelbar aus oder auf der Heimfahrt im Zug am nächsten Tag eine SMS schreiben. *Bin wieder im Sattel, Alter. Ihr habt euren Anstandswauwau wieder. Treffen wir uns Freitag auf ein Bier?* Ich wusste nicht, ob das, was ich empfand, Euphorie oder Verzweiflung war. Ich habe die Schachtel aus der Hosentasche genommen und ins Wasser geworfen. Sie machte plink.

»Was war das?«, hast du gleichgültig gefragt.

»Geschichte – das, was du auch bald sein wirst.«

»Sehr tiefsinnig«, hast du geantwortet, und wenn du dabei nicht gelacht hättest, hätte ich vielleicht nicht getan, was ich dann getan habe, aber in dem Moment – die Haare im Gesicht, die halb gerauchte, ausgegangene Zigarette zu deinen Füßen – warst du der Mensch, den ich noch mehr hasste als mich selbst. Ich musste das zerstören – uns zerstören – und zwar so gründlich, dass wir einander nicht mehr würden wehtun können. »Dieses Mädchen in Prag, sie war umwerfend«, sagte ich und sah mich wieder, wie ich vor dir gewesen war: Ich war unabhängig, hatte nichts zu verlieren, niemanden, der mir wichtig war, niemanden, den ich enttäuschen konnte, niemanden, von dem ich enttäuscht werden konnte. »Der Sex war total abgefahren. Statt mit dir ins Bett zu gehen, könnte ich mir auch gleich die Kugel geben. Statt mit mir ins Bett zu gehen, könntest du dir die Kugel geben.«

»Komisch, dass du das sagst.«

Dann hast du vergeblich versucht, noch einen letzten Tropfen aus deiner Dose zu saugen.

Ich griff nach dir, und plötzlich war da ein Riss. Ich sah deinen schwarzen Spitzen-BH, den ich dir zum Valentinstag geschenkt hatte. Ich wollte dich so nah an mich ziehen, dass es alles andere auslöschen würde, oder dich so weit von mir wegstoßen, dass ich dich nie wiedersehen würde. Ja, das wär's – keiner, dem ich mehr wehtun könnte, keiner, der mir mehr wehtun könnte. Damit würde ich leben können. Ich würde überleben. So würde ich leben müssen, um zu überleben – Frauen, die ich samstagsabends aufgegabelt hatte, sonntagsmorgens aus der Wohnung komplimentieren, ihnen einen Kuss auf die Wange drücken und sagen »Klar, mach ich«, wenn sie fragten, ob ich sie anrufen würde, dann Charlie eine SMS schicken: »Hey Alter, hab letzte Nacht 'ne supergeile Braut abgeschleppt!« An dem Abend, als wir uns kennenlernten, hatte ich nur deswegen genug Selbstvertrauen, um dich anzusprechen, weil ich nichts zu verlieren hatte, und weil ich so froh war, dass ich den ganzen Scheiß, mein altes Ich hinter mir gelassen hatte, aber jetzt wünschte ich mir mein altes Ich zurück, ich würde damit klarkommen, es könnte nicht schlimmer sein als das hier, doch zuerst musstest du weg sein, ausgelöscht. In dem Moment habe ich dich verabscheut, Al, dafür, dass du mich dazu gebracht hattest zu glauben, es gäbe eine Alternative. Ich sah die Brücke mit ihren Trägern und Streben und dachte daran, dass ich mal hatte Architekt werden wollen. Noch ein aufgegebener Traum. »Komm mit, bitte«, sagte ich. Ein letzter, erbärmlicher Versuch.

Du hast den Kopf in den Nacken gelegt. »Ben gibt wenigstens zu, dass er ein Arsch ist.«

Ich bin nicht darauf eingegangen, war mir egal, wer Ben war, und einen Augenblick lang hatte ich eine Vorstellung davon, wie ich sein würde, nach dir. Wie all das nur noch eine Erinnerung sein würde – so wie die Sache mit Amy, Laura und Pippa. Ein flüchtiges, verschwommenes Bild von mir, wie ich in einem oder zwei oder fünf Jahren an dich zurückdenken würde; sicher, ein bisschen Wehmut würde dabei sein, aber es wäre nur noch eine Erinnerung. Ich würde dich als Sprungbrett auf dem

Weg zu ihr betrachten – wer auch immer sie sein würde, meine nächste Freundin. Vielleicht würde es – heute Nacht, das hier – zu einem Insiderwitz zwischen uns werden, zwischen ihr und mir, wie ich mich einmal mit einer Frau im Schnee an einem Flussufer gestritten hatte. Wie ich einmal einer Frau in Southampton wie ein liebeskranker Teenager auf Schritt und Tritt gefolgt war. Eine Journalistin zur Freundin gehabt hatte. Wir würden darüber lachen, anfangs verlegen, aber mit der Zeit unbefangener, über das alles, über dich, über uns, genau wie wir beide jetzt darüber lachen – gelacht haben –, dass Amy und ich uns wegen einer Lammkeule getrennt haben, oder darüber, dass Laura mir mal an einer Bushaltestelle in Neasden gesagt hat, ich wäre ein emotionaler Krüppel. Ich fand es schrecklich, Amy zu verlieren, fand es schrecklich, Laura zu verlieren, schrecklich, dich zu verlieren. Wann würde das enden? »Ich liebe dich, Al«, sagte ich noch einmal, und du warst nicht die Einzige, die weinte. »Ich lasse es nicht zu, dass du mich verlässt.«

Aber da bist du aufgesprungen, und als ich dich gepackt habe, warst du ganz nass vom Schnee und ganz klein; du hast immer behauptet, du seist groß – so wie Shrek, hast du gesagt –, aber ich kam mir vor, als wäre ich doppelt so groß wie du, nein, dreimal, zehnmal größer, und wütend darüber, dass ich etwas so Zerbrechliches, so Schönes nicht beschützen konnte.

»Warum wollen mich immer alle anfassen? Ich kann das nicht ausstehen!«

Als du angefangen hast zu schreien, habe ich dir den Mund zugehalten, denn wenn das jemand gehört hätte, hätte er gedacht, ich würde dir etwas antun. Ich spürte deinen Atem, deine Lippen, deine Zähne, deine Nasenflügel, deinen Hals. Über deine Schulter hinweg konnte ich am anderen Flussufer eine glimmende Zigarette ausmachen.

»Lass mich los, ich krieg keine Luft«, hast du gequiekt.

»Dann hör auf zu schreien.«

»Hilfe! Hilfe!«

»Schsch! Ich versuche ja, dir zu helfen.«

»Du tust mir weh!«

»Meinetwegen kannst du von der Brücke springen«, sagte ich und packte noch fester zu.

Du hast den Kopf gedreht, um die Brücke sehen zu können, aber ich habe dich nicht losgelassen. Ich konnte dir in den Ausschnitt kucken und musste daran denken, wie du nackt auf dem Bett sitzt, und das erregte mich. Ich streckte meinen anderen Arm aus, aber du hast ihn weggeschlagen, also hab ich dich gepackt. Ich musste dich festhalten, dich halten, damit ich dir alles erklären konnte, während mir dämmerte, dass das, was ich in der Hand festhielt, nur deine Haare waren.

»Lass mich los!«, schriest du.

▪ ▪ ▪

Kommentare auf der Karte, die Alice Salmon zu ihrem Abschied vom *Southampton Messenger* überreicht wurde, 20. November 2009

Du wirst uns fehlen, du und dein Lachen, aber nicht deine stinkenden Turnschuhe auf der Heizung!

Amanda

Das musste ja so kommen, dass jemand mit deinem Talent irgendwann abgeworben wurde, es ist eine großartige Chance, die du nicht ausschlagen konntest. Des einen Verlust ist des anderen Gewinn. Danke für all deine harte Arbeit und deinen Enthusiasmus. Vielleicht können wir dich ja eines Tages hierher zurücklocken …

Mark

Wir haben Rentokil beauftragt, deinen Schreibtisch abzubauen. Wir haben sie vor Ratten gewarnt!

Barbara S.

Erinnerst du dich an deine Erfolge wie die Kampagne gegen Kriminalität? Du hast einen von Southamptons gefährlichsten Verbrechern hinter Gitter gebracht, und darauf solltest du stolz sein. Alles Gute!

Bev

Nächste Haltestelle *New York Times*, nach einem kurzen Abstecher in Balham.

Gavin

PS: Falls Cazza behauptet, das Abschiedsgeschenk für dich sei ihre Idee gewesen, dann lügt sie. Es war nämlich meine Idee.

Weiter so, Fischgesicht! Falls du deinen iPod hierlässt, keine Sorge, keiner will ihn haben. Zum Glück ist dein Literaturgeschmack besser als dein Musikgeschmack. Danke für die Lesetipps und danke für die schönen Erinnerungen.

Bella

Schluchz! Du warst für mich wie eine große Schwester – oder fühlst du dich alt, wenn ich das sage? Ich habe so viel von dir gelernt und konnte mich immer an deiner Schulter ausweinen. Es war großartig, mit dir zusammenzuarbeiten.

Twitter mir, Miss S!

Ali xxx

Es war ein historischer Tag, als die neue Mitarbeiterin Sexist Sexton die Stirn geboten und sich geweigert hat, den Witwenschüttler zu spielen.

Gavin

Hoffe, der Kindle gefällt dir. Es ist der neue DX1 mit dem großen Display! Jetzt hast du keine Ausrede mehr, Kafka nicht zu lesen!

Cazza

PS: Gav redet dummes Zeug!

Wer macht denn jetzt Tee für alle – auch wenn deiner immer so stark war, dass der Löffel darin stehen blieb! Viel Spaß in London. Neid, Neid, Neid! Wann können wir dich besuchen? Zwei Würfel Zucker bitte.

Phil

Ohne dich werden die Freitagabende im Flames nicht mehr dasselbe sein. Hoffe, du kommst uns besuchen. Ich nehme einen Doppelten ☺

Juliet

Viel Glück.

Von Anthony Stanhope

Du hast dich mir gegenüber zwar immer obercool gegeben, Miss Salmon, aber ich weiß aus sicherer Quelle, dass du ganz verrückt nach mir bist, also sag Bescheid, wenn du ein Date mit mir willst! Einen Mann wie mich bekommst du nicht alle Tage!

Big Tom

Hervorragende Journalistin, Meisterbäckerin, Läuferin, Teilnehmerin bei Benefizveranstaltungen, Streiterin für die Besitzlosen, Tequilafan, großartige Freundin. Gibt es irgendwas, was du nicht kannst? Vorsicht, Männer von London.

Alles Liebe, Michelle X

▪ ▪ ▪

Brief von Jeremy Cooke,
29. Juni 2012

Mein lieber Larry,
nachdem ich auf dem Polizeirevier war, bin ich zum Fluss gegangen. Zu der Stelle, wo die Fernsehmoderatoren sich nacheinander platziert haben, als könnte die geografische Nähe ihnen zu tieferen Erkenntnissen verhelfen. »Hier an dieser Stelle«, sagten sie mit gedämpfter Stimme, »wurde ein junges Leben vorzeitig ausgelöscht. An diesem normalerweise stillen und friedlichen Ort wurde eine junge Frau auf tragische Weise vom Tod ereilt. Hier fand ein ansonsten normaler Samstagabend, wie ihn Woche für Woche Tausende genießen, ein grauenvolles Ende.« Sie haben sich fast ausschließlich auf diesen Abschnitt des Ufers konzentriert und die Sensationslust der Zuschauer gefüttert mit unbestätigten Angaben über die Strömungsverhältnisse am 5. Februar (mittel bis schnell), ihr Gewicht (die Angaben schwanken zwischen 59 und 66 Kilo) und ihre Kleidung (Jeans, violette Seidenbluse und Stiefel … kniehoch, schwarz, von Topshop – ein Detail, auf dem eine Moderatorin ziemlich herumgeritten ist).

In der ersten Zeit war das Ufer mit Blumensträußen übersät: ein Farbenmeer aus Rot, Pink und Gelb, der ideale Hintergrund für jeden Kameramann. Jetzt lagen nur die verwelkten Überreste eines kleinen Gebindes da. Es war nach ein Uhr nachts und weit und breit keine Menschenseele zu sehen. Ich habe mich ans Ufer gehockt, meine Hand ins Wasser gehalten, die Kälte gespürt. Anfangs hieß es, ein Jogger hätte sie entdeckt, später, dass es jemand war, der seinen Hund ausgeführt hatte. Der Mann war schockiert, als ich ihn kontaktierte, wollte wissen, ob ich dazu berechtigt sei, was ich bejahte. Ich habe ihm Fragen gestellt, als wüsste ich überhaupt nichts über die Angelegenheit, aber es scheint mir so wichtig zu sein, alle Lücken zu schließen. Zuerst hatte er gedacht, was da im Wasser trieb, sei ein Baumstamm, bis die Kleidungsstücke ihn stutzig machten. »Ich habe es erst gar nicht begriffen«, sagte der Mann, mit dem ich mich im Debenhams Restaurant getroffen hatte. »Es war, als würde mein Gehirn sich weigern zu verarbeiten, dass da eine Tote im Wasser lag.« Er hat den Ausdruck nicht verwendet – ich selbst kannte ihn bis vor Kurzem auch nicht –, aber was er gesehen hatte, war das Anfangsstadium einer »Waschhaut«. Alice' Haut, pustelig, als hätte sie eine schlimme Gänsehaut (*cutis anserina* lautet der Fachbegriff), aufgeweicht und runzelig wie die einer Waschfrau. Er stellte seine Kaffeetasse ab und sagte, sie habe einen Stock in der Hand gehalten. Anscheinend ist es nicht ungewöhnlich, dass Menschen noch im Tod Gegenstände umklammern, die Folge einer kataleptischen Totenstarre. Wenn sie länger im Wasser gelegen hätte, dann hätten Fische und andere Tiere sich an ihr gütlich getan, ihre Lippen und Augenlider gefressen. Dann, nach einer Weile, wäre sie untergegangen und noch viel später wieder aufgetaucht, an die Oberfläche getragen von den Gasen, die die Bakterien in ihrem Körper produziert hätten. »Aufgebläht schwimmt gut« lautete ein makabrer Kommentar zu dem Thema in einem Chatroom.

Der Mann fürchtete, die Polizei würde zwei und zwei zusammenzählen und ihn verhaften. »Die Stadt hatte die meisten Zäune in der Nähe der Brücke erneuern lassen«, sagte er.

Ich habe ihm von Alice' Kampagne erzählt, als sie noch beim *Messenger* gearbeitet hatte. Wie sehr sie sich für mehr Sicherheit an der Brücke eingesetzt hat, dass sie mit ihrer Zielstrebigkeit und Zähigkeit Resultate erzielt hat.

»Die Zäune waren zum Teil mutwillig zerstört worden, aber man musste sich schon anstrengen, um die zu überwinden«, sagte er.

Zu Anfang war ich mir nicht sicher, aber ich kann es mir einfach nicht vorstellen, dass sie sich das Leben genommen hat. Nicht Alice. Auf jede Seite in ihrem Tagebuch, auf der sie sich darüber auslässt, wie schlecht es ihr geht, kommen zwei, auf denen sie beschreibt, wie großartig das Leben ist. Sie hatte schon ganz andere depressive Phasen überwunden. Liz, die Ärmste, klammert sich jeden Tag an eine andere Theorie. Wahrscheinlich hat sie sich auch schon an die Vorstellung eines Selbstmords herangetastet, mit äußerster Vorsicht, so wie man sich dem Rand einer Klippe nähert, aber sie weigert sich standhaft, die Plausibilität dieser Erklärung zu akzeptieren, und meine eigenen Schlussfolgerungen bestätigen ihre Haltung bisher: Immer und immer wieder hat Alice unermüdlich weitergemacht, dem schwarzen Loch getrotzt, durchgehalten, *gelebt*.

Ich tauchte meine Hand noch einmal ins Wasser und fühlte mich vage an ein Schlauchboot erinnert, wie ich zurückgelehnt darin sitze, eine Hand im Wasser. Ich ließ mich auf Hände und Füße fallen. »Liebling, wo bist du?«, rief ich. Ich sah mein Spiegelbild – die Halbbrille, die Augenbrauen, die Falten, das zerzauste Haar –, dann löste es sich auf. Ich fragte mich, wie es gewesen wäre, wenn ich hineingegangen wäre, ihr gefolgt wäre. Es sind nicht die Schmerzen der Krankheit, die mir Angst machen, Larry, die kann ich ertragen. Es ist der Verfall, der mir zu schaffen macht. Die Vorstellung, dass Fliss es mit ansehen muss. Als hätte ich ihr nicht schon genug zugemutet.

»So leicht kommst du mir nicht davon«, hat sie gesagt, als ich neulich einen lockeren Spruch über einen letzten Urlaub in der Schweiz vom Stapel gelassen habe. Dann fing sie an zu weinen und sagte, das Leben sei kostbar, es stünde uns nicht zu, es selbst zu beenden, und außerdem genieße sie jede Sekunde mit mir.

Als der Bursche mit den Tätowierungen von Harakiri redete, habe ich den kleinen Scheißer in seine Schranken gewiesen und ihm die wörtliche Übersetzung des Wortes um die Ohren gehauen. Ich habe ihm erklärt, dass ein besiegter Samurai seine Ehre wiederherstellte, indem er sich den Bauch aufschlitzte, und es fand eine ähnliche Verschiebung statt wie bei einer Vorlesung: Wenn man sich allzu sehr auf die Details konzentriert, sieht man irgendwann das große Ganze nicht mehr, man fühlt nichts, man hat nur eine Anhäufung von Einzelheiten und Fakten, die übliche Architektur des Wissens. »Stellen Sie sich eine Schande vor, die so groß ist, dass sie einen Menschen dazu bringt, sich das Leben zu nehmen«, sagte ich und stellte mir dieselbe Frage, die er mir schon einmal gestellt hatte: Er wollte wissen, warum ich über Menschen redete, als wären sie eine fremde Spezies, als gehörte ich nicht dazu. Er hatte noch mehr Geld verlangt, und ich hatte ihm erklärt, dass ein Samurai als umso tapferer angesehen wurde, je weniger Geräusche er machte, nachdem er sich mit seinem Schwert – dem *Wakizashi* – aufgeschlitzt hatte.

Während ich die Brücke betrachtete, ist mir etwas klar geworden, Larry, nämlich, wie vollkommen nutzlos all dieses Wissen ist. Wenn ich mir ein Messer nähme und mir damit den Bauch von links nach rechts und dann von unten nach oben aufschlitzte, würde all dieses Wissen etwa verhindern, dass das Blut um meine Füße herum eine große Lache bildete? Es bedeutet nichts und wieder nichts, genauso wenig wie meine Krankheit verschwindet, bloß weil ich Wörter wie »Brachytherapie« und »Zoledronsäure« gelernt habe.

»Nichts kann den Wortschatz so schnell erweitern wie eine Krebserkrankung«, habe ich einmal zu Fliss gesagt, nachdem ich aus dem Krankenhaus kam.

»Ich liebe dich«, sagte sie, und da habe ich einen Entschluss gefasst. Wenn das hier getan ist, wenn ich alle Informationen über Alice gesammelt habe, die ich finden kann, werde ich dir erzählen, was sie mir bedeutet hat, sie und ihre Mutter. Ich werde es dir und der ganzen Welt erzählen, denn wie sollst du mir sonst glauben, dass ich in jedem einzelnen Punkt ehrlich bin – wie sollst du mir glauben, wie sehr ich dich liebe –, wenn ich nicht offen und ehrlich darüber sprechen kann, welche verborgenen Winkel meines Herzens sie bewohnt haben?

»Es ist schön, wie du diese junge Frau wieder zusammenpuzzelst«, hat sie einmal gesagt, als wir uns auf meinem Laptop eine Reihe von Fotos von Alice angesehen haben.

»Das klingt ja so, als wäre sie Humpty Dumpty«, erwiderte ich scherzhaft und musste daran denken, wie alle Männer und alle Pferde des Königs es nicht schaffen, den armen kleinen Kerl wieder zusammenzusetzen.

»Aber du hast doch nicht vor, irgendetwas davon zu veröffentlichen, oder?«, fragte sie.

Die Arme, sie hat keine Ahnung.

Ich habe herausgefunden, was dieses neue Gefühl ist, das mich neuerdings dazu bringt, zum meinem Chef Dinge zu sagen wie: »Ich tue das mit oder ohne Ihren Segen«, oder zum Dekan: »Ihre Meinung interessiert mich nicht die Bohne«, oder zu unserem neuen Kollegen, einem Flegel mit grobschlächtigem Gesicht und einem Kreuz wie ein Preisboxer: »Sind Sie im Bett genauso einfallslos wie im Unterricht?« Ich habe es gespürt, nachdem mir zu dämmern angefangen hatte, was es war, das mich nachts viermal zur Toilette rennen ließ. Dann wieder, als ich die Diagnose in den Augen meines Arztes aufflackern sah. Und später, als der Arzt das Wort »unheilbar« aussprach. Ich sage dir, was es ist, Larry, es ist das Fehlen von Angst. Endlich, das vollkommene Fehlen jeglicher Angst.

»Mehr Geld bekommen Sie von mir nicht«, habe ich dem tätowierten Burschen gesagt. Aus seinen Kopfhörern drang kaum hörbar Musik. Vielleicht wird es so sein, wenn ich tot bin, dachte ich: kaum hörbare Echos der Welt, die an meine Ohren dringen. Er langte in seinen Rucksack, und ich rechnete schon damit, dass er mir ein weiteres Stück aus seiner Alice-Sammlung präsentieren würde, aber stattdessen brachte er eine Glasfigur zum Vorschein, die eigentlich auf der Anrichte in unserem Esszimmer hätte stehen müssen. Ich habe sie Fliss mal zum Hochzeitstag geschenkt, als wir noch in unserem alten Haus wohnten.

»Sie können mich mal«, hörte ich mich sagen.

Einen Augenblick lang war er sprachlos. Warum habe ich mich als Kind nie gegen Rüpel zur Wehr gesetzt, Larry? »Es ist mir scheißegal, was Sie mit dem Brief machen«, sagte ich. »Ich werde bald tot sein. Sie haben noch fünfzig Jahre vor sich. Stellen Sie sich das mal vor, noch ein halbes Jahrhundert müssen Sie mit sich selbst leben – das muss die reinste Folter sein. Sie haben mehr zu verbergen als ich, mehr zu verlieren. Sie bekommen keinen einzigen Penny mehr von mir.«

Er schließt jedes Mal die Tür, wenn er zu mir ins Zimmer kommt, aber ich überlegte, wie wir wohl auf jemanden wirken würden, der zufällig hereinkäme. Wie ein Dozent mit einem seiner Studenten? Ein Wissenschaftler mit einem Assistenten? Ein Vater mit seinem Sohn – einem zugegebenermaßen jungen Sohn, vielleicht einem aus zweiter Ehe, der vorbeigekommen war, um kurz Hallo zu sagen oder seinem Alten ein bisschen Kleingeld aus den Rippen zu leiern?

»Sie hassen mich, weil wir gleich sind«, sagte er. »Auch wenn Sie es gut kaschieren, sind Sie bloß das seriöse Gesicht dessen, was ich bin. Sie sind ich in einem Tweedjackett.«

Darüber musste ich laut lachen.

»Sie können mich mal, Steinzeitmann«, sagte er.

Wenn ich einen Sohn hätte, ob wir dann wohl so miteinander reden würden, fragte ich mich; ob wir uns gestritten und wieder vertragen, ob wir einander bewundert und vertraut, einander geliebt hätten? Ich wollte die Glasfigur an mich nehmen, doch sie fiel zu Boden und zersprang. »Ich werde Ihnen mit der Wahrheit zuvorkommen«, sagte ich. »Ich werde ein

Buch über das alles schreiben, und Sie kleiner Scheißer werden vielleicht sogar darin vorkommen.«

»Tja, sieht so aus, als würden Mr und Mrs Salmon neuen Lesestoff bekommen«, sagte er.

Wir werden alle reichlich Lesestoff bekommen, wenn es nach mir geht.

Das Urteil des Coroners war gleichbedeutend mit dem Eingeständnis, dass niemand mehr weiterwusste. Sie hatte weißen Schaum in Mund und Nase, Wasser in der Lunge, Schmutzpartikel aus dem Fluss im Magen – ein solcher Befund würde die Schlussfolgerung nahelegen, dass Alice ertrunken ist, dass sie noch lebte, als sie ins Wasser fiel; aber es erklärt nicht, was vorher passiert ist. Hat es nicht eine gewisse Ironie, dass sie in einer Welt, in der wir auf Schritt und Tritt überwacht und gefilmt werden, ihre letzten Schritte ungesehen gemacht hat? Zumindest ungesehen von der Welt im Allgemeinen. Müsste jemand hinter Gittern sitzen wegen dieser Sache? Wahrscheinlich werden einige sagen, dass *ich* hinter Gitter gehöre wegen dem, was ich an jenem Abend im Dezember 2004 getan habe, aber das ist eine andere Geschichte.

Ich war vom Polizeirevier aus zu der Stelle am Ufer gegangen und bin dort sitzen geblieben, bis es hell wurde, habe auf das Wasser gestarrt und zugesehen, wie der tiefe, tintenschwarze Fluss mit all seinem Müll vorüberschoss. Und ich habe Alice Salmon beobachtet. Ich dachte an mein Humpty-Dumpty-Buch, an den gelben, abgegriffenen Umschlag, erinnerte mich daran, wie ich über den Buchrücken fuhr und die Geschichte fühlte, sogar das kleine Ei.

»Es ist anthropomorph«, hatte mein Vater gesagt. »Weißt du noch, was das heißt, Jeremy?«

Ich konnte mich beim besten Willen nicht mehr erinnern, was das bedeutete; ich wollte nur die Zeilen aufsagen, wollte, dass *er* sie laut aufsagte, wollte die vertrauten Reime hören.

»Das hatten wir doch schon mal«, sagte er knapp. »Vielleicht wird ja das hier deinem Gedächtnis auf die Sprünge helfen«, sagte er und zog seinen Gürtel aus den Schlaufen.

Es ist ein Vierzeiler. Aber es hilft überhaupt nichts, die Form benennen zu können. Was nützt es mir zu wissen, dass das zerbrechliche kleine Ei in *Alice hinter den Spiegeln* auftaucht und mit Alice über Semantik diskutiert? Ob *unsere* Alice das Buch je gelesen hat? Der kleine Titelheld hätte ihr gut gefallen. Ich setze dich wieder zusammen, meine liebe, süße Alice, und wenn du in meinem Buch auftrittst – wenn wir zusammen in meinem Buch auftreten –, dann wird es vielleicht der richtige Zeitpunkt für mich sein, tief zu stürzen.

Es ist so, alter Freund: Ich habe sie getroffen, an dem Abend, an dem sie gestorben ist. Das habe ich der Polizei gegenüber nicht erwähnt; die würden das nur falsch interpretieren. Nicht dass uns einer gesehen hätte, als wir geredet haben, als wir uns gestritten haben, aber es würde nur wieder die Spekulationen anheizen. Ich hatte über Twitter ihre Bewegungen verfolgt: eine Liste von Pubs und Bars, Nadeln auf einem Stadtplan. In der Straße mit dem treffenden Namen Above Bar Street hatte ich sie schließlich eingeholt; vor einem Pub standen ein paar Leute und rauchten. Jemand lachte. *Ich kenne dieses Lachen*, dachte ich. Die Tonhöhe, die Klangfarbe. Ich drehte mich um und starrte sie an. *Ich kenne diese Haare*, dachte ich. *Alice.*

»Du«, sagte sie schockiert und ängstlich. Ein paar Minuten später hat sie mir eine schallende Ohrfeige verpasst.

Warum hatte sie keine Schuhe an, sondern Stiefel, Larry? Schuhe hätten sie nicht so in die Tiefe gezogen. Sie hatte Schürfwunden im Gesicht, hat der Mann bei Debenhams mir gesagt. Wahrscheinlich, meinte er, hatte die Strömung sie über scharfe Kanten geschleift. Das müssen die Stufen gewesen sein, dachte ich. Die Strömung muss sie mehrmals dagegengeschlagen haben.

Ich ließ die Szene in meinem Kopf noch einmal ablaufen: wie sie flussabwärts treibt. Aber tief im Innern weiß ich, dass sie nicht ausgesehen hat wie Ophelia, denn ich habe noch etwas gelernt: Leichen treiben immer bäuchlings im Wasser.

Dein Jeremy

▪ ▪ ▪

**SMS von Elizabeth Salmon,
4. Februar 2012, 13:27**

Alice, Liebes, tu mir einen Gefallen: Ich kann mein E-Mail-Programm nicht öffnen. Kannst du dich mit deinem Handy einloggen? Ich bin in einem Gartencenter und brauche den Code von einem Gutschein. Der steht in einer Mail, die gestern eingegangen ist. Wünsche dir viel Spaß in Southampton. Dein Vater lässt dir ausrichten, du sollst nicht so viel trinken. Hab dich lieb x

▪ ▪ ▪

**Brief von Professor Jeremy Cooke,
3. Juli 2012**

Ehrlich gesagt, Larry, es war eine fürchterliche Veranstaltung. Flache, sinnlose Gespräche. Fachsimpeleien. Konkurrenz unter Anthropologen. Zumindest ist viel Alkohol geflossen, was das Ganze ein bisschen erträglicher gemacht hat.

Wir waren also auf einem geselligen Abend nach einer Fachkonferenz. Kein heimliches Treffen in einem billigen Hotel, keine gestohlene halbe Stunde in meinem Büro bei heruntergelassenen Jalousien, kein Fummeln in meinem Auto irgendwo am Straßenrand im New Forest. Liz und ich waren auf einer

Party. So hatte sie es haben wollen. Wir beide zusammen in der Öffentlichkeit.

Jedes Mal, wenn die Tür aufging, habe ich mich umgedreht, um zu sehen, wer reinkam.

»Entspann dich«, sagte sie zu mir. »Du bist meilenweit weg von zu Hause. Wir kennen hier niemanden. Außerdem sind alle mit sich selbst beschäftigt – das hast du doch selbst gesagt. So sind die Menschen nun mal.«

Wir standen in der Küche. Ein paar Leute tanzten im Wohnzimmer zu Abba. Niemand war in meinem Alter; alle waren jünger als ich. Liz trug ein schwarzes Kleid und eine Halskette, die ich ihr geschenkt hatte; sie sah umwerfend aus. An dem Abend konnte ich mich an ihrem Hals gar nicht sattsehen: lang und blass, wie ein Schwanenhals oder der Stiel einer Orchidee oder ein kunstvolles Ornament aus mundgeblasenem Glas. Ich kam mir vor wie eine Figur in einem Film – Charlton Heston vielleicht, oder Gregory Peck.

Sie wurde von allen Männern angequatscht. »Gehören Sie beide zusammen?«, fragte einer dreist.

»Ich bin jedenfalls nicht ihr Vater«, fauchte ich eifersüchtig. Ich legte meinen Arm um sie, fühlte ihre zarten Schultern. »Du siehst großartig aus«, flüsterte ich ihr ins Ohr.

Ich spürte ihre Anspannung. Ich hätte damit rechnen müssen: Beim Mittagessen hatte sie schweigend in ihrem Fischgericht herumgestochert, und als ich sie fragte, wie ihr Essen schmeckte, hatte sie geantwortet: »Trocken.« Vergeblich hatte ich versucht, ein Gespräch in Gang zu bringen, indem ich ein Thema anschnitt, von dem ich wusste – oder vermutete –, dass es sie interessierte, die Bergung der *Mary Rose* nach 437 Jahren.

»Ich kann so nicht weitermachen«, sagte sie.

»Der Wein ist nicht besonders, da muss ich dir recht geben.«

»Ich brauche das Gefühl, mich auf einem Direktflug zu befinden.«

Ich wartete ab in der Hoffnung, sie würde das Thema wechseln. Als das nicht geschah, sagte ich: »An deinem Hang zum Gebrauch von Metaphern merkt man, dass du in der Fakultät für Anglistik arbeitest. Als Nächstes wirst du dann wohl auf unseren ›Handlungsbogen‹ anspielen?«

»Mach dich nicht über mich lustig«, sagte sie. »Ich rede keinen Unsinn. Was wir tun, ist schäbig, und es ist unfair gegenüber allen Beteiligten, allen voran Fliss.«

Der Name meiner Frau schwebte wie ein Schatten durch den Raum. Die Kinder der Gastgeber (wer auch immer die waren), die die Gäste schon den ganzen Abend terrorisierten, kamen in die Küche gestürmt. Die armen kleinen Racker, ihre Eltern hatten sie gezwungen, sich fein zu machen: Pullunder und Krawatten. Diese Akademiker! Nicht mal ihre Sprösslinge konnten sie mit ihrer Manie verschonen.

»Wie kommt es, dass Männer immer glauben, für sie würden andere Regeln gelten?«, fragte Liz.

Ich sagte nichts, in der Annahme, es handele sich um eine rhetorische Frage.

»Verstehst du das denn nicht? Wenn es ein *wir* geben soll, dann möchte ich, dass es etwas ist, worauf ich stolz sein kann.«

Eins der Kinder, ein frühreifer kleiner Bengel – er erinnerte mich an mich selbst in dem Alter –, kam zu uns und stellte sich vor. Sein Name stand auf der Liste, die Fliss und ich einmal angelegt hatten, aber wir hatten schon lange aufgehört, über Namen zu reden. Wir hatten es aufgegeben, über Kinder zu reden. Ich wusste, dass sie zu Hause im Wohnzimmer saß und sich *The Two Ronnies* ansah, lachte, wenn sich die beiden Komiker als Fernsehreporter ausgaben, und sich in der Küche einen Kaffee machte, während Ronnie Corbett seinen endlos langen Witz erzählte.

»Du wirst deine Frau nie verlassen, stimmt's?«, sagte Liz, nachdem der Junge sich getrollt hatte.

»Immer mit der Ruhe«, erwiderte ich. »Wir kennen uns erst seit ein paar Monaten.«

»Ein paar Monate, ein paar Jahre – das macht keinen Unterschied. Du wirst sie nie verlassen.«

»Ist Loyalität nicht ein positiver Charakterzug?«

»Spar dir deinen Sarkasmus, Jem. Jeder möchte sein Schicksal selber lenken, aber in deinem Leben bin ich nur eine Beifahrerin.«

Ich warf einen Blick auf meine Uhr. Sie trank einen großen Schluck Gin.

»Liebst du mich?«, fragte sie.

»Wow, was für eine Frage.«

»Allerdings – und ich möchte jetzt eine Antwort haben.«

»Wir Anthropologen haben ein Problem mit diesem Konzept«, sagte ich. »Im Allgemeinen wird als gegeben akzeptiert, dass sich Liebe, insbesondere romantische Liebe, entwickelt hat, damit der Fortpflanzungstrieb sich auf *einen* Partner konzentriert, weil diese Bindung uns dazu befähigt, unsere Nachkommen gemeinsam großzuziehen. Ein amerikanischer Forscher ist auf diesem Gebiet zu einigen faszinierenden Ergebnissen gelangt. Die Frage, welchem Zweck Liebe dient, ist äußerst interessant.«

»Das interessiert mich nicht. Der Himmel weiß, warum, aber das Einzige, was mich interessiert, bist du. Ich dachte, du interessierst dich auch für mich.« Liz zündete sich noch eine Zigarette an. Ich hatte fast den Eindruck, dass sie nur dann nicht rauchte, wenn sie mit mir im Bett oder beim Essen war. Ich musste daran denken, wie Fliss und ich das Rauchen beide aufgegeben hatten, kurz nachdem wir uns kennengelernt hatten.

»Ich habe vielleicht bei der Wahl meiner Männer nicht immer kluge Entscheidungen getroffen, aber ich bin nicht dumm«, sagte sie.

»Das habe ich auch nicht behauptet.«

»Warum behandelst du mich dann so, als wäre ich dumm?« Sie durchbohrte mich mit demselben Blick, den sie vorher ihrem Fischgericht hatte zuteilwerden lassen. Ich wandte mich ab: ein Teewagen, ein karamellfarbenes Sofa, eine Stereoanlage, ein Stapel Schallplatten, die dagegengelehnt waren. »Das ist absolut typisch für dich, Jem – du hast über alles und jeden eine differenzierte Meinung, aber wenn man dir auch nur eine einzige simple Frage stellt, die dich betrifft, gerätst du ins Schwimmen. Ich weiß überhaupt nicht mehr, ob ich dich liebe oder ob ich dich hasse. Was mich selbst angeht, ist es ganz einfach: Ich hasse mich, daran besteht kein Zweifel.«

»Herrgott noch mal, Liz, was soll der Quatsch? Hör auf, mich zu hassen! Hör auf, dich selbst zu hassen!«

»Ich sage dir, wozu wir Liebe brauchen – weil wir ohne Liebe nur seelenlose Körper wären, die gegeneinanderprallen. Eine Affäre zu haben ist schon schlimm genug, aber wenn es nur um Sex geht, ist es noch schlimmer. Es ist respektlos.«

»Respektlos wem gegenüber?«

»Spiel nicht den Unschuldigen. Deiner Frau gegenüber zum Beispiel, oder hast du die praktischerweise mal wieder vergessen?« Sie legte ihre Zigarette ab. »Ich hätte damit leben können, dass Fliss die Leidtragende ist, wenn wir ein glückliches Paar geworden wären. Wenn wir das nicht sind, dann bin ich für dich nichts weiter als … ein Stück Fleisch. Wenn wir das nicht sind, dann verhalte ich mich wie ein Stück Fleisch.«

»Ich habe heute einen interessanten Aufsatz über mitochondriale DNS gelesen«, sagte ich.

Sie brach in Tränen aus, und ich dachte, wie anders Fliss aussah, wenn sie weinte: stiller, älter, beherrschter. In diesem

Augenblick – als ich die beiden Frauen miteinander verglich – spürte ich zum ersten Mal, wie es ist, mich selbst zu hassen. Ich legte ihr eine Hand auf den Rücken, spürte mit dem Zeigefinger ihrer Wirbelsäule nach. »Liz, Liebling, weine nicht.«

»Du gibst mir nie das Gefühl, dass ich dir etwas bedeute. Für Menschen, die vor tausenden von Jahren gelebt haben, interessierst du dich mehr als für mich. Bin ich dir denn überhaupt nicht wichtig?«

»Natürlich bist du das, das weißt du doch.«

»Nein, das weiß ich nicht, woher auch – du sagst es mir ja nie. Ich fühle mich so schrecklich *verloren.*«

Warum müssen wir alle so verdammt zerbrechlich sein, dachte ich, das heißt, offenbar hatte ich es laut ausgesprochen, denn ich hörte eine leise Stimme sagen: »Zerbrechlich? Zerbrechlich? Ich bin absolut stabil im Vergleich zu früher.«

Kurz danach war Liz völlig betrunken. Sie flirtete mit anderen Männern. Sie warf Gläser um. Als ich versuchte, sie zu berühren, sagte sie, sie könne keine halbe Beziehung leben.

Wir, Liz und ich, hatten in der National Gallery vor den Tizians und den Caravaggios gestanden; sie hatte gesagt, es sei ihr egal, wer uns sah, scheißegal, das Leben sei viel zu kurz. Wir hatten ein Wochenende in Dorset verbracht, waren über den Kiesstrand geschlendert und hatten dem Meeresrauschen gelauscht. Wir waren in meinem TR7, dem Auto, das Fliss scherzhaft als das Zeichen einer verfrühten Midlife-Crisis bezeichnet hatte, ans Meer gefahren und hatten bei offenem Verdeck in der salzigen Brise Sekt getrunken. Ein Teil von mir wäre am liebsten auf direktem Weg nach Hause gefahren und hätte Fliss davon erzählt, von der weiten Sicht und dem kleinen Leuchtturm, von der atemberaubenden Schönheit der Klippen. Ich stellte mir vor, wie ich sie zärtlich weckte, denn sie würde schon schlafen, wenn ich von diesem »Symposium« zurückkehrte, und ihr sagte: »Fliss, Fliss, du glaubst gar nicht, wo ich heute gewesen bin!« Es war so ein wunderbarer Tag gewesen, und es erschien mir völlig natürlich, ihr davon zu erzählen. Am liebsten wäre ich mit *ihr* zu derselben Stelle gefahren, um ihr dasselbe Glücksgefühl zu bereiten, das Liz empfunden hatte, um dasselbe strahlende Lächeln in ihrem Gesicht zu sehen – sie lächelte so selten in letzter Zeit. *Ein Leben reicht einfach nicht aus, verdammt noch mal*, dachte ich, und die Unmöglichkeit der Situation machte mich fertig. *Du hast es zugelassen, dass du zwei Frauen liebst, du egoistischer Vollidiot*. Die Worte eines Lehrers, Geschichte oder Englisch, hallten im Raum wider, als würde er mit einem Hund schimpfen: »Du bist ein dummer Junge, Cooke. Ein dummer Junge.«

»Jeremy Cooke! Ich werd verrückt!«

Ich fuhr herum. Martin Collings. Er hatte mit Fliss am University College London zusammengearbeitet. Sie waren in Kontakt geblieben.

»Martin, was für eine angenehme Überraschung«, sagte ich und spähte über seine Schulter hinweg. Liz war gerade zur Toilette gegangen. Wir hatten mehr oder weniger schweigend in der Küche gestanden; keiner von uns beiden wollte den Abend enden lassen – jeder für sich fürchtete sich davor, wie es weitergehen würde.

»Es ist absolut unentschuldbar, aber ich habe mich seit Ewigkeiten nicht mehr bei Fliss gemeldet«, sagte Martin. »Ist sie hier?«

»Nein«, sagte ich.

Ich suchte den Raum nach Liz ab. Sie war betrunken und war schon viel zu lange weg. *Bitte lieber Gott*, dachte ich, *mach, dass sie einfach abgehauen ist.*

»Wie läuft's bei der Arbeit? Immer noch intensiv mit den Toten beschäftigt?«

Liz kam und stellte sich neben mich. Sie ließ sich gegen mich fallen. Ich spürte nichts, keine Verbindung, keine Intimität, nur ihr Gewicht. »Ich liebe dich, und ich hasse dich. So oder so, du hast es vermasselt, du blödes prähistorisches Relikt!« Sie küsste mich auf die Wange. Ein Abschiedskuss: zärtlich und nass und grausam. Ich versuchte, Martins Blick einzufangen; ich konnte regelrecht sehen, was in seinem Kopf vorging.

Liz verzog sich, und ich machte eine pantomimische Trinkgeste, wie um zu sagen, ich habe nicht die leiseste Ahnung, was das sollte, schenk ihr keine Beachtung, sie ist betrunken. Gerade lief ein Stück von Neil Diamond, und sie wankte ins Wohnzimmer, als würde sie von der Musik angezogen, als wäre ihr eingefallen, dass sie dort etwas liegen gelassen hatte.

»Was versuchst du mir vorzugaukeln, Jeremy?«, fragte Martin.

»Vorgaukeln?«

Die Musik brach ab, dann lief sie weiter. REO Speedwagon. Ich hörte Liz lachen und fühlte mich seltsam ruhig: als läge es jetzt nicht mehr in meiner Hand. Er würde es Fliss erzählen, und es wäre besser, als dieses fürchterliche Geheimnis weiter mit mir herumzutragen. Aber irgendetwas brachte mich dazu, an der Lüge festzuhalten, an dem Klischee. Es war wie eine Rolle, die ich spielen musste.

»Du glaubst doch nicht etwa … Das ist ja köstlich. Sie ist meine Assistentin, hat erst kürzlich bei uns angefangen. Aber, ehrlich gesagt, sie hat ein kleines Problem mit dem Wein.«

Ich stellte mir vor, wie Fliss dem Hund sein Futter hinstellte, die Hintertür verriegelte und nach oben ins Schlafzimmer ging. »Diese fürchterlichen Unipartys, du kennst das ja, die ziehen sich ewig hin«, hatte ich zu ihr gesagt. »Ich bin bestimmt erst nach Mitternacht zurück.«

»Mach mir nichts vor«, sagte Martin. »Ich kenne deine Frau schon lange. Sie hat was Besseres verdient.«

Liz tanzte mit dem Mann, dem ich gesagt hatte, ich sei nicht ihr Vater. *So ist das*, dachte ich. *Das hat man von einer Affäre.*

»Du redest Scheiße, Jeremy«, sagte der Freund meiner Frau.

Stunden später – es war 1982, da konnte man noch betrunken Auto fahren – schlich ich mich ins Haus, tätschelte Milly, die aus ihrem Korb gesprungen war, um mich zu begrüßen, sagte ihr, wie schön es sei, sie zu sehen, duschte und schlüpfte ins Bett, und meine Frau murmelte etwas, das ich nicht verstand, vielleicht »Willkommen zu Hause« oder »Warum hast du nicht angerufen?« oder »Ich bin ganz allein«. Und ich lag wach neben der Frau, die so anders war als die, mit der ich den Abend verbracht hatte, in so vielerlei Hinsicht anders, aber vor allem in einer: Ich war mit ihr verheiratet. Ich konnte nicht schlafen. Ich wartete darauf, dass das Telefon klingelte, wartete darauf, dass Martin, dieser Speichellecker, mein Schicksal besiegelte. Das Telefon klingelte nicht. *Vielleicht bin ich noch mal davongekommen*, dachte ich, während ich dem leisen, regelmäßigen Atmen meiner Frau lauschte.

Woher hätte ich wissen sollen, was Liz neun Tage später tun würde, Larry? Hätte ich es vorhersehen sollen? Es verhindern? Sie war nicht mehr mein Problem und ich nicht ihres. Als ich davon erfuhr, war es für mich genauso ein Schock wie die Nachricht von Alice' Tod. Ein zögerliches Klopfen an meiner Bürotür, ein Kollege, einer der wenigen, der über Liz und mich im Bilde war, sein Gesichtsausdruck eine Mischung aus Mitgefühl und Verachtung. »Jeremy, hast du es schon gehört?«

Dein Jeremy

■ ■ ■

**Postkarte von Alice Salmon,
17. August 2009**

Hallo M & D,
Wetter heiß, Hotel ok, Essen grauenhaft. Viel Zeit am Pool, viele Cocktails. Nicht viel Schlaf. Insel herrlich (bestehe darauf, dass wir pro Tag etwas »Kulturelles« machen!). Bin rot wie ein Krebs! Viele Deutsche, aber freu dich, Dad, ich hab den Krieg noch keinmal erwähnt! Waren wir auf Fuerteventura, als ich klein war? Viele Grüße von den Mädels.

Alles Liebe, Ax

PS: Von wegen, heutzutage schreibt keiner mehr Postkarten …

▪ ▪ ▪

**E-Mail von Elizabeth Salmon,
22. Juli 2012**

Von: Elizabeth_salmon101@hotmail.com
An: jfhcooke@gmail.com
Betreff: Sag's mir

Jem,
ich habe dir den Scan von einem handschriftlichen Brief angehängt, den ich heute Morgen zusammen mit ein paar Fotokopien von deiner Handschrift erhalten habe, mit der Aufforderung, ich solle »beides vergleichen«. Bitte, bestätige mir, dass dieser Schrieb nicht von dir stammt, denn die Handschriften sind bemerkenswert ähnlich. Sie war achtzehn, Studienanfängerin, zum ersten Mal von zu Hause fort – so ein Brief hätte jedem Mädchen in dem Alter Angst gemacht. Allein die krakelige Handschrift hätte ihr einen Heidenschre-

cken eingejagt. Wenn ich nicht wäre, würde Dave dich fertigmachen. Ich fasse es nicht, dass ich mich dazu habe verleiten lassen, dir wieder zu vertrauen – mein Gott, ich habe dir Kinderfotos von Alice geschickt! Sag mir, dass du mich nicht verarscht hast, Jem. Sag mir, dass du diesen Brief nicht geschrieben hast. Wer auch immer ihn mir hat zukommen lassen, behauptet, er hätte dich mit dem Brief konfrontiert und du hättest »geschwitzt wie ein Pädo in einem Nikolauskostüm«. Ich bin noch nie so nah dran gewesen, wieder zu trinken, seit ich trocken bin. Habe bei Tesco eine Flasche Gin gekauft und mit der Flasche auf dem Schoß auf dem Parkplatz gesessen. Ich wollte nur noch schlafen und erst wieder aufwachen, wenn das alles vorbei ist. Neun Tage nachdem wir uns getrennt hatten, habe ich eine ganze Flasche von dem Zeug gesoffen. Es kann kein Zufall sein, dass man es »Mutters Verderben« nennt. Es geht nie weg, das Verlangen danach, es ist wie ein permanenter, dumpfer Druck im Hinterkopf. Du hast mir versichert, dass die Polizei irgendwann herausfinden würde, was mit meiner Kleinen passiert ist, Jem, das hast du gesagt, aber das ist nicht passiert… Sie haben mich nur abgewimmelt, ihre Ermittlungen sind immer wieder in Sackgassen gelandet, und einige der Möglichkeiten, die sie untersucht haben… Ich bin völlig verzweifelt… Du hast irgendwann mal von den Spuren gesprochen, die wir alle hinterlassen. Um unser beider willen hoffe ich, dass dieser Brief nicht von dir stammt. Gott, wer bin ich denn, dass ich so scheinheilig werde?

Elizabeth

▪ ▪ ▪

Kommentar von Ali Manning auf der *Daily Digest*-Website, 16. März 2012

Gestern am späten Abend klingelte mein Telefon, und als die Anruferin sich als Holly Dickens vorstellte, brauchte ich einen Moment, bis es klickte. Holly war eines der Mädchen, mit denen Alice Salmon am Abend ihres Todes zusammen war.

Den meisten Lesern wird Alice' Geschichte bekannt sein, schließlich ist die junge Frau seit dem Tag, an dem sie in Southampton ertrank, Dauerthema in den Medien. Alice hatte ihre Freundinnen verloren, und es wird vermutet, dass sie in angetrunkenem Zustand in den Fluss gefallen ist. Unter dem Aspekt »Das hätte mir auch passieren können« sorgt das Thema weiterhin im ganzen Land für Diskussionsstoff.

Holly hat sich an mich gewendet, weil sie wusste, dass ich früher mit Alice zusammengearbeitet habe. Sie bat um ein Gespräch unter vier Augen, und ich stimmte zu. Sie hat über eine Stunde lang mit mir gesprochen, meist unter Tränen, überzeugt von ihrer »unabänderlichen Schuld«.

Für einige Leute hier auf dieser Webseite scheint es ein beliebter Zeitvertreib zu sein, diese junge Frau und ihre beiden Freundinnen, Sarah Hoskings und Lauren Nugent, für Alice' Tod verantwortlich zu machen. Als wäre es ein Verbrechen, jemanden für ein paar Sekunden aus den Augen zu lassen. Als wäre nicht jeder von uns schon einmal in einer solchen Situation gewesen.

»Wie kann es sein, dass man sich gerade erst zurechtgemacht hat, um mit einer Freundin auszugehen, und sich im nächsten Moment auf ihrer Beerdigung wiederfindet?«, fragte sie.

Aber ich hatte keine Antwort darauf.

»Alice saß auf einer Mauer vor einer Frittenbude«, erzählte sie mir. »Gerade war sie noch da, und dann war sie verschwunden. Wir haben ihr nur ein paar Sekunden lang den Rücken zugedreht. Ich kann es immer noch nicht fassen, dass wir sie verloren haben.«

Nachdem sie abwechselnd versucht hatten, sie auf ihrem Handy zu erreichen, insgesamt achtmal, gelangten sie schließlich zu dem naheliegenden Schluss, dass Alice ins Hotel zurückgegangen war.

»Sie war eine Großstadtpflanze, ich wäre nie auf die Idee gekommen, dass sie in Gefahr sein könnte, aber im Nachhinein ist mir klar geworden, dass sie schon den ganzen Tag total abwesend war, und wir hätten da näher hinsehen müssen, denn sie war ziemlich beschwipst. Wir machen uns alle große Vorwürfe.«

Nach dem Gespräch mit Holly musste ich an die Zeit denken, in der Alice und ich beim *Southampton Messenger* zusammengearbeitet hatten. Es war eine unbeschwerte Zeit.

Kurz nachdem Holly gegangen war, rief sie mich wieder an. »Ich hätte nichts dagegen«, sagte sie, »wenn Sie mich zitieren würden. Die Leute sollen wissen, dass wir einen Fehler gemacht haben, den wir für den Rest unseres Lebens bereuen werden, aber auch, dass wir Alice geliebt haben.«

Diese drei jungen Frauen haben nichts falsch gemacht. Als wäre es nicht schlimm genug, eine Freundin zu verlieren, werden sie jetzt auch noch dafür kritisiert, dass sie keinen Klatsch über Alice verbreiten und sich stoisch an ihre Abmachung halten, über ihre offizielle Aussage hinaus keinerlei Kommentare zu dem Fall abzugeben. Diese ehrenhafte Entscheidung ist vollkommen verständlich. Sie ist Ausdruck des Respekts gegenüber Alice' Familie, und sie wurde, das sollten wir nicht vergessen, auf den Rat der Polizei hin getroffen, die befürchtete, Äußerungen der drei Frauen könnten die Ermittlungen beeinflussen.

Ich habe Holly versichert, dass sie sich nichts vorzuwerfen habe und dass das, was ihr widerfahren ist, jedem passieren könnte. Wer im Glashaus sitzt, sollte nicht mit Steinen werfen, es hätte jeden von uns erwischen können …

Lesen Sie auch:
TEXT: Viersternehotel »Orgy« für die Fußballer der Premier League
FOTOS: So viel zur großspurigen Verkündigung eines Parlamentariers, er hätte das Rauchen aufgegeben …
VIDEO: Mob attackiert älteren Radfahrer

■ ■ ■

Feature von Alice Salmon für die Zeitschrift *Azure*, 20. Oktober 2011

Viele berühmte Frauen – von Anne Frank bis Bridget Jones – haben Tagebuch geführt, und die jungen Frauen von heute greifen diese Tradition wieder auf. Im Zuge ihrer Initiative zur Wiederbelebung des Tagebuchschreibens berichtet Alice Salmon, wie es ihr geholfen hat, als Jugendliche eine schlimme Krise zu überleben.

Ich löste eine Rasierklinge meines Vaters aus der Verpackung und ließ mich auf den Boden sinken.

Es war heiß, und im Nachbargarten brummte ein Rasenmäher. Zwecklos, das Gras zu mähen, es würde sowieso wieder wachsen. Ich war dreizehn, und so fühlte sich für mich in jenem Sommer alles an – endlos, sinnlos, nichts änderte oder verbesserte sich. Ich führte meine rechte Hand zu meinem linken Handgelenk und fuhr mit der Klinge schnell und heftig quer darüber. Für ein paar wundervolle, magische Augenblicke löste sich alles in Wohlgefallen auf – der Schulstress, die schlechte Note in Bio (ich war nicht nur hässlich, sondern auch doof), selbst der Streit mit meiner besten Freundin Meg, der ich, was mal wieder typisch für mich war, vorgeworfen hatte, sie würde mich hassen. Plötzlich war nur noch der Schmerz da, scharf und unausweichlich. Und die Verblüffung über das viele Blut.

Du hast dich geschnitten, Alice, dachte ich. *Was hat Alice Salmon bloß getan. Was hat dieses dumme Schulmädchen schon wieder angestellt.*

»Daddy!«, rief ich, aber er war nicht zu Hause. Niemand war zu Hause.

In Robbies Radio lief »Baby One More Time« von Britney, und draußen brummte der Rasenmäher. Nicht ohnmächtig werden. *NICHT. OHNMÄCHTIG. WERDEN.* Es war ein frischer, sauberer Schnitt, und es war ein neues, sauberes Gefühl. Ich hörte Mr Woof bellen, und plötzlich bekam ich Angst: Was, wenn da eine Narbe zurückblieb? Wie es sich für die Tochter meines Vaters gehörte, ging ich die praktischen Schritte durch: Ich würde das Handtuch waschen, mir einen breiten Armreif besorgen, lange Ärmel tragen. Meine

Eltern durften auf keinen Fall etwas davon erfahren, denn ich wollte sie nicht beunruhigen. Mehr Blut – mehr von meinem Blut – lief aus der Wunde. Wie dicht unter der Haut es sein musste. Ich drehte den Wasserhahn auf und hielt mein Handgelenk darunter, und als das Wasser schließlich klar wurde, klebte ich zwei Pflaster über den Schnitt. Ich stopfte das Handtuch in die Waschmaschine, ließ eine Kochwäsche laufen und schrubbte das Bad, bis keine Spur mehr von meinem Blut übrig war.

Als meine Mutter die Pflaster sah und wissen wollte, was passiert war, sagte ich ihr, ich hätte mir auf dem Heimweg von der Schule die Haut an einem Nagel aufgerissen.

»Lieber Himmel, wir sollten zum Arzt gehen, vielleicht brauchst du eine Tetanusspritze.«

»Es ist nichts«, sagte ich.

Mein Vater meinte, das sei typisch für mich, mir das Handgelenk wegen eines Kratzers so dick zu verbinden, als hätte ich mich lebensgefährlich verletzt. »Meine kleine Drama Queen«, sagte er. »Und wie ich höre, hast du auch noch das Bad geschrubbt? Was ist bloß in dich gefahren?«

»Wo war der Nagel, Alice?«, fragte meine Mutter, als wir allein waren.

»Auf dem Heimweg von der Schule.«

»*Wo* auf dem Heimweg?«, fragte sie in einem Ton, den ich schon mal gehört hatte. Aber wenn es drauf ankam, konnte ich das Blaue von Himmel herunterlügen.

Ich schrieb das Datum oben auf die Seite – 13. August 1999 –, und es floss nur so aus mir heraus. Anfangs lauter Unsinn über das bunte Muster auf den Sitzen im Schulbus, dann wurde es persönlicher. Und während ich schrieb, ließ der Druck immer mehr nach.

Es war einen Monat her, dass ich auf dem Fußboden im Bad gesessen hatte, und jetzt war es wieder da, dieses Gefühl, als würde ich das Leben durch eine dicke Glasscheibe beobachten und dass ich für das, was sich da draußen abspielte, nicht geschaffen war.

Das Gefühl, das ich beim Schreiben hatte, war so ähnlich wie das, was ich im Bad gehabt hatte, nur dass kein Blut auf den Boden tropfte, sondern Wörter auf dem Bildschirm erschienen. Der Cursor bewegte sich von links nach rechts und zog eine Spur aus Buchstaben hinter sich her, die sich zu Sätzen und längeren Abschnitten anhäuften, durch mich geschaffen und doch ohne mein Zutun. 682 Wörter. 1394. 2611. Es war mein erster Tagebucheintrag, und schon bald wurde ich süchtig. Ich schrieb in Freistunden, im Bus, vor dem Fernseher und wenn ich nicht einschlafen konnte. Später schrieb ich in Hörsälen und an meinem Schreibtisch im Büro, wie eine Schülerin, die bei einer Klassenarbeit ihr Heft abschirmt, stets darauf bedacht zu verbergen, was ich tat. Ich schrieb auf meinem Laptop, ich schrieb in Notizhefte, auf meinem Handy, an den Rand von Zeitungsausschnitten, auf die leeren hinteren Seiten von Büchern. Ich schrieb, wo ich ging und stand, und bewahrte meine Ergüsse sorgfältig auf: auf Papier Geschriebenes in Schachteln, digital Geschriebenes auf USB-Sticks. Ich stellte mir immer wieder vor, wie das Haus abbrannte und ein gut aussehender Feuerwehrmann mich am Arm festhielt und sagte: »Nein, Alice, es ist zu gefährlich«, wie ich mich losriss und mich selbstlos in die Flammen stürzte, um mein Tagebuch zu retten. »Kapiert ihr das denn nicht?«, rief ich. »Es ist mein Tagebuch! Das bin ich!«

Wenn ich wieder den Drang verspürte, ins Bad zu gehen, wenn das, was ich später begann, als *ES* zu bezeichnen, zu stark wurde, klappte ich meinen Laptop auf. Oft schrieb ich nachts oder nach einer langen Nacht und völlig verkatert, aber der Impuls zu schreiben konnte mich ohne Vorwarnung überkommen. Erst später lernte ich den Ausdruck »Verdrängung« kennen. Lernte, dass Alkohol und Drogen gleichermaßen lindernd wirkten, aber nicht ohne Folgen waren. Wenn ich mein Spiegelbild auf dem Bildschirm sah, ließ ich meinen Gedanken freien Lauf, hielt sie fest, versuchte, Ordnung in das Chaos zu bringen, mein Gegengift für das Leben, während meine Stereoanlage lief, später mein iPod auf Shuffle von Ricky Martin zu Pink sprang, dann zu Robbie Williams und zu den Peppers, oder von den Steps zu R. Kelly.

Mir war klar, dass es niemanden interessierte, und wer auch immer es zu lesen bekäme, würde mich für völlig gestört halten, aber das war mir egal. Ich bekam Luft zum Atmen.

Als ich sechzehn war, habe ich mir die Augenbrauen versengt.

Ich habe meine Tagebücher verbrannt, es musste einfach sein. Wie bei einem Räumungsverkauf: Alles musste raus.

Ich war von der Schule nach Hause gekommen, und meine Mutter hockte in meinem Zimmer, meine Tagebücher vor sich auf dem Boden ausgebreitet.

»Was machst du da?«, fragte ich. »Wieso schnüffelst du in meinen Sachen rum?«

»Liebes, du hast mir ja nie etwas davon erzählt.«

Seit drei Jahren hatte ich mich danach gesehnt, ihr zu erzählen, was die feinen weißen Linien an meinem linken Handgelenk zu bedeuten hatten, dass sie nicht von einem Nagel stammten oder von einem zerbrochenen Fenster, von einem verlorenen Kampf mit einer Glasscheibe. Aber plötzlich hatte ich nur noch Brei im Kopf. »Raus hier.«

»Ich bin deine Mutter.«

»Wie kannst du es wagen, in meinen Sachen zu schnüffeln?«, schrie ich. »Das geht nur mich was an!«

»Du hast so viel von mir«, sagte sie, und vielleicht hat sie dabei auf mein Handgelenk geschaut, aber was ich darüber geschrieben hatte, stand in einem ledergebundenen Notizbuch, das meine Tante Anna mir mal zu Weihnachten geschenkt hatte, und das konnte ich nirgendwo entdecken. »Ich bin doch deine Mutter«, sagte sie noch einmal.

»Ja, *leider*«, sagte ich, und plötzlich überkam mich der vertraute Impuls – abzuhauen und irgendwo hinzurennen, wo mich keiner kannte, wo ich jemand anders sein konnte, eine neue Alice, unverkorkst und cool. »Ich wünschte, du wärst tot!«, schrie ich. »Ich wünschte, *ich* wäre tot!«

Nachdem ich sie losgeworden war, fuhr ich meinen Laptop hoch und drückte immer wieder die Löschtaste. Später, als meine Eltern ausgegangen waren – meine Mutter hatte mich nicht allein lassen wollen, aber ich hatte ihr versprochen, wenn sie mich eine Stunde oder so in Frieden ließ, würden wir nachher reden –, trug ich meine Papiertagebücher in den Garten und warf sie in die Tonne, in der mein Vater immer die Gartenabfälle verbrannte. Dann holte ich einen Kanister Benzin aus der Garage, schüttete etwas davon in die Tonne, warf ein Streichholz hinein, und wusch! schlug mir eine riesige orangefarbene Flamme entgegen, die mir die Augenbrauen versengte.

»Ihr sollt brennen!«, schrie ich. Ich empfand nichts für das Mädchen, das all diesen Müll geschrieben hatte. Ich war eine neue Alice.

Es war mein sechzehnter Geburtstag.

Am nächsten Tag ging ich noch einmal in den Garten. Der Rasen war übersät mit verkohlten Papierfetzen. Ein Rotkehlchen setzte sich auf den Rand der Vogeltränke. Flügelschlagend plantschte es im Wasser. Es schien sich großartig zu amüsieren. So wie das Rotkehlchen wollte ich sein, dachte ich. Im Wasser. Ich war immer eine miserable Schwimmerin gewesen, aber ich dachte, es würde sich wunderbar anfühlen: die kühle Strömung, das Wasser, das mich trug, als wäre ich viel leichter als in Wirklichkeit.

»Es ist nicht alles verbrannt, Liebes«, sagte meine Mutter an dem Nachmittag. »Ich habe nichts gelesen, aber ich habe gerettet, was ich konnte, weil ich dachte, du würdest es vielleicht später gern noch einmal lesen.«

Ich bin jetzt vierundzwanzig, und ich habe meiner Mutter immer noch nichts von dem Tagebucheintrag erzählt, den ich mit dreizehn gemacht und dem ich die Überschrift gegeben habe: *Als ich ins Bad ging, um den Schmerz rauszulassen.* Dieser Artikel wird ein Gespräch erzwingen, das ich seit über zehn Jahren vor mir herschiebe. Vielleicht war es mir deshalb so wichtig, dass er gedruckt wird. Ich werde das Gespräch führen, bevor sie diesen Artikel liest – und sie *wird* ihn lesen, weil sie alles liest, was ich schreibe, sogar das langweilige Zeug über Baugenehmigungsverfahren und über Kneipenschlägereien; sie liest jedes einzelne Wort von mir. Inzwischen hat sie aufgehört, alles auszuschneiden und einzukleben, weil ihr Sammelalbum zu dick geworden ist, aber sie versäumt es nie, ihre Bewunderung zum Ausdruck zu bringen, was mich jedes Mal mit einem erhebenden Gefühl erfüllt: Meine Mutter ist stolz auf mich.

Ich wollte mich nicht umbringen, werde ich ihr als Erstes versichern; ich wollte nur alles Schlimme rauslassen. Ich werde ihr auch sagen, dass diese Gefühle nie weggehen, dass man aber Methoden entwickelt, die einem helfen, mit ihnen umzugehen, und die beste Methode war für mich das Tagebuchschreiben. Und jetzt kommt etwas ganz Merkwürdiges – was habe ich wohl getan, nachdem meine Mutter mir die Plastiktüte mit den angesengten und halb verkohlten Überresten der Alice zwischen dreizehn und sechzehn übergeben hatte? Ich bin nach oben in mein Zimmer gegangen, habe meinen Laptop aufgeklappt und angefangen zu schreiben.

Die Überschrift lautete: *Alice Salmon, sechzehn Jahre alt.*

Ich schrieb darüber, wie meine Finger ganz schwarz waren von dem verkohlten Papier und wie ich daran gerochen hatte – wie ein Kleinkind, das instinktiv die Welt erkundet. Ich schrieb über das Rotkehlchen, dessen winzige Brust eigentlich gar nicht richtig rot war, sondern eher ockerfarben. Wie es die Federn aufgeplustert und sich geschüttelt hatte: Für das Rotkehlchen war sein Leben das Einzige auf der Welt, was zählte.

Manchmal ist es einfacher zu vergessen, aber die Erinnerung ist das, was uns zu Menschen macht. Ein Tagebuch hilft uns dabei, die Schichten unseres Lebens zu ordnen. Anne Frank und Oscar Wilde wussten das. Samuel Pepys ebenso. Sylvia Plath. Selbst Romanfiguren wie Bridget Jones führen Tagebuch. Aber die meisten Tagebuchschreiber sind ganz normale Menschen wie Sie und ich, es ist unser Gekritzel, was diese bahnbrechende Initiative ehren möchte. Das National Diary Archive hat es sich zur Aufgabe gemacht, unsere alltäglichen Gedanken und Erkenntnisse zu archivieren. Ich werde wahrscheinlich auch eine Kopie meiner Tagebücher abgeben.

Was ich getan habe, war nichts Außergewöhnliches; wenn man den Statistiken Glauben schenken will, verletzen sich mehr als eines von zehn jungen Mädchen selbst. Ich gehöre zu denen, die Glück hatten: Mir ist nichts Schlimmes passiert, die dünne Narbe ist fast verschwunden, nur noch zu sehen, wenn das Licht aus einem bestimmten Winkel darauf fällt, und auch nur, wenn man weiß, wonach man sucht.

Ich hasse das Mädchen nicht, das es getan hat: das Mädchen, das im Kunstunterricht die Skalpelle sehnsüchtig betrachtete oder die Rasierklingen seines Vaters im Badezimmerschrank und das dachte, es wäre so leicht, so kinderleicht, sich damit die Innenseite des Unterarms aufzuschneiden, das schmale, weiße Handgelenk, das so zart ist wie der Bauch eines Fischs – ein Schnitt würde genügen, es würde nicht länger dauern als einen Reißverschluss zu schließen oder ein Stück Brot zu zerreißen, um es den Enten vorzuwerfen. Im Gegenteil. Dieses Mädchen ist mein Geheimnis.

»Bist du fertig, Alice?«, rief meine Mutter, als ich sechzehn Jahre und einen Tag alt war.

»Es wundert mich, dass das T.G.I. Friday an einem Donnerstag geöffnet hat«, sagte mein Vater auf dem Weg zum Restaurant – sein üblicher Witz, wenn wir dort essen gingen.

Ich lachte und beschloss weiterzumachen, zu sehen, wie weit ich kommen würde und wohin es mich führen würde, das Leben. Als Nächstes der Schulabschluss. Dann die Uni, eine Vorstellung, die weit entfernt und zugleich faszinierend war: Partys, intelligente Gespräche, Freiheit – ich, meine ganz persönliche Joey Potter aus *Dawson's Creek*.

Ich habe das sogar aufgeschrieben, als wäre es wichtig. Weil es wichtig war. Wichtig ist. Es war mein Tagebuch, und ich wusste, solange ich es führte, würde es kein Blut auf dem Badezimmerboden geben.

* Weiterführende Informationen finden Sie unter:
www.youngminds.org.uk
www.selfharm.co.uk
www.mind.org.uk

■ ■ ■

Voicemail-Nachricht von Alice Salmon an Megan Parker, 4. Februar 2012, 13:44

Verdammt, Meg, ruf mich an … dringend! … Hab grade eine unglaubliche Mail gelesen … Ruf mich an, ich muss mit dir reden, bevor meine Mutter kommt … Ich hab ihren E-Mail-Account geöffnet, um einen Gutschein zu finden … Die Mail sieht echt aus, aber es kann einfach nicht sein. Es ist so schrecklich, dass ich noch nicht mal daran denken möchte. Ich weiß, dass du am anderen Ende der Welt bist, aber bitte, ruf mich an … Ich sitze noch im Zug. Verdammt, verdammt. Ich lass mich heute Abend volllaufen. Gott, ich kann damit nicht umgehen. Ich bin total durcheinander. Ruf mich an …

■ ■ ■

Brief von Professor Jeremy Cooke, 6. Juli 2012

Lieber Larry,
du bist im November gestorben, doch ich habe erst im Januar davon erfahren. Ich habe gehört, dass es eine Menge Nachrufe gab, aber ich lese kaum noch Zeitung: Es geht fast nur noch um amoklaufende Jugendliche, Unterlassungsverfügungen und die Rezession im Land. Man hat dich als »großen Mann« bezeichnet, als »Erneuerer«, als einen Mann, »der sein Fachgebiet neu definiert hat«. Eigenschaften, die man mir nie zuschreiben wird.

Wir kannten uns mehr als fünfzig Jahre. »Weiß jemand, was ein Brieffreund ist?«, hat mein Englischlehrer damals gefragt. »Cooke, du bekommst einen aus Kanada. Er wohnt in New Brunswick.«

Ich habe stundenlang über meinem ersten Brief gebrütet, weil ich einen guten Eindruck machen wollte. Ich habe sogar zugegeben, dass ich enttäuscht war, keinen Kopfjäger aus Papua Neuguinea zum Brieffreund zu bekommen – reine Hochnäsigkeit unter dem Deckmantel des Humors, die du als Ironie aufgefasst hast.

Deine Antwort begann mit »Hi Jeremy«, eine Anrede, die mir wegen ihrer Ungezwungenheit gleich in die Augen sprang. »Ich bin Larry Gutenberg, und ich bin elf Jahre alt, und ich besuche die Adena Elementary School.«

»Ich möchte einmal ein berühmter Wissenschaftler werden«, schrieb ich dir. Es war eine Frage der Ehre, dass meine Briefe ebenso frei von Orthografiefehlern waren wie deine. Ich habe mir immer vorgestellt, wie du meine Briefe gelesen hast: nickend, beeindruckt. Und wie du dabei dachtest: Dieser Cooke ist genauso wie ich.

»Könnte ich meinen Freund Larry nicht mal besuchen?«, fragte ich meinen Vater, nachdem wir bereits seit einigen Monaten korrespondierten. »Das wäre großartig.«

»Ihr zwei seid ja wie ein schwules Liebespaar«, sagte er abfällig. Später erfuhr ich, dass es nicht er, sondern meine Mutter gewesen war, die Kinder haben wollte.

Wir haben uns während der ganzen Schulzeit geschrieben. Die Swinging Sixties sind komplett an mir vorbeigegangen. »Ich begebe mich im Herbst zum Studium nach Warwick«, schrieb ich dir kurz vor dem Schulabschluss, indem ich den Oxbridge-Jargon nachäffte, aber du hast mich nie damit aufgezogen, obwohl du mich wahrscheinlich durchschaut hast.

Dann kamen deine Ideen. Schon damals gingen sie über mein Begriffsvermögen. Du warst dabei, dich von mir zu entfernen. Für mich war es eine Offenbarung, in gewisser Weise ein Heureka-Erlebnis, als mir dämmerte: *Weiter als bis hier komme ich nicht.* Da war ich Mitte zwanzig und hatte begriffen, dass ich niemals ein herausragender Wissenschaftler sein würde.

Während ich mit meiner Forschung in einer Sackgasse nach der anderen landete und wie ein Lachs auf seiner Wanderung immer wieder an meinen Ursprungsort zurückkehrte, hast du für deine Arbeit immer mehr Lob geerntet. Ich verfolgte deine Erfolgssträhne mit einem mir bis dahin fremden Gefühl: frei von jeder Spur von Neid. Am liebsten wäre ich dort gewesen, um mit dir zu feiern, am liebsten hätte ich neben dir gestanden. Du warst der Wissenschaftler, der ich immer hatte sein wollen: intuitiv, brillant, furchtlos, lebendig. Man hat sogar ein Gesetz nach dir benannt. Das Gutenberg-Theorem. Als ich zum ersten Mal hörte, wie der Terminus ehrfurchtsvoll ausgesprochen wurde, hätte ich am liebsten laut geschrien: Er gehörte mir, lange bevor das Gesetz seinen Namen bekam, mir, mir allein!

Dann kam das Jahr 2004 und *The Genes Department*. Der heilige Gral: ein wichtiges wissenschaftliches Buch, das zum Superbestseller wurde. Während ich die Seiten umblätterte, mich von der Strömung deiner berauschenden Theorie mitreißen ließ, deinen sorgfältig ausgeführten Gedankengängen folgte, spürte ich, wie die Wut in mir aufstieg. Blinde Wut, um genau zu sein. Jede verdammte Seite strotzte vor Erleuchtung. Es war, als hielte ich das Wesen der Wissenschaft in Händen. Strahlend und schön und einfach und zugleich neu und unglaublich. Eine Erkenntnis nach der anderen. Ich hätte mein Leben gegeben für eine einzige dieser Seiten, eine einzige dieser Erkenntnisse. Der Neid, bis dahin so auffällig abwesend, hatte mich plötzlich voll im Griff. *Du verdammter Mistkerl*, dachte ich. Es war, als hättest du mich betrogen. Mein allerhöchstes Ziel war es immer gewesen, ein Buch zu schreiben, und jetzt warst du mir zuvorgekommen.

Ich erinnere mich noch genau, wann ich es zu Ende gelesen habe. Es war am Nachmittag des 9. Dezember 2004. Das weiß ich, weil es der Tag der jährlichen Anthropologenparty war, die immer am ersten Donnerstag im Dezember stattfindet. Auf dem Weg dorthin, den Kopf voll Gift, traf ich Alice. *Sieh mal einer an*, dachte ich. *Was für ein Zufall. Ausgerechnet du.*

Du wusstest es nicht, Larry, aber du warst zum Teil mitverantwortlich für das, was an jenem Abend passiert ist. Du hast im letzten Kapitel deines Buchs die erste Zeile von Robert Herricks Gedicht zitiert: *Pflück deine Rosenknosp', solang sie blüht.* Ich habe die Worte auf dieselbe Weise interpretiert wie ich so vieles von dem interpretiert habe, was du geschrieben hast: als Ratschlag, als Anleitung, als Evangelium.

Wie gefällt es dir, in meinem Buch über Alice vorzukommen, alter Kumpel? Ich bin unglaublich aufgeregt. Mögliche Titel kommen mir in den Sinn. *Die Summe der Einzelteile* ist derzeit mein Favorit. Ich bedauere es zutiefst, dass du es nie lesen wirst.

Im Gegensatz zu unserer Journaille mit ihrer ätzenden Berichterstattung bemühe ich mich um Ausgeglichenheit. Meine Maxime lautet: Balance. Gott, die Geschichte ist immer noch in den Schlagzeilen, den unterschiedlichsten Theorien zufolge war es ein Unfall, Selbstmord oder Schlimmeres. Je massiver die Berichterstattung, umso mehr wächst das Interesse der Medien. So arbeiten unsere Journalisten: Sie stürzen sich auf eine Tragödie und behandeln sie wie einen Glück bringenden Ersatz für alle ähnlichen Tragödien, über die sie aus Zeit- oder Geldmangel nicht berichten können. Alice Salmon: Die Gefahren des Nachtlebens für Leute von Anfang zwanzig.

Marlenes Brief begann mit den Worten: »Ich bin die Frau von Larry Gutenberg, und ich habe schlechte Nachrichten.« Sie hat sich bei mir gemeldet, weil sie auf meine Briefe gestoßen ist, als sie deine Sachen durchgesehen hat, eine Aufgabe, die sie bis nach Weihnachten aufgeschoben hatte. Ich kann verstehen, dass du deiner Frau nichts von unserer Korrespondenz erzählt hast. Ein Mann braucht seine Geheimnisse, das Gefühl, dass seine Existenz sich nicht in dem Bild erschöpft, das sich andere von ihm machen.

Marlene schreibt, dass du deinen Kaffee ausgetrunken, deine Lieblingsjacke angezogen und an der Tür gerufen hast, du würdest noch eine Runde mit dem Hund drehen, dann aber nicht mehr zurückgekommen bist. Ich habe versucht, mir deinen Abgang wie bei Captain Oates vorzustellen: In Wirklichkeit bist du auf dem Pflaster gestolpert und warst schon tot, als der Krankenwagen eintraf. Nicht gerade das, was man sich bei einem Mann vorstellt, nach dem ein Theorem benannt wurde. Mein Freund, der großartige Larry Gutenberg.

Dein Verschwinden von der Bildfläche hat mich fertiggemacht, alter Junge. Dass du dich so ganz unbemerkt verdrückt hast. Erinnerst du dich noch, wie oft ich dich gedrängt habe, deine Autobiografie in Angriff zu nehmen? »Ach was«, hast du nur gemeint, »reicht die Wissenschaft etwa nicht?« Früher oder später wird jemand deine Biografie schreiben. Und ich frage mich, was man wohl über uns sagen wird. Ich weiß, was ich dazu zu sagen hätte. Was ich dazu sagen *werde*. Drei Worte. *Ich liebe dich*.

Ich werde dich gut wegkommen lassen in meinem Buch, Larry. Das verspreche ich dir. Ich habe mich mit Marlene darauf geeinigt, dass unsere Korrespondenz in meinen Besitz übergeht – sie hat die Zustimmung eurer Söhne dafür eingeholt –, und mir gefällt die Idee ausgesprochen gut, dass ich sie in mein Buch aufnehmen werde. Schließlich war ich niemandem gegenüber so ehrlich wie dir, Larry, und wir würden alle von einem bisschen mehr Ehrlichkeit profitieren. Allen voran Alice.

Heutzutage pflegen junge Leute keine Brieffreundschaften mehr, nicht wahr? Das Internet hat die Welt geöffnet und sie ihrer Mystik beraubt. Es hat jeden zu einem potenziellen Brieffreund gemacht. Oder zu einem Stalker.

Dein J.

▪ ▪ ▪

E-Mail an Alice Salmon,
4. Februar 2012, 13:52

Betreff: Delivery Status Notification (Failure)

Die E-Mail mit dem Betreff »You????« vom 4. Februar 2012, 13:51 Uhr, an jfhcooke@tmail.com konnte nicht zugestellt werden. Der Server des Empfängers reagiert nicht.

Dies ist eine automatisch generierte Nachricht. Bitte nicht auf diese E-Mail antworten.

■ ■ ■

Voicemail-Nachricht von Alice Salmon an Megan Parker,
4. Februar 2012, 18:31 Uhr

Ich hab meiner Mutter ungefähr zwanzig Nachrichten auf den AB gesprochen, aber ich kann jetzt nicht mit ihr reden, jedenfalls nicht so. Ich habe getrunken, und die böse Alice ist zum Spielen rausgekommen, die alte Alice. Ich wünschte, ich wäre mit euch allen auf einem Hügel im Lake District, weit weg von diesem Scheiß hier … Der Abend geht total in die Hose, und von wegen »Die Zombies kommen«: Ich hätte schwören können, dass ich diesen komischen Cooke früher schon mal gesehen hatte. Entweder hat der einen Doppelgänger, oder ich hab's mir eingebildet. Ich bin total durcheinander, seit ich diese Mail gesehen hab … Es kann nicht sein, Meg, es *kann* einfach nicht sein. Es ist so abartig, dass ich noch nicht mal darüber nachdenken möchte. Ich könnte nur noch kotzen. »Wir damals« – Was zum Teufel soll das heißen? Ich rufe meine Mutter morgen an; könnte ja auch ein perverser Streich sein. Vielleicht sollte ich einfach so tun, als hätte ich die Mail nie gesehen? Und rat mal, wer mir heute ’ne SMS geschickt hat? Ben! Ich wünschte, ich wär nüchtern und könnte mit dir reden und dir *zuhören*. In letzter Zeit rede ich nur noch mit deiner Mailbox … Tut mir echt leid, dass ich so viel getrunken hab, als wir uns das letzte Mal gesehen haben; mein Knöchel bringt mich immer noch um. Ich treff mich am Montag mit Lukey, ich bin in Bezug auf ihn zu einer Entscheidung gelangt. Alles klar – so klar wie Kloßbrühe. Wie lange kann man bei Voicemail eigentlich quatschen? Quatschen für England, das sagst du doch immer. Weiß gar nicht, wo ich das herhab. Geh ran geh ran geh ran. Geeehh raaaannn, Megan. Bitte. Ich steh vor dem Pub. Sieht alles anders aus hier. Weiß nicht, in welcher Straße ich bin. Ich kann den Fluss hören. Nichts ist für die Ewigkeit, wir sind alle etwas in der Bewegung eingefangen. Diese Mail an meine Mutter …

TEIL IV

Die Welt interpretieren

Post im Truth Speakers Webforum von Lone Wolf, 21. Juni 2012, 23:22

Ich erzähle euch jetzt etwas über die kleine Miss Perfect, Alice Salmon. Überall wird über sie geschrieben, aber niemand hat erwähnt, dass sie ihren Freund dazu angestiftet hat, mich umzubringen. Er heißt Ben Finch, und er ist ein A****L**H. Sorry, ich weiß, Schimpfwörter zu benutzen verstößt gegen die Regeln des Forums, aber es ist die Wahrheit, außerdem bin ich Diskussionsleiter, also meldet mich doch!

Ich habe versucht, ihm weiszumachen, die Fotos von Alice, die er in meinem Zimmer gefunden hatte, wären für ein Schulprojekt, aber er ist total ausgeflippt. »Sie gehört mir!«, schrie er, während er mich mit seinen Stiefeln trat. »Mir mir mir!« Ins Gesicht, in den Bauch, in den Rücken, in den Hintern, in die Nieren – die hatten ihn in Eton oder Harrow oder auf welchem piekfeinen Internat er auch immer gewesen ist, gut geschult. Ja, dieser A**** wusste genau, wo er hintreten musste!

Aber sie war anders. Zwischen ihr und mir gab es eine Verbindung. Im zweiten Studienjahr wohnten wir in einer WG in einer Bruchbude in der Caledonian Road 2, und wir haben oft noch spätnachts im Wohnzimmer zusammengehockt. »Was hält dich vom

Schlafen ab, Mocksy?«, fragte sie mich gern. Wir haben uns gegenseitig anvertraut, was in uns vorging, und damals konnte ich ihr Ben Finch noch verzeihen. »Wir müssen zusammenhalten«, hat sie mal zu mir gesagt, und ich habe ihr nicht widersprochen.

»Jag ihn zum Teufel«, habe ich sie angefleht an dem Morgen, nachdem er mich zusammengeschlagen hatte. »Eines Tages macht er das auch mit dir.« Ich habe ihr meine blauen Flecken gezeigt, die ziemlich übel aussahen, nachdem ich mit einer Luftpumpe noch ein bisschen nachgeholfen hatte – schließlich wollte ich keinen Zweifel daran aufkommen lassen, was für ein Psychopath dieser Ben Finch ist.

»Was ist bloß los mit mir? Wieso bin ich so ein Rindvieh?«, sagte sie, aber dann fing sie an, ihn in Schutz zu nehmen, behauptete, er könne es unmöglich gewesen sein. Wahrscheinlich hatte er ihr gedroht. Dieser miese Typ hatte sie garantiert gezwungen, die Klappe zu halten, denn schließlich ging es um seinen guten Ruf: der gute alte Ben Finch, die Stimmungskanone auf jeder Party, der Held des Ruderklubs, auf dem Weg in den Vorstand von Daddys Firma.

»Es ist mir egal, ob es wehtut, Hauptsache, du nimmst Vernunft an«, sagte ich zu Alice. »Krieg ich einen Kuss?«

»Du bist nicht ganz dicht, Mocksy«, sagte sie.

»Eines Tages küsse ich dich.«

Da ist sie ausgerastet. »Ich bin froh, dass Ben das getan hat«, schrie sie. »Du hast es nicht anders verdient. Ich hab ihn gebeten, dich zu warnen!«

Seht ihr, die Wahrheit kommt immer raus, wenn man genug Druck macht, und ihr Tod ist die gerechte

Strafe, denn bösen Menschen passieren böse Sachen, und wahrscheinlich hat sie sich ganz genüsslich ausgemalt, wie er mit seinen Riesenstiefeln auf mir rumgetrampelt ist.

Nachdem sie abgekratzt war, habe ich versucht, einen Artikel über sie an eine der großen Zeitungen zu verkaufen, aber die Idioten waren nicht interessiert. Dabei hatte ich es denen richtig schmackhaft gemacht, alle Details von dem Mann, der sie am besten gekannt hat. Ich hab mit ihr in einer WG gewohnt, hab ich denen gesagt, ich war praktisch ihr Exfreund. Ich hab's ihnen sogar exklusiv angeboten, aber die Deppen blicken nicht, was 'ne gute Story ist, selbst wenn sie ihnen ins Gesicht springt. Wenn sie erst mal lesen, was ich zu sagen habe, dann kommen sie garantiert angerannt.

Nachdem alle aus der WG ausgegangen waren, hab ich mich auf Alice' Bett gelegt und mir vorgestellt, wie sie mir die Wunden säuberte. Sie taten weh, aber es war ein schöner Schmerz, und ich liebte sie umso mehr, und da habe ich ihre Henkeltasse mit dem Elefanten drauf aus der Küche geholt und meiner Sammlung ihrer Sachen einverleibt, die ich in meinem Kleiderschrank aufbewahre – ein Halstuch, ein Kuli, den sie halb zerkaut hatte, ein BH. Ich stellte mir vor, es wären Geschenke von ihr.

»Die ist runtergefallen und kaputtgegangen«, hab ich zu Alice gesagt, als sie nach ihrer Tasse gefragt hat.

Es war nichts Besonderes; in der Caledonian Road sind dauernd Sachen kaputtgegangen.

Ich bin vom Thema abgeschweift, denn eigentlich wollte ich von einem BÖSEN Professor erzählen. Ich habe nämlich auch ein paar Nachforschungen angestellt, und das fragliche Individuum wird schon bald in die Knie gezwungen. Es wird Gerechtigkeit geben.

▪ ▪ ▪

Auszug aus Alice Salmons Tagebuch, 18. März 2011, Alter 24

»Was ist das Geheimnis einer langen Ehe?«, fragte ich. (Ja, ja, ich weiß, es ist eine abgedroschene Frage, aber die Leser interessiert so was.)

»Den anderen in dem Glauben lassen, er hätte das Sagen«, antwortete Queenie.

»Stimmt«, sagte Alf grinsend.

Sie hatten mich ins Wohnzimmer geführt, Tee und Plätzchen auf einem kitschigen Tablett serviert und mir ihr Fotoalbum von ihrer diamantenen Hochzeit gereicht. »Wenn wir es bis zu unserem fünfundsechzigsten Hochzeitstag schaffen, fahren wir in einen Vergnügungspark«, sagte Queenie.

»Und zwar zu Thorpe Park, dem besten von allen«, sagte Alf und humpelte zur Tür, um den Hund rauszulassen.

»Dann besuche ich Sie wieder und mache noch ein Interview«, sagte ich.

»Bis dahin sind Sie auf der Karriereleiter längst eine Stufe weiter«, meinte Queenie. »So ein cleveres Mädchen wie Sie.«

Ich bin gerade befördert worden. Jetzt bin ich Chefreporterin. Jippiiih!

Sie haben mir ihre Bilder von den South Downs gezeigt. Die malenden Rentner. Die Greise mit dem grünen Daumen. Die verliebten Alten. Prägnante Überschriften. So arbeitet das Gehirn bei diesem Job …

»Ich muss Ihnen etwas gestehen, Alice«, sagte Queenie. »Ich

lese fast nie Zeitung. Ein guter Roman enthält viel mehr Wahrheit.«

Ich konnte meinen Herausgeber schon spotten hören: *Na, wie waren die alten Knacker? Haben sie das Interview überlebt?* Er würde ein paar saftige Zitate erwarten. Ich fragte: »Hätten Sie vielleicht ein paar Ratschläge für junge Leute, Mrs Stones?«

»Lebe jeden Tag, als wäre es dein letzter«, sagte sie.

Das würde sich gut zum Zitieren eignen, dachte ich. Aber der Lieblingsspruch meines Herausgebers lautet: »Tiefe und Konflikt«. »Sie gehen einander doch bestimmt auch manchmal ein kleines bisschen auf die Nerven, oder?«, sagte ich und versuchte, auf die Grauzone jenseits der Allgemeinplätze zu zielen.

»Er kann ein zänkischer alter Miesepeter sein, aber ich könnte nicht ohne ihn leben.« Wir beobachteten Alf auf der Terrasse, der darauf wartete, dass der Hund sich austobte. »Sie haben bestimmt studiert, nicht wahr?«, fuhr sie fort. »Ich wünschte, ich hätte das auch getan. Aber damals war das nicht üblich, vor allem nicht für Mädchen. Falls Sie in Ihrem Artikel etwas über Dinge erwähnen möchten, die man bereut, dann ist das eins davon.«

»Ich habe Englisch studiert«, sagte ich.

»Genau das hätte ich auch gemacht.« Sie schaute liebevoll zu, wie ihr Mann seitwärts die Terrassenstufen hinunterstieg, und schüttelte den Kopf. »Der sentimentale alte Knabe glaubt, ich werde immer seine Prinzessin bleiben.«

Immer ist nicht ewig, hätte ich sagen können. Aber ich kannte das schon: dass glückliche Geschichten mich traurig machten.

»Sie haben doch bestimmt einen Freund. Wie ist er denn so, der junge Mann?«

»Er heißt Luke.«

»Luke. So heißt auch mein Enkel. Sieht er gut aus?«

Ich nahm mein Handy heraus und suchte das Foto von

ihm auf dem Fahrrad vor dem Parlamentsgebäude. Als sie das Handy nahm, vermied sie es, das Display zu berühren, als fürchtete sie, sie könnte es beschmieren.

»Er hat ein liebenswürdiges Gesicht. Ein schönes Gesicht.«

Der Fernseher war auf stumm geschaltet, auf der Armlehne des Sofas lag eine Programmzeitschrift, *Poirot* war in Rot eingekringelt.

»Wir haben ein Kind verloren«, sagte sie unvermittelt.

Kein Leben ohne Tragödie, dachte ich. *Nein, auf das Thema werde ich nicht eingehen*. Ich legte mein Notizheft ab. Sie ging einen Stapel Fotos von einem zehn- oder elf- oder zwölfjährigen Jungen durch – bei Kindern ist das Alter schwer zu schätzen – und fuhr mit dem Finger seine schwarz-weiße Silhouette nach. »Man kann nie genug Fotos haben, denn das hier kann ziemlich unzuverlässig sein«, sagte sie und tippte sich an die Stirn. Sie war beim Friseur gewesen – vermutlich für das Interview, für *mich*. Es kam mir plötzlich respektlos vor, das Leben der beiden auf dieses eine Ereignis zu reduzieren – ein Artikel, eine diamantene Hochzeit, ein Artikel über eine diamantene Hochzeit –, denn das Leben lässt sich nicht auf ein einzelnes Ereignis reduzieren, kann es nicht, darf es nicht. Sie sagte: »Irgendwann kommt es so weit, dass man vergisst, was man vergessen hat.«

»Ich schreibe alles in mein Tagebuch.«

»Jeder interpretiert die Welt auf seine Weise«, sagte sie. »Ich mag Fotos. Apropos – können wir Abzüge von den Fotos bekommen, die der Mann nachher von uns macht?«

Er würde sie bitten, sich in die Eingangstür zu stellen oder auf die Gartenbank zu setzen, sich an den Händen zu fassen oder vielleicht gemeinsam ein Foto von ihrem verstorbenen Sohn in den Händen zu halten. Er würde sagen »Bitte lächeln« und »Sehr schön« und »Perfekt«, dann würde er ins Büro fahren, die Farben und die Kontraste ein bisschen bearbeiten, hässliche Details entfernen, die Bilder auf eine CD brennen, seine Rechnung schreiben und zusehen, dass er nicht in den Berufsverkehr gerät.

»Scheint ein netter Junge zu sein, Ihr Luke.«

Als er heute wissen wollte, wie mein Tag gelaufen war, habe ich ihm erzählt, dass ich dieses unglaublich sympathische ältere Paar interviewt hätte und dass sie gesagt hätten, er sei ein gut aussehender Junge. Morgen früh um kurz vor sieben, wenn der Wecker klingelt, werde ich ihn verschlafen anstupsen und sagen: »Los, *Junge*, beweg dich.« Später, wenn er mir Playlists zusammenstellt oder Blumen mitbringt oder Schokolade oder einen kleinen Liebesbrief vor die Tür legt, sage ich: »Bist ein braver Junge.«

»Sie lieben ihn, nicht wahr?«

»Wir kennen uns noch nicht lange.«

»Seien Sie nicht so schüchtern. Sie lieben ihn, stimmt's? Ich bin achtzig, ich sehe so was.«

Aus der Küche kam ein Grunzen, dann ein Scheppern. Alf fütterte den Hund. Ich versuchte, mir Luke als alten Mann vorzustellen, aber ich sah ihn nur vor mir in dieser Verkleidung, die er sich neulich für eine Party ausgedacht hatte – Strickjacke mit Lederknöpfen, Gehstock, flache Schirmmütze. Würde er *zänkisch* sein? Das ist eine Alte-Leute-Stimmung, ein Alte-Leute-Wort (und mein Wort für diesen Tagebucheintrag).

»Sie werden doch bestimmt zusammenziehen, bevor Sie verheiratet sind, Sie und Ihr Luke?«

»Wir kennen uns erst seit einem Jahr«, sagte ich.

Das Wort »Hausfrau« flackerte vor mir auf. Weg damit! Es gibt reichlich Alternativen. Alice Salmon, investigative Journalistin. Musikkritikerin. Teilnehmerin bei Benefizveranstaltungen. Reisende. Berühmte Autorin. Partygirl. Verkrachte Existenz. Ich sagte: »Vielleicht irgendwann in der Zukunft.«

»Die Zukunft ist nicht so weit weg, meine Liebe.«

»Es ist immer noch nicht ausgeschlossen, dass ich alles an den Nagel hänge und eine Weltreise mache«, sagte ich als Kompromiss. »Australien, Argentinien, Thailand – und ich wollte immer schon mal nach Mexiko. Heutzutage bindet man sich *frühestens* mit Ende zwanzig.«

Sie breitete ein Blatt Papier mit ihrem Familienstammbaum auf dem Tisch aus: ein Rankenwerk aus Namen und Zahlen und Verbindungslinien, das sich über mehrere Generationen ausdehnte, die Daten weit zurückliegend, die Namen wie aus alten Romanen: Winston, Victoria, Ethel, Alfred. Und unten am Blattrand, durch eine Querlinie verbunden: Alfred Stones und Maud Walker. Vier Kinder gingen davon ab, sieben Enkel und zwei Urenkel.

»Maud ist ein schöner Name«, sagte ich.

»Ich hätte lieber Rose geheißen. Darf ich Ihnen einen Rat geben? Für Sie persönlich, nicht für Ihre Zeitung. Versuchen Sie nicht, alles zu sein. Ihre Generation hat Glück, aber man muss sich für einen Weg entscheiden.« Sie berührte eine Ecke ihres Familienstammbaums. »Für mich fühlt es sich gut an, meinen Platz hier drin zu haben.«

Was habe ich für einen merkwürdigen Beruf; ich werde dafür bezahlt, Tee zu trinken, bei Fremden herumzuschnüffeln, alles, was sie sagen, mit einem Diktafon aufzunehmen oder mitzustenografieren (ich bin inzwischen bei 100 Wörtern pro Minute).

»Als ich erfuhr, dass Sie uns besuchen würden, habe ich ausgerechnet, wie viele Tage sechzig Jahre sind«, sagte Queenie. »Es sind 21 900 – die Schaltjahre mit berücksichtigt. ›Wo könnten wir sonst leben als in Tagen?‹ Ich nehme an, Sie kennen das Gedicht? Es ist von Philip Larkin.«

»Meine Mutter liebt Larkin – das heißt, eigentlich kann sie ihn nicht ausstehen.«

»Er war ein widerliches Individuum.«

Eine verschwommene Erinnerung rührte sich. In der Schule

Meg, die etwas auf die Innenseite meines Ordners schreibt. Eine Uhr an der Wand, noch zehn Minuten bis zum Ende der Stunde. Es war ein Freitag, wie heute. *Tage.* Dann sah ich mich an meinem Schreibtisch in der Redaktion, im Fernseher an der Wand über meinem Kopf lief Sky News – ein Bericht über den Reaktorunfall in Fukushima im Nachrichtenticker –, und ich schielte immer wieder auf die Uhr, während ich diesen Artikel schrieb, mich beeilte, um wegzukommen und Luke zu treffen.

»Es wird der Tag kommen, an dem sie uns nicht mehr wecken«, sagte Queenie, während sie mit knochigen Händen den Rest Tee einschenkte. »Die Tage.«

»Wo könnten wir sonst leben wenn nicht in Tagen?«, sagte ich und zitierte automatisch zwei oder drei Zeilen des Gedichts.

Alf kam wieder zu uns. »Sie können mich gern als notorischen Fremdgänger beschreiben«, sagte er. »Aber schicken Sie uns nicht auf irgend so eine verflixte Reise. Wir werden uns schon bald auf eine begeben – auf die größte.«

Ich fuhr zurück in die Redaktion und schusterte den Artikel zusammen. Dann habe ich das hier geschrieben. Ich wollte die Einzelheiten festhalten, als Erinnerungsstütze für die Zeit, wenn ich nichts anderes mehr tun kann, als mich zu erinnern, vor allem, wo das Gedächtnis ja offenbar mit der Zeit nachlässt, wie Queenie behauptet. Außerdem möchte ich gern etwas haben, was ich einer jungen Alice zeigen kann, falls sie an meine Tür klopft, wenn ich achtzig bin, und etwas über mein Leben wissen möchte. Der Artikel ist gar nicht so schlecht geworden. Er wird den beiden so gerecht, wie es möglich ist bei 500 Wörtern. Ein paar Sachen habe ich weggelassen – Zitate, von denen ich glaube, dass es ihnen lieber wäre, wenn sie nicht gedruckt werden, und die ich nicht mal hier festgehalten habe, und ein paar persönliche Dinge, die nur hierhergehören. Zum Beispiel meine Antwort auf Queenies Frage: »Wie fühlen Sie sich, wenn Sie nicht mit Luke zusammen sind?«

»Als würde etwas fehlen«, habe ich geantwortet. »Als würde ein Stück von *mir* fehlen.«

■ ■ ■

E-Mail von Professor Jeremy Cooke, 2. Februar 2012

Von: jfhcooke@gmail.com
An: Elizabeth_salmon101@hotmail.com
Betreff: wir, damals

Liebe Elizabeth,
lange nichts von dir gehört. Wie zum Teufel geht es dir? Es kommt mir vor, als wäre das mit uns eine Ewigkeit her.

Du wirst dich fragen, warum in aller Welt ich alter Dinosaurier Kontakt zu dir aufnehme. Also, ich habe erfahren – das Internet macht's möglich –, dass Alice vielleicht am Wochenende zu irgendeinem Klassentreffen oder was weiß ich in unsere schöne Stadt kommt, und das hat mich kopfüber in die Vergangenheit gestürzt, sentimentaler alter Blödmann, der ich bin. Das Leben ist kurz, Liz, zumindest trifft das für mein Leben zu – warum also sollte ich mich zurückhalten?

Ich habe nur noch wenig Ähnlichkeit mit dem alten Jeremy. Wenn ich nicht meine übliche Dienstuniform aus Cord und Tweed tragen würde, würdest du mich gar nicht erkennen. Oder doch? Ich habe versucht, dich zu googeln, allerdings bist du schwer zu finden, im Gegensatz zu Alice, die im Internet buchstäblich omnipräsent ist. Eine Niete auf der Gitarre, aber eine Meisterin der italienischen Küche – so hat sie sich auf einer Seite im Internet selbst charakterisiert. Ich wusste gar nicht, dass sie Gitarre spielt.

Ich rechne nicht damit, dass sie mir einen Besuch abstattet – wir hatten kaum Kontakt, als sie hier studiert hat –, und wie ich sie kenne, geht sie sowieso als Erstes in das nächste Pub. Es ist durchaus nicht so, als würde ich auf alle ehemaligen Studenten abstoßend wirken; mit einigen stehe ich immer noch in Kontakt. Mag sein, dass sie mir die Treue halten, weil sie mich als potenziellen Mentor betrachten, aber es gibt mir das Gefühl, dass meine Bemühungen nicht ganz umsonst gewesen sind.

Auf dich habe ich damals nicht abstoßend gewirkt, Liz, nicht wahr? Mir wird immer noch warm ums Herz, wenn ich an unsere kleine Episode damals denke. Du warst sehr schön. Ich nehme an, das bist du immer noch. Ich war am Boden zerstört, nachdem sich unsere Wege getrennt hatten, nicht zuletzt aufgrund der Umstände und besonders angesichts deines Verhaltens.

Ich erwarte keine Antwort auf diese Mail – auch wenn ich mich sehr über eine solche freuen würde –, aber ich konnte einfach nicht widerstehen, die Hand nach dir auszustrecken. Was selbstverständlich metaphorisch gemeint ist. Wobei – im Rückblick war eigentlich ein Großteil meines Lebens eine Metapher. Es ist, als wären die letzten sechzig Jahre weniger ein Akt des Lebens als ein Akt des Beobachtens gewesen. Aber wir beide waren nicht metaphorisch, oder? Wir waren wirklich, wir waren sehr real.

Verzeih mir den Überfall. Es war mir wichtig, dir zu sagen, dass ich uns nicht vergessen habe. Ein eigentümlich sentimentales Gefühl: *Wir*.

Dein Jem

■ ■ ■

Luke Addisons Aufzeichnungen auf seinem Laptop, 7. März 2012

Soll mir keiner sagen, ich wäre unter den gegebenen Umständen nicht kreativ mit der Wahrheit umgegangen.

Ich konnte der Polizei ja schlecht die Fakten präsentieren – dass ich dich angeschrien und an den Haaren gepackt habe – oder? Die hätten mir nie geglaubt, dass das alles war.

Und noch ein Faktor spielt eine Rolle. Große Teile dieses Abends sind verschwunden. Ich kann mich einfach nicht daran erinnern. Ich war zu besoffen. Ja, Officer, ich hab sie an den Haaren gepackt, aber ich kann Ihnen versichern, dass ich ihr niemals etwas angetan hätte, auch wenn ich mich nicht erinnern kann, wie es gelaufen ist. Da könnte ich gleich meinen eigenen Haftbefehl unterschreiben.

Was ich nicht tun darf – was ich dir versprochen habe, nicht zu tun – ist, das wenige von dir zu vergessen, woran ich mich erinnere. Deine grünen Augen und die Krähenfüße, die du einmal voller Entsetzen entdeckt zu haben glaubtest. Solche Sachen verflüchtigen sich so schnell, und alle Welt will unbedingt, dass ich alles vergesse. Es wäre ganz einfach. Mein Chef bietet mir die Leitung eines großen Projekts an; es könnte genau das sein, was ich brauche, um etwas Konkretes in Angriff zu nehmen. Die Jungs vom Rugbyverein drängen mich, am Samstag zu einem Spiel rüberzukommen: Das würde mir verdammt guttun. Außerdem könnte ich mich von meinen Kollegen überreden lassen, auf ein schnelles Bier mit ihnen ins Porterhouse zu gehen: Komm schon, es wird lustig werden, ich hab's verdient, das ganze Team wird da sein – und drei Stunden später könnte die nächste Frau mich anrufen, und dann hätte ich *ihre* Nummer in meinem Handy, und du wärst eine Exfreundin, die, die gestorben ist, die, mit der ich in Margate war, die ich vergessen würde. Nein. Nein. NEIN.

Ich stehe bei Waterstone's und blättere in den Büchern, die du geliebt hast. Ich höre deine Playlist vom Sommer 2011, weil das der beste Sommer meines Lebens war. Ich fahre nach Southampton, um in deine Lieblingsstadt einzutauchen, gehe zum Fluss, zum Tatort, dem Ort, an dem wir uns gestritten haben. Ich starre auf die Fotos von dir, die ich auf dem Handy habe, als könntest du wieder zum Leben erwachen, wenn ich mich nur genug konzentriere.

Bei der Arbeit sitze ich wie ein Zombie an meinem Schreibtisch und zucke die Achseln, wenn Kunden fragen: »Wie weit sind Sie, Luke?« Tabellen verschwimmen vor meinen Augen. Stimmen hallen um mich herum in Konferenzsälen. Wie lauten unsere Gewinnprognosen für das dritte Quartal? Wie wird unser Unternehmen im Jahr 2013 dastehen? Wo können wir Kosten einsparen?

Meine Kollegen versichern mir, dass das normal ist, aber insgeheim geilen sie sich daran auf: eine Geschichte im Internet, die sie in *ihren* Büroräumen verfolgen können. Ein Todesfall, ein Hauch von Verbrechen. Wenn ich an ihren Schreibtischen vorbeigehe, schließen sie hastig ihre Browser oder klappen ihre Handys zu. Man braucht kein Genie zu sein, um sich vorstellen zu können, was sie einander zuraunen. Er hält sich erstaunlich gut. Er ist fix und fertig. Er ist beinahe *zu* ruhig.

Und jetzt schreibe ich das alles auf, obwohl mein natürlicher Wohlfühlbereich – wie du dich so gern ausgedrückt hast – eigentlich die Welt der Zahlen und Tabellen ist. »Das kommt garantiert alles in dein Tagebuch, oder?«, habe ich dich am Ufer angeschnauzt. »Es ist echt lächerlich, wie du dein Herz auf einem Blatt Papier ausschüttest.«

»Es ist ein Laptop«, hast du geantwortet, und ich hätte platzen können vor Wut.

Man kann so ziemlich alles vergessen. Es ist ganz einfach, man muss es nur wollen – es ausblenden oder eine andere Version so lange vor dem geistigen Auge abspielen, bis sie Realität wird. Aber ich wusste, ich würde es niemals vergessen, dass ich dich an den Haaren gepackt hatte.

»Wenn du mich noch mal so brutal anfasst, zeige ich dich an«, hast du gesagt.

Dein Haar war ganz kraus, weil der Schnee es nass gemacht hatte, und es hat in meiner Hand gekitzelt.

Hinterher bin ich rumgelaufen, bis ich eine Bar fand, die noch offen hatte. Ich hab einen Cider gepichelt und auf der Musikbox rumgehackt und ganz allein getanzt, und als zwei Typen gelacht haben, dachte ich, *Ihr wisst überhaupt nichts von mir oder von dem, was ich getan habe*, und ich hab mir einen Whisky bestellt und bin um fünf auf dem Boden in meinem Hotelzimmer aufgewacht, mein Arm auf der Bettkante, als klammerte ich mich an ein Schiffswrack, ich hab auf den Teppich gekotzt, während Flashbacks von der Nacht in mein Bewusstsein drangen wie Steine, die eine Fensterscheibe zertrümmern. Später saß ich in meinen Boxershorts auf dem Fußboden und habe versucht, die vergangenen Stunden auf die Reihe zu kriegen, wie wir es so oft zusammen getan haben, und habe geweint wie ein Baby.

Dann habe ich heiß geduscht und mich gründlich geschrubbt: Ich musste, was passiert war, von mir abwaschen, musste *dich* von mir abwaschen, dann habe ich den Zug zum Waterloo-Bahnhof genommen. Als ich über den Bahnsteig lief, vorbei am Zeitungsladen, sprangen die Schlagzeilen mich an – Mittelstandseinkommen in Gefahr, Facebook auf 100 Milliarden Pfund taxiert, Anklagepunkte im Fall der *Costa Concordia*-Katastrophe, und es hat mich umgehauen. Was ich getan hatte. Ich bin in das nächste Pub gegangen und hab mir ein großes Stella, einen doppelten Wodka und eine Cola bestellt.

»Ich hab sie nicht umgebracht«, habe ich ein paar Tage später zu Charlie gesagt.

»Das hat auch keiner behauptet, Alter«, sagte er.

Seltsam, dass uns niemand am Flussufer gesehen und keine Überwachungskamera uns erfasst hat.

Gestern Abend habe ich gelesen, wie wichtig es ist, dass Opfer von Gewaltverbrechen innerhalb von vierundzwanzig Stunden dabei helfen, ein Phantombild zu erstellen, weil sonst die Gefahr besteht, dass ihre Erinnerung nur noch wenig mit der Realität zu tun hat. Wenn die Polizei ein Verbrechen nicht innerhalb von vierundzwanzig Stunden aufklärt – vor allem wenn es sich um ein schweres Verbrechen handelt –, sinken die Chancen, dass es zu einer Aufklärung kommt, extrem, stand in dem Artikel.

Als ich am Bahnhof Waterloo im Biergarten saß, klingelte mein Handy. Es war eine Nummer, die ich nicht kannte. »Hier spricht Robert Salmon. Wo bist du?«, fragte er. »Bist du allein?«

Da habe ich angefangen zu lügen.

Zwei Stellas und zwei doppelte Wodkas später stand dieser massige Mann am Tresen, und ich dachte: *Du kommst mir gerade recht.*

Und jetzt starre ich auf die E-Mail, die du mir am Freitag, den 3. Februar, geschickt hast, einen Tag vor deinem Tod, kurz bevor unsere zwei Monate um waren. Ich habe sie drei Wochen nach deinem Tod in meinem Spam-Ordner gefunden, wo sie gelandet war wegen des Anhangs, den mein Programm als potenziell virenverseucht eingestuft hatte. Ich fand sie zwischen einem Spam von einem Mann, der behauptete, dringend Bargeld zu benötigen, weil er auf den Philippinen beraubt worden war, und einer E-Mail von jemandem, der mir preiswertes Büromaterial anbot.

»L.A.« hattest du ins Betreff-Feld geschrieben, und meine erste Reaktion war: Wieso schreibt Al mir was über L. A.? Dann fiel mir wieder ein, dass wir über einen Urlaub in Amerika gesprochen hatten – Ground Zero, das Empire State Building, Bagels, ein Musical am Broadway. Vielleicht ein Abstecher an die Westküste. *Dawson's Creek, O.C., California, 90210.* »Die Ersatzlandschaften meiner Kindheit« hattest du gesagt.

Ich zähle die Tage seit deinem Tod. Zweiunddreißig. 768 Stunden. Ein Phantombild hätte inzwischen kaum noch Ähnlichkeit mit der Realität.

Die Polizei, deine Familie, deine Freunde, der Mann im Pub, Megan, der Unternehmer, der mir heute in einer Besprechung gegenübersaß und sich über »den miesen Service« beschwerte. Sie sind dumm, sie alle, dumm und ahnungslos. Du und ich, wir sind diejenigen, die wissen, was passiert ist. Es ist unser Geheimnis.

»Hi Mr L«, so begann deine Mail.

▪ ▪ ▪

Auszug aus dem Vernehmungsprotokoll von Jessica Barnes; Befragung durch Detective Superintendent Simon Ranger auf dem Polizeirevier Southampton Central, 5. April 2012, 17:20

SR: Ich wiederhole: Sie sind nicht verhaftet und können jederzeit gehen, aber bitte nennen Sie Ihren vollen Namen, Ihr Alter und Ihre Adresse, und bestätigen Sie, dass Sie damit einverstanden sind, dass dieses Gespräch aufgezeichnet wird.

JB: Mein Name ist Jessica Barnes, ich bin neunzehn Jahre alt und wohne in der Hartley Road 74a. Und ja.

SR: Jessica, bitte sagen Sie mir, was Sie am Samstagabend, dem 4. Februar, gemacht haben.

JB: Ich war mit meinen Freundinnen feiern, wir waren zu siebt oder acht. Brauchen Sie die Namen?

SR: Im Moment noch nicht, aber es wäre hilfreich, wenn Sie mir die Pubs nennen könnten, die Sie aufgesucht haben.

JB: Zuerst waren wir im Rock and Revs, dann im High Life und danach im Ruby Lounge. Wir waren auch in Carly's Bar – ach ja, und im New Inn.

SR: Das Ruby Lounge liegt in der Nähe des Flusses, nicht wahr? Gab es einen besonderen Grund, warum Sie dorthin gegangen sind?

JB: Dort kann man gut einen Absacker trinken, weil es bis zwei Uhr geöffnet hat, und außerdem ist da immer was los.

SR: Am späteren Abend haben Sie sich, soweit ich weiß, von Ihren Freundinnen getrennt. Wie kam es dazu?

JB: Ich hatte mich mit Mark gestritten.

SR: Mark?

JB: Mein Freund. Er war mit seinen Kumpel an dem Abend auch unterwegs, und wir hatten verabredet, uns im Ruby Lounge zu treffen, aber er hat sich echt scheiße aufgeführt und die ganze Zeit mit Lottie geflirtet. Ich hatte keine Lust, mir das anzusehen, und hab gemacht, dass ich wegkam. Ich hab die Abkürzung am Ufer entlang genommen, da kommt man direkt an der Hooper Road raus, und von da wollte ich mit dem Nachtbus nach Hause fahren.

SR: Um wie viel Uhr war das ungefähr?

JB: Keine Ahnung, das ist ja ewig her. Ich hätte das schon früher erwähnt, aber ich hab mir nichts dabei gedacht. Ich hab ja erst heute Morgen, als ich bei meinem Vater war, in den Nachrichten gehört, dass da eine Frau ertrunken ist, und im Fernsehen kam es auch. Normalerweise kucke ich nie die Nachrichten. Warum auch, wenn das alles nichts mit mir zu tun hat? Kann so um Mitternacht rum gewesen sein.

SR: Aber da haben Sie auf einer Bank am anderen Ufer ein Pärchen gesehen?

JB: Ja, das habe ich ja schon dem Polizisten gesagt.

SR: Es wäre hilfreich, wenn Sie uns beschreiben könnten, was die beiden Ihrer Meinung nach dort gemacht haben.

JB: Es war ziemlich weit weg, und es hat geschneit, das Wetter war einfach nur eklig.

SR: Was schätzen Sie, wie alt die beiden waren?

JB: Älter als ich, vielleicht dreißig.

SR: Aber Sie haben doch wahrscheinlich ungefähr mitbekommen, was sie taten?

JB: Die haben sich auf jeden Fall gestritten, weil, ein bisschen konnte ich nämlich hören, was da abging. Ich hab ein paar Minuten da gestanden und eine geraucht und überlegt, ob ich noch mal zum Ruby Lounge zurückgehe, um Mark die Meinung zu geigen. War das die tote Frau aus dem Fernsehen? Das war sie doch, oder? Also, das würde mich echt fertigmachen, wenn sie es wäre.

SR: Bis wir Genaueres wissen, ziehen wir es vor, sie »die Frau auf der Bank« zu nennen. Können Sie eine der beiden Personen beschreiben?

JB: Er könnte ein schwarzes Hemd angehabt haben – ich war ja nur ein paar Minuten da. Ich hab nicht so genau auf die beiden geachtet, ich war mit den Gedanken ganz woanders, und außerdem ging mich das ja auch nichts an, oder? Wieso hätte ich mich da reinhängen sollen? Das war sie, stimmt's? In den Nachrichten haben sie gesagt, sie ist ertrunken. Die Studenten sind alles eingebildete Wichser, aber sie sah ganz nett aus. Krieg ich jetzt Ärger? Ich hab nichts Schlimmes getan.

SR: Das behauptet auch niemand, Jessica. Aber wir haben es mit einem sehr ernsten Vorfall zu tun, in den womöglich eine der Personen – wenn nicht beide – verwickelt ist, die Sie auf der Bank beobachtet haben. Es wäre unseren Ermittlungen sehr dienlich, wenn Sie sich etwas genauer erinnern könnten, worüber die beiden auf der Bank gesprochen haben.

JB: Ich war tierisch weit weg von denen. Der Dane ist an der Stelle verdammt breit, sodass ich kaum was erkennen konnte, wie wenn man mit dem Handy telefoniert und der Empfang ist scheiße, und man versteht nur die Hälfte. Ich glaub, die haben über einen Wochenendausflug gesprochen, weil ich gehört hab, wie sie was von »Prag« gesagt hat. Ich hab neulich was über Prag im Fernsehen gesehen, da fahren neuerdings die Schickimicki-Paare hin.

SR: Haben Sie vielleicht noch mehr Gesprächsfetzen aufgeschnappt? Haben die beiden einander vielleicht beim Namen genannt?

JB: Ja – sie hat Luke zu ihm gesagt.

SR: Sind Sie sich da ganz sicher?

JB: Ja, hundertpro, weil mein kleiner Bruder kuckt sich nämlich gerade die ganzen *Star Wars*-Filme an, und der sagt andauernd »Luke, ich bin dein Vater«, deswegen ist es mir aufgefallen.

SR: Sonst noch etwas?

JB: Das klingt jetzt bestimmt total bescheuert, aber sie hat was von »Lemmingen« gesagt.

SR: Also gut, versuchen wir es anders. Wie haben sie sich gestritten? Würden Sie sagen, dass es ein *wütender* Streit war?

JB: Wie soll ein Streit denn sonst sein? Aber Sie wissen ja, wie manche Leute so Dauerthemen haben, an denen sie sich immer wieder festbeißen. Also, die beiden waren jedenfalls ziemlich aus dem Häuschen, mal laut, mal leise, dann haben sie gar nichts gesagt oder geflüstert. Ein paarmal hat sie ihn richtig angeschrien, und einmal ist er gestolpert und auf die Knie gefallen. Sah aus, als hätte er sie wegen irgendwas angefleht. Vielleicht ist er aber auch nur im Schnee ausgerutscht.

SR: Wie betrunken war die Frau auf der Bank? So betrunken wie Sie oder noch mehr?

JB: Weniger. Nein, mehr. Sie war eben besoffen. Sie war's, oder? In den Nachrichten haben sie gesagt, sie hätte dafür gekämpft, dass Typen eingesperrt werden, die Frauen Gewalt antun, stimmt das?

SR: Andere in Ihrer Situation hätten vielleicht die Polizei verständigt.

JB: Angenommen, ich hätte die Bullen – äh, Verzeihung –, die Polizei angerufen, was hätte ich denen denn sagen sollen? Ich hätte gesagt: »Da sind zwei Leute am anderen Ufer«, und die hätten gefragt: »Und was machen die da?«, und ich hätte gesagt: »Die sitzen auf 'ner Bank und reden.« Die hätten wohl kaum ein Sonderkommando losgeschickt, oder?

SR: Jessica, das ist nicht lustig. Eine Frau ist gestorben.

JB: Sorry, aber Sie tun gerade so, als wäre das meine Schuld, und das stimmt nicht. Ich krieg doch keinen Ärger, oder? Ich darf meinen Job nicht verlieren, ich hab ein kleines Kind. Es tut mir leid, ich hätte die Polizei rufen sollen, als er angefangen hat, sie rumzuschubsen. Im Internet hab ich gelesen, dass sie schwanger war. Stimmt das?

SR: Er hat sie herumgeschubst? Können Sie das genauer beschreiben?

JB: Als er hingefallen ist, hat sie sich kaputtgelacht, und dann ist er auf sie losgegangen und hat sie am Hals gepackt, aber auf keinen Fall, um sie zu umarmen. Es tut mir leid, es tut mir so leid, bitte, verhaften Sie mich nicht. Ich hab ein kleines Kind …

■ ■ ■

Brief von Professor Jeremy Cooke,
9. Juli 2012

Larry,
erinnerst du dich, dass ich dir vor Jahren mal von diesem Seelenklempner erzählt habe, diesem eingebildeten Fatzke mit der Adlernase und den schmächtigen Schultern? Also ich habe mir die Aufzeichnungen noch mal durchgelesen, die ich mir nach den Sitzungen gemacht habe. Er hatte tatsächlich die Stirn, mir vorzuwerfen, ich würde ihn nicht besonders mögen.

»Nehmen Sie's nicht persönlich«, habe ich ihm geantwortet. »Ich mag Menschen im Allgemeinen nicht besonders.«

»Seltsam«, sagte er, »das aus dem Mund eines Anthropologen zu hören.«

»Für einen Anthropologen ist das Leben an sich seltsam«, erklärte ich ihm. »Seltsam und verblüffend.« Es war wie ein intellektuelles Pingpongspiel. »Nehmen Sie's einfach hin«, sagte ich, »dass Sie im Grunde genommen nicht in der Lage sind, mich zu heilen.«

»Es geht nicht darum, Sie zu heilen; es geht darum, Ihnen zu einem tieferen Verständnis Ihrer selbst zu verhelfen. Wie wär's, wenn Sie mir etwas darüber erzählen würden, warum Sie sich entschlossen haben, mich aufzusuchen, Jeremy?«

Es nervte mich, dass er mich dauernd beim Vornamen nannte. Nach einer Pause von zweifellos exakt der Länge, die man ihm auf irgendeinem zweitklassigen Polytechnikum beigebracht hatte, schrie er: »Hier gibt es keine falschen Antworten.«

»Mittwochnachmittags gibt's sonst nicht viel zu tun. Da haben die Studenten Sportunterricht.«

Es war der zweite Mittwoch in Folge, an dem ich wie ein kriegsmüder Soldat in diese angeblich renommierte und diskrete Praxis in einem Wohngebiet außerhalb von Winchester getrabt war, und das, obwohl ich weiß Gott keine hohe Meinung von Psychologen hatte. In meinem Fachgebiet lernt man, seine Erkenntnisse auf Beweise zu stützen, und Psychologen sind so verdammt nebulös. Nicht dass es ihr etwas ausgemacht hätte, aber Fliss hatte keine Ahnung von diesen Sitzungen, ebenso wenig, wie sie gewusst hatte, dass ich vorher, wenn die Studenten mittwochnachmittags Sport trieben, meine Zeit in billigen Hotels verbracht hatte, zusammen mit der neuen Dozentin am Institut für Englisch, Elizabeth Mullens.

Er kratzte sich seinen Zottelbart, schlug die Beine übereinander und wieder auseinander. Eindeutig schwul. Während des nun folgenden Schweigens überkam mich wieder dieser intensive, diffuse Zorn darüber, wie er versuchte, in mich zu dringen – darüber, dass ich da sitzen musste, mit einem zwergenhaften Quacksalber, der ungefähr fünf Jahre jünger war als ich, mit einer winzigen runden Brille, die er wahrscheinlich trug, um sich Gewichtigkeit zu verleihen. »Sie glaubt, ich bin beim Squashspielen«, sagte ich. »Also, Fliss. Meine Frau.«

»Warum glaubt sie das?«

»Weil ich es ihr gesagt habe.«

»Glaubt sie alles, was Sie ihr sagen?«

»Ich versichere Ihnen, sie denkt kaum jemals über das nach, was ich ihr sage.«

»Sollte sie das denn?«

»Natürlich nicht. Sie kann tun, was sie will.«

»Macht Ihnen das Sorgen?«

»Nicht so sehr wie die Tyrannei des Ajatollah Chomeini oder die verdammten Gewerkschaften.«

Im selben Augenblick dämmerte mir, wie sinnlos ich das Gespräch durch meine Beiträge machte. Am Abend nach der Party hatte meine Frau mich zur Rede gestellt. Sie war dabei, das Geschirr zu spülen, als ich nach Hause kam, und als sie sagte: »Hallo Liebling, wie war dein Tag?«, drehte sie sich nicht zu mir um, und auch nicht, als ich antwortete: »Dass du so spät noch auf bist« und »Ich gehe ins Bett, ich bin völlig erledigt«, aber als sie es endlich tat, sah ich, dass sie weinte. »Martin hat angerufen«, sagte sie.

Ich erstarrte.

»Er hat mir erzählt, dass er dich gestern Abend zufällig getroffen hat – wie war die Party denn?«

Ich hätte Schadensbegrenzung betreiben und auf der Stelle alles gestehen sollen, Larry. Das hätte mir mildernde Umstände beschert. Aber ich bin bei meiner Geschichte geblieben: »Langweilig. Typische Akademikerparty. Du kennst das ja.«

»Eigentlich nicht. Erklär's mir.«

»Pearce redet immer noch davon zu kündigen, Shields glaubt immer noch, er kriegt irgendwann den Nobelpreis, Mills wird nie eine zündende Idee haben. Dazu ist er gar nicht in der Lage.«

Manche Männer haben ein natürliches Talent dafür, sich aus brenzligen Situationen herauszureden, andere lernen es mit der Zeit – ich gehöre zu keiner der beiden Kategorien, ich klang einfach nur lächerlich –, so als hätte meine Frau mich gefragt: »Welche Form hat die Erde«, und ich hätte geantwortet: »Viereckig.« »Langweilige Akademiker, die sich gegenseitig in den Arsch kriechen«, fügte ich hinzu.

»Langweilige Akademiker aus dem Institut für Anglistik?«

Hinter mir klickte der Aga-Herd, der ganze Stolz meiner Frau.

»Ja.«

»Wie hat die neue Dozentin sich denn eingelebt?«, fragte Fliss. »Die Frau, die im letzten Rundbrief vorgestellt wurde, Liz Mullens?«

»Gut, nehme ich an.« Der Holztisch, die Hündin in ihrem Korb, eine Schachtel Cornflakes und zwei Schalen auf dem Tisch für das Frühstück am nächsten Morgen. Als Umweltberaterin bezeichnete meine Frau unser Heim häufig als »Biotop«.

Das gehört mir, dachte ich. *Uns beiden*. Ohne das, ohne sie, was wäre ich dann? Was würde ich tun?

»Du hast versprochen, mich zu lieben, zu achten und zu ehren, bis dass der Tod uns scheidet.«

Dieser abgerissene Therapeut, ein aufstrebender Bolschewik, wenn ich je einen gesehen habe, war gnadenlos, Larry. »Was halten Sie davon, wenn ich zur Abwechslung Ihnen ein paar Fragen stelle«, sagte ich, um der Bombardierung ein Ende zu setzen.

»Das führt uns nicht weiter.«

»Eine. Bitte.«

»Es ist ja Ihr Geld.«

Ich hätte ihm um den Hals fallen können, meinem spindeldürren Gegenspieler mit all den wertlosen Buchstaben vor seinem Namen, denn es geschieht nicht oft, dass jemand mir seine Verachtung zeigt, jedenfalls nicht offen. »Was ist Sex?«

»Ein Thema, mit dem wir uns beschäftigen sollten, wie mir scheint.«

Ich war versucht seinem Arschgesicht eine schallende Ohrfeige zu verpassen, wie einem ungehorsamen Kind, wenn wir eins gehabt hätten.

»Die Beschäftigung mit dem Thema ist genau das, was mich in Schwierigkeiten gebracht hat.«

»Sie können dem Sex nicht die Schuld dafür geben. Was auch immer Sie getan haben, haben Sie ganz allein getan.«

»Sie haben mir immer noch nicht erklärt, warum Sie hier sind.«

»Weil es wie ein Besuch bei einer Prostituierten ist. Es bleibt ohne Konsequenzen. Es ist eine reine Transaktion von Geld gegen Dienstleistung.«

»Sie sind schon wieder beim Thema Sex.«

Er ging mir auf die Nerven mit seiner Bohrerei. Aber er hatte recht: Ich war fünfunddreißig Jahre alt, und ein Teil von mir war zerbrochen. Stille und das Schreckgespenst einer meiner größten Ängste, die Sprachlosigkeit, klebten an mir wie feuchter Nebel.

»Wollen Sie mir sagen, wer sie war?«

Eigentlich hatte ich meine Untreue noch gar nicht direkt gebeichtet, er musste es sich also aus dem zusammengereimt haben, was ich ausgelassen hatte. »Warum, wollen Sie sie anrufen? Sie könnten sie flachlegen, sie ist nicht wählerisch.« Ich zuckte innerlich zusammen über meine Gereiztheit und Gehässigkeit.

»Stehen Sie noch mit ihr in Kontakt?«

»Sie hat mir angedroht, mir ein Fleischmesser zwischen die Schulterblätter zu rammen, falls ich mich noch mal in ihre Nähe wage.«

Ich musste daran denken, wie ich einmal vor Liz auf die Knie gefallen war und sie meinen Kopf in den Händen gewiegt hatte wie den eines Kindes oder als wäre ich ein Tongefäß, das sie formte, und plötzlich bereitete ihre Abwesenheit mir körperliche Qualen: ihr Geschmack, ihr Geruch, ein kupferiges Prickeln auf meiner Zunge, ein dumpfer Schmerz im Unterbauch, in den Eiern. So haben Sie sich bestimmt noch nie gefühlt, hätte ich beinahe gefaucht.

Fliss hatte die Einzelheiten ihres Telefonats mit Martin in leidenschaftslosem Tonfall wiedergegeben, als handelte es sich um eine Szene aus einem Roman, Rushdies *Mitternachtskinder* zum Beispiel, oder um die neue Theorie zu einer Blumengattung, auf die sie sich spezialisiert hatte. »Nach dem Gespräch habe ich ein bisschen in deinen Jackentaschen gekramt.«

»Du hast *was* getan?« Meine selbstgerechte Empörung klang erbärmlich unüberlegt.

Sie gab mir einen Zettel, eine Restaurantrechnung. Ihre Unterlippe bebte. »Wie *konntest* du nur?«

»Wie fühlen Sie sich?«, fragte mein Seelenklempner.

Meine Wange war feucht; der Mistkerl hatte mich dazu gebracht, eine Träne zu vergießen. »Gut gemacht, heute haben Sie sich ihr Geld verdient. Verdammt verblüffendes Verhalten, das Vergießen von Tränen«, sagte ich und tastete mich auf den vertrauten Boden des akademischen Diskurses vor. »Ihre Funktion ist in Forscherkreisen immer noch sehr umstritten.«

»Helfen Sie mir auf die Sprünge, Jeremy – ein Tipp unter Akademikern.«

»Ich habe es satt, das Gefühl zu haben, als würde mir das Leben entgleiten. Können Sie dafür sorgen, dass das aufhört, Dr. Richard Carter? Können Sie das? Bitte!«

»Nein«, sagte er. »Das können nur Sie selbst.«

»Heutzutage ist doch niemand mehr treu«, sagte ich. Die Behauptung war durchaus nicht unbegründet, wenn es bis auf hirntote, schwanzlose alte Säcke wie Devereux alle im Kollegium mit allen trieben. »Wir leben in den Achtzigerjahren. Jeder bumst mit jedem.«

»Ich kann Ihnen versichern, dass Sie sich irren.«

»Sind Sie verheiratet?«, fragte ich.

»Nein«, sagte er.

»Nie eine zur Frau genommen, was?« Ich hörte mich selbst mit Verdruss. Der Mann, der die Vorzüge von Diskussionen und Debatten anpries, der daran glaubte, dass die menschliche Spezies sich durch eine Handvoll Attribute auszeichnete, von denen eins eine Schlüsselrolle spielte, nämlich die Sprache, dieser Mann war nun dazu gezwungen, diese Gabe wie ein Kleinkind einzusetzen. Sie hatte einen Durchschlag nach mir geworfen. Also, Fliss. Das klingt jetzt amüsant – wie eine Szene aus einer von diesen grässlichen Seifenopern –, aber ich kann dir versichern, dass es in dem Moment alles andere als amüsant war. Das Ding hatte mich an der Stirn getroffen und die Haut aufgerissen. Es blutete.

»Intelligenz«, sagte mein Therapeut, »ist eindeutig die Fähigkeit, sich selbst und seine Mitmenschen glücklich zu machen. In dem Punkt haben Sie offenbar versagt.«

Er hatte mich gepackt; der kleine Scheißer hatte mich am Schlafittchen.

»Wie kommt denn die Frau, die nicht Ihre Ehefrau ist, mit der Situation zurecht?«

»Sie hat versucht, sich das Leben zu nehmen.«

■ ■ ■

Twitter-Meldungen an @AliceSalmon1 von @FreemanisFree, zwischen dem 16. und dem 27. Januar 2012

Gehst du immer noch im Park spazieren?

Und Gott der Herr sprach: Mein ist die Gerechtigkeit.

Wie war das italienische Essen gestern Abend?

Toller Föhn, den du zu Weihnachten bekommen hast.

Das Blumenbild an der Wand in deinem Zimmer, ist das neu?

Lust, einen draufzumachen, schöne Frau?

Ich kriege dich.

■ ■ ■

Auszug aus dem Vernehmungsprotokoll von Luke Addison; Befragung durch Detective Superintendent Simon Ranger auf dem Polizeirevier Southampton Central, 6. April 2012, 13:25

LA: Das soll wohl ein Witz sein; ich war ihr Freund.

SR: Waren Sie das? Denn nach unseren Informationen waren Sie beide zu dem Zeitpunkt, als sie starb, gar kein Paar mehr.

LA: Das ist kompliziert.

SR: Erklären Sie uns, inwiefern es kompliziert war. Soviel ich weiß, hatten Alice und Sie sich getrennt.

LA: Wir hatten ein paar Probleme, ja.

SR: Probleme?

LA: Ich hatte mit einer anderen geschlafen, und Alice brauchte Abstand, um das zu verarbeiten.

SR: Sie hat Sie also abserviert?

LA: Nein, wir haben uns eine Auszeit genommen. Aber nur vorübergehend. Das war mit Alice abgesprochen.

SR: Ich nehme mal an, dass nicht Sie, sondern Alice diese Auszeit verlangt hat. Das muss Sie ziemlich hart getroffen haben.

LA: Ich war am Boden zerstört.

SR: Was würden Sie sagen, wenn ich behaupte, Sie sind ein Frauenheld?

LA: Ich habe Alice geliebt.

SR: Wie dem auch sei, Sie sind jemand, der gern seinen Willen durchsetzt, nicht wahr? Würden Sie sich selbst als jemanden beschreiben, der gern alles unter Kontrolle hat?

LA: Nein, natürlich nicht.

SR: Aber Sie sind groß und kräftig. Ich schätze mal, eins fünfundachtzig, zwei-, dreiundachtzig Kilo? Laut, derb, einer von den Jungs, einer, der sich auch mal gern die Kante gibt, man weiß nie, wie so eine Kneipentour endet, wenn Luke mit von der Partie ist – so werden Sie beschrieben. Einer Ihrer Kollegen hat Sie als Rüpel bezeichnet.

LA: Ich war verrückt nach ihr.

SR: Verrückt genug, um sie in den Fluss zu stoßen?

LA: Sie können mich mal.

SR: Immer mit der Ruhe, ja?

LA: Wären Sie vielleicht ruhig, an meiner Stelle? Meine

Freundin ist tot, und Sie behandeln mich, als hätte ich sie von der Brücke gestoßen.

SR: Interessante Wortwahl. Wenn ich mich nicht irre, wurde bisher nicht bewiesen, dass sie von der Brücke gestoßen wurde, warum also drücken Sie sich so aus?

LA: War nur so dahingesagt. Ich möchte wissen, was mit Alice passiert ist, genau wie Sie und alle anderen. Da ist eine Brücke, Alice lag im Wasser: Man braucht kein Genie zu sein, um sich auszurechnen, dass die Wahrscheinlichkeit groß ist, dass sie da runtergefallen ist.

SR: Aber Sie haben »gestoßen« gesagt, nicht »gefallen«.

LA: Ihre Leute sollten endlich mal den Kopf aus dem Sand ziehen – Polizeikontrollen oder Tür-zu-Tür-Befragungen machen. Die Ermittlungen ausweiten.

SR: Das käme Ihnen entgegen, nicht wahr, wenn wir die Ermittlungen ausweiteten?

LA: Was soll der Scheiß? Machen Sie sich nicht lächerlich!

SR: Hüten Sie Ihre Zunge, Luke. Oder schlagen Sie immer gleich um sich, wenn Sie sich provoziert fühlen?

LA: Tun wir das nicht alle?

SR: Nein, ich bin ein ruhiger Mensch. Aber ich bin im Moment ziemlich verblüfft, denn vierundzwanzig Stunden nach Alice' Tod wollten Sie uns glauben machen, Sie seien in der fraglichen Nacht allein in Ihrer Wohnung gewesen, während sich jetzt herausstellt, dass Sie sich in Southampton aufgehalten haben.

LA: Das habe ich Ihnen doch schon erklärt. Ich hätte nicht lügen dürfen, aber ich hatte Angst, Sie würden mir nicht glauben. Ich wusste einfach, dass Sie die falschen Schlüsse ziehen würden.

SR: Welche Schlüsse hätten wir denn gezogen, Luke? Sehen Sie, es gibt da noch eine weitere Ungereimtheit. Nachdem Sie Ihre Geschichte geändert und zugegeben hatten,

Sie seien in Southampton gewesen, haben Sie behauptet, Ihr Gespräch mit Alice am Flussufer sei – ich zitiere – »freundschaftlich« gewesen. Nun, eine Zeugin hat ausgesagt, Sie hätten Alice tätlich bedroht.

LA: Zeugin … welche Zeugin?

SR: Eine, die den kleinen Zwischenfall beobachtet hat. Sie sagt, Sie hätten Alice – und ich zitiere wieder – »am Hals gepackt«.

Der Befragte lacht.

LA: Das ist absolut hirnverbrannt. Haben Sie schon mal von dem Grundsatz gehört »unschuldig bis die Schuld bewiesen ist«?

SR: Ich kann mich nicht erinnern, von »Schuld« gesprochen zu haben. Interessant, dass Sie das Wort zur Sprache bringen. Wie würden Sie an meiner Stelle diese Widersprüche interpretieren?

LA: Ich habe sie geliebt.

SR: Es wäre mir lieber, Sie würden diese Ungereimtheiten aus der Welt schaffen. Wir wissen außerdem aus verlässlicher Quelle, dass Sie ein jähzorniger Mensch sind, und es ist nicht schwer, sich vorzustellen, wie die Pferde mit Ihnen durchgegangen sind – eine hochemotionale Situation, Alkohol kommt ins Spiel, die Frau, die Sie lieben, gibt Ihnen den Laufpass. Das würde sogar mich wütend machen.

LA: Bitte finden Sie den, der das getan hat.

SR: Als wir uns achtundvierzig Stunden nach Alice' Tod mit Ihnen unterhalten haben, hatten Sie ein blaues Auge, und als ich Sie darauf ansprach, haben Sie behauptet, Sie hätten es sich beim Squashspielen zugezogen. Würden Sie dazu gern jetzt noch etwas sagen?

LA: Ich kann mich nicht erinnern.

SR: Versuchen Sie es doch noch einmal.

LA: Irgendein Typ hat mir in einer Bar eine verpasst.

SR: Klingt schon besser. War das vor oder nach Alice' Tod, dass dieser »Typ« Ihnen »eine verpasst« hat?

LA: Es war am nächsten Tag; ich war betrunken. Man hatte mir gerade mitgeteilt, dass Alice tot war.

SR: Sie trinken also regelmäßig?

LA: Freitags- und samstagsabends gehe ich aus.

SR: Sie sind also ein Komasäufer?

LA: Nein – ein normaler Siebenundzwanzigjähriger.

SR: Waren Sie betrunken, als Sie Alice am Flussufer trafen?

LA: Nein.

SR: Auch das macht mich stutzig, denn wir haben einen Wirt, der bereit ist zu bezeugen, dass er Ihnen mindestens zwei halbe Liter Cider serviert hatte.

LA: Das geht Sie nichts an, das alles geht Sie einen feuchten Kehricht an.

SR: Seit Alice tot ist, geht es mich etwas an. Der Nachtportier des Premier Inn in der Queen Street behauptet, Sie seien um zehn vor vier ins Hotel zurückgekommen. Und zwar *sturzbetrunken*. Ich bin schon sehr lange Polizist, Luke, und wir haben angenehme und unangenehme Methoden, aber so oder so kommen wir zu denselben Ergebnissen. Ich habe mal einen Blick in Ihre Akte beim polizeilichen Zentralregister geworfen – Sie wurden 2002 wegen Körperverletzung festgenommen.

LA: Ich will einen Anwalt.

SR: Körperverletzung in einem Pub in Nantwich.

LA: Es kam nie zur Anklage.

SR: Ein schwacher Trost für die Person, die Sie zusammengeschlagen haben.

LA: Ich war siebzehn – wenn Sie so weit zurückgehen, würden Sie bei jedem was finden, was er lieber verbergen würde.

SR: Wie die Sache in Prag? Ist das auch etwas, was Sie lieber verbergen würden?

AL: Leck mich.

SR: Vorsicht. Ihr Jähzorn kann Ihnen gefährlich werden.

AL: Ich habe Ihnen nichts mehr zu sagen.

SR: Luke Addison, ich verhafte Sie wegen des Verdachts, Alice Salmon ermordet zu haben …

■ ■ ■

Voicemail-Nachricht von Alice Salmon an David Salmon, 4. Februar 2012, 17:09

Hallo Dad, ich bin's. Wo ist Mum? Warum geht sie nicht ans Telefon? Sag ihr, sie soll mich anrufen; es ist dringend. Wie geht es ihr? Hat sie heute ihren Laptop benutzt? Wie geht es dir? Ich bin ein bisschen beschwipst. Ich bin in Southampton wegen diesem Klassentreffen, und ich musste daran denken, wie du geheult hast, als du mich zum Anfang des Studiums hierhergebracht hast, du alte Heulsuse! Machst du demnächst noch mal einen Sonntagsbraten und gehst hinterher mit uns mit dem Hund raus? Du fehlst mir, Daddy. Tut mir leid, dass ich nicht immer eine tolle Tochter bin. Du hast wahrscheinlich was Besseres verdient als mich. Du bist jedenfalls der beste Dad, den eine Tochter sich wünschen kann! Hast du nicht früher immer »mein Engel« zu mir gesagt? Ich muss Schluss machen, mein Akku ist gleich alle. Hab dich lieb.

■ ■ ■

Post im Truth Speakers Webforum von Lone Wolf, 6. Juli 2012, 22:50

Wenn ihr etwas richtig Fieses publik machen könntet, indem ihr etwas tut, was ein bisschen fies ist, würdet ihr es tun? Wenn es die einzige Möglichkeit wäre, einen Drogenskandal beim MI5 aufzudecken? Oder wenn ihr einen Einbruch oder einen harmlosen Überfall begehen müsstet, um ein größeres Verbrechen wie einen Mord oder eine Vergewaltigung aufzuklären? Die meisten würden es tun, denn mächtige Menschen sollten nicht ungeschoren davonkommen, wenn sie schlimme Dinge tun.

Professor Cooke.

Dafür, dass ich seinen Namen nenne, kann mir keiner etwas anhaben.

Professor Jeremy Frederick Harry Cooke. DER STEINZEITMANN. Er trägt Tweedjacketts und Cordhosen, und dass ich ihn als Übeltäter bezeichne, ist nicht verboten. Schließlich gibt es in England so was wie Redefreiheit, und das weiß ich nicht etwa, weil ich Medienwissenschaften studiert hätte, o nein, ich habe drei Jahre an der Uni vergeudet und Sport, Medien- und Kulturwissenschaften studiert – na ja, nicht ganz drei, denn mir sind irgendwann die Augen aufgegangen, und ich bin ausgestiegen. Er kann mir nichts anhaben, niemand kann das – eine Ironie des Schicksals, denn jemand anders konnte er etwas anhaben!

Ich habe vielleicht einige Male danebengelegen, aber diesmal sehe ich das genau richtig, und es muss PUBLIK gemacht werden! Wenn ich das Schwert der Wahrheit schwinge, werdet ihr mich nicht mehr als Witzfigur und als Spinner beschimpfen!

Jetzt schreibt er sogar ein Buch darüber, um die Geschichte zu frisieren. Es heißt, Geschichte wird von Siegern geschrieben. Tja, die Zeiten sind vorbei, heutzutage schreiben wir sie alle gemeinsam. Ich habe ihm gesagt, er könne nichts von dem, was ich ihm erzählt habe, verwenden, wegen des Urheberrechts, aber er meinte nur, nichts ist vertraulich, und jetzt kriegst du eine Kostprobe deiner eigenen Medizin, du Klugscheißer.

Ich muss gestehen, ich hatte ein finanzielles »Arrangement« mit dem Steinzeitmann. Ich hab mir zur Feier des Tages sogar ein neues Tattoo machen lassen, aber er hat sich nicht an unseren Deal gehalten. Ich wollte nicht gierig sein, doch es wäre einfach schön gewesen, keine Geldsorgen mehr zu haben, so wie Ben Finch – soll er ruhig die Sau rauslassen und sich einbilden, er könnte damit davonkommen, dass er versucht hat, mich UMZUBRINGEN wegen der Fotos, die er gefunden hat.

Beinahe hätte ich Alice mein Lieblingsfoto von ihr gezeigt, als wir einmal im zweiten Jahr spätabends zusammen im Wohnzimmer saßen und über Fotografie geredet haben, das von ihr im Park, wo sie in einer Laufpause Dehnübungen an einem Baum macht. Diese Abende waren was ganz Besonderes, aber wir haben auch oft sonntagnachmittags stundenlang miteinander gequatscht. Dann lag sie meistens total verkatert auf dem alten Sofa mit der roten Decke und trank Tee aus ihrer Elefantentasse. Ihr Handy lag auf der Sofalehne und blinkte jedes Mal, wenn eine SMS einging, und ich fragte sie, ob sie die Nacht durchgefeiert hätte, und sie sagte, wie hast du das erraten, und ich erzählte ihr, dass ich gehört hätte, wie sie ins Haus gestolpert war, und sie entschuldigte sich dafür und bekam ein ganz schlechtes Gewissen und zögerte, als wartete sie darauf, dass ich ihr erklärte, was sie getan hatte.

Wir hatten einen richtig guten Draht, bis dieser PSYCHOPATH Ben Finch sie gegen mich aufgehetzt hat. Es gefällt mir, dass ich hier solche Sachen einfach schreiben kann. In den letzten drei Monaten habe ich 181 Beiträge gepostet. Zwei von den Überregionalen haben mich gesperrt, aber das liegt einfach daran, dass die mit meinen Kommentaren nicht umgehen können, außerdem werden die kontrolliert – die sind schon genauso schlimm wie Nordkorea. Wir leben in einer Welt des Graswurzel-Journalismus, einer Welt, in der der Mann auf der Straße Gehör findet, weil das Internet Davids Freund ist und nicht Goliaths.

Die Presse ignoriert Typen wie mich und lässt Leute wie Ben Finch und Alice Salmon und den Steinzeitmann groß rauskommen. Aber damit ist es jetzt vorbei, die Gerechtigkeit wird siegen – Alice ist tot, Ben Finch ist durchgedreht, und der Steinzeitmann kriegt sein Fett weg wegen dem, was er getan hat.

Habt ihr inzwischen erraten, wen er missbraucht hat? BLEIBT AM BALL!!!

■ ■ ■

Kolumne im *Evening Echo*, 17. März 2012

Greg Aston: Die strenge Stimme der Vernunft

Es klingt nach einem Klischee, dass man früher die Haustür noch offen stehen lassen konnte, aber es stimmt, dass wir uns früher mehr umeinander gekümmert haben. Freunde, Familie, Nachbarn – als ich ein Junge war, spielten diese Leute alle eine wichtige Rolle. Wenn es einen Kälteeinbruch gab, schauten wir bei der alten Dame nebenan vorbei, um uns zu vergewissern, dass sie es warm und dass sie genug zu essen hatte, anstatt zu warten, bis sie erfror oder verhungerte. Eine respektablere Zeitung würde von einer »moralischen Richtschnur« sprechen, aber es geht einfach nur darum zu erkennen, was akzeptables Verhalten ist und was nicht.

Drei Frauen, die diese Richtschnur nicht haben, sind Holly Dickens, Sarah Hoskings und Lauren Nugent, das Trio, das mit Alice Salmon in der Nacht feiern war, in der Alice ertrunken ist. In angetrunkenem Zustand haben sie nicht verhindert, dass Alice allein durch die Stadt irrte und schließlich im Fluss endete.

Eine der drei Frauen, Holly Dickens, appellierte gestern in einem Artikel an das Mitgefühl der Leser, indem sie sagte, sie hätten Alice »verloren« – wie ein Gepäckstück am Flughafen. Die Interviewerin pflichtete ihr bei und meinte, das könne jedem passieren.

Hätten die drei Frauen Verantwortungsgefühl gezeigt, dann hätten sie ihre Freundin nicht aus den Augen gelassen (oder im Stich gelassen, wie ich es ausdrücken würde), und Alice Salmon würde heute noch leben.

Holly Dickens beschreibt ihren Zustand mit »ein bisschen beschwipst«.

Sie waren wohl eher volltrunken.

Die drei sollten für ihr Verhalten zur Rechenschaft gezogen werden.

Ihr Schweigen hat lediglich ein Vakuum entstehen lassen, das sich mit Falschinformationen gefüllt hat. Viele haben sich auf der Suche nach Antworten an die sozialen Medien gewandt, während Alice' letzte Twitter-Meldung einfach nur lautete: »Sag Hallo, wink zum Abschied«, vermutlich eine Anspielung auf einen Song von Soft Cell aus den Achtzigern, der von den Hoosiers gecovert wurde.

Wäre ich ein Zyniker, würde ich vermuten, dass die drei Frauen nicht etwa aus Rücksicht gegenüber der Familie Salmon schweigen, sondern aus Kummer über ihr eigenes Verhalten. Kein Wunder, dass sie die

Öffentlichkeit meiden. Ich würde mich an ihrer Stelle auch schämen.

Diese jungen Frauen gehören der verantwortungsscheuen, konsumorientierten, komasaufenden »Generation Ich« an. Und Alice ist ein Opfer dieser Generation. Wir alle tragen dafür eine gewisse Verantwortung.

Wir haben dafür gesorgt, dass Trunkenheit am Steuer gesellschaftlich inakzeptabel ist. Dass Hooligans in Fußballstadien inakzeptabel sind. Wir müssen dafür sorgen, dass Alkoholexzesse inakzeptabel sind. Wir dürfen nicht länger die Augen verschließen, wenn Horden von Jugendlichen – männliche wie weibliche – grölend durch die Straßen ziehen und von einem Getränkediscount zum nächsten torkeln.

Wenn diese schreckliche Tragödie etwas Gutes bewirken kann, dann ist es unser Einsatz dafür, dass unsere Innenstädte sich nicht länger jedes Wochenende in tödliche Spielplätze verwandeln.

Kommentare zu obigem Artikel:

Sehr richtig beobachtet: Wie kann man jemanden »verlieren«? Sie war schließlich kein Schlüsselbund oder ein Handy. Was die drei gemacht haben, ist genauso, als würde man ein Kleinkind sich selbst überlassen. Geht gar nicht.

Monkey Blues

Dieses Schweigegelübde ist ziemlich merkwürdig. Ich an deren Stelle hätte mich sofort zu Wort gemeldet, um ganz sicherzugehen, dass keiner mit dem Finger auf mich zeigt.

Onlyme

Welchen Teil des Wortes »trauern« kapiert ihr Blutsauger eigentlich nicht?

Made in Bridlington

Scheiß auf die Hoosiers, die Coverversion von David Gray ist bei Weitem die beste.

Mighty Mike

Von wegen das Leben imitiert die Kunst … Ich habe irgendwo gelesen, dass Alice' Lieblingsbuch *Die geheime Geschichte* war. In dem Buch zerbricht eine Freundesgruppe nach einem Todesfall.

Hazel

Würde nicht jeder die Klappe halten, wenn die beste Freundin den Löffel abgegeben hätte? Es ist die einzige Möglichkeit, das Andenken an sie zu ehren. Wenn sie sich ins Rampenlicht drängen würden, wären wir schnell bei der Hand, sie zu verurteilen, und außerdem passiert es ganz leicht, dass man sich ungewollt belastet. Wir sind hier doch nicht im Zirkus!!!

Junk Collector

Mich hat die Erklärung der drei berührt. Sie wurden angefeindet, weil ihre Stellungnahme angeblich zu griffig war und weil sie sie von ihrem Anwalt haben vorlesen lassen, aber ich hätte mich auch nicht vierundzwanzig Stunden nach dem Tod meiner besten Freundin vor die Kameras stellen können.

EmF

■ ■ ■

Brief von Professor Jeremy Cooke, 19. Juli 2012

Lieber Larry,
fürs Protokoll: Ich habe die Sitzungen bei Dr. Richard Carter fortgesetzt.

»Offenbar genießen Sie die Gesellschaft von Frauen«, lautete sein Eröffnungssatz bei einem unserer Treffen. »Aber lassen Sie uns darüber reden, wie Sie sich in Liz' Gegenwart gefühlt haben.«

Anfangs hatte ich mich darauf verlegt, den Mann abwechselnd zu bekämpfen und zu ködern – wir waren wie zwei untrainierte, kurzsichtige Leichtgewichtboxer –, aber inzwischen hatte ich einen Zustand erreicht, den man unter Umständen als Aufrichtigkeit bezeichnen konnte. »Lebendig«, sagte ich. »Über allem schwebend, ursprünglich, großartig. Wie ein Hurensohn. Wie ein Mann.«

»Und wie fühlen *sie* sich, Jeremy? Die Frauen?«

In einem der ersten Gespräche hätte ich ihm schnöde geantwortet: »Das werden Sie nie erfahren.« Stattdessen sagte ich: »Wie jemand anders.«

»Ist das gut?«

»Richard, ich bin Angehöriger der oberen Mittelschicht, ein weißer, angelsächsischer Akademiker mittleren Alters. Meine Existenz beruht auf Konventionen, mein Beruf verlangt Rationalität und Gewissenhaftigkeit. Meine Lehrer in der Schule haben mich als ›akribisch‹ charakterisiert. ›Jemand anders‹ brauchte sich nicht an die Regeln zu halten; er durfte einer so gut wie Fremden die Kleider vom Leib reißen.«

Ich hatte sechs Kilo abgenommen, nachdem Fliss gegangen war, und ich wog kein Gramm zu viel. Sie war zu ihren Eltern nach Lincoln gezogen. Neuerdings machen das alle, eine Angewohnheit, die in den Nullerjahren angefangen hat, sie kehren zurück ins Nest wie überdimensionale Kuckucksküken, weil sie die Studentenkredite nicht zurückzahlen können oder weil die Immobilienpreise durch die Decke geschossen sind, aber damals hatte es den untrüglichen Beigeschmack des Versagens: Ins Elternhaus zurückzukehren war die Umkehr der natürlichen Ordnung. Auf dem ganzen Campus wurden mir schräge Blicke zugeworfen. Allerdings wurde die Abwesenheit meiner Frau schon bald von Platz eins der Klatschthemen verdrängt von der noch erschütternderen Nachricht, dass Elizabeth Mullens versucht hatte, sich das Leben zu nehmen. Ich habe jeden Tag bei meinen Schwiegereltern angerufen, aber die wollten mich nicht mit meiner Frau reden lassen. Ich habe auch bei Liz' Vermieterin angerufen, um mich nach ihrem Zustand zu erkundigen, aber die Alte hat mich nur angefaucht, sie verbitte sich Anrufe nach 21 Uhr, und erzählte mir was von Mietrückstand.

»Sind Sie ein Fan der Rolling Stones?«, wollte Richard Carter wissen.

»Ich kenne ihre Musik.«

»Mick Jagger hat einen Song geschrieben mit dem Titel ›You Can't Always Get What You Want‹. Da könnte er doch recht haben.«

Ich ließ ihn abblitzen. »So sind Menschen nun mal nicht gestrickt.«

»Da bin ich anderer Meinung. Wir Menschen sind zu außerordentlicher Selbstlosigkeit fähig, oft unter großen persönlichen Opfern.«

»Wir sind sehr selektiv, was unseren Altruismus angeht. Wir setzen ihn gezielt ein – meistens bei Angehörigen, als Angebot, das direkt auf eine Gegenleistung abzielt.«

»Das stimmt nicht. Ich zahle per Dauerauftrag Geld an eine wohltätige Organisation, die im Osten von Uganda Brunnen bohren lässt – welchen Nutzen habe ich davon?«

»Vielleicht beschert es Ihnen einen gesunden Schlaf. Außerdem können Sie es mir gegenüber erwähnen, was die Wahrscheinlichkeit erhöht, dass Ihre Arbeit von Erfolg gekrönt ist.«

»Das ist eine phänomenal freudlose Bewertung«, sagte er. »Altruismus kann rein sein. Es gibt Spinnenweibchen, die sich von ihren Jungen auffressen lassen, um deren Überlebenschancen zu erhöhen. Und Spinnenmännchen, die sich nach der Begattung von den Weibchen fressen lassen. Ziemlich einseitige Beziehungen, meinen Sie nicht?«

»Typisch Weiber.« Ich fragte mich, ob Liz von diesen Spinnen gehört hatte. Sie wäre bestimmt von ihnen fasziniert.

»Aber wir sprechen hier nicht über Tiere und die Evolution«, sagte er. »Wir sprechen über Sie.«

»Aha, dann reden wir also doch über Tiere und die Evolution.«

Ich weiß nicht, ob ich dir damals die ganze Geschichte erzählt habe, Larry, jedenfalls war ich vor eine Universitätskommission zitiert worden, ein verdammtes Geheimgericht, wo man mich mit hochgezogenen Brauen musterte – das Pflaster auf meiner Stirn, das zerknitterte Hemd – und mir gnädig erklärte, dass man es sehr begrüßen würde, wenn ich dafür sorgen würde, dass die Presse nichts von diesem »Debakel« erführe. Ich hätte immer noch viel zu bieten (vielleicht haben sie auch »etwas« gesagt, anstatt »viel«, ich kann mich nicht genau erinnern).

»Könnte die Tatsache, dass Sie keine Kinder haben, der Grund dafür sein, dass Sie eine außereheliche Beziehung eingegangen sind?«, fragte Richard.

Fliss und ich hatten unsere Bemühungen um ein Kind zwar noch nicht ganz aufgegeben, bevor die Affäre mit Liz ans Tageslicht kam, aber unsere Aussichten auf Erfolg waren inzwischen verschwindend gering – etwa wie die Aussicht darauf, dass die IRA keine Bomben mehr zünden würde oder dass ich bei meiner Forschung einen Durchbruch erzielen würde (im Grunde als Chomsky-Ableger). Liz wollte unbedingt heiraten und Kinder kriegen; es waren die Achtzigerjahre, da träumten die Frauen noch von so was. Sie konnte ganze Listen von Tieren herunterrasseln, die sich paarten und ihr Leben lang zusammenbleiben – irgendeine Antilopenart, Rabengeier, Kanadakraniche, Zebrabuntbarsche –, aber sie suchte sich immer die falschen Männer, und ich war, ehrlich gesagt, der schlimmste von allen.

»Fühlen Sie sich für das verantwortlich, was Liz getan hat?«, fragte Richard.

Sie hatte sich an einem Deckenbalken in der Mensa aufgehängt. Ein beeindruckender Saal. Hohe Decke, bleiverglaste Fenster, die Deckenbalken aus dem Holz eines Kriegsschiffs aus der Tudorzeit. Eine Putzfrau, die eine Flasche Bohnerwachs holen wollte, hatte sie entdeckt; sie hing an einem Balken, betrunken, ihre schönen langen Spinnenbeine zappelten kaum noch.

»Ich kann mich nicht von einer gewissen Schuld freisprechen.« Am liebsten wäre ich zurück in mein Büro geschlichen, wo ich mich auskannte. Die Vorstellung, mich auf das Korrigieren von Klausuren zu konzentrieren, war beinahe so verlockend wie die, in ein weiches Bett zu sinken. »Haben Sie mal Tolstoi gelesen, Richard? Er war der Meinung, dass glückliche Familien alle gleich sind, und dass unglückliche Familien alle auf ihre eigene Weise unglücklich sind, aber er hat sich geirrt. Unglück ist erschreckend vorhersehbar. Ein Mensch, der unglücklich ist, vergewissert sich, dass alle Hosentaschen leer sind, ehe er die Hosen in die Wäsche tut. Er duscht sich, um verräterische Gerüche abzuwaschen, ehe er ins Ehebett steigt. Unglück ist, wenn vertraute Gesichter sich vor Schmerz und Alkohol verzerren. Aber Glück ist einzigartig. Die kleinen Dinge eines geteilten Lebens, der liebevolle, unspektakuläre Alltag einer monogamen Beziehung.«

»Aber Sie haben mit einer anderen Frau geschlafen.«

»Ja, weil Begierde eine Droge ist; sie vernebelt das Gehirn.«

»Haben Sie nie an den Schmerz gedacht, den Sie anderen unweigerlich damit zufügen würden?«

»Ich konnte ihn voraussehen, ich konnte ihn rationalisieren, ich konnte versuchen, sein Ausmaß einzuschätzen, aber ich konnte ihn nicht *fühlen*. Macht mich das zu einem Psychopathen?«

An dem Abend, als Fliss mich in der Küche zur Rede stellte, wollte sie von mir erklärt haben, was dieses *Flittchen* Elizabeth hatte, was sie nicht hatte, und als ich sagte, darum gehe es nicht, sagte sie: »Ich fühle mich so im Stich gelassen, ich komme mir so blöd vor.«

»Wie sieht Ihre Frau das jetzt, nachdem Sie Bilanz gezogen haben?«, fragte Richard.

»Sie ist in Lincoln.«

»Ah, immer noch in Lincoln. Schöne Kathedrale«, sagte er. »Sehr unterschätzt.«

Ich hatte mich inzwischen an diese abrupten Themenwechsel gewöhnt. Es war ein Kunstgriff, den mein Lieblingspolitikkommentator Robin Day früher gern benutzt hat: ein Zufallsfragenkatalog. »Sie wäre wahrscheinlich froh zu hören, dass ich nach wie vor zu Ihnen komme«, sagte ich. »Sie bezeichnet mich als Malocher. Die Gute, sie meint das als Kompliment, aber es stört mich, wenn sie das sagt. Malocher bauen Straßen und stapeln Kisten in Fabriken. Mir ging es immer um Originalität.«

»Mir persönlich wäre Glück wichtiger als Originalität«, verkündete mein Therapeut. »Oder die Abwesenheit von Schmerz.«

»Glück und Abwesenheit von Schmerz sind keine Synonyme. Ersteres ist nichts weiter als die Erfüllung der unteren Kategorien von Maslows Bedürfnispyramide.«

»Tun Sie es nicht ab«, sagte er und schaute auf seine Uhr. »Millionen Menschen würden dafür töten.«

▪ ▪ ▪

Auszug aus Alice Salmons Tagebuch, 3. September 2011, Alter 25

»Wir sollten uns eine Wohnung besorgen.«

Wenn wir verreisten, gerieten wir in unseren Gesprächen häufig auf ungewohntes Terrain; es war, als fände unter der Oberfläche eine Neuausrichtung unserer Beziehung statt. Erst als wir in Malta waren – nach einem halben Jahr –, erzählte er mir, wie selten er seine Eltern sah.

»Ich meine«, fügte er hinzu, »ich würde gern mit dir zusammenleben, und ich hoffe, du auch mit mir.«

»Superidee, Luke. Ich hatte nur nicht damit gerechnet, dass du das vorschlagen würdest – jedenfalls nicht ausgerechnet heute.«

»Wir müssten ein paar Monate sparen, aber wir könnten uns eine passable Wohnung leisten.«

»Und wo?«

Er spießte eine Fritte mit der Gabel auf und warf sie einer Möwe hin. »Im Film würde jetzt schnulzige Musik einsetzen, und ich würde sagen: ›Ist mir egal, Hauptsache, wir beide sind zusammen.‹ Aber ich ziehe nicht nach Stockwell!«

»Oder nach New Cross.«

»Eigentlich würde ich gern aus London weg«, sagte er. Seine Stimme klang plötzlich ganz eindringlich; es war, als hätte er etwas schon lange mit sich rumgetragen, das jetzt unbedingt rausmusste. »Es wird Zeit, dass du über deine Zukunft nachdenkst. Du bist immerhin schon fünfundzwanzig!«

»Hallo?«, sagte ich. »Geht's noch?«

Die Möwe war aufgeflogen, hatte eine Runde gedreht und war auf dem verrosteten Geländer direkt vor uns gelandet. Luke langte in seine Hosentasche, und einen verrückten Moment lang dachte ich, er würde mir einen Heiratsantrag machen, aber er brachte nur seine Zigaretten zum Vorschein. Er zündete sich eine an, blies Rauch aus, der sich in der Meeresluft rasch auflöste.

»Wir könnten überall hinfahren«, sagte er. Er wirkte begeistert wie ein kleiner Junge. »*Carpe diem.*«

»*Angeln gehen?*«, sagte ich, eins seiner Lieblingszitate aus *Unsere jungfräulichen Jahre*. Letzte Woche hatte er im Scherz gesagt, wenn er sich eine Wohnung kaufen würde, dann nur eine, wo es genug Platz gab für seine DVD-Sammlung, also musste er da schon dieses Gespräch über das Zusammenziehen im Sinn gehabt haben. Wahrscheinlich auch, als wir uns gestern am Victoria-Bahnhof getroffen haben, und als er mit meinem Caffè Latte und seinem Tee aus dem Speisewagen zurückkam, oder als er in Faversham, nachdem ich endlich kapiert hatte, wohin die Reise ging, sagte: »Barbados ist nichts gegen die weißen Strände von Margate.«

»Hier ist es doch okay für dich, oder?«, fragte er. »Erst hatte ich an Paris gedacht, aber das hier schien mir mehr zu dir zu passen.«

»Es ist perfekt, Luke.« Und das stimmt. Die verblasste Pracht der Stadt hat etwas. Hier ist alles ein bisschen zurückhaltend, so unprätentiös. Einfach großartig.

»Außerdem konnte ich dich nicht nach Paris einladen, weil du da schon mal ein lasterhaftes Wochenende verbracht hast.«

Ich musste an das Hotel denken, wo der Portier – als »Depp mit Hut« hatte Ben ihn tituliert – mich mit »Madame« angeredet hatte, und wie ich, als wir uns über einer Schüssel *moules marinières* zuprosteten und Ben sagte: »Auf uns, Lissa«, hätte heulen können. Von wegen Stadt der Liebenden.

»Paris können wir uns für später aufheben«, sagte Luke.

Ein wohliger Schauer überlief mich bei dem Gedanken, dass wir beide uns Dinge für später aufhoben.

»Margate hatte früher einen viktorianischen Pier«, sagte er. »Entworfen von Eugenius Birch. Sprach der frustrierte Architekt.«

Es tat mir weh, dass es Dinge gab, die er bereute, auch wenn er schon siebenundzwanzig war, also uralt, aber es ist zu früh, um etwas zu bereuen. Wenn es nach mir geht, soll dieser Mann niemals etwas bereuen müssen.

»Wir können alles machen«, sagte er. »Du und ich – wir gegen den Rest der Welt –, niemand kann uns aufhalten.«

Ich beugte mich vor und küsste meinen Freund.

»Wofür war das jetzt?«

»Dafür, dass du mit mir hierhergekommen bist. Dafür, dass du du bist.« *Erzähl ihm alles über dich*, dachte ich. Von deinen schlaflosen Nächten, von der unseligen, hedonistischen Beziehung zu Ben, von deinem permanenten Gefühl, viel zu dünn (nicht schlank, schön wär's!) und unbedeutend zu sein, von dem Tag im Bad, als du den Schmerz rausgelassen hast – *erzähl's ihm*. Lass es diesen wunderbaren Mann aus deinem Mund hören. Gerade ist Ebbe, und bis die Flut kommt, kannst du ihm alles gesagt haben, und wenn die Flut sich zurückzieht, kann sie all den Scheißdreck mit ins Meer spülen, und dann könnt ihr gemeinsam von vorn anfangen.

»Was an dir würdest du am liebsten ändern?«, fragte er.

»Im Moment nichts – denn wenn ich das tun würde, wären wir vielleicht nicht hier. Vielleicht sollte *jetzt* die schmalzige Musik einsetzen!«

Er ließ den Kopf hängen. Seine Augen füllten sich mit Tränen. Luke weinte tatsächlich. »Ich liebe dich, Al Salmon«, sagte er.

»Ich dich auch«, sagte ich.

Er hatte ein paar Monate gebraucht, um es über die Lippen zu bringen, aber ich hatte es schon nach ein paar Wochen gesagt, wahrscheinlich viel zu früh.

»Und du?«, fragte ich. »Was würdest du ändern, wenn du einen Zauberstab hättest?«

»Ha! Ich habe einen!«, sagte er grinsend und schaute an sich nach unten.

Nachdem er die ganze Zeit so ernst gewesen war, musste er loslassen – ich konnte richtig spüren, wie die Anspannung von ihm abfiel. Jetzt war er im Pubmodus. »So leicht kommst du mir nicht davon«, sagte ich. »Na los, sag schon. Was würdest du ändern?«

»Ich hätte dich gern früher kennengelernt, als ich noch jünger war.«

»Gute Antwort!«

»Als wir noch kein Päckchen mit uns rumtrugen.«

»Du sprichst wohl von dir.«

»Aber es gibt noch mehr.«

Ein Junge flitzte auf einem Roller an uns vorbei, flog voller Lebensfreude die Promenade entlang, und dann war das Gespräch wieder bei der Wohnung gelandet, und wir diskutierten darüber, welche Vorzüge Streatham gegenüber Clerkenwell hatte. Ich würde den Schongarer und die Bilder mitnehmen können, die ich bei Mum und Dad gebunkert habe, die Bücherkisten, vielleicht würde ich sogar den »Bester Anfänger«-Pokal polieren, den ich bei der Arbeit gewonnen habe, und ihn auf den Kaminsims stellen – wäre das nicht schön, ein offener Kamin? Freunde, die zum Abendessen kämen, könnten den Pokal in die Hand nehmen und von allen Seiten betrachten. Er würde für Gesprächsstoff sorgen, die Leute würden über sein Gewicht witzeln, überlegen, ob man damit jemanden erschlagen könnte, Diskussionen über Politik und Kriminalität würden folgen, während wir griechischen Salat oder weiße Schokoladenmousse mit Passionsfrüchten von Nigella essen. »Weißt du, was mir an dir am allerbesten gefällt?«, fragte ich.

»Mein umwerfendes Aussehen? Mein guter Charakter? Mein messerscharfer Verstand?«

»Dass du so gut zuhören kannst. Hat dir das schon mal jemand gesagt?«

»Wahrscheinlich. Aber da hab ich wohl grade nicht zugehört.«

Er würde sich am Abend betrinken, dachte ich. Ich merkte es ihm an. An seinen Antworten, daran, wie er den Möwen eine Fritte nach der anderen hinwarf, sogar an der Art, wie er rauchte. Und es würde schön werden – wir beide in einem Pub in einer Stadt in der Provinz. Es fühlte sich beinahe an wie etwas Verbotenes, hier zu sein, weit weg von London, von den Mädels, wie in einem Versteck. Wir würden zusammenziehen. Ich konnte schon das Gespräch hören, das ich mit Meg führen würde. Wir würden uns umarmen, und sie würde mich ganz fest drücken. »Ich werde dich doch nicht verlieren, oder?«, hat sie mir ein paar Tage davor gesimst, nachdem ich ihr erzählt hatte, dass Luke ein Überraschungswochenende für uns geplant hatte. »Du bist für mich wie eine Schwester.«

Luke zündete sich noch eine Zigarette an, gab mir auch eine und sagte: »Als du gesagt hast, wir hören auf, meintest du ja wohl, nachdem wir dieses Päckchen aufgeraucht haben, oder?«

Das ist mein Leben, dachte ich. *Hier spielt sich gerade mein Leben ab.* In einer Stadt am Meer, wo ich mir, wenn ich die Farben der Kieselsteine sehe, wünsche, ich könnte malen, in klapprigen Regionalzügen, die am Bahnsteig 2 in der Victoria Station abfahren, mit Schaffnern, die immer noch »Guten Abend« sagen, mit einem Mann namens Luke Stuart Addison, der mir, als wir mit einem Karussell fahren wollten, gestand, dass er die 83-Kilo-Grenze überschritten hat, worauf ich vorgeschlagen habe, dass wir ab sofort unter der Woche auf Curry-Gerichte verzichten. Endlich, *endlich*, fühlte es sich an wie genug.

»Das klingt alles so erwachsen«, sagte ich. »Ich brauch ein Glas Wein.«

»Bierzeit«, sagte Luke.

Auf dem Weg zum Hotel dachte ich: *Das gehört jetzt auch zu uns.* Margate. Selbst der kleine Supermarkt, wo wir uns Fanta gekauft hatten. Ich nahm mir vor, es auf die Liste der Dinge zu setzen, die schon »unser« sind: das Thai House, unser Lieblingsrestaurant auf der Balham High Street, unser schönster Donnerstag, an dem wir uns im Clapham Picture House einen Film angesehen haben, die Brixton Academy, unsere Lieblingskonzerthalle. Ich hatte das Gefühl, zum ersten Mal seit Jahren mein Gleichgewicht gefunden zu haben. Bisher bin ich immer davor zurückgeschreckt, die Schlussfolgerung (ha, das ist mein Stichwort für diesen Eintrag!) zu akzeptieren, dass Luke mich glücklich macht, schließlich brauchen wir Frauen von heute dafür keinen Mann, oder? Aber ich muss es einfach gestehen: Seit ich ihn kenne, bin ich glücklicher.

Und jetzt ist er losgegangen, um Zigaretten zu kaufen. Unser letztes, *allerletztes* Päckchen. Seltsam, dass ich vor nicht allzu langer Zeit in einem anderen Hotel auf einen anderen Mann gewartet habe, der losgegangen war, um Zigaretten zu holen. Ich muss an die liebe, nette, alte Queenie denken, stelle mir vor, wie sie im Thorpe Park auf der Achterbahn fährt: wie sie sich in Todesangst mit ihren von Altersflecken übersäten Händen festkrallt, ihr runzliges Gesicht von der Fliehkraft platt gedrückt, während ihr weit aufgerissener Mund spitze Schreie der Angstlust ausstößt. Ich hoffe, sie schafft es zum Vergnügungspark. »Ich interpretiere die Welt mit Wörtern«, habe ich zu ihr gesagt. Welches Wort nehme ich für diesen Eintrag? »Schlussfolgerung« ist Quatsch, das hätte ich mit achtzehn genommen, als es unbedingt gebildete, mehrsilbige Wörter sein mussten. Manchmal sind die einfachsten Wörter die ausdrucksstärksten.

Wie »Freund« oder »Vertrauen« oder »Bindung«. Oder sogar »Liebe«.

Ja, das passt. *Liebe.*

■ ■ ■

Blogeintrag von Megan Parker,
7. April 2012, 11:20

OMG, habe gerade im Internet gelesen, dass Luke vorgeladen worden ist. Ich kann es nicht fassen; sie haben ihn auf ein Polizeirevier in Southampton gebracht. Anscheinend haben sie was gegen ihn in der Hand. Auf der Website der Polizei steht nichts, kein Wort, aber auf Twitter gibt's jede Menge.

Ich wusste, dass irgendwas mit ihm nicht stimmt. Einmal habe ich versucht, mit Alice darüber zu reden, aber sie wollte nichts davon wissen – sie war immer so halsstarrig, wenn es um Männer ging; vollkommen blind gegenüber ihren Fehlern. Sie hat sich richtig aufgeregt und behauptet, ich wäre nur eifersüchtig.

Ich habe allen Ernstes überlegt, in meinem Blog was darüber zu schreiben, dass er ein bisschen zwielichtig ist, aber Jeremy meinte, ich soll vorsichtig mit dem sein, was ich hier veröffentliche, und ich würde womöglich in Schwierigkeiten geraten, wenn ich Anschuldigungen verbreite. Aber Herrgott noch mal – *Luke*?

Man merkte es, wenn er mit Alice zusammen war. Er hat sie immer eifersüchtig beobachtet, und niemand hätte sich mit ihm anlegen wollen – er hat ein Kreuz wie ein Kleiderschrank. Alice hat mir mal erzählt, dass er sie einmal angeschrien hat, und ich habe mal erlebt, wie er in einem Pub total ausfallend geworden ist – okay, es war ein Zickenkrieg, aber er hat wirklich was Aggressives an sich. Er war erst kurz vorher aufgetaucht, aber er hat immer so getan, als wäre ich eine Randfigur. Dabei war sie *meine* beste Freundin, nicht seine.

Gott, ich kann es einfach nicht fassen. Nach dem Zeitungsartikel über den verwelkten Blumenstrauß bin ich zur Polizei gegangen und habe angeboten, noch eine Aussage zu machen, doch die hatten offenbar kein Interesse daran. Die nette Polizistin hat sich angehört, was ich zu sagen hatte, aber wenn man so durch den Wind ist, kommt alles ganz schräg raus, und dann fängt man an, an sich selbst zu zweifeln, und dann klingt man erst recht unglaubwürdig. Wahrscheinlich hat sie mich als »emotional angegriffen« abgehakt. Klar bin ich mit den Nerven runter, welche Frau wäre das nicht, nachdem ihre beste Freundin gestorben ist? Es ist, als wäre eine Hälfte von *mir* gestorben.

Ich sage »gestorben« und nicht »ermordet worden«, weil wir uns darauf geeinigt haben. Wenn es keiner von den Drecksäcken war, die sie vor Gericht gebracht hat, und wenn sie es nicht selbst getan hat, dann müssen wir wohl oder übel akzeptieren, dass es ein schrecklicher Unfall war – aber warum wird Luke dann jetzt verhört? Mein Gott, LUKE. Die laden jedenfalls keinen vor, wenn sie nicht einen guten Grund dafür haben, und er war stinkwütend darüber, dass Alice ihm den Laufpass gegeben hatte; sie hat mir erzählt, er wäre am Boden zerstört gewesen, als sie es ihm gesagt hat, und wäre fast durchgedreht. Seine Augen hätten gefunkelt wie bei einem Verrückten. Aber wenn er sie wirklich geliebt hat, wie wollte er dann das mit Prag erklären? Alice und ich haben uns immer alles erzählt, so ist das unter besten Freundinnen. Wie viel Hass muss jemand im Herzen haben, um eine Frau zu betrügen, die so vertrauensvoll ist wie Alice?

Nichts ist so einfach, wie es aussieht, meint Jeremy, aber der redet oft in Rätseln und gibt theoretische Antworten auf Fragen. »Ein Mensch ist nicht tot, solange sein Name ausgesprochen wird«, sagt er immer, natürlich ohne zu erwähnen, dass das ein Zitat von Terry Pratchett ist. Als hoffte er, ich würde annehmen, die Weisheit stamme von *ihm*.

Er sagt mir, ich soll vorsichtig sein mit meinem Blog, weil ich, ohne es zu wollen, einen verzerrten Eindruck erwecken könnte, aber das Fernsehinterview, das ich gegeben habe, war am Ende eine schlechte Entscheidung. Ich sah noch nicht mal aus wie ich selbst. Dann hat irgendjemand paraphrasierte Brocken aus dem, was ich gesagt hab, auf Alice' Facebook-Seite gepostet, und ein Journalist von einer Lokalzeitung hat davon Auszüge recycelt (noch dazu total schlampig, aber bis dahin war mir alles egal, denn die paar Sätze von mir, die sie im Fernsehen gebracht haben, waren total aus dem Zusammenhang gerissen) und als Zitate von Megan »Harker« bezeichnet, woraufhin sich noch mehr Leute auf Facebook gestürzt und klugscheißerische Bemerkungen über das abgesondert haben, was ich angeblich der Zeitung erzählt hatte.

Es ist einfach so, dass man, wenn man jemanden verliert, der einem richtig nahegestanden hat, regelrecht paranoid wird; man misstraut allen und jedem. Ehrlich gesagt wird mir sogar Jeremy langsam unheimlich. Wie der über seine Frau redet, als gehörte sie einer niederen Spezies an. Ich würde nie zulassen, dass ein Mann so über mich redet, und das hätte Alice auch nicht getan, hundertpro. Sie hätte dem Macker gesagt, dass wir im Jahr 2012 leben und nicht in der verdammten Steinzeit.

Neulich hat er mich abends zu sich eingeladen, um neue »Beiträge« aufzunehmen und seine Frau kennenzulernen, bloß dass seine Frau gar nicht zu Hause war. Er hat eine Flasche Wein aufgemacht, einen chilenischen Rotwein, den er als kräftigen Tropfen, bei dem es einem ganz anders wird, beschrieb, und wir haben darüber geredet, wie die Chancen für mich stehen, noch mal ein Studium anzufangen. Er hat mir ein Empfehlungsschreiben versprochen, obwohl er mich erst seit Kurzem kennt. Man würde mir besonders entgegenkommen, meinte er, wegen Alice. Am Ende war ich ein bisschen betrunken und bin über Nacht geblieben.

Hab grade auf Twitter gelesen, dass die Polizei Luke vorgeladen hat, weil er an dem Abend, als Alice gestorben ist, in Southampton war. Das also war der Grund. Heilige Scheiße, das steht in krassem Widerspruch zu dem, was er anfangs gesagt hat. Irgendein Anwalt auf Twitter meint, die können ihn vierundzwanzig Stunden lang festhalten, ohne Anklage zu erheben, aber dass sie ihn wahrscheinlich richtig in die Mangel nehmen und seine Wohnung durchsuchen werden und alles.

Wo Rauch ist, da ist auch Feuer, so heißt es doch.

Am besten ich rufe Alice' Mutter an. So ein Mist; gerade wo wir gedacht haben, es könnte nicht noch schlimmer kommen für ihre armen Eltern.

Sie hat sogar schon ein eigenes Hashtag. Ist das alles, was von meiner besten Freundin übrig bleibt? #alicesalmon?

Kommentar zu obigem Blogeintrag:

Megan, ich kann dich nur um Verzeihung bitten, wenn ich dir je einen Grund gegeben habe, dich in meiner Gegenwart unwohl zu fühlen. Fliss und ich würden uns sehr freuen, wenn du am Wochenende zum Abendessen kommen würdest – dann könnt ihr beide euch endlich kennenlernen. Du hast meine Handynummer – ruf mich an, dann können wir alles besprechen.

Jeremy »Silver Surfer« Cooke

▪ ▪ ▪

Voicemail-Nachricht von Alice Salmon an Megan Parker, 4. Februar 2012, 20:43

Wo steckst du, Parker? Ich hoffe, du hast deine Bridget-Jones-Unterhose an … es ist bestimmt eiskalt in den Bergen. Ich muss dir ein Geständnis machen, ein ganz winziges … Okay, ein Hammer von einem winzigen, du rastest komplett aus, deswegen sag ich es dir erst, wenn du mich zurückrufst. Meg, noch mal so lange wie seit wir die Uni abgeschlossen haben, dann sind wir dreißig! Dirty thirty! Ich hab vielleicht was getan, was ich schon seit Ewigkeiten nicht mehr gemacht hab, was *vielleicht* mit ’ner klitzekleinen Linie zu tun haben könnte. Sei mir nicht böse, Meg, gönn mir ein bisschen Spaß. Ich brauch das. Ich muss einfach mal raus aus allem. Ich versuche, nicht mal an diese Mail auf dem Laptop meiner Mutter zu denken. Komm von deinem Hügel runter und ruf mich an. Sofort. Blöde Parker!

▪ ▪ ▪

Southampton StudentNet Online Forum, 7. April 2012

Thema: Verhaftung

> Hab gehört, dass im Fall Alice Salmon der Freund verhaftet wurde. Hatte schon immer das Gefühl, dass der Typ zwielichtig ist.
>
> *Von: ExtremeGamer, 13:20 Uhr*

> Ach, und woher kam das Gefühl genau? Warst du ein Kumpel von ihm, ExtremeGamer, oder ist das schon wieder so ’ne Schnapsidee von dir?
>
> *Von: Su, 13:26 Uhr*

Die Tatsachen sprechen für sich. Er wurde verhaftet.

Von: ExtremeGamer, 13:33 Uhr

Laut Bookface war er von 2003 bis 2006 in Liverpool an der Uni. Scheint 'ne Intelligenzbestie zu sein, denn er hat mit 'ner Eins abgeschlossen und ist gleich bei 'ner großen Baufirma in so'n Graduiertenprogramm reingerutscht.

Von: Graeme, 13:56 Uhr

Ein Wunder, dass er es überhaupt an die Uni geschafft hat – die Schule, auf die er gegangen ist, war ziemlich beschissen.

Von: Lex, 14:14 Uhr

Als ich in der Oberstufe war, hatte ich einen in der Klasse, der wahrscheinlich der intelligenteste Typ von der ganzen Schule war, aber freitagsabends hat er sich immer mit den größten Rüpeln angelegt. Bloß weil einer intelligent ist, heißt das noch lange nicht, dass er seine Fäuste nicht einsetzen kann.

Von: Baz the driver, 14:28 Uhr

Ich hab in einer Zeitung einen »Hintergrundbericht« über ihn gelesen … Seine Eltern haben sich getrennt, als er acht war. Irgendein Psychiater wurde zitiert, der sagte, unterdrückte Gefühle, die von so einem Scheiß verursacht werden, können sich Jahrzehnte später in Form von Frauenfeindlichkeit Bahn brechen.

Von: Fi, 14:41 Uhr

Schön, dass du wieder da bist, Fi! Wieso läuft in deinem Kopf immer alles auf Frauenfeindlichkeit raus?

Oder ist das jetzt ein frauenfeindlicher Kommentar? Kann es nicht einfach sein, dass er ausgerastet ist und sie ins Wasser geworfen hat?
Von: Tom, 14:46 Uhr

Moment mal, ihr spannt schon wieder den Karren vor das Pferd. Es werden jeden Tag Leute festgenommen, ohne dass Anklage gegen sie erhoben wird. Es bedeutet nichts weiter, als dass sie meinen, genug zu wissen, um einem auf den Zahn zu fühlen.
Von: Jacko, 14:54 Uhr

Ich glaub immer noch, dass sie selbst gesprungen ist.
Von: The Other Katniss, 14:54 Uhr

Hab gehört, er war ein vielversprechender Rugbyspieler, als er jünger war. Hatte als Schüler eine Probezeit bei den Harlequins, hat sich aber irgendwann das Knie verletzt, und dann war Essig damit.
Von: Phil, 15:20 Uhr

Noch wichtiger: Habt ihr die Fotos von ihm gesehen? Ich meine – HALLO!
Von: Christi, 15:31 Uhr

Kommt er auf Kaution raus?
Von: Not so plain jane, 15:49 Uhr

Kommt drauf an. Die haben vierundzwanzig Stunden, dann müssen sie entweder Anklage erheben oder einen freilassen. Die können eine Verlängerung bekommen, aber das ist nicht so einfach. Ich hab eine Sendung im Fernsehen gesehen, da haben sie einen

Typen sechsundneunzig Stunden festgehalten, dafür brauchten sie allerdings die Genehmigung eines Richters.

Von: ArtConnoisseur, 15:50 Uhr

Einmal mehr sehe ich mich gezwungen, euch mitzuteilen, dass ich diesen Thread hiermit entferne. Ich möchte euch daran erinnern, dass es hier um eine laufende polizeiliche Ermittlung geht und eure Kommentare die Ermittlung behindern können.

Von: StudentNet Forum Administrator, 16:26 Uhr

Alles Quatsch, denn keiner hat seinen Namen erwähnt, falls du diesen Thread gelesen hast.

Von: Barley Mow, 16:26 Uhr

▪ ▪ ▪

E-Mail von Professor Cooke,
23. Juli 2012

Von: jfhcooke@gmail.com
An: Elizabeth_salmon101@hotmail.com
Betreff: Sag's mir

Meine liebe Liz,
ich wollte dir schreiben, damit du es von mir erfährst, aber die Ereignisse haben sich überschlagen. Dieser Brief war – *ist* – tatsächlich von mir. Ich habe schon immer eine krakelige Handschrift gehabt.

Du wirst es mir vielleicht nicht glauben, aber als ich mit meinen Recherchen über Alice anfing, konnte ich mich kaum noch an den Brief erinnern. 2004 war mein Leben ein einziges

Chaos. Dann kam Alice, und sie hat mich an all die Gefühle erinnert, die ich zu unterdrücken versucht hatte – was mir sogar weitgehend gelungen war. Die Gefühle für dich vor allem. Dann, als ich erfuhr, wer sie war, fühlte ich mich, als wäre ein Teil meiner Vergangenheit – ein Teil von mir – wieder zum Leben erweckt worden. Einmal habe ich sie zu einem Umtrunk eingeladen, der jährlichen Anthropologenparty.

»Klingt ja wie ein echter Knaller«, scherzte sie. »Wird da nicht nur gefachsimpelt?«

»Sie bekommen eine Sondererlaubnis, weil Ihre Mutter hier gearbeitet hat.«

Sie zögerte.

»Es gibt kostenlose Drinks«, sagte ich. Das war mein entscheidender Trumpf.

»Krass, wie ihr Profs die Sau rauslassen könnt«, bemerkte sie, als sie uns herumschlurfen sah wie aufgewärmte Leichen. »Wo ist die Musik? Wo sind die Drinks?«

Drei Stunden später waren wir in meinem Büro. Sie hatte einen Joint aus der Tasche gezogen, wir rauchten, und es erinnerte mich an das, woran mich meine Tätigkeit an der Uni eigentlich immer erinnern sollte, wie ich schon oft gedacht habe. Sie sagte, ihr sei ein bisschen komisch zumute und setzte sich auf meinen Schoß. Ich sagte: »Nein, nicht.« Später ist sie auf dem Sofa in der Ecke eingeschlafen, und ich habe versucht, sie mit meinem Pullover zuzudecken, aber sie streckte die Arme aus und schlang sie um meinen Hals. »Du riechst gut«, sagte sie. Was dann passierte, hatte ich nicht geplant – das musst du mir glauben, Liz –, aber meine Hand berührte ihr Haar, und es war wie ein elektrischer Schlag: wie ein Stromstoß von dir, der mich durchzuckte.

Ich bin betrunken, Liz. Nicht, dass man mir das anmerken würde. Nicht mal das kann ich gut: mich betrinken. Sieh dir diese E-Mail an: Selbst die verdammte Zeichensetzung ist fehlerfrei. Ich werde mir noch einen Drink genehmigen. Der lüsterne Gelehrte wird sich volllaufen lassen. Ein nüchterner Betrunkener. Wenn das kein Oxymoron ist! Hör dir das an: *ein Oxymoron!* Selbst besoffen bin ich noch großspurig.

Fliss weiß alles über unsere Affäre. Es wird ihr das Herz brechen, wenn sie erfährt, was ich mit Alice gemacht habe, aber ich bin ihr die Wahrheit schuldig. Wir dürfen nicht mit Geheimnissen sterben, und ich ersticke buchstäblich in Geheimnissen. Ich wünschte, man hätte mir ein ganz bestimmtes Geheimnis früher enthüllt: dass sie die Seele zerfressen.

Du hast oft vom Hier und Jetzt gesprochen, Liz – tja, das Problem damit ist, dass es so verdammt flüchtig ist. Wer hätte das gedacht? Der vermaledeite Krebs. Eine Sorte, die so selten ist, dass Vorhersagen über seine Entwicklung unmöglich sind. Er wird mich nicht gleich umbringen, aber es ist fraglich, ob ich die Siebzig erreichen werde. Es tut mir leid, wenn das unappetitlich ist, aber so ist das, wenn man alt und krank wird: Man wird weniger einfühlsam und weniger empfindlich gegenüber Peinlichkeiten.

Glaubst du, du könntest die Größe aufbringen, mich nicht ganz und gar zu verachten? Die Liz, mit der ich einen Abschnitt meines Lebens geteilt habe, hätte es gekonnt. Die, mit der ich am Chesil Beach gestanden habe, die vor Begeisterung gejauchzt hat beim Anblick der Tizians und Caravaggios in der National Gallery, die – Anfang zwanzig, aber immer noch kleinmädchenhaft – gestrahlt hat, als sie erfuhr, dass der Pelz auf Hirschgeweihen »Bast« genannt wird. Verstehen und Verzeihen: Um mehr geht es eigentlich nicht. Und Gerechtigkeit.

Wir sollten uns nicht für uns selbst schämen; wir dürfen nicht so tun, als hätte es uns nie gegeben. Wir hatten eine Beziehung, wir haben miteinander geschlafen, wir haben gefickt. Wir sind wichtig.

Es regnet. Ich glaube, ich werde hier übernachten. Es wäre

nicht das erste Mal, dass ich mitten in einem Chaos aus Papierkram aufwache und mein Handy mir jede Menge verpasste Anrufe von Fliss anzeigt. Was habe ich dieser Frau alles zugemutet. Ich bin so egoistisch. Aber sollte man nicht nach dem beurteilt werden, wie man sich typischerweise verhält, nach dem Menschen, der man über die Jahre tagaus, tagein ist, anstatt nach dem Besten oder dem Schlechtesten, was man im Leben getan hat? Wäre das nicht ein gerechteres Barometer des Lebens, das man gelebt hat, des Menschen, der man gewesen ist?

Wenn ich aufwache, ist es vielleicht besser. Sag mir, dass es so sein wird. Sag mir, dass ich schlafen werde. Sag mir, dass ich heute Nacht nicht die Wände anstarren werde, mich nicht beherrschen muss, um nicht zu schreien oder mich an meine Bücher zu klammern oder in den Kondensatfilm am Fenster zu schreiben: JFHC RIP. Sag mir, dass ich, wenn ich aufwache, wieder neun sein werde – oder vierzehn, selbst fünfunddreißig würde mir reichen. Ich würde den scharfen Schmerz der Gürtelschnalle meines Vaters akzeptieren, dieses boshaften alten Scheißkerls, die Quälereien auf dem Schulhof, Fliss' schwermütiges Mitgefühl, wenn sie mich im Krankenhaus besucht, die zunehmend sinnlosen Gespräche über Vornamen und Kindergärten und Schulen, die erschöpfende Verzweiflung der mittleren Jahre. Ich würde alles akzeptieren, um nicht ein Mann zu sein, der das schwarze Nichts auf sich zukommen sieht.

Lass mich einen tiefen Schlaf schlafen. Lass mich Whisky trinken. Lass mich sanft der Welt entgleiten.

War es sanft für dich, als du um ein Haar in die gütige Nacht gegangen wärst? An dem Tag im Speisesaal, die schwarzen Balken des Kriegsschiffs der Tudors über dem Kopf, die von Generationen von Studentenellbogen glatt polierte Tischplatte tief unter den Füßen? Du musst dich vollkommen allein gefühlt haben.

Nach unserer Trennung bin ich zu einem Psychologen gegangen, und er hatte einen Lieblingsspruch: Der Schmerz muss irgendwohin. Im Moment geht meiner zu dir. Es ist unfair, aber wo sonst soll er hin? Wo er von da hingeht, bleibt dir überlassen. Ich bin zu müde, um mich dafür zu interessieren. Ist es nicht bemerkenswert? Der Mann, dem seine Entscheidungsfreiheit immer über alles gegangen ist, legt sein Schicksal in die Hände eines anderen.

Hab Mitleid mit mir. Wirf mich den Löwen vor. Es ist deine Entscheidung.

Sie wird zu ihrem Recht kommen, wenn ich nicht mehr bin. Fliss, meine ich. Ich *weiß* es einfach. Sie wird mich stolz auf sie machen. Ich wünschte, ich könnte dasselbe über mich sagen.

Gute Nacht. Schlaf gut. Träum was Schönes. Das hätte ich zu meinen Kindern gesagt, wenn ich welche gehabt hätte.

Es tut mir leid.

Alles Liebe, Jem

■ ■ ■

**Erklärung der Polizei von Hampshire,
7. April 2012, 17:22**

Gegen den 27-Jährigen, der unter dem Verdacht festgenommen wurde, den Mord an einer ehemaligen Studentin der Universität von Southampton begangen zu haben, wurde keine Anklage erhoben.

Die Polizei bestätigt, dass nach dem Verhör im Fall der am 5. Februar verstorbenen Alice Salmon kein Haftbefehl gegen den Mann erlassen wurde.

Der Mann aus Südlondon war gestern verhaftet worden, nachdem eine neue Zeugin eine für den Fall relevante Aussage gemacht hatte, er war nach seinem Verhör jedoch wieder auf freien Fuß gesetzt worden.

Detective Superintendent Simon Ranger erklärte: »Unsere Ermittlungen konzentrieren sich auf die genauen Umstände, die zu Alice Salmons Tod geführt haben. Die Autopsie ergab, dass sie ertrunken ist, aber wir arbeiten systematisch daran, ihre letzten Schritte zu rekonstruieren.

Ich möchte mich bei allen bedanken, die uns bisher geholfen haben, und ich betone, dass wir weiterhin daran interessiert sind, mit Personen zu sprechen, die Alice Salmon an dem Abend gesehen oder in der Nähe des Flussufers irgendetwas beobachtet haben.«

Alice Samons Leiche wurde am 5. Februar um 07:15 Uhr GMT entdeckt.

Falls Sie irgendwelche Informationen haben, die für die Ermittlung von Bedeutung sein könnten, melden Sie sich bitte auf dem Revier, oder rufen Sie anonym unter der Nummer 0800-555111 bei Crimestoppers an.

■ ■ ■

Auszug aus einem Polizeiprotokoll; Gespräch zwischen Detective Superintendent Simon Ranger, Detective Julie Welbeck und Elizabeth Salmon auf dem Polizeirevier Southampton Central, 5. August 2012, 17:45

ES: Haben Sie Kinder?

SR: Ja, eine Tochter.

ES: Wie alt?

SR: Sieben. Warum?

ES: Weil sie groß werden und man sie nicht beschützen kann. Man tut sein Bestes, um sie auf den bestmöglichen Weg zu bringen, aber irgendwann muss man sie loslassen und sie ziehen lassen. Man kann sie nicht in Watte packen. Entweder wir verhätscheln unsere Kinder, oder wir verkorksen sie. Was machen wir Eltern bloß?

SR: Gibt es einen bestimmten Grund, warum Sie heute hergekommen sind, Mrs Salmon? Wir hatten sie nicht erwartet.

ES: Ich wollte Blumen am … am … Flussufer ablegen. Das Wasser muss schrecklich kalt gewesen sein.

SR: Ich nehme an, Sie haben uns auch etwas mitzuteilen?

ES: Sechs Monate sind vergangen. Wo bleiben die Antworten?

SR: Ich kann mir vorstellen, wie schmerzhaft das alles für Sie sein muss.

ES: Ach, wirklich? Das bezweifle ich. Denn wenn Sie Ihre Schicht beendet und Ihren Papierkram erledigt haben – was werden Sie über mich schreiben? Dass ich sprunghaft, labil, betrunken bin? –, werden Sie Ihre Tochter zu Bett bringen und warm zudecken, und ich, ich … ich habe nicht die leiseste Ahnung, was ich tun werde.

Salmon steht auf und geht im Raum auf und ab … fängt wieder an zu weinen …

ES: Ich bin nicht dumm.

JW: Das hat auch niemand behauptet. Wollen Sie vielleicht jetzt eine Tasse Tee?

ES: Tee, nein, kein Tee. Er hat sie gestalkt.

SR: Wer?

ES: Dieser Professor, der das Buch über Alice schreibt, er hat sie gestalkt, als sie an der Uni war. Er hat sie ausgenutzt, ja, ein Mann in mittleren Jahren und sie eine Studienanfängerin, kaum achtzehn, das erste Mal fort von zu Hause. Mir wird ganz schlecht, wenn ich daran denke, wie er sie in seine Höhle gelockt hat, wie er gewartet hat, bis sie betrunken war, um sich dann über sie herzumachen. Meine

Kleine, wie ein Lamm zur Schlachtbank geführt. Ich habe Beweise. Ich habe eine E-Mail von Cooke, in der er es sogar zugibt.

SR: Bitte setzen Sie sich, Mrs Salmon …

ES: Die reinste Beichte, vielleicht hatte er einen Rückfall in seine katholische Erziehung. Es war Weihnachten 2004: Er hat sie mit in sein Büro genommen, dieses widerliche Loch und … *[Salmon wiegt sich vor und zurück, weint und schaut nach oben.]* … Sie müssen ihn festnehmen.

SR: So einfach ist das nicht.

ES: Aber ich habe Beweise. Sein Geständnis, das ist doch ein *Beweis*!

SR: Ich weiß, dass das schmerzvoll ist …

ES: Nichts tut so sehr weh, als wie wenn man ein Kind verliert. Man fühlt sich nur noch benommen.

JW: Mrs Salmon, haben Sie getrunken?

ES: Und wenn schon? Alkohol macht noch ein bisschen mehr benommen – wie Wasser, das über Eis läuft. Würden Sie an meiner Stelle nicht trinken?

SR: Doch, vermutlich würde ich das tun. Wollen Sie wirklich keinen Tee?

ES: Hören Sie auf, mir Tee anzubieten! Was soll mir eine Tasse Tee nützen? Alice ist *tot*. Der Pfarrer hat gesagt: Wahrscheinlich brauchte Gott noch einen Engel, aber sie war nicht Gottes Engel, den er sich einfach holen konnte, sie war meine Tochter. Sie haben ihren Fall doch aufgegeben; wenn die Medien nicht so einen Rummel darum machen würden, hätten Sie ihn längst zu den Akten gelegt. Was die Medien verbreiten, mag vielleicht nicht alles stimmen, aber zumindest haben die sie nicht vergessen.

SR: Ich kann Ihnen versichern, dass wir weiterhin in alle Richtungen ermitteln.

ES: Sie sollten Cooke verhaften, die anderen Richtungen können Sie sich sparen.

SR: Hat Ihre Tochter damals mit Ihnen oder sonst jemandem über das gesprochen, was da angeblich vorgefallen ist?

ES: Von wegen *angeblich*! Und, nein, hat sie nicht, jedenfalls nicht mit mir. Sie hat das alles runtergeschluckt – wenn ich davon erfahren hätte, hätte ich sofort die Polizei verständigt … und dann hätte ich diesen Unmenschen persönlich aufgesucht und ihn fertiggemacht, bis er sich gewünscht hätte, er wäre nie geboren worden.

Salmon umschlingt sich mit den Armen, weint …

ES: Alles, was Sie bisher fertiggebracht haben, ist, Luke auf blauen Dunst hin zu verdächtigen – das ist das Lächerlichste, was ich je erlebt habe.

SR: Jemanden wegen Mordverdachts zu verhaften ist kein Schritt, den wir leichtfertig tun.

ES: Der Junge hat meine Tochter geliebt, und das werde ich ihm nie vergessen. Sie sollten lieber diesen Cooke verhören. *Irgendjemand* hat sie umgebracht, und dieser Mann ist offensichtlich auf sie fixiert – damals wie heute.

SR: Was macht Sie da so sicher?

ES: Es war kein Unfall, und meine Alice hätte sich nie – hätte das niemals selbst getan. Ich hab es sogar im Traum gesehen.

JW: Vielleicht sollten wir eine fünfminütige Pause einlegen.

ES: Der arme Kerl, er trauert um seine Freundin, und Sie machen ihm die Hölle heiß.

SR: Mit Verlaub, es ist meine Aufgabe, Muster herauszuarbeiten.

ES: Muster. *Muster?* Da ist eins: Die Regenschlieren am Fenster hinter Ihnen. Das hätte Alice gefallen. Tierspuren im

Schnee, Bläschen in der Limonade, die Streifen im Fell der Tigerkatze, die sie als Kind hatte … es war ein Kater, er hieß Gandalf. Sie war ein Fan von *Herr der Ringe*, lange bevor die Bücher verfilmt wurden.

JW: Mrs Salmon, ich sehe, dass das alles schwierig für Sie ist, und das ist verständlich. Sind Sie in ärztlicher Behandlung?

ES: War ich … er kann mir nicht helfen.

SR: Nehmen Sie irgendwelche Medikamente, von denen wir wissen sollten, Mrs Salmon?

ES: Das nennt sich Selbstmedikation.

JW: Sie werden wahrscheinlich nach Hause gehen, wenn wir hier fertig sind?

ES: Nach Hause? Nach Hause? Das wäre eine Möglichkeit.

JW: Ist Ihr Mann daheim?

ES: Er ist weg.

Salmon weint.

ES: Irgendwann muss jeder für seine Sünden bezahlen.

SR: Mrs Salmon?

ES: Ich habe etwas Schlimmes getan. Alice hat eine Mail gesehen, die Jem – ich meine Cooke – mir geschickt hat. An dem Tag, als sie gestorben ist.

SR: Warum hat er Ihnen eine E-Mail geschickt?

ES: Er versucht, sein Haus in Ordnung zu bringen, bevor er den Löffel abgibt, und wir waren früher mal ein Paar.

SR: Was stand denn in der E-Mail? Wie hat Alice darauf reagiert?

ES: Wir haben nicht darüber gesprochen … Sie hat mir jede Menge SMS geschickt … sie schrieb, ich sei zum Kotzen, eine Heuchlerin, eine Lügnerin, doppelzüngig … Sie ist mir so ähnlich, meine aufbrausende Tochter. Glauben Sie an Karma, Superintendent? Ich jedenfalls muss in einem meiner früheren Leben etwas ziemlich Schlimmes angestellt haben.

JW: Geht es Ihnen gut? Oder brauchen Sie eine kleine Verschnaufpause?

ES: Es geht mir alles andere als gut. So schlecht ist es mir seit 1982 nicht mehr gegangen. Was, wenn er mir was antut? Er hat nichts mehr zu verlieren.

JW: Vielleicht sollten wir Ihren Mann anrufen – wo können wir ihn erreichen?

ES: Keine Ahnung. Ich hoffe, dass dieses verdammte Buch ihn zugrunde richtet, diesen Cooke. Was ist schon ein Buch, Superintendent? Es ist nichts. Papier, Druckerschwärze, Eitelkeit. Eine Million Seiten können das Glück eines Menschen nicht aufwiegen.

SR: Ihr Sohn – er heißt Robert, nicht wahr? –, könnten wir ihn anrufen und ihn bitten, Sie abzuholen?

ES: Das macht der nicht. Raten Sie mal, als was er mich letzte Woche beschimpft hat. Als Säuferin! Seine eigene Mutter. Charmant, was? Kann ich noch ein bisschen hierbleiben?

SR: Selbstverständlich können Sie so lange bleiben wie nötig, aber wird Sie später jemand abholen?

ES: Könnte der Kontaktbeamte vielleicht mit zu mir kommen? Ich weiß nicht, ob ich es aushalte, heute allein zu sein.

■ ■ ■

Blogeintrag von Megan Parker,
3. August 2012, 20:24

Was Cooke macht, ist krank. Er hatte mir versichert, es würde eine Ehrung werden, aber was dabei rausgekommen ist, ist Rufmord. Ich fasse es nicht, dass ich bei dieser Grabschändung mitgemacht habe. Ich gelte als Kommunikationsgenie, verdammte Scheiße! Ich hatte die besten Absichten, doch die Trauer hat mir die Sicht getrübt. Aber jetzt ist Schluss – ich will nichts mehr mit ihm zu tun haben, und ich bitte alle meine Freunde und alle, die Alice' Freunde waren, sich von ihm zu distanzieren.

Der Mann ist schlimmer als die Boulevardpresse – als wäre es nicht genug gewesen, in ihrer Vergangenheit rumzuwühlen, jetzt zerpflückt er auch noch ihre letzten Stunden.

Jetzt hat er sogar ganz offiziell Luke den Rücken gestärkt und scheinheilig erklärt, wir sollten der Polizei vertrauen, aber wie soll man denen denn vertrauen, wenn man von all diesen Justizirrtümern hört?

Ganz ehrlich, dieser Cooke ist nicht normal. Anfangs fand ich ihn ja wirklich nett, aber er interessiert sich mehr für mich als für Alice, redet auf mich ein, ich soll meinen Traum verwirklichen und wieder studieren. Er meinte, ich würde garantiert einen Studienplatz bekommen, vor allem wenn er sich für mich einsetzt.

»Danke, aber ich würde sowieso nicht in Southampton bleiben«, habe ich geantwortet. »Zu viele Geister der Vergangenheit.«

»Diese illustre Einrichtung hatte ich gar nicht im Sinn. Mein Ruf mag nicht mehr der sein, der er einmal war, aber ich habe immer noch gute Beziehungen in Akademikerkreisen. Nicht dass Sie eine Empfehlung von mir bräuchten. Sie sind intelligent, Sie sind einfühlsam, Sie haben Berufserfahrung – die Universitäten werden sich also um Sie reißen. Und wenn nicht, dann sollten sie es verdammt noch mal tun!«

Dann, neulich abends – seine Frau war *zufällig* nicht zu Hause, wer hätte das gedacht? –, bekam er einen Anruf, sodass ich mich ein bisschen umsehen konnte (Alice hat immer gesagt, Neugier ist ein guter Charakterzug!), und in einer von seinen Schubladen hat er eine Akte voller Fotos. Aber das waren nicht die Fotos, die wir gesammelt haben, sondern andere, und mittendrin – ganz körnig wie ein Druck von einem eingescannten alten Foto – eins von IHR als Kind an einem Strand. Das hat mich total umgehauen, und dann, weil ich keinen Verdacht erwecken wollte, musste ich mit ihm im Esszimmer sitzen, das Bild von Alice in einem pinkfarbenen Bikini mit weißen Punkten und Schwimmflügeln an den Armen ins Gedächtnis gebrannt, während er irgendwas von »Trauerphasen« gelabert hat, als würde er einen Vortrag halten. Ich glaub, der Typ hat 'ne Ecke ab. Eine innere Stimme in mir schrie: *Lauf weg!*

Er redete von Schuld, aber wo soll ich da anfangen? Dass ich an dem Wochenende nicht bei ihr war, um auf sie aufzupassen, dass ich auf ihre SMS und ihre Voicemails nicht geantwortet habe, dass ich ihr keine bessere Freundin gewesen bin? Und dann (wir haben uns oft darüber gestritten, ob man einen Satz mit »und« anfangen kann, aber sie hat immer darauf beharrt, dass das in Ordnung ist ... ich muss sogar an sie denken, wenn ich etwas in Klammern setze, weil sie das so viel gemacht hat) kommt die Wut. Wut darüber, dass alte Säcke Fotos von ihr im Bikini sammeln und Aufreißer wie Luke wieder in Pubs rumhängen können, nachdem sie die Polizei angelogen haben. Chloe und Lauren finden, ich soll nicht so ekelhaft zu ihm sein. Aber warum nicht? Ich habe das Gefühl, wenn ich diese Wut aufgebe, dann gebe ich auch Alice auf.

Ich werde dieses Blog nicht weiterführen. Ich dachte, indem ich mich zu Wort melde, würde ich damit Alice' Andenken würdigen, aber so ist es nicht. Vielleicht ist es wichtig, dass wir uns Klarheit verschaffen, doch das, was wir hier treiben, macht sie auch nicht wieder lebendig. Diese lüsterne Detailversessenheit, dieses zwanghafte Suchen nach Logik, wo es vielleicht gar keine gibt – das ist doch keine Art, Respekt zu zeigen. Die Einzelheiten ihrer allerletzten Minuten – die gehören ihr, nicht uns. Sie sind das einzige Geheimnis, das ihr bleibt.

Die öffentliche Meinung scheint sich auf die Theorie eingeschossen zu haben, dass sie am Ende allein war, und damit wären die genauen Einzelheiten wohl irrelevant. Kümmert euch nicht um Cooke, er ist ein erbärmlicher, in Verruf geratener Perverser, der überall Skandal und Intrigen wittert, wo nichts ist. Weil es in seinem eigenen Leben nichts Spannendes und Dramatisches gibt, sucht der Typ anderswo danach. Ob sie an dem glitschigen Ufer ausgerutscht oder über eine Wurzel gestolpert ist oder ob sie das schwarz schimmernde Wasser betrachtet hat und hingefallen ist, was spielt das für eine Rolle? Selbst wenn sie in ihrem vollen Kopf gedacht hat, dass es Zeit war, na ja, schlafen zu gehen, das sollte ihre Privatsache bleiben. Ihr letztes Geheimnis. Es passt doch irgendwie.

Sie war eine Romantikerin, unsere Alice, sie hatte eine Schwäche für rote Rosen, tragische Heldinnen, tränenverschmierte Tinte auf Liebesbriefen. (Alice Palace, meine Tränen fallen gerade auf meine Tastatur.) Du hast dich also volllaufen lassen und bist ins Wasser gefallen, Alice ... Wenn du nicht gestorben wärst, würden wir uns darüber totlachen, es wäre eine Geschichte, die wir auf jeder Party erzählen würden; das wird dir fehlen, oder? Echt typisch ...

Der Tod kommt zufällig, und wenn man sich dagegen wehrt, treiben die Fragen einen in den Wahnsinn.

»Es gibt genug offene Fragen, um ein Buch zu füllen«, hat Alice' Mutter einmal spät abends während eines unserer stundenlangen, tränenreichen Gespräche zu mir gesagt.

Betrunkene Frauen fallen manchmal ins Wasser und ertrinken.

Bevor ich die beste Freundin, die ich je hatte, in Frieden ruhen lasse, muss ich noch eine Sache klarstellen. Unser gefeierter, viel gepriesener Professor, der Fotos von kleinen Mädchen in Bikinis sammelt – glaubt kein Wort von dem, was er in seinem Buch schreibt. Der Mann ist ein gemeingefährlicher Perverser: Er hat versucht, mich zu vergewaltigen. Als ich vom Esstisch aufgestanden bin und mich verabschieden wollte, hat er mich gepackt. Seine Hand fühlte sich an wie ein Schraubstock.

Nach mir die Sintflut! – Hallo Lissa!

Kommentare zu obigem Blog:

Ich habe vergeblich versucht, Sie telefonisch und per E-Mail zu erreichen, also bleibt mir nichts anderes übrig, als hier einen Kommentar zu hinterlassen: Ich kann verstehen, dass Sie aufgebracht sind, aber Ihre Anschuldigungen sind äußerst schwer und vollkommen unbegründet. Wenn Sie sie nicht innerhalb von zwölf Stunden löschen, werde ich rechtliche Schritte einleiten. Ich bin sehr enttäuscht von Ihnen, Megan.

Jeremy »Silver Surfer« Cooke

»Rechtliche Schritte einleiten« – Sie machen mir keine Angst, Professor Cooke. Ich lasse mich von einem Macker wie Ihnen nicht einschüchtern; das hätte Alice nicht gewollt. Ich habe ein Recht auf meine eigene Meinung. Ich werde dieses Blog schließen, aber nicht, weil es Ihnen zupasskommt – und was bereits hier steht, bleibt da stehen, aus Achtung vor Alice, denn Achtung hat meine beste Freundin, falls Sie und Luke und all die anderen Geier es noch nicht bemerkt haben, nie erfahren.

Megan Parker

Megan, du bist völlig übergeschnappt. Ich fasse es nicht, was du über Jeremy geschrieben hast. Er ist ein anständiger Kerl, und das, was du über mich schreibst, ist totaler Scheißdreck –

ja, ich wurde aufs Polizeirevier geholt, aber ich durfte wieder gehen, d. h., ich wurde NICHT angeklagt. Die hätten mich niemals laufen lassen, wenn die auch nur den geringsten Verdacht gegen mich hätten. Alice würde es ankotzen, wie wir uns über ihr Andenken streiten, also spiel hier nicht den Moralapostel – klar, du warst ihre beste Freundin, aber du hast sie seit Ewigkeiten nicht besucht. Eine Erwähnung als »eine von dreißig unter dreißig, die man im Auge behalten muss« in einem beschissenen PR-Magazin, und deine alten Freunde waren für dich gestorben. Außerdem hat Alice mir erzählt, dass du sie, als sie dich das letzte Mal angerufen hat, total zur Sau gemacht hast.

Luke A

Warum wollte die Polizei denn so dringend mit dir reden, Luke, wenn du unschuldig bist? Die müssen einen Grund gehabt haben, sonst hätten sie dich nicht nach Southampton zitiert, und sie haben dich vielleicht wieder laufen lassen, aber das heißt noch lange nicht, dass sie dich nicht unter Anklage stellen können. Ich hab es satt, mich anfeinden zu lassen, bloß weil ich in einem Scheißinterview gesagt hab, dass sie nicht perfekt war. Unter echten Freunden braucht man nicht so zu tun, als wäre man perfekt. Ich war ihre älteste Freundin, kein Lover, dem sie nach kurzer Zeit den Laufpass gegeben hat! Und es ist respektlos, so zu tun, als wäre sie eine Nonne gewesen – sie hat gern ein paar Gläschen Vino getrunken, sie hat sich gern volllaufen lassen; das ist kein Verbrechen. Ausgerechnet du müsstest das wissen, aber wahrscheinlich hat sie dir nichts von dem Wochenende im Dezember erzählt, als sie hier war, oder? Als sie so besoffen war, dass sie die Treppe runtergefallen ist und mich dabei mitgerissen hat! Das hab ich mir wohl eingebildet, oder wie?!

Megan Parker

Ich wette, du warst mindestens genauso besoffen.
Luke A

Nein, war ich nicht. Nur damit das klar ist, ich hatte überhaupt nichts getrunken, und es war deine Schuld, dass sie so breit war, das war nämlich an dem Tag, nachdem sie rausgefunden hatte, dass du in Prag rumgebumst hast, und sie war fix und fertig und brauchte Trost. Also halt dich gefälligst bedeckt!
Megan Parker

▪ ▪ ▪

Auszug aus dem Vernehmungsprotokoll von Jessica Barnes; Befragung durch Detective Superintendent Simon Ranger auf dem Polizeirevier Southampton Central, 5. April 2012, 17:20

SR: Nur um das noch einmal klarzustellen: Sie haben ausgesagt, dass die Frau weggelaufen ist, nachdem der Mann im schwarzen Hemd, ich zitiere, »sie am Hals gepackt hat, aber nicht, um sie zu umarmen«. Ist das korrekt?

JB: Ja. Das hab ich ja eben erklärt. Sie hat sich losgerissen und ist abgehauen.

SR: Das ist wirklich wichtig, Jessica – sind Sie sich da hundertprozentig sicher?

JB: Ja. Sie ist in die eine Richtung weg und er in die andere.

SR: Wäre es denkbar, dass einer der beiden Sie gesehen hat?

Zeugin zuckt die Achseln.

JB: Kann sein, dass er noch mal zurückgekommen ist, aber ich bin nach Hause gegangen. Echt scheiße, wenn so was passiert.

SR: Wie betrunken war sie?

JB: Also, sie war nicht sternhagelvoll, aber sie war auch nicht nüchtern. Wackelig auf den Beinen, aber auf den Beinen.

SR: »Auf den Beinen« in welche Richtung?

JB: In Richtung Schleuse. Das ist 'ne ekelhafte Stelle. Man hört immer wieder, dass da Hunde ertrinken. Da ist es richtig gefährlich, das weiß jeder.

SR: Alice Salmon vielleicht nicht.

JB: Sie war es also! Wusste ich's doch!

SR: Sie behaupten, der Mann im schwarzen Hemd, der Mann, den sie Luke genannt hat, war zu dem Zeitpunkt nirgendwo mehr zu sehen?

JB: Ja. Ich meine, nein.

SR: Was denn nun?

JB: Er war in die andere Richtung gegangen, zur Straße hin.

SR: Bis dahin müssen Sie Ihre Zigarette doch längst aufgeraucht haben.

JB: Ja, aber da hab ich angefangen, mir Sorgen zu machen.

SR: Warum haben Sie sich Sorgen gemacht, Jessica?

JB: Weil sie anfing, auf das Wehr zu klettern.

SR: Warum könnte sie das getan haben?

JB: Im Sommer klettern die Kids da rauf, um ins Wasser zu springen.

SR: Aber es war kein Sommer. Es war Februar.

JB: Deswegen fand ich das ja auch so komisch. Wie wenn man bei Videos auf YouTube nicht richtig weiß, ob sie echt oder gestellt sind.

SR: Ich kann Ihnen versichern, dass das nicht YouTube war, Jessica. Jemand ist ums Leben gekommen.

JB: Ich hab nichts getan. Bin ich verhaftet?

SR: Nein, Sie können jederzeit gehen, aber auf das Wehr zu klettern war tatsächlich merkwürdig. Haben Sie vielleicht etwas gerufen?

JB: Ja, genau, das hab ich, ich schwör's, ich hab ganz laut gerufen, aber sie war ja tierisch weit weg und ziemlich weggetreten. Ich war auch irgendwie stocksteif, wie wenn man träumt und man so starr vor Schreck ist, dass man kein Wort rausbringt.

SR: Und was ist dann passiert?

JB: Sie stand auf diesem Rost, wo man das Wasser unter sich durchrauschen sieht, und dann ist sie über das Geländer geklettert, und ich dachte, Scheiße, warum macht die das? Stimmt es, dass sie schwanger war?

SR: Was hat sie dann getan?

JB: Da ist so'n Plattformdings, ganz oben, da ist sie raufgeklettert. Da war sie vielleicht sechs, sieben Meter über dem Wasser, und ich hab echt die Krise gekriegt. Ich weiß nicht, warum da kein richtiges Geländer ist, da können ja auch Kinder raufklettern. Ich musste an die Fernsehreklame denken, wo dieser Typ auf ein Gerüst klettert, weil er denkt, er kann fliegen, aber sie war total vorsichtig.

SR: Vorsichtig?

JB: Ja, irgendwie überlegt. Nicht wie Besoffene, die torkeln und in der Gegend rumschreien. Bei ihr war's das genaue Gegenteil, sie war total zielstrebig. Als würde sie sich in Zeitlupe bewegen. Sah überhaupt nicht so aus, als würde sie gleich da runterfallen. Ich hatte das Gefühl, dass sie genau wusste, was sie tat. Und da wurde es mir plötzlich klar.

SR: Was? Was wurde Ihnen plötzlich klar, Jessica?

JB: Dass sie springen wollte.

TEIL V

Sich ohne x verabschieden

Auszug aus Alice Salmons Tagebuch, 9. Dezember 2011, Alter 25

Ich habe im Restaurant so getan, als hätte ich nichts mitbekommen. Wenn ich das nicht getan hätte, wäre ich explodiert – wirklich, ich wäre komplett ausgerastet, in Tränen ausgebrochen, hätte geschrien und hätte Luke sein Essen in sein fettes, selbstgefälliges Gesicht geworfen. Außerdem dachte ich – blöd, wie ich bin – immer noch, im Zweifel für den Angeklagten. Mum sagt immer, ich rege mich zu schnell auf, also habe ich darauf gewartet, dass er irgendwas sagte wie: »Da musst du was falsch verstanden haben« oder »Gib nichts auf das, was Adam erzählt, der redet viel Blödsinn, wenn der Tag lang ist«. Aber es kam nichts, und ich hatte nichts falsch verstanden, und ich hatte mich auch nicht verhört, denn ich bin vielleicht blöd, aber so blöd auch wieder nicht.

Kein Wunder, dass er auf schnellstem Weg zu mir gekommen ist, nachdem sie aus Prag zurück waren. Es war das schlechte Gewissen. Kaum war er in Heathrow aus dem Flugzeug gestiegen, hat er mich angerufen.

»Es ist Sonntagabend«, hab ich gesagt. Ich musste am nächsten Tag wieder zur Arbeit.

»Bitte«, sagte er flehend.

»Also gut, wenn du unbedingt willst«, sagte ich, und eine Stunde später stand er vor der Tür – mit seinem Rucksack und einem Blumenstrauß und nur einer Augenbraue (die andere hatte er sich angeblich wegen irgendeiner Wette abrasiert). »Was hast du denn verbrochen? Oder sollte ich lieber nicht nachfragen?«

»Was auf Tour passiert, bleibt auf Tour«, sagte er lachend.

Klar.

Dann ist er vor der Glotze eingeschlafen. Er hatte am ganzen Wochenende nicht mal vier Stunden geschlafen.

Der verdammte Lügner saß im Restaurant auf derselben Seite am Tisch wie ich, nur drei Plätze weiter; wir saßen immer abwechselnd Frau, Mann, Frau, Mann. Seine ganzen Kollegen waren da, aber ich wollte keine Spielverderberin sein und mich einfach verdrücken, obwohl ich vorhatte, am nächsten Tag Weihnachtseinkäufe zu machen. Ein Typ vom Tresen ging auf dem Weg zum Klo an unserem Tisch vorbei, entdeckte Luke, schlug ihm auf die Schulter, hockte sich neben ihn und fing an zu quatschen. Ich hatte nicht den Eindruck, dass die beiden richtig gute Kumpel waren, Luke hatte ihm die Hand geschüttelt, wie er es bei meinen Kollegen macht. Ich hab ein paar Gesprächsfetzen aufgeschnappt. Er war ein alter Freund von Charlie, übers Wochenende in London, die beiden hatten sich auf dem Pragtrip kennengelernt.

»Du hast in einem Irish Pub Tequila gesoffen, als ich dich das letzte Mal gesehen hab«, sagte Luke.

»Geiles Wochenende, was?«

Die beiden redeten über irgendeinen Streit in einer Bar und über Trinkspiele – Luke hätte es als »Männergespräch« bezeichnet –, und es machte mich ein bisschen eifersüchtig. Ich wollte dazugehören. *Wie das wohl ist, ein Mann zu sein*, dachte ich. Wäre es *sehr* anders?

Und als wir aus dem Restaurant kamen und das Spiel vorbei war, hatte er die Stirn zu fragen: »Gehen wir zu dir oder zu mir?«

»Zu mir«, sagte ich, denn ich wollte auf meinem eigenen Territorium sein, wenn ich ihn zur Rede stellte.

In der U-Bahn vom Leicester Square nach Balham saßen wir nebeneinander wie ein ganz normales Paar. Er hatte zehn Stationen Zeit, es abzustreiten oder zuzugeben. Wenn er wenigstens zugegeben hätte, dass ich mir das, was zwischen ihm und Adam zur Sprache gekommen war, nicht eingebildet hatte, wäre das schon mal ein Anfang gewesen. Aber er flegelte sich auf seinem Sitz, die Beine ausgestreckt, sodass alle anderen drübersteigen mussten, und sagte kein Wort. Ich bin so eine Idiotin. Als er nach Prag bei mir aufgekreuzt war, hatte er, als ich wissen wollte, wie es gewesen war, gesagt »'ne reine Kneipentour«, und ich hatte es geschluckt. Warum auch nicht? Selbst als er gesagt hatte, »natürlich waren wir auch in ein oder zwei Striplokalen«, war ich zwar nicht gerade begeistert, aber so sind Männer nun mal, und es gefiel mir, dass er es mir überhaupt erzählte.

Nach der bereinigten Version, die er mir aufgetischt hat, hatten sie die Prager Burg zwar »gesehen«, sie aber nicht besichtigt. Hatten überlegt, ins Kommunismus-Museum zu gehen, waren aber nicht dazu gekommen. Luke hatte von der Karlsbrücke mit ihren barocken Statuen geschwärmt und mir großkotzig erzählt, dass auf der Brücke ein Teil von *Mission: Impossible* gefilmt worden war. »In der Altstadt haben wir Kaffee getrunken – zählt das auch als Kultur?«, hatte er gescherzt, die Kissen aufgeschüttelt und sich auf dem Sofa ausgestreckt.

»Für dich, ja.«

»Du hast mir gefehlt«, sagte er.

»Du mir auch.«

»Ich werde allmählich zu alt für so was«, sagte er. »Ich bin total kaputt.«

Im Restaurant habe ich Luke und seinen Kumpel beobachtet, und der Typ hatte genauso eine lässige Art wie Luke, aber er war nicht halb so sexy. *Mein Freund*, dachte ich, während ich ihn nicken und lachen sah. Sie redeten darüber, wie tragisch es ist, dass Gary Speed sich aufgehängt hat, und wie es jetzt wohl bei Apple weitergeht, wo Steve Jobs tot ist. »Die stehen vor einem kreativen Scheideweg«, sagte Luke. Das habe ich mir sofort gemerkt, um ihn später damit aufziehen zu können. »Kreativer Scheideweg«, würde ich sagen. »Genial!« Dann hab ich eine Weile nicht hingehört und mich an einem Gespräch zu meiner Linken über eine neue Ausstellung in der Tate Britain beteiligt. Luke zwinkerte mir zu, um mir zu sagen »Sorry, wir können gleich gehen«, und mir wurde ganz warm ums Herz: Wir sind jetzt seit anderthalb Jahren zusammen.

»Wie viel Tequila haben wir auf dem Trip gesoffen?«, hörte ich meinen Freund seinen neuen besten Kumpel fragen.

»Keine Ahnung«, sagte der. »Aber du hast bestimmt keinen getrunken. Du hast doch fast das ganze Wochenende mit dieser Kleinen aus Dartmouth rumgemacht.«

■ ■ ■

Artikel auf der Website *Student News*: *Hot off the Press*, 9. September 2012

EXKLUSIV:
Neuer Hinweis auf Salmons »Liaison« mit »Vaterfigur« Cooke

Der Professor, der wegen seines krankhaften Interesses an Alice Salmon angefeindet wird, hatte eine Affäre mit der Toten.

Eine empörte Zeugin berichtet, der eigenbrötlerische Jeremy Cooke, der an einem Buch über die Femme fatale arbeitet, habe ein »unnatürlich starkes Interesse« an Salmon an den Tag gelegt, als sie seine Studentin war.

Die Zeugin behauptet, sie habe im Jahr 2004 beobachtet, wie der kinderlose 65-Jährige, der in einer 500 000-Pfund-Villa lebt, die schöne junge Frau, die gerade mit dem Studium angefangen hatte, in sein Büro führte.

Die ehemalige Studentin, heute eine erfolgreiche Geschäftsfrau mit Wohnsitz in den Midlands, die namentlich nicht genannt werden möchte, meldete sich gestern zu Wort, um das Verhalten des Mannes, der sich selbst als ein »Relikt aus einer anderen Zeit« bezeichnet und überall auf seinem klapprigen Fahrrad herumfährt, an die Öffentlichkeit zu bringen. Die Zeugin hatte sich bereits an mehrere Medien gewandt, aber *Student News: Hot off the Press* war als einzige Website bereit, ihre Geschichte zu veröffentlichen.

»Ich bin den beiden an einem Abend kurz vor Weihnachten zufällig über den Weg gelaufen, und sie schwankte deutlich«, so die Zeugin. »Ich habe angeboten, sie auf ihr Zimmer im Studentenheim zu bringen, doch er sagte: ›Nein, sie gehört mir‹, und sie lachte darüber, also dachte ich, es wäre alles in Ordnung. Ich hätte mich nicht so leicht abwimmeln lassen dürfen. Andererseits war er ein angesehener Professor, ich bin damals nicht misstrauisch geworden.«

Erst die zahlreichen Presseberichte über Cooke und Salmon hätten dazu geführt, dass die Zeugin den Vorfall in einem anderen Licht betrachtet habe und zu dem Schluss gelangt sei, dass zwischen den beiden wohl eine »besondere Verbindung« bestand.

»Ich habe gehört, dass sie viel Zeit miteinander verbracht haben, während sie sich auf ihr Examen vorbereitete. Wahrscheinlich fühlte sie sich von der Aufmerksamkeit des Professors geschmeichelt, das würde wohl jeder jungen Frau so gehen. Cooke hat viele Studenten beraten, selbst wenn sie nicht einmal seine Seminare belegt hatten; er hat sie – Studenten und Studentinnen – auf unangemessene Weise mit Fürsorglichkeit überschüttet. Vielleicht war Alice in ihn verliebt oder hat ihn bewundert. Vielleicht war er für sie eine Art Vaterfigur. Ja, das könnte ich mir gut vorstellen.«

Sie habe den Eindruck, so die Zeugin, dass Cookes Engagement, Salmons Leben zusammenzustückeln, nichts mit wissenschaftlicher Forschung zu tun habe, sondern eher dem Streben nach Ruhm und Aufmerksamkeit entspringe. »Viele Professoren sind regelrecht besessen davon, Anerkennung zu bekommen und ein Vermächtnis zu hinterlassen.«

Aus anonymen Studentenfeedbacks zu dem Seminar »Gender, Sprache und Kultur« lässt sich ablesen, wie der Mann, der in einem wohlhabenden Ort in Schottland ein Internat besucht hat und bisher nur an einer einzigen Universität gearbeitet hat, von Studenten gesehen wird.

»Er ist wie ein Überbleibsel aus vergangenen Zeiten. Es ist, als wäre er immer auf Autopilot oder einfach nicht im selben Raum mit einem«, heißt es beispielsweise.

Ein weiterer Kommentar lautet: »Von wegen sich verzweifelt ans sinkende Schiff klammern! In den 80er-Jahren hat man wohl versucht, ihn wegen irgendeines Skandals loszuwerden, aber er hat's bis heute ausgesessen.«

In Zeiten der Nulltoleranzstrategie gegenüber jeglicher Art von Körperkontakt zwischen Dozenten und Studenten werfen derartige Unterstellungen Fragen in Bezug auf die Zukunft des angeschlagenen Akademikers auf.

Student News: Hot off the Press hat heute Morgen versucht, mit Professor Cooke Kontakt aufzunehmen, dieser lehnte jedoch jede Stellungnahme ab.

▪ ▪ ▪

**Brief von Robert Salmon,
27. Juli 2012**

Harding, Young & Sharp
3 Bow's Yard
London EC1Y 7BZ

Mr Cooke,
wir sind uns nie begegnet und werden es auch nicht, ich werde mich also kurz fassen. Ich bin Alice Salmons Bruder. Möglicherweise hat meine Mutter in ihrer Korrespondenz mit Ihnen erwähnt, dass ich Rechtsanwalt bin. Über alles andere scheint sie sich jedenfalls detailreich ausgelassen zu haben.

Mein Fachgebiet ist Gesellschaftsrecht, aber ich habe mich mit Kollegen beraten, die auf Medienrecht spezialisiert sind, und möchte Sie darauf aufmerksam machen, dass Sie sich mit Ihrem »Alice-Buch« auf gefährliches juristisches Terrain begeben. Verleumdung kann eine äußerst teure Angelegenheit werden. Prozesse aufgrund einer Verleumdungsklage sind in der Regel langwierig und kostspielig, und es kommt nicht selten vor, dass sie für den Beschuldigten mit der Privatinsolvenz enden. Tote kann man zwar nicht verleumden, das ist wahr, aber es lassen sich zahlreiche Rechtswege ausschöpfen, um die Veröffentlichung des Buchs zu verhindern oder nach dem Erscheinen desselben Regressansprüche durchzusetzen.

Vermutlich hat meine Mutter es versäumt, Sie darauf hinzuweisen, dass die Informationen, die sie Ihnen gegeben hat –

sowie ihre eigenen geistigen Ergüsse –, absolut vertraulich zu behandeln sind. Die Kommunikation zwischen ihr und mir ist zurzeit eher eingeschränkt, aber ich möchte Sie daran erinnern, dass eine Veröffentlichung oben genannter Inhalte, abgesehen von den juristischen Implikationen, angesichts der derzeitigen Gemütsverfassung meiner Mutter hochgradig unmoralisch wäre. Da die Korrespondenz mit Ihnen ihre emotionale Labilität verstärkt, fordere ich Sie hiermit auf, den Kontakt zu ihr ab sofort einzustellen.

Als Sie angefangen haben, Alice nachzustellen, haben Sie eine Büchse der Pandora geöffnet. Sie treiben einen Keil zwischen die Familienmitglieder, die noch übrig sind. Mein Vater ist von Natur aus weder übertrieben eifersüchtig noch gewalttätig, aber wir haben alle unsere Grenzen. Wie würden Sie reagieren, wenn Sie erführen, dass Ihre Frau einmal eine Beziehung ausgerechnet mit dem Mann hatte, der plötzlich ein geradezu lüsternes Interesse an Ihrer kürzlich verstorbenen Tochter an den Tag legt? Dass Ihre Frau vor lange Zeit versucht hat, sich das Leben zu nehmen? Dass sie Alkoholikerin war (vielleicht sollte ich lieber sagen »ist«), wird ihm bekannt gewesen sein; ich bin wohl der Einzige, für den das eine neue Erkenntnis war. Glückwunsch, Herr Professor, Sie haben geschafft, was dreißig Jahre lang nichts und niemand geschafft hat – Sie haben meine Mutter dazu gebracht, wieder zu trinken.

Sie mögen es für unangebracht halten, dass ich Sie kontaktiere – allein, dass ich Ihnen diese Informationen zukommen lasse, könnte man als Vertrauensbruch bezeichnen –, aber wenn ein Mensch nicht im Vollbesitz seiner geistigen Kräfte ist, bleibt es seinen nächsten Angehörigen überlassen, in seinem Namen Entscheidungen zu treffen.

Nehmen Sie Folgendes zur Kenntnis: Falls Sie weiterhin das Wohlergehen meiner Mutter oder ihre Beziehung mit meinem Vater gefährden, werde ich Sie mit juristischen Mitteln verfolgen, bis Sie mittellos sind und die letzte Ausgabe Ihres erbärmlichen Buchs eingestampft ist.

Hochachtungsvoll
Robert M. Salmon

■ ■ ■

Auszug aus dem Vernehmungsprotokoll von Jessica Barnes; Befragung durch Detective Superintendent Simon Ranger auf dem Polizeirevier Southampton Central, 5. April 2012, 17:20

SR: Sie sagten, die Frau auf dem Wehr hätte springen wollen. Was ist dann passiert?

JB: Sie hat angefangen zu singen.

SR: Zu *singen*?

JB: Ich hab mit den Armen gewedelt und alles, und dachte schon, sie hätte mich bemerkt, weil sie zurückgewinkt hat. Ich konnte sehen, wie ihr Handy durch die Luft flog, also weil das Display leuchtete.

SR: Wie war Ihre Reaktion darauf?

JB: Ich hab gedacht, in was für einer Welt wird mein Kind aufwachsen, wenn eine Frau sterben kann und keiner was davon mitkriegt.

SR: Wie hat die Frau reagiert, als Sie gewinkt haben, Jessica?

JB: Auf Facebook hat jemand geschrieben »Sie ist jetzt an einem besseren Ort«, aber raten Sie mal, was ein Bekloppter geschrieben hat? »Sie war wohl keine Wasserratte, was?«

SR: Jessica, würden Sie sich bitte konzentrieren? Was ist als Nächstes passiert?

JB: Sie hat aufgehört zu winken und stand auf einmal ganz still auf dem Wehr, und das hat mich beruhigt, weil ich dachte, wenn man vorhat, was Schlimmes zu tun, dann ist man leichtsinniger, dann wäre einem alles egal, oder? Und so wie sie diesen Kerl angeschrien hatte, die hatte doch jede Menge Wut im Bauch; solche Frauen bringen sich nicht um. Ich fand sie super. Nehmen Sie's mir nicht übel, aber die meisten Männer sind totale Wichser.

SR: Noch einmal zurück zu dem Mann, der vorher bei ihr war – war der immer noch nirgendwo zu sehen?

JB: Nee, der war schon lange weg.

SR: Aber er hätte zurückkommen können, ohne dass Sie es bemerkt hätten?

JB: Glauben Sie, er hat's getan?

SR: Wir ziehen auch die Möglichkeit in Erwägung, dass sie nicht allein war, als sie ins Wasser gegangen ist.

JB: Mein Freund hat recht, der sagt, Sie haben keinen blassen Schimmer. Kein Wunder, dass die Zeitungen über Sie herziehen. Es heißt, einer hätte sie gestalkt – stimmt das?

SR: Was hat Alice getan, nachdem sie aufgehört hat zu winken?

JB: Sie ist auf und ab gegangen, und ich dachte, »Scheiße, was mach ich jetzt? Was mach ich jetzt?« Also hab ich laut gerufen »Hallo!«, dann hab ich mein Handy rausgeholt. Ich wusste nicht, wen ich anrufen sollte, die Polizei oder sonst wen, aber ich bekam keinen Empfang, und da hab ich endlich kapiert, warum sie da oben war und mit den Armen gewedelt hat. Sie hatte dasselbe Problem und ist da raufgeklettert, weil sie telefonieren wollte.

SR: Das scheint mir ein bisschen weit hergeholt.

JB: Man macht halt komische Sachen, wenn man besoffen ist; verrückte Sachen kommen einem normal vor, und normale Sachen verrückt. Sie hat sich ihr Handy immer wieder vors Gesicht gehalten, ich konnte ja das erleuchtete Display sehen. Wahrscheinlich hat sie eine SMS geschrieben oder eine gekriegt.

SR: Jessica, ich werde Ihnen eine einfache Frage stellen, und es ist wichtig, dass Sie mir eine ehrliche Antwort geben. Was hat Alice als Nächstes getan?

JB: Sie ist runtergeklettert, das schwöre ich beim Leben meines Kindes, sie ist runtergeklettert.

SR: Wären Sie bereit, das vor Gericht unter Eid auszusagen?

JB: Klar, auf jeden Fall. Als ich gegangen bin, hab ich auf ihrer Seite vom Ufer noch jemanden gesehen, ein bisschen weiter weg – irgendeinen alten Opa. Der war wahrscheinlich mit seinem Hund unterwegs. Ich hab zwar keinen Hund gesehen, aber warum hätte er sonst da draußen sein sollen, bei der Kälte?

SR: Sie waren auch dort.

JB: Das hab ich Ihnen doch erklärt. Ich wäre nie da weggegangen, wenn ich gewusst hätte, dass sie sterben würde. Dafür können Sie mich nicht belangen.

SR: Sie sind nicht als Verdächtige hier.

JB: Im Bus auf dem Weg hierher ist mir wieder eingefallen, welches Lied sie gesungen hat. Es war, als würde sie Karaoke machen, ohne dass einer zuhörte.

SR: Erzählen Sie mir von dem »alten Opa« mit dem Hund.

JB: Ich krieg das Lied gar nicht mehr aus dem Kopf. Es war »Example«, und sie hat den Teil gesungen, wo die Liebe wieder neu aufblüht. Im Internet hab ich gelesen, dass es eins ihrer Lieblingsstücke war. Ich bin ja keine Polizistin, aber wenn sie hätte springen wollen, dann wär sie oben vom Wehr gesprungen, und sie war nicht so besoffen, dass sie ausgerutscht ist, also bleibt ja wohl nur noch eine Möglichkeit.

SR: Und welche wäre das, Jessica?

JB: Ist doch klar, oder? Sie ist ermordet worden.

■ ■ ■

**Alice Salmons Twitter-Biografie,
4. Januar 2012**

Hansdampf in allen Gassen. Weder Fisch noch Fleisch. Persönliche Ansichten – manche geborgt, manche trist (montags meistens trist). Vergesst nicht, es geht nicht nur ums Geld, Geld, Geld …

■ ■ ■

**Brief von Professor Jeremy Cooke,
25. Juli 2012**

Lieber Larry,
verzeih mir, dass ich dauernd in der Vergangenheit herumwühle; das Jahr 1982 fühlt sich äußerst *gegenwärtig* an. Ich habe bis zum Herbst bei Dr. Richard Carter weitergemacht. Seine Beobachtungen waren fesselnd, und ich fing an, eine diffuse Befriedigung aus ihnen zu ziehen. Wenn ich ins Schwanken geriet, erinnerte Fliss mich jedes Mal an unsere Abmachung. Sie würde mich behalten, sagte sie, als redete sie von einem alten Möbelstück oder einem lästigen Haustier – einem Hund, der bissig geworden war –, solange ich weiter zu meinen »Sitzungen« ging.

Sechs Wochen nachdem sie zu ihren Eltern geflüchtet war – kann auch mehr oder weniger gewesen sein, mein Zeitgefühl ist ziemlich verschwommen –, fuhr ich eines Abends in die Einfahrt, und das Licht im Wohnzimmer brannte. »Du bist wieder da«, sagte ich.

»Fass das nicht als Schwäche auf«, erwiderte sie. »Lass dir das eine Warnung sein.«

In der ersten Zeit nach ihrer Rückkehr war die Kommunikation zwischen uns holprig und unbeholfen. Sie war völlig verblüfft, als ich ihr schließlich gestand, wohin ich mich jeden Mittwochnachmittag verdrückte. »Die Anthropologie«, erklärte ich ihr reichlich aufgeblasen, »ist immer schnell bei der Hand, der Menschheit den Spiegel vorzuhalten, und da dachte ich, es könnte nicht schaden, das Verfahren mal auf mich selbst anzuwenden.«

Richard gab sich angemessen erschöpft, als ich meine Zerknirschung zum Ausdruck brachte. Mein Sparringpartner gab sogar ein paar Einzelheiten über sich selbst preis: Er hatte eine Verlobte, interessierte sich für die Baumpflege und die Gotik. Er hatte unkonventionelle und zugleich faszinierende Ansichten über Jung. »Warum sind Sie ausgerechnet Psychologe geworden?«, fragte ich ihn.

»Es gibt nicht viel, was man stattdessen an einem Mittwochnachmittag tun kann«, sagte er, und wir mussten beide lachen. Wieder ein Wendepunkt.

Jetzt, dreißig Jahre später, hätte ich beinahe Lust, Dr. Richard Carter wieder aufzustöbern; wir hätten eine Menge neue Themen, die wir uns »vorknöpfen« könnten, wie er sich ausdrücken würde. Aber damals konnte ich ein unerklärliches Phänomen beobachten: Fortschritt. Ich fühlte mich wie ein neuer Mensch. Im November habe ich Fliss gefragt, ob sie mir zustimmte.

»Ich wünsche mir keinen neuen Menschen«, sagte sie, »sondern eine verbesserte Version des alten. Mein Vater sagt, vielleicht bist du einfach nicht besonders liebenswürdig, aber das sehe ich anders. Du bist ein Narr, aber nicht durch und durch schlecht.«

»Ich habe mich so unglaublich dumm verhalten.«

»Darüber werde ich mich nicht mit dir streiten.« Sie war gerade dabei, irgendeinen Kuchen zu backen, wahrscheinlich ein Rezept von Delia, die war damals der große Hit, was sie jetzt, dreißig Jahre später, tatsächlich wieder zu sein scheint. »Was hast du denn gesehen?«, fragte Fliss, während sie sich die Haare hinter die Ohren schob und dabei versehentlich eine weiße Mehlspur hinterließ. »Als du in den Spiegel geschaut hast?«

»Einen Mann, der sehr viel Glück gehabt hat. Einen Mann, der nie wieder denselben Fehler machen wird.«

Ich wischte ihr das Mehl aus dem Haar. Ich war froh, dass sie mir auf die Schliche gekommen war. Ich hätte das Gewicht meines Geheimnisses nicht mehr lange mit mir herumtragen können. »Angeblich führt die Evolution dazu, dass wir immer besser werden, aber ich fürchte, wir bewegen uns eher rückwärts«, sagte ich. »Wir werden weniger menschlich. Gestern habe ich gelesen, dass im Libanon zehntausend Menschen umgekommen sind, seit der Krieg dort ausgebrochen ist. Findest du es nicht unglaublich, dass Menschen sich im Jahr 1982 immer noch wegen *Territorialansprüchen* gegenseitig umbringen?«

Sie gab sich alle Mühe, mich aufzumuntern, nannte mich einen pessimistischen alten Knochen – erinnerte mich daran, dass es auch reichlich gute Nachrichten gab: An der Universität von Utah hatte man zum ersten Mal einem Menschen ein künstliches Herz eingepflanzt, die Raumfähre *Columbia* war erfolgreich in eine Erdumlaufbahn gebracht worden, unsere Ingenieure hatten die Themse gezähmt, damit sie London nicht verschlingen konnte, selbst die Proteste gegen das Wettrüsten, sagte sie ein bisschen zögerlich, wohl wissend, dass ich trotz meiner linken Einstellung nicht viel von dem bunten Haufen Lesben halte, die auf dem Greenham Common kampieren, sind eine gute Nachricht.

Larry, ich habe nie auf ein Damaskuserlebnis gehofft. Richard hatte mich gewarnt, ich solle nicht mit einer Erleuchtung rechnen. Aber ich fühlte mich wie neu. Andererseits wäre es eine Fehleinschätzung, wenn ich behaupten würde, mein Charakter wäre runderneuert worden, denn hinter den Kulissen habe ich alle Hebel in Bewegung gesetzt, um diesen Verräter

Devereux, der wegen »Mangels an moralischer Integrität« eine Ein-Mann-Kampagne gegen mich führte, seines Postens zu entheben. (Letztlich waren meine Bemühungen fruchtlos, wie du dich erinnern wirst, weil der Mistkerl zu gut Freund mit den hohen Tieren war.)

»Wie würden Sie im Nachhinein Ihr Verhalten beschreiben?«, fragte Richard mich in einer unserer letzten Sitzungen. Es war eine Frage, die mich an meine Schulzeit erinnerte. Ich bin selbst nie in Schwierigkeiten geraten, kannte sie also nur aus zweiter Hand, aber die draufgängerischen Jungs, die, die richtig Mumm hatten – und von denen ich später in der Ehemaligenzeitschrift las, dass sie Risikokapitalanleger geworden waren oder ihren Wohnsitz nach Kuala Lumpur verlegt hatten –, berichteten, dass der Direktor sie mitten in einer Strafpredigt halb erstaunt gefragt hatte, wie sie selbst denn ihr Verhalten beschreiben würden.

»Schäbig«, beantwortete ich Richards Frage. »Ganz schlechter Stil.«

Dann, eines Nachmittags, als Richard offenbar zu dem Schluss gekommen war, dass unsere Beziehung eine höhere Ebene erreicht hatte, zog er vom Leder. »Es gibt vieles an Ihnen, was ich bewundere, Jeremy, aber Sie sind sich doch hoffentlich darüber im Klaren, dass Sie ein großer Heuchler sind. Sie schwingen große Reden über die Bedeutungslosigkeit des menschlichen Geschlechts, während Sie gleichzeitig davon überzeugt sind, dass Sie selbst das großartigste Geschöpf sind, das je auf Gottes Erde gewandelt ist. Sie können die selbstevidenten Wahrheiten, die Sie Ihren Studenten predigen, für sich nicht gelten lassen. Trotz all ihrer Kompetenz – und bitte, kommen Sie mir jetzt nicht wieder mit Ihrem Oxfordmist – können Sie eine Tatsache einfach nicht akzeptieren: dass Sie sterblich sind. Dass Sie sterben werden. Dass Sie die Welt nicht ändern können. Und wenn Sie mein Student wären und ich Ihr Professor, würde ich mich verpflichtet fühlen, Sie daran zu erinnern, dass Sie mir auf meine erste Frage, warum Sie hierhergekommen sind, nie eine befriedigende Antwort gegeben haben!«

»Ich brauchte Vergebung.«

»Das liegt außerhalb meines Aufgabengebiets«, sagte er mit einem Blick gen Himmel.

Ich musste an mein Schulmotto denken, *dulcius ex aperis.* »Ich wollte mich bessern«, sagte ich. »Ich wollte damit aufhören, andere zu verletzen.«

»Sehen Sie«, sagte er mit einer Spur Selbstgefälligkeit. »Altruismus! Sie reden ja nicht einmal von Ihren Angehörigen.«

Ich hatte mich schon oft gefragt, wer in meinem Fall mit »Angehörige« gemeint ist, Larry. Meine Eltern sind beide unter der Erde: An einer Totenmesse habe ich teilgenommen, die andere habe ich boykottiert. Keine Geschwister; ein Vetter in Edinburgh, den ich seit Ewigkeiten nicht gesehen hatte. Fliss war der Mensch, der mir am nächsten stand, die Frau, die ich in Wiltshire geheiratet hatte, in einer kleinen Kirche, wo das Sonnenlicht durch die Buntglasfenster fiel.

»Wie soll man denn lieben, wenn man ein künstliches Herz hat?«, hatte Fliss mich einmal fasziniert gefragt.

»Mit einem echten scheint es ja auch nicht besonders gut zu funktionieren«, hatte ich geantwortet.

»Nächste Woche, selbe Zeit, selber Ort?«, fragte Richard im Dezember.

»Nein«, sagte ich. »Wir sind fertig.«

»Irgendwann verlassen sie mich alle«, erwiderte er lachend.

»Das haben wir gemeinsam. Meine Studenten machen das auch mit mir. Danke für alles. Ich fühle mich besser. Ich bin geheilt.«

»So würde ich mich nicht ausdrücken«, sagte er. »Ich würde eher von einer *Remission* sprechen.«

Ich sprang in meinen Wagen – in den TVR, den ich mir im Sommer aus einer Laune heraus gekauft hatte – und ließ mein Lieblingsstück laufen, »You Can't Always Get What You Want«.

Dr. Richard Carter war einer meiner besten Freunde geworden.

▪ ▪ ▪

Twitter-Meldungen mit Bezug auf Alice Salmon, 29. Januar bis 5. Februar 2012

Von @EmmaIrons7
Das war's dann wohl mit meiner Weigerung, mich den Twitterati anzuschließen – da bin ich! Kann es kaum erwarten, dich nächsten Monat zu sehen. Bring deine Tanzschuhe mit!!
29. Januar, 11:39

Von @EmmaIrons7
Hab mir übrigens ein WAHNSINNSKLEID gekauft!
29. Januar, 12:04

Von @EmmaIrons7
Warum antwortest du nicht auf meine im Schweiße meines Angesichts verfassten Nachrichten?
29. Januar, 18:31

Von @AliceSalmon1
Sorry, Ems. Stecke bis über beide Ohren in Arbeit. Party am WE x
30. Januar, 17:55

Von @Carolynstocks
Viel Glück mit dem Artikel diese Woche. Zeig's ihnen!
31. Januar, 08:50

Von @AliceSalmon1
Ah, danke, Cazza. Mach mir schon vor Angst in die Hose x
31. Januar, 09:16

Von @NickFonzer
Bin morgen bei dir um die Ecke, schulde dir noch ein Abendessen, wie wär's mit deinem Lieblingsitaliener?
1. Februar, 15:44 Uhr

Von @AliceSalmon1
Würd dich liebend gern sehen, aber ich hab diese Woche zu viel um die Ohren. Nächste Woche?
1. Februar, 15:55

Von @AliceSalmon1
Die Verbrecherjägerin macht heute früh Feierabend, vor dem großen WE in meinen alten Jagdgründen. Passt auf euch auf x
3. Februar, 19:37

Von @AliceSalmon1
Wann werd ich's je lernen?
4. Februar, 20:07

Von @GeordieLauren12
Du Flasche! Das werden wir dir nie vergessen, dass du so früh vom Klassentreffen abgehauen bist!
4. Februar, 23:05

Von @AliceSalmon1
Sag Hallo, wink zum Abschied.
4. Februar, 23:44

Von @Carolynstocks
Geh an dein verdammtes Handy, Salmon …
5. Februar, 11:09

Von @MissMeganParker
Kann @AliceSalmon1 auch nicht erreichen. Schläft wahrscheinlich einen Riesenkater aus!
5. Februar, 13:34

Von @Carolynstocks
Bist du entführt worden? Ich schicke einen Suchtrupp los, wenn du dich nicht bald meldest.
5. Februar, 14:04

Von @MissMeganParker
Hab @AliceSalmon1 auch schon mehrmals versucht anzurufen – wahrscheinlich ist der Akku leer, sie vergisst immer ihr Handy aufzuladen!
5. Februar, 14:22

■ ■ ■

Brief von Professor Jeremy Cooke, 8. August 2012

Hallo Larry,
»Es wird kalt, komm nicht zu spät nach Hause«, hatte Fliss gesagt, als ich ihr um vier Uhr nachmittags zurief, ich wolle kurz raus, um einen Verdauungsspaziergang zu machen.

Um sechs eine SMS mit der Frage, wann ich zu Abend essen wollte. Um sieben ein stoisches »Wo steckst du?«.

Aber so eine Gelegenheit konnte ich mir einfach nicht entgehen lassen. Siehst du, alter Kumpel, Alice war in der Stadt. Ein Geschenk der Götter.

Es war nicht schwer, sie zu finden. Zuerst über ihre digitale Spur, dann habe ich Witterung aufgenommen nach ihrem Fleisch und Blut. Ich war wie ein Bluthund, wirklich. Das Gedränge machte es mir leicht, unbemerkt zu bleiben; ich musste mir nur passende Aussichtspunkte suchen, von wo aus ich sie beobachten konnte – weit genug entfernt und zugleich nah genug. Schon bald hatte sie mich so weit, dass ich schnaufte und keuchte; sie hat mich an meine Grenzen gebracht, wirklich. Endlich war die Gelegenheit gekommen, Larry. Ich war entschlossen, ein paar Geister zu exorzieren, wegen der Sache mit der Anthropologenparty reinen Tisch zu machen.

Sie waren zu viert, eine fließende Tetrade, die sich ausdehnte und wieder zusammenzog, ihre drei Freundinnen verschwanden und tauchten wieder auf; andere kamen dazu, blieben eine Weile, verdrückten sich, schlossen sich wieder an. Und natürlich ein ganzer Schwarm von Männern, die um ihre Aufmerksamkeit buhlten. Ich hatte nichts dagegen, dass die Typen sie mit Alkohol abfüllten, es würde sie für das Gespräch bereit machen, das ich mit ihr zu führen gedachte. Einige von ihnen Großstadttypen, Raufbolde. »Ein Klassentreffen!«, hörte ich sie jemandem gegen den Lärm zurufen. Andere Studenten: große Jungs, die meine vier Weiber großspurig zu Trinkspielen animierten. Viel Ausgelassenheit.

Wie du bemerkt haben wirst, Larry, komme ich immer wieder auf die Ereignisse jenes Abends im Februar zurück, erforsche sie bis ins kleinste Detail, versuche, Alice' Schritte und Gespräche zu rekonstruieren. Siehst du, Larry – bitte, hab Geduld mit mir –, die Polizei ist total auf dem Holzweg. Ich habe den

Verdacht, dass jemand aus Alice' engstem Freundeskreis ihr übelwollte. Du wirst verstehen, dass ich das beim derzeitigen Stand der Dinge nicht näher ausführen kann. Auf reine Vermutung hin etwas in die Welt zu posaunen kann für einen Akademiker sehr gefährlich werden; es hat schon weniger gereicht, um jemandes Ruf zu ruinieren. Ich fürchte, ich muss diesmal eine Ausnahme von unserer ehernen Regel machen: Vorerst wird es zwischen uns ein Geheimnis geben.

»Mach mir Sorgen«, simste mir Fliss.

Keiner von diesen Heuchlern wird es gemerkt haben, aber unter ihrer feuchtfröhlichen Fassade trug Alice einen Schleier aus Traurigkeit. Alles hat mich so sehr an Liz erinnert, dass ich mich beherrschen musste, um nicht zu ihr hinzustürmen und sie da rauszuholen. Sie war etwa in demselben Alter wie ihre Mutter damals, als unsere Wege sich kreuzten. Mitte zwanzig. *Reif.*

Irgendwann tauchte ein weiterer Mann auf. Gut betucht. Ich hatte mich näher herangearbeitet; ich glaube, er hatte eine Hand auf ihren Arm gelegt. Über einen seiner Witze musste sie so lachen, dass sie den Kopf zurückwarf; im Licht einer Leuchtreklame sah ihr Haar genauso aus wie das ihrer Mutter. Ich hatte mir vorgenommen, ihr später bei unserem Gespräch auch von meiner Beziehung zu Liz zu erzählen, fürchtete jedoch, dass das vielleicht für sie zu viel auf einmal sein würde. Ich hatte Angst, dass sie mir eine Szene machen könnte.

Ich konnte nicht verstehen, was Alice zu dem Witzbold sagte, aber seine Antwort habe ich gehört. »Wer auch immer der Typ ist, er muss ein Idiot sein, wenn er dich gehen lässt.«

»Sag's ihm«, erwiderte sie.

»Kein Problem, gib mir dein Handy.«

So, dachte ich wehmütig, *muss es sein, wenn die Chemie stimmt.*

Wieder eine SMS von Fliss: »Alles in Ordnung?«

Als ich an dem Abend nach Hause kam, habe ich mir tatsächlich alles notiert, was in den vorangegangenen Stunden vorgefallen war: Ich habe mich in meinem Arbeitszimmer eingeschlossen und meine Erinnerungen festgehalten, solange sie noch frisch waren. Später habe ich die einzelnen Details immer wieder seziert. Als Anthropologe lernt man, präzise zu sein. Es hat, weiß Gott, bereits genug Nachlässigkeiten in diesem Fall gegeben, Umwege, die die Aufmerksamkeit beansprucht haben. Nebenschauplätze, alles Mögliche.

Irgendwann drehte dieser Typ seinen leeren Bierkrug um, balancierte ihn einen Moment auf dem Kopf, stellte ihn dann auf dem Tisch ab und reckte die Fäuste in die Luft, und das gefiel Alice: Sie kreischte vor Lachen. Ich konnte sie verstehen; wenn der Kerl mit mir im Internat gewesen wäre, hätte ich mich in ihn verknallt: diese vom Rudern muskulösen Schultern, das lässige, unverschämte Grinsen – intelligent, aber faul. Von der Sorte habe ich viele gekannt, Larry. Ich bin in ihrem Kielwasser geschwommen, auf perverse Weise dankbar für ihre Verachtung und ihre Grausamkeit. Ich glaube, das ist der Boden, auf dem meine Misanthropie gediehen ist: vor dem Hintergrund trampelnder Rugbyspielerstiefel in den Umkleideräumen, beim Pauken von lateinischen Konjugationen und Deklinationen. Und auch meine tiefe Überzeugung, dass alle gegen mich waren, rührt daher.

»Hast du schon mal gekokst?«, fragte er sie.

»Nein. Oder fast nie.«

»Was denn nun?«

»Letzteres. Fast nie.«

»Heute Abend ist fast nie«, sagte er.

Die nächste SMS von Fliss. »Was zum Teufel treibst du?«

Alice drehte sich um, und es war schwer auszumachen, ob sie sich nach ihren Freundinnen umsah oder die Tafel an der

Wand betrachtete, auf der mit bunter Kreide stand: 8 Kurze, 7 Pfund. »Man lebt nur einmal, würd ich sagen.«

»So gefällst du mir!«, sagte er.

▪ ▪ ▪

Internes Memorandum zwischen Institutsleitern der Southampton University, 17. August 1982

Von: Anthony Devereux
An: Charles Whittaker
Status: Dringend und streng vertraulich

Charles,
ich konnte Sie telefonisch nicht erreichen, aber wir müssen dringend miteinander reden. Ich nehme an, Sie sind in Bezug auf die neue Englischdozentin Elizabeth Mullens im Bilde. Womöglich verfügen Sie über mehr Informationen zum Thema, als mir derzeit vorliegen, aber soweit ich weiß, hat sie heute versucht, sich das Leben zu nehmen. Offenbar hat eine Reinigungskraft sie gefunden und sofort den Notdienst verständigt, der sie ins Krankenhaus gefahren hat. Wie ich höre, ist ihr Zustand kritisch. Es handelt sich zweifellos um eine persönliche Tragödie, aber aufgrund meiner Verantwortung als Mitglied des Lehrkörpers dieser Universität sehe ich mich gezwungen, an die weiterreichenden Implikationen zu denken. Die Presse wird zweifellos Wind davon bekommen – vor allem, wo eine Reinigungskraft beteiligt ist; diese Leute sind unfähig, etwas für sich zu behalten –, wir müssen also eine Erklärung formulieren. Große Trauer, Schock, etwa in dieser Richtung. Es würde nicht schaden, auf ein paar persönliche Probleme anzuspielen, und wenn wir Glück haben, kommen sie von allein auf Mullens' Alkoholproblem. Wenn es nicht auf dem Campus passiert wäre,

wäre die Situation nicht so heikel. Seit dem Vorfall sind mir Gerüchte in Bezug auf Mullens und den Kollegen Cooke von den Anthropologen zu Ohren gekommen. Falls die beiden eine Beziehung haben/hatten, wird das die Sache noch komplizierter machen. Cooke ist wesentlich älter als sie und verheiratet, und beides wird nicht unentdeckt bleiben. Letztes Jahr hat sich in irgendeinem trostlosen Polytechnikum im Norden eine Dozentin umgebracht, es war ein gefundenes Fressen für die Presse; die Folge waren diverse Abschiedsgesuche. Ich habe den Eindruck – und ich schreibe das im Vertrauen, weil wir uns schon seit mehr als zwanzig Jahren kennen –, dass Cooke vollkommen untalentiert ist, es könnte also ein geeigneter Zeitpunkt sein, sich ein paar Gedanken über seine Zukunft zu machen. Das könnte auch dazu dienen, den Blutdurst der Presse zumindest teilweise zu stillen. Es wäre vielleicht angebracht, wenn Sie den Mullens Blumen schicken würden. Gott sei Dank sind Semesterferien – über die aufgeheizte Stimmung, mit der wir es zu tun hätten, wenn alle Studenten hier wären, möchte ich lieber gar nicht erst nachdenken.

Mit freundlichen Grüßen

Anthony

PS: Nebenbei bemerkt: Hätten Sie Zeit, am Abend des 24. an unserem runden Tisch zum Thema Wirtschaft und Wissenschaft teilzunehmen? Einer der Gäste ist ein IBM-Manager, der davon überzeugt ist, dass Heimcomputer demnächst so verbreitet sein werden wie Fernsehgeräte.

■ ■ ■

Alice Salmons »Lieblingszitate« auf ihrer Facebook-Seite, 14. Dezember 2011

»Ich werde euch in meinen Geschichten bloßstellen. Jeden Pickel, jeden Charakterfehler. Ich war einen Tag lang nackt; ihr werdet bis in alle Ewigkeit nackt sein.«
Geoffrey Chaucer

»Sei du selbst. Alle anderen Rollen sind schon vergeben.«
Oscar Wilde

»Wenn du die Wahrheit sagst, gibt es nichts, was du im Kopf behalten müsstest.«
Mark Twain

»Zu verkaufen: ein Herz. Zustand entsetzlich. Akzeptiere jedes Angebot. Bitte.«
Anonym

»In einer freien Gesellschaft kommt irgendwann der Tag, an dem die Wahrheit – so schwer es auch sein mag, sie zu hören, so undiplomatisch es auch sein mag, sie auszusprechen – gesagt werden muss.«
Al Gore

▪ ▪ ▪

Post im Truth Speakers Webforum von Lone Wolf, 14. August 2012, 23:51

Ich habe dem Steinzeitmann nicht nur in den Kopf gekuckt, ich habe auch sein Haus von innen gesehen, und es ist ein Palast! Von außen hatte ich es mir kurz auf Google Earth angesehen, musste aber warten, bis er und seine Gattin, diese spitzmäusige, eingebildete Schnepfe, zu Waitrose gefahren sind, ehe ich reinkonnte. Verurteilt mich nicht, in diesem Fall heiligt der Zweck die Mittel, und das ist wahrer Journalismus – nicht der Scheiß, den Alice gemacht hat, sondern das Aufdecken von Dingen, die das Establishment nicht aufgedeckt haben will. Der Steinzeitmann muss als der Perverse entlarvt werden, der er ist.

Diese Megan, die früher immer mit Alice zusammen rumhing, lässt sich in ihrem Blog über komische Fotos aus, die er im Haus hortet, leider war ich nicht lange genug drinnen, um danach zu suchen. Aber ich hab noch was Besseres. Ich hab einen anderen Prof über ihn ausgequetscht – ein Fossil in einem Altenheim namens Devereux, von dem mir ein Hausmeister an der Uni erzählt hatte. Der Typ hat vor Ewigkeiten mit dem Steinzeitmann zusammengearbeitet, und er verachtet ihn. Ich musste mir was aus den Fingern saugen über irgendwelche Recherchen über die großen Professoren Englands, damit sie mich reinließen – nehmt's mir nicht übel, es ist ja nicht so, als hätte ich Milly Dowlers Handy abgehört!

Ich hab ihm erst mal erklärt, wie großartig ich es fand, ihn kennenzulernen, hab mich so vornehm ausgedrückt, wie ich konnte, und er hat sich über die Schokolade hergemacht, als hätte er seit Wochen nichts mehr zu essen bekommen. Allerdings musste ich ihn ein bisschen anstacheln; hab ihm erzählt, dass das Buch, das der Steinzeitmann schreibt, nur dafür sorgen würde, dass er selbst in Erinnerung bleibt – genauso wie heute alle über Darwin reden und sich kein Schwein an Wallace erinnert, den Text hatte ich geübt –, und prompt hat der Alte geredet wie ein Wasserfall.

»Der Mann hat eine Studentin vergewaltigt«, sagte Devereux mit Schaum in den Mundwinkeln. »Hat sie mit in sein Büro genommen, und da hat er's mit ihr getrieben.«

»Erzählen Sie weiter.«

»Ich hatte schon immer so einen Verdacht, aber keinen Beweis dafür. Dann habe ich kürzlich einen Artikel gelesen, in dem eine Frau zitiert wurde, die genau das andeutete. Sie hatte ihn Arm in Arm mit einer betrunkenen Studentin beobachtet. Da fügten sich die Puzzleteile zu einem Bild zusammen. Ich habe nachgerechnet, wann das war, und ich bin ihm tatsächlich am nächsten Morgen über den Weg gelaufen, als er mit verschlagenem Blick aus seinem Büro kam. Warum sollte einer wohl in seinem Büro übernachten, wenn er nur ein paar Kilometer entfernt im New Forest eine hübsche alte Villa hat, hm?«

»Da ist was dran.«

»Und an dem Morgen war er auch nicht so streitlustig wie üblich. Ja, klingt plausibel. Der hat an seinen eigenen Schwindel geglaubt. Er hat immer von sich selbst behauptet, er sei ›unantastbar‹.«

Bingo! Ich war fast so weit gewesen zu sagen, im Zweifel für den Angeklagten, ihn damit davonkommen lassen, dass er nur ein Stalker ist, aber er hat sie tatsächlich mit in sein Büro genommen und sie gefickt, als sie TOTAL ZUGEDRÖHNT war, dagegen ist die Tatsache, dass ich in sein Haus eingestiegen bin, doch ein Witz, oder?!!!

Ich hab Devereux gegenüber einen auf cool gemacht und so getan, als wüsste ich das alles schon, weil ich das Gefühl hatte, dass er noch mehr ausspucken würde. Ich hab ihm erzählt, Jeremy Frederick Harry Cooke würde in seinem Buch behaupten, er wäre die Anständigkeit in Person, während Devereux und seinesgleichen es treiben würden wie die Karnickel.

»Karnickel«, kreischte er. »Von wegen Karnickel. Dieser Cooke konnte seinen kümmerlichen Schwanz noch nie in der Hose halten. Der Mann ist sexsüchtig.«

Und dann hat er mir noch was erzählt. Ich habe VIEL mehr Informationen als Megan Parker, fürs Erste sage ich nur, dass es der absolute Hammer ist, und wenn ihr das hört, dann werdet ihr alles andere, was ich sage, ernster nehmen. Dann werden meine Enthüllungen sich wie ein Lauffeuer ausbreiten, und sein beknacktes Buch wird in den Buchläden verrotten, während meine Sachen um die Welt gehen, außer in Länder wie China, wo man nicht mal Facebook benutzen kann, weil die Regierung die »große chinesische Feuermauer« eingerichtet hat.

Ursprünglich hatte ich gar nicht vor, das alles öffentlich zu machen, aber er hat sich nicht an unseren Deal gehalten, und wenn er schmutzige Tricks anwenden kann, dann kann ich das schon lange. Er schwafelt dauernd was von Evolution, aber ich bin flexibel, ich bin reaktionsfähig, ich passe mich an.

Ich setze zum Todesstoß an. Zeit für den einsamen Wolf, sein Heulen ertönen zu lassen. Habt Mitleid mit meiner Beute.

■ ■ ■

Auszug aus Alice Salmons Tagebuch, 9. Dezember 2011, Alter 25

An einem Menschen, den man liebt, fallen einem Dinge auf, die sonst niemand bemerkt. Ein Blinzeln, eine Steifheit in den Schultern, eine kaum wahrnehmbare Abweichung in der Intonation. All das nahm ich an meinem Freund (oder ist er jetzt mein Exfreund?) wahr, nachdem Adam im Restaurant diesen Satz gesagt hatte. Auf den Luke absolut obercool erwiderte: »Wie ist das Essen hier?« Daraufhin ging das Gespräch in eine andere Richtung, genau wie er es beabsichtigt hatte.

Aber ich hatte mir das nicht eingebildet. *Du hast doch fast das ganze Wochenende mit dieser Kleinen aus Dartmouth rum-*

gemacht. Der Typ wusste offenbar nicht, dass Luke und ich zusammengehören – oder dass er eine feste Freundin hatte, als die Jungs in Prag waren. Luke drehte sich kurz zu mir um und schenkte mir ein künstliches, gezwungenes Lächeln, alles an ihm schien zu schreien: »Hat sie das gehört?«

Ja, ich hatte es gehört.

Dann blieb er den ganzen Abend dasitzen und hat so getan, als wäre nichts passiert. Hat sich einen Nachtisch bestellt und einen Kaffee und immer noch nichts gesagt. Sogar einen Cognac hat er noch getrunken.

Wie oft hatte er mir schon nach Wochenendtrips Märchen erzählt?, fragte ich mich. Er ist oft übers Wochenende weggefahren, seit wir uns kennengelernt hatten – mit dem Rugbyverein, mit seinen Kumpel, zu Geburtstagsfeten, ein oder zwei Junggesellenabschiede. Dublin, Newcastle, Brighton, Barcelona.

Aber dann auf dem Heimweg in der U-Bahn, zehn Stationen, nichts. Vielleicht dachte er, wenn ich ihn nicht darauf ansprach, würde er damit davonkommen. Er strahlte eine ruhige, kalkulierte Härte aus, die ich überhaupt nicht an ihm kannte.

Die zehn U-Bahn-Stationen waren seine Chance, alles abzustreiten oder alles zu gestehen. Der Mann, den ich zu lieben glaubte, hätte nicht dagesessen, zehn Stationen abgewartet und den Mund gehalten. Irgendwann hatte er sogar die Stirn vorzuschlagen, wir sollten uns *Dame, König, As, Spion* ansehen, weil auf einem Bahnhof mit einem Riesenposter für den Film geworben wurde, aber ich habe nur mit den Schultern gezuckt; ich war gerade dabei nachzurechnen, wann genau dieser Pragtrip gewesen war – mindestens ein paar Monate nachdem wir uns kennengelernt hatten, denn es war auf jeden Fall nach Emilys Hochzeit.

Ich könnte auch einfach so tun, als hätte ich nichts gehört, dachte ich. Es wäre ganz einfach, das Ganze zu verdrängen und nicht weiter darüber nachzudenken. Manche Frauen machen das ihr Leben lang, sie verschließen einfach die Augen vor der Wahrheit – aber ich hatte keine Lust auf diesen überkommenen Scheißdreck. Er hatte Mist gebaut, und jetzt würden wir uns irgendwie damit auseinandersetzen müssen.

Ich bin immer davor zurückgeschreckt, das Schicksal herauszufordern, aber Luke ist anders. Meg fand mich immer zu blauäugig. »Irgendeinen Fehler muss er doch haben, schließlich ist er ein Mann!«

»Wenn er einen hat, dann hab ich ihn noch nicht entdeckt«, hab ich ihr jedes Mal geantwortet. »Und ich sehe sehr genau hin! Andererseits kann man nicht gerade behaupten, dass ich ein Händchen dafür hätte, mir die richtigen Männer auszusuchen.«

»Bei der Wahl deiner Freundinnen dagegen schon!«

Als wir in die Wohnung kamen, saßen Soph und Alex mit ein paar Freunden im Wohnzimmer, also sind wir in mein Zimmer gegangen, und da konnte ich mich nicht mehr zurückhalten. »Als du mit deinen Rugbykumpel in Prag warst – hast du da mit einer anderen geschlafen?«

Anfangs hat er es abgestritten, aber dann hat er sich auf eine andere Taktik verlegt und hockte auf einmal wie ein verlegener Schuljunge, der bei irgendwas Verbotenem erwischt worden war, auf der Bettkante.

Es sei nicht der Rede wert. Er sei betrunken gewesen. Wir beide seien ja eigentlich noch gar kein richtiges Paar gewesen. Bla bla bla. »Ich bin noch derselbe, der ich immer war«, sagte er.

»Genau das ist das Problem – vielleicht ist mir bisher nicht klar gewesen, wer du bist.«

Ich hatte mir fest vorgenommen, nicht zu weinen, aber natürlich hab ich's nicht geschafft. Es war der kleine Weihnachtsbaum mit den winzigen blinkenden Lichtern, der mir den Rest gegeben hat; ich musste daran denken, dass es schon immer so war, dass die verrücktesten Sachen mich zum Weinen bringen können – ein altes Foto, ein Kind mit einem Hund an der Leine, eine Spüle voll mit schmutzigen Kochtöpfen –, und ich war wütend auf Luke, weil er mich wieder so weit gebracht hatte. »Ich bin nicht, blöd, verdammt!«, schrie ich, und jemand in der Wohnung nebenan klopfte gegen die Wand.

»Das hat ja auch keiner behauptet.«

»Und komm mir nicht so von oben herab.«

Er rieb sich die Stirn.

Vielleicht waren wir einfach nicht füreinander geschaffen. Wie er sich in der U-Bahn über diesen Film ausgelassen hatte – wie stilvoll der sei, wie ästhetisch, wie eindringlich. Ich hatte ihm zugehört und gedacht, *ja, und wahrscheinlich langweilig.* Und was für ein Typ ist das, wenn er sich lang und breit über einen Spionagethriller und Gary Oldman auslässt, nachdem er mit einer anderen gevögelt hat?

Ich betrachtete das Blumenbild an der Wand, das mein Vormieter dagelassen hatte. Ich hatte darauf bestanden, zu mir zu gehen, weil ich auf meinem eigenen Territorium sein wollte, aber das hier war nicht meine Wohnung, das hier war nicht mein Zimmer. Wir hatten vorgehabt, uns eine gemeinsame Wohnung zu nehmen. »Ich will, dass wir zwei Monate lang keinen Kontakt haben. Kein Telefon, keine SMS, kein nichts.« Und dann schoss mir ein vollkommen blödsinniger Gedanke durch den Kopf, nämlich, dass das eine doppelte Verneinung war.

»Aber wir wollten doch zusammenziehen«, sagte er. »In vierzehn Tagen ist Weihnachten.«

Ich hätte so gern in seinen Armen gelegen, meinen Kopf an seinen Hals geschmiegt, seinen Geruch eingeatmet: Alkohol und Rauch und Spuren von seinem Duschgel, und mich dann mit ihm ins Bett fallen lassen – ich rechts, er links.

»Ich schlafe gern in der Nähe der Tür«, hatte er gesagt, als er das zweite Mal bei mir übernachtet hatte. »Für den Fall, dass ich fluchtartig verschwinden muss.«

An dem Tag haben wir viel gelacht.

»Das lasse ich nicht zu. Das will ich nicht. Das kann ich nicht«, sagte er.

Mach nur weiter so, dachte ich. *Du schaufelst dir dein eigenes Grab.*

■ ■ ■

Artikel auf der Website *Your Place, Your People*, 20. Oktober 2012

Professor todkrank: Er kämpft dafür, »dass Alice Salmon nicht in Vergessenheit gerät«.

Der beliebte Professor, der sich auf rührende Weise um das Andenken an Alice Salmon bemüht, ist, wie heute zu erfahren, unheilbar an Krebs erkrankt.

Bei Professor Jeremy Cooke wurde Prostatakrebs diagnostiziert, das häufigste Krebsleiden bei Männern in Großbritannien.

Es heißt, der renommierte Akademiker habe sich vorgenommen, trotz der Krankheit weiterhin ein normales Leben zu führen. An die Öffentlichkeit gekommen war die Nachricht durch den anonymen Forumsbeitrag eines gewissen »Lone Wolf«.

»Die Überlebenschancen bei Prostatakrebs sind in den letzten dreißig Jahren enorm gestiegen; wenn er frühzeitig erkannt wird, bleiben der Mehrzahl der Patienten noch fünf Jahre und mehr zu leben«, so ein pensionierter Chirurg, der früher am Southampton Hospital tätig war. »Die Aussichten sind natürlich wesentlich ungünstiger, wenn der Krebs in andere Körperbereiche streut, zum Beispiel in die Knochen.«

Studenten und Kollegen haben dem Professor, von Kollegen und Studenten liebevoll der »Alte Cookie« genannt, ihre Unterstützung zugesichert. Amelia Bartlett, eine ehemalige Kollegin, sagte: »Er ist ein brillanter Wissenschaftler mit einem messerscharfen Verstand. Ich hoffe, dass seine philosophische Weisheit, für die er allseits bekannt ist, ihm jetzt hilft, mit dieser schwierigen Situation fertigzuwerden.«

»Er war früher schon eine Art Kultfigur«, so Carly Tinsley, eine ehemalige Studentin. »Er hat mit uns Studenten Squash gespielt oder auf Studentenpartys ein Bier getrunken. Er hat uns immer mit Rat und Tat zur Seite gestanden. Einmal, als ich Grippe hatte, hat er mir sogar Vitamintabletten gegeben. Ich wünschte, die Medien würden mit ihrer Hetzkampagne gegen ihn aufhören.«

Auf einem Bewertungsformular, auf dem Studenten seit einiger Zeit anonym ihr Feedback abgeben können, schrieb ein Teilnehmer: »Seine Vorlesung über Melanesien war einfach großartig. Seitdem bin ich fest entschlossen, diesen Teil der Welt zu bereisen – das ist das höchste Lob für einen Anthropologen.«

Ein anderes Feedback lautet: »In der Schule haben die Lehrer immer nur nachgebetet, was sie in Büchern gelesen hatten, aber er spricht wenigstens aus eigener Erfahrung. Seine Kenntnisse in Soziolinguistik sind absolut unschlagbar.«

Cooke, der den größten Teil seines Lebens in Hampshire verbracht hat, trat im Jahr 2000 zum ersten Mal ins Licht der Öffentlichkeit, als er in der beliebten BBC-Dokumentationsreihe *Wie wir wurden, was wir sind* auftrat.

Der Professor, dem zahlreiche wichtige Auszeichnungen verliehen wurden, unter anderem der begehrte Merton Harvey Award für »die Inspiration junger Menschen auf dem Gebiet der Anthropologie«, ist allgemein bekannt für seine dezidierten umweltpolitischen Ansichten.

Der Absolvent der renommierten Glenhart School in der Nähe von Edinburgh und treue Unterstützer verschiedener Wohltätigkeitsorganisationen verkündete vor fünf Jahren in einem BBC-Radiointerview, er werde »das verdammte Auto abschaffen und ab sofort aufs Fahrrad umsteigen«.

■ ■ ■

**Brief von Professor Jeremy Cooke,
21. August 2012**

Lieber Larry,
Alice schleuderte mir den Inhalt ihres Glases ins Gesicht und schrie: »Du perverses Schwein!«

Ich wischte mir die Augen mit einem Taschentuch ab; niemand beachtete uns in dem vollen Pub. Wir standen steif mitten in dem Trubel, aber einer von uns musste etwas sagen, also fragte ich blödsinnigerweise: »Wie war's denn heute auf eurem Klassentreffen?«

»Scheiße war's. Der schlimmste Tag meines Lebens. Noch so eine dumme Frage?«

»Mein Gott.«

»Eigentlich ist heute der zweitschlimmste Tag meines Lebens. An den ersten wirst du dich erinnern, du warst nämlich dabei, du hast dafür gesorgt, dass es der schlimmste Tag meines Lebens war, du Wichser!«

Rat mal, was sie als Nächstes getan hat, Larry. Ob du's glaubst oder nicht, sie hat mir eine Ohrfeige verpasst.

»So, das war für das, was du getan hast, als ich achtzehn war.«

Der letzte Mensch, der mich geschlagen hatte, war mein Vater, und das war über fünfzig Jahre her, aber ihre Ohrfeige fühlte sich genauso scharf und mechanisch an. Erstaunlicherweise hatte in dem Gewühl niemand etwas davon mitbekommen. »Das habe ich verdient«, sagte ich. »Falls dich das tröstet. Was ich damals getan habe, bereue ich zutiefst.«

»Sehr poetisch, aber mit Poesie hat das wirklich nichts zu tun.«

»Ich bin nicht hier, um dir wehzutun. Ich bin gekommen, um dir etwas zu erklären.«

Ihr Blick erinnerte mich an den eines halb toten Wiesels, das ich einmal in einer Falle gefunden hatte.

»Du brauchst keine Angst zu haben.«

»Ich hab keine Angst. Vor keinem Mann.«

»Soll ich dir ein Glas Wasser besorgen?«

»Wasser?«, wiederholte sie, als hätte ich vorgeschlagen, einen Tisch in einem Restaurant zu buchen. »Ich brauche Schnaps.«

Ich kämpfte mich zum Tresen vor und bestellte einen Drink für sie – ich wählte einen doppelten Gin Tonic, weil ihre Mutter das Zeug immer getrunken hatte –, und als ich zu ihr zurückkam, rang sie nach Luft, als käme sie gerade vom Fitnesstraining.

»Hau ab«, sagte sie. »Wenn du jetzt gehst, kann ich mir wenigstens einreden, wir wären uns rein zufällig über den Weg gelaufen.«

»Aber das sind wir nicht. Ich habe auf Twitter gesehen, dass du hier sein würdest.«

»Hast du mir etwa nachgeschnüffelt?«

»Auch die Übersechzigjährigen können mit dem Internet umgehen.«

»Ja klar – und meiner Mutter eine E-Mail schicken. Was zum Teufel …«

»Wegen 2004«, sagte ich. »Bitte, hör mich an.«

»Nein, geh mir aus den Augen.«

Doch das waren nur große Sprüche. So ähnlich wie mein neues Mantra: Ich habe keine Angst vor dem Tod. Plötzlich wurde ich von einem extremen Dringlichkeitsgefühl gepackt. »Ich stehe tief in deiner Schuld. Wegen deiner Diskretion. Mein Leben hätte ganz anders verlaufen können.«

»Ich habe es nicht für dich getan. Oder glaubst du das etwa? Du dämlicher alter Sack! Ich habe geschwiegen, weil ich keine blasse Ahnung hatte, was überhaupt vorgefallen war. Ich war nicht selbstbewusst genug, um irgendwas zu unternehmen. Wenn das heute passieren würde, würde ich dich an den Galgen bringen.«

Keine Lügen, Larry, darauf haben wir uns geeinigt, keine Lügen, und ich bin mir durchaus bewusst, dass ich dir nie genau erzählt habe, was sich in jener Nacht ereignet hat. Es war 2004. Unter Anthropologen wurde über nichts anderes geredet als über den Fund von Hominidenfossilien in Indonesien. Homo floresiensis. Auch auf unserer kleinen Party war es das Hauptgesprächsthema: dass diese kleinwüchsige Spezies vor gerade mal 12 000 Jahren existiert hatte, mit einem Knochenbau wie dem des Homo erectus, aber mit winzigem Gehirn. Ich habe dir nie erzählt, dass Alice, als wir uns in mein Büro verkrochen hatten, buchstäblich auf mich draufgefallen ist.

»Du konntest dich nicht mehr auf den Beinen halten«, sagte ich.

Sie schüttelte sich angewidert.

Ja, ich habe die Tür abgeschlossen, aber nicht, weil ich unlautere Absichten hatte, sondern weil sie sich auf der Party total danebenbenommen hatte und ich nicht wollte, dass irgendjemand sie in diesem Zustand sah. Bleibt natürlich die unbestreitbare

Tatsache, dass kein Student – egal ob männlich oder weiblich – in derart betrunkenem Zustand mit einem Angehörigen des Lehrkörpers hätte allein sein dürfen. Erst recht nicht eine ganze Nacht lang. Selbst wenn man von der Liz-Vorgeschichte absieht, war das ein gigantischer Regelverstoß.

»Ich habe dich schlafen gelegt«, sagte ich, aber sie hörte mich nicht, also habe ich es etwas lauter wiederholt, und meine Erklärung klang so absurd, als hätte ich gesagt: Ich wohne auf dem Mond.

Sie wollte sich von mir abwenden, konnte sich aber offenbar nicht losreißen. »Wie?«

»Es hatte schon etwas Übergriffiges.«

»Als ich aufgewacht bin, war ich … Ich hatte nicht alle meine Sachen an.«

»Du hattest dir Wein übers T-Shirt geschüttet, Alice, es war klatschnass. Du hättest unmöglich damit schlafen können.«

»Also hast du es mir ausgezogen?«

»Ich habe dir geholfen, es dir auszuziehen.«

Wieder schüttelte sie sich und schaute über meine Schulter hinweg zu den Zechern hinüber. *Da möchtest du sein, nicht wahr, Süße?*, dachte ich. *Mitten unter all diesen sorglosen Nachtschwärmern.*

»Ich wollte, dass du es bequem hattest«, sagte ich. »Ich habe mich um dich gekümmert.«

»Du hättest eine weibliche Kollegin bitten können, das zu tun.«

»Das stimmt, und im Nachhinein ist mir klar, dass ich das hätte tun sollen. Die Beziehung zwischen Studenten und Lehrern basiert auf Vertrauen, eine Regel, gegen die ich verstoßen habe.«

Aber ich habe die Ereignisse des Abends nicht zu meinem Vorteil manipuliert, Larry. Es war nicht geplant, dass ich ihren schlanken, blassen Körper sehen würde, ihren unter einer

Hautfalte halb verborgenen Nabel, ihre leuchtend violette Unterwäsche.

In dem Moment hätte ich das Pub verlassen sollen, doch es war meine letzte Gelegenheit, mit ihr zu reden; ich wollte nicht, dass offene Fragen zurückblieben. »Mit deinem Rock war es dasselbe«, sagte ich. »Du hast daran herumgezerrt und gesagt, darin könntest du nicht schlafen. Also habe ich dir aus dem Rock herausgeholfen.«

»Du Widerling, die hätten dich feuern sollen.«

Ich war gekommen, um alles wiedergutzumachen, aber die Sache glitt mir aus den Händen; was ich mir zu sagen vorgenommen hatte, zerschellte an ihrem Kampfgeist. »Es gibt einen Verhaltenskodex, und ich habe ihn gebrochen. Was ich getan habe, war vollkommen unmoralisch.«

»Ich hätte zur Polizei gehen sollen. Ich hätte dich anzeigen sollen.«

»Weswegen denn genau? Was ich getan habe, war unverantwortlich und unmoralisch, aber rechtlich gesehen war mein Verhalten untadelig. Ich habe eine Grenze überschritten, aber es gibt Grenzen, die ich niemals überschreiten würde.«

Larry, ich kann nur wiederholen, dass es nicht geplant war, dass ich ihren süßen Duft einatmen, ihre schlaffen, wie eine Ziehharmonika gefalteten Gliedmaßen an meinem Körper spüren würde, dass ich dastehen und wie entrückt die unverfälschte Schönheit dieser Liz-Kopie betrachten würde, die da hingestreckt in meinem Büro lag.

»Du bist zum Kotzen. Du bist praktisch ein Kinderschänder.«

»Nein, damit kannst du mir nicht kommen, das geht zu weit.« Mein rechtes Auge zuckte; eine Vene in meiner rechten Schläfe pulsierte. Ich verliere nur selten die Fassung, Larry – drei oder vier Mal in den letzten zwanzig Jahren, aber wenn ich explodiere, dann ist alles zu spät. Einmal, nach einem Termin im Krankenhaus, sind wir, weil die Neuigkeiten eher schlecht gewesen waren, in den Park gegangen, »um Druck abzulassen«, wie Fliss sich ausgedrückt hatte, und ich habe auf eine Bank eingeschlagen, bis meine Hand blutete. Seltsam, dass ich mich heute an fast nichts erinnere, was an dem Tag passiert ist. Alles aus meinem Kopf exorziert. Es ist immer wieder verblüffend, wie das Gedächtnis – das Gehirn – arbeitet; es ist ein virtuoser, sich selbst regulierender Verteidigungsmechanismus, der alles Schlechte ausblendet. »Ich habe mich um dich gekümmert«, sagte ich. »Ich habe dich umsorgt.«

Sie schlief tief und fest. Ich deckte sie mit meinem Pullover zu, und sie stieß leise Tiergeräusche aus, mein schniefendes, blindes Kätzchen, meine kleine Maus. Ich schaltete das Radio ein und beugte mich über sie und konnte sie endlich, endlich ungestört betrachten: schwarze Locken um ihren Hals, ein winziger Leberfleck seitlich an ihrem Kopf, hauchfeine Härchen in ihrem Gesicht, wie Daunen.

»Ich habe über dich gewacht, während du geschlafen hast«, sagte ich.

Ich habe die ganze Nacht neben ihr gesessen – ihr winziger Körper, mein winziges Gehirn – und ihre Hand gehalten. Draußen fegte der Wind die Äste der Ulme gegen die Fensterscheiben. Ich habe an Sex gedacht, sehr viel sogar – aber vor allem an dessen unglaubliche Banalität. War es das Risiko wert, dafür eine Ehe zu zerstören? Zwei Fremde, die Teile ihres Körpers aneinanderreiben. Feucht gegen feucht, das ist alles.

»Du könntest sonst was gemacht haben«, sagte sie.

»Aber das wäre eine Abscheulichkeit gewesen, Alice.«

»Lügst du?«

»Nein«, sagte ich.

Sie sah sich nach ihren Freundinnen um, ein plötzliches Gefühl von Einsamkeit, das uns verband. »Du kannst dir gar nicht vorstellen, wie oft ich schon drauf und dran war, dich wegen jener Nacht zur Rede zu stellen«, sagte sie. »Aber ich war zu feige.«

»Ich habe dich von Anfang an ins Herz geschlossen. Von dem Tag an, als du dein Studium bei uns angefangen hast, wollte ich dich beschützen. Wegen deiner Mutter. Du bist ihr so ähnlich.«

»Ich hab deine Mail gesehen – heute Morgen. Ich hab sie gelesen. Hat sie dich *Jem* genannt? Ihr seid widerlich, alle beide.«

»Herrgott, Alice, wir sind nicht alt auf die Welt gekommen.«

»Mein Vater ist mehr Mann, als du es je sein wirst.«

»Daran zweifle ich nicht.« Sie brachte uns vom Thema ab, aber ich musste mit dieser Sache innerlich abschließen, und deshalb konnte ich nicht lockerlassen. »Es ist so, also, es war so, dass meine Sorge um dich trügerisch war. Da ist die Nacht, über die wir gesprochen haben, und da ist der anonyme Brief, den du erhalten hast, als du im ersten Semester warst, falls du dich daran erinnerst. Der war von mir, tut mir leid.«

»Du Mistkerl.«

Ich habe damals mein Taschentuch befeuchtet, Larry, und ihr damit immer wieder die Stirn abgewischt, ich habe ihr ein Glas Wasser an die Lippen gesetzt und ihr das Haar aus dem Gesicht gehalten, wenn sie sich auf die Seite wälzte, um sich zu übergeben. Ich habe gegen den Schlaf angekämpft – es durfte nicht passieren, dass sie an ihrem eigenen Erbrochenen erstickte – und einem Radiomoderator zugehört, der in monotonem Tonfall mit allen möglichen Anrufern über die Abfallverwertungspolitik der Stadt redete und über die Gefahr, die Füchse in der Stadt darstellten. Irgendwann sickerte das Tageslicht durch die heruntergelassenen Jalousien, und ich sah ihren braunen Rock auf dem Boden, verdreht wie ein Tau, und ich dachte: *Bedeutet das, ein Mensch zu sein? Millionen – nein, Milliarden Jahre Evolution, und das ist alles?*

»Ich bin hier, um dich um Verzeihung zu bitten.«

»Das reicht mir nicht.«

»Es ist immerhin ein Anfang«, sagte ich. »Und mehr habe ich nicht zu bieten. Es tut mir unendlich leid.«

Sie betrachtete den Tisch, fuhr mit dem Finger die Linien der Holzmaserung nach. Als Junge hat es mich immer fasziniert, dass man das Alter eines Baums an den Jahresringen ablesen kann, eine frühe Erkenntnis, dass die Wissenschaft Antworten geben kann. Es gab auch andere Dinge, die sie vielleicht nicht wusste: Liz' Alkoholproblem, ihr Suizidversuch. Aber es stand mir nicht zu, Alice davon zu erzählen.

»Die Wahrheit kann nichts vollkommen Schlechtes sein«, sagte ich.

»Warum hast du ihr diese E-Mail geschickt?«

»Als ich erfuhr, dass du in der Stadt sein würdest, hat das Erinnerungen geweckt, Alice. Es heißt, der Tod eines alten Mannes ist keine Tragödie, aber verdammt, ich bin noch gar nicht richtig alt. Jedenfalls fühle ich mich nicht so.« Angst kroch mir in die Glieder. »Prostatakrebs. Ich habe Prostatakrebs.«

»Soll ich jetzt deswegen Mitleid mit dir haben?«

»Du sollst überhaupt nichts. Es ist, wie es ist. Ein Lieblingsspruch deiner Mutter lautete: ›Sieh deinen Dämonen in die Augen.‹ Das hast du heute getan. Ich bin stolz auf dich.«

Wir standen nicht mal einen Meter voneinander entfernt, aber es hätte genauso gut ein Kilometer sein können; es war, als würde sie mich durch einen Wassertank hindurch betrachten. Ich empfand eine seltsame Erleichterung: Ich konnte loslassen.

»Ich habe meiner Mutter eine Nachricht auf ihre Mailbox gesprochen, nachdem ich deine E-Mail gelesen hatte – keine besonders nette.«

»Du könntest sie doch anrufen und sie beruhigen. Man sollte nie im Streit auseinandergehen, denn man weiß nicht, ob und wann man sich wiedersieht.«

»Zu spät. Es würde alles schräg rüberkommen. Ich ruf sie morgen früh an. Aber das geht dich sowieso nichts an.«

»Versprich mir eins«, flehte ich sie an. »Tu heute Nacht nichts, was du auf ewig bereuen würdest.«

»Du kannst mich mal auf ewig.«

Sie schniefte ein bisschen, sie war den Tränen nahe, und ich spürte ein Ziehen in den Eingeweiden, in den Hoden, ein Zwicken, Muskelgedächtnis. Zeit, Larry, mir läuft die Zeit davon. Ich hatte fünfundsechzig Jahre Zeit, ein guter Mensch zu werden; wie konnte ich diese Chance nur so vergeuden? Sogar die Polizei ist hinter mir her, kannst du das glauben? Hinter *mir*. Offenbar ist Liz ins Polizeirevier gestürmt – betrunken, wie es scheint – und hat einen ganzen Schwall an Beschuldigungen gegen mich vom Stapel gelassen. Es war nicht besonders schwierig, diese Idioten an der Nase herumzuführen. Ich werde meine Informationen zu meinen Bedingungen veröffentlichen, zu einem Zeitpunkt, den ich für richtig halte.

»Du wirst doch keine Dummheiten machen, oder?«

»Das sagt echt der Richtige.«

Sie hatte nicht ganz unrecht. Ich überlegte gerade, ob ich mich, betrunken wie ich war, ans Steuer setzen sollte. Ich hatte das Gefühl, mich in einem ganz anderen, neuen Raum zu befinden: eine Zen-artige Ruhe erfasste mich, ich war in Kontakt mit dem Wesentlichen. Ich hatte meine Mission erfüllt. »Dieses Zitat, das auf deiner Facebook-Seite steht, das gefällt mir – dass die Wahrheit kurz, eine Lüge dagegen ewig schmerzt.«

Am Morgen war ich aufgestanden und wollte mein Büro verlassen, Larry, aber als sie so wehrlos dalag, habe ich mich zu ihr hinuntergebeugt und sie auf die Stirn geküsst. »Auf Wiedersehen, Alice«, flüsterte ich. »Auf Wiedersehen, mein Liebling.« Da ist sie ganz plötzlich aus dem Schlaf geschreckt, panisch und verwirrt, ist aufgesprungen und aus meinem Arbeitszimmer geflüchtet und hat während der ganzen drei Jahre an der Uni nie wieder ein Wort über diese Nacht verloren. Das Schicksal war uns gnädig und führte uns nur selten zusammen, und die wenigen zufälligen Begegnungen waren für sie sehr schmerzlich.

»Das ist noch nicht zu Ende«, sagte sie.

Ein Stück, das ich nicht kannte, hörte auf, und ein neues fing an.

»Ich wette, es hat dir einen richtigen Kick gegeben, mich anzufassen, als ich mich nicht wehren konnte, was?«

Ich spürte Wut und Feindschaft in mir aufkeimen. Natürlich hatte ich keine Dankbarkeit von ihr erwartet, aber wäre es ihr vielleicht lieber gewesen, wenn ich sie den Wölfen zum Fraß vorgeworfen hätte? Ich beschloss, einen Spaziergang zu machen, um einen klaren Kopf zu bekommen. Ich würde zum Fluss runtergehen, der Anblick des Dane würde mir guttun: still, erfrischend, belebend. Als ich mich zum Gehen wandte, packte sie mich am Arm und zwang mich, mich umzudrehen.

»Ich hab dich was gefragt, du perverser Professor. Wie hat es sich angefühlt, als du mich angefasst hast?«

»Himmlisch, Alice. Es hat sich himmlisch angefühlt.«

■ ■ ■

Post im Truth Speakers Webforum von Lone Wolf, 20. August 2012, 23:02

Ich hatte geübt, vornehm zu sprechen, ein paar neue Wörter gelernt, und schon sprudelte es nur so heraus aus dem alten Knaben Devereux. Er war einsam und ganz wild darauf zu reden. Ich hab ihm gesagt, Cooke würde sich in seinem Buch als der fähigste Wissenschaftler der ganzen Uni darstellen, und der alte Knacker hat den Köder prompt geschluckt. Er meinte, Cooke sei ein Dilettant.

Das war mein dritter Besuch. Der zweite war ein totaler Reinfall gewesen: Devereux hatte die Nacht davor nicht geschlafen, weil ein Krankenwagen gekommen war, um einen von den Alten aus dem Heim abzuholen, und er war zwar freundlich, aber ziemlich benebelt, und das brachte mir überhaupt nichts. Heute war er ganz aufgekratzt, und das war perfekt.

»Der Mann kann Ihnen nicht das Wasser reichen«, sagte ich und zählte die Liste von Preisen auf, die dieser alte Sack gewonnen hat – er hat sogar einen Wikipedia-Eintrag, wie aufgeblasen ist das denn? Nebenbei habe ich wie zufällig fallen lassen, dass Cooke ihn als »beschränkt« bezeichnet hat.

»Wir haben ihn immer ›Cock‹ genannt«, sagte er mit Schaum in den Mundwinkeln. »Jeremy Cock. Der Beiname ›Schwanz‹ passte zu ihm.«

Ich habe ein Talent dafür, in andere Leute reinzusehen, und ich wusste genau, dass da noch mehr zu holen war, ich brauchte nur noch ein bisschen fester an der Oberfläche zu kratzen. Also hab ich ihm erzählt, Cooke würde ihn an der Uni als Langweiler titulieren.

»In den Achtzigerjahren hat er schon die Mutter von der Kleinen flachgelegt.«

Ich sagte nichts. Alice hat mir mal in der Caledonian Road erklärt, dass das ein Journalistentrick ist: Weil wir uns alle vor dem Schweigen fürchten, plappern wir dann erst recht drauflos.

»Mullens hieß sie«, sagte er. »Elizabeth Mullens.«

Sieh mal einer an, der Steinzeitmann hat nicht nur Alice Salmon, sondern auch ihre Mutter genagelt. Treffer! Ich stellte mir vor, wie ich in meinem Zimmer im dritten Stock saß und diese Meldung ins Netz stellte, während ich weiterschwieg und darauf wartete, dass der Alte sich beeilen würde, das Schweigen zu füllen, aber dann ertönte ein lang gezogener Schrei aus einem der anderen Zimmer, und jemand kreischte: »Neiiiin!«

»Sie hat versucht, sich umzubringen, als er mit ihr Schluss gemacht hat. Die hätten ihn damals sofort feuern müssen.«

»Was nicht ist, kann ja noch werden«, sagte ich und lachte.

Im Fernsehen lief *Pointless*, und ich hab irgendwas gefaselt von wegen, diese Mullens müsste ja einen ziemlichen Hass auf die Welt gehabt haben, wenn sie sich auf Harakiri verlegt hätte.

»Selbstmörder hassen vor allem sich selbst«, sagte Devereux. »Aber das Ende vorzuverlegen verstößt gegen Gottes Plan. Ja, ja, Gottes Plan, das war auch so ein Zankapfel zwischen Cock und mir.«

»Sie sind ziemlich gewieft, was?«

»Der Körper ist schwach, aber der Geist ist immer noch willig.«

Diese Profs wollen uns weismachen, dass sie was Besseres sind als wir Normalsterblichen, aber die sind wie kleine Kinder. Die Fehde zwischen Devereux und dem Steinzeitmann hat anscheinend mit einem läppischen Zwist wegen irgendwelcher Budgetfragen angefangen, und dann haben sie sich drei Jahrzehnte lang über Forschungsstipendien, Politik, Lehrmethoden und weiß der Teufel was noch alles in den Haaren gelegen.

»Cooke vögelt immer noch fleißig in der Gegend rum«, sagte ich ins Blaue hinein, um den Alten noch mal ein bisschen in Fahrt zu bringen.

Eine Schwester kam rein und sagte, es würde bald Abendessen geben. Lammbraten.

»Er hat seine Übeltaten nicht nur im Bett begangen. Diebstahl geistigen Eigentums ist eine Anschuldigung, die ich nicht leichtfertig erhebe. Es wurden Budgets angezweifelt – es gab Ausgaben ohne Belege. Das kann natürlich auch völlig harmlose Gründe gehabt haben.«

»Sie haben ein verdammt gutes Gedächtnis«, sagte ich, um ihm ein bisschen zu schmeicheln.

Eure Kritik könnt ihr euch sparen. Schließlich haben wir uns darauf geeinigt, dass der Zweck die Mittel heiligt, wenn es um Profs geht, die Studentinnen ficken.

»Nicht nur die jährliche Anthropologenparty hatte Tradition«, sagte der Alte, »sondern auch, dass Cock hinterher ein betrunkenes Opfer auf sein Zimmer schleppte.«

»Den machen wir fertig«, flüsterte ich.

Devereux starrte auf den Fernsehbildschirm, und irgendwie stank es auf einmal nach Pisse.

»Die kleine Mullens wäre beinahe gestorben, aber er konnte trotzdem nicht die Finger von ihr lassen. Jahre später ging das schon wieder los mit den beiden, da war sie längst verheiratet. Die dachten, es würde keiner was davon mitkriegen, aber ich bin ihm auf die Schliche gekommen. Das war drei Jahre nach der Affäre.«

Ich hab nachgerechnet. Das war in dem Jahr, bevor Alice geboren wurde.

▪ ▪ ▪

Text, den Megan Parker auf Alice Salmons Beerdigung vorgelesen hat, 13. Februar 2012

Was ist sterben?
Ich stehe am Strand.
Ein Schiff segelt in der morgendlichen Brise, nimmt Kurs auf das Meer.
Es ist ein Objekt, und ich stehe da und sehe ihm zu.
Bis es schließlich am Horizont verblasst.
Und jemand neben mir sagt: »Es ist fort!« Fort, aber wohin?
Fort aus meinem Blickfeld, das ist alles;
Die Masten, der Rumpf und die Holme sind immer noch genauso groß, wie sie waren, als ich das Schiff gesehen habe,

Und es ist genauso imstande, seine lebende Fracht ans Ziel zu bringen.
Die Winzigkeit und die Unsichtbarkeit sind in mir, nicht in im Schiff;
Und wenn jemand neben mir sagt »Es ist fort«,
Gibt es wieder andere, die es kommen sehen,
Und andere Stimmen rufen froh:
»Da kommt es!«
Das ist sterben.

■ ■ ■

**Auszug aus Alice Salmons Tagebuch,
9. Dezember 2011, Alter 25**

Ich darf nicht aufhören zu schreiben … ich muss mich beschäftigen … muss die Dämonen in Schach halten …

Ich nehme an, Luke ist nach Hause gegangen, aber meinetwegen kann er auch in der U-Bahn-Station auf einer Bank schlafen.

»Es fährt keine U-Bahn mehr«, hat er gejammert, als ich ihn rausgeworfen habe. »Es ist schon spät.«

»Dann geh halt zu Fuß oder nimm dir ein Taxi – das ist nicht mein Problem.«

Er hat sich beschwert, wie teuer Taxifahren ist, doch für Sauftouren und Wochenendausflüge mit seinen Kumpel in teure Städte hat er immer genug Geld.

Kaum hatte ich die Tür hinter ihm zugeschlagen, hab ich Meg angerufen, hab aber nur ihre Voicemail erreicht. »Ruf mich an«, hab ich sie angefleht, »ich muss dringend mit dir reden.«

Ich hab mich aufs Bett gesetzt, und dann kamen die SMS – tut mir leid, ich werde mich ändern, ich tu's nie wieder, ich liebe dich mehr als alles andere auf der Welt, bla bla bla. »Was an kein Kontakt kapierst du NICHT?«, hab ich ihm geantwortet, und es fühlte sich komisch an, die Nachricht nicht mit einem x zu beenden, aber ich hab es gelöscht, bevor ich die SMS abgeschickt habe.

Der Mistkerl, wie konnte er nur?

Ich lag auf dem Bett und hab mir die Fotos auf meinem Handy angesehen. So viele von *ihm*. Gibt es denn keinen Bereich meines Lebens, in den er nicht eingedrungen ist? Ich weiß nicht, wie oft ich die Taste mit dem Papierkorb gedrückt habe. Zum Schluss hab ich seine Nummer aufgerufen und die auch gelöscht.

Die verrücktesten Methoden, wie ich es ihm heimzahlen könnte, gingen mir durch den Kopf.

In der Wohnung über mir lief Musik. Eine Tür wurde zugeknallt, die Klospülung rauschte, in den Zimmern von Alex und Soph wurde gequatscht, die beiden hatten ihre jeweiligen Partner zu Besuch. *Geht nicht ins Bett*, dachte ich. *Ich will nicht die Einzige sein, die hier noch wach ist.*

Hab's noch mal bei Meg versucht. Voicemail. Wieso geht sie nicht ran?, dachte ich. »Was ist jetzt schon wieder los?«, würde sie entnervt fragen. »Man kann keinem Mann trauen, Salmonette«, hat sie immer gesagt, und bis ich Luke kennengelernt hatte, hab ich ihr immer beigepflichtet. Es macht mich wütend, dass er bewiesen hat, dass sie recht hat. »Vergiss die Typen, nur Freundinnen sind einem auf ewig treu«, hat sie mal zu mir gesagt, als ich nach irgendeinem Drama mit Ben vor ihrer Tür stand. Sie hat mich in ihr Wohnzimmer bugsiert, *Hollyoaks* eingeschaltet und gesagt: »Männer sind Schweine. Schwanzgesteuert, alle, wie sie da sind.« Wir haben Wein getrunken, und der Schmerz hat allmählich nachgelassen.

Vor ein paar Wochen hat Ben sich aus heiterem Himmel bei mir gemeldet: eine unverfängliche SMS. »Na, wie sieht's aus?« Ich habe nicht darauf reagiert, denn ich weiß, wohin so was

Harmloses führen kann, aber jetzt habe ich ihm mit zitternden Fingern eine SMS geschickt.

Luke, du verdammter Mistkerl, wie konntest du nur? Wir haben genug gespart für eine Kaution und die erste Monatsmiete. Wir haben ein gemeinsames Konto angelegt – Miss A. L. Salmon und Mr L. S. Addison – und regelmäßig darauf eingezahlt, der wachsende Betrag war die Einleitung zu jedem Gespräch über »die Wohnung« – ein Konzept, das immer mehr Gestalt annahm, während wir in Wandsworth und Lambeth und sogar in dem öden Denmark Hill rumliefen. Sogar im schicken Pimlico sind wir gewesen, um zu sehen, wie die Reichen wohnen, und haben uns schließlich auf Tooting Bec geeinigt, was noch erschwinglich, aber im Kommen ist (»Tooting Bec wird das nächste Shoreditch«, hat uns ein Makler optimistisch versichert). Wir hätten gern eine Zweizimmerwohnung gehabt, uns aber auch notfalls mit einem Zimmer begnügt. Lieber Neubau als Altbau. Am liebsten im obersten Stock, um keinen zu haben, der über uns Krach macht. Auf keinen Fall eine Maisonettewohnung. Ein Garten wäre super, doch wenn es keinen gab, sollte es daran nicht scheitern. Jetzt hat sich gezeigt, woran es scheitert: an Luke.

Dem Mann, der mir das Herz gebrochen hat.

Ich könnte nach Australien auswandern, dachte ich. Ein Lichtblick. *Ich bin erst fünfundzwanzig*. Ich hätte wissen müssen, dass es ein Fehler war, sich schon mit fünfundzwanzig zu binden; das ist was für Dreißigjährige! Aber der Lichtblick währte nur kurz. Was soll ich denn in Australien ohne Luke?

Ich brauchte frische Luft. Vielleicht sollte ich einen Spaziergang machen, dachte ich. Das mache ich oft. Setze mich nachts in den Park und gehe auf Facebook oder Twitter und klicke die Freunde von Freunden und Follower von Freunden an und immer so weiter in konzentrischen Kreisen, bis es alles nur noch total Unbekannte sind, und dann schicke ich einem von denen eine Nachricht, »Hallo, wie geht's?« oder, um zu verhindern, dass die Nachricht gleich als Spam weggeklickt wird, so was wie »Hallo, wie war's im Kino?« oder »Schönes Kleid, das du auf deinem Profilbild trägst«. Einmal hat einer geantwortet: »Wo bist du?« Und ich habe geantwortet: »Stehe am Teich im Clapham Common und schaue ins Wasser.« Damit war die Unterhaltung beendet. Meg findet es total abgedreht, dass ich mich mit Leuten austausche, die ich überhaupt nicht kenne, aber in einer Großstadt zu wohnen ist auch abgedreht, zusammengepfercht wie Hühner im Stall, Wand an Wand mit Fremden schlafen, nur Zentimeter voneinander entfernt, Kollegen E-Mails schicken, die nicht mal einen Meter von einem entfernt an ihrem Schreibtisch sitzen.

Warum rufst du nicht zurück, Megan?

»Mit keinem kann es werden wie zwischen uns«, hat sie mal gesagt, als wir Teenager waren. »Egal, wen wir im Leben kennenlernen, egal, wen wir mal heiraten, mit keinem kann es werden wie zwischen uns.«

Es wurde still auf der Straße, aber ich habe ihn nicht angerufen und ihm auch keine SMS geschickt. Diese Kontrolle wollte ich wenigstens haben. Schließlich habe ich meinen Laptop aufgeklappt und mich gezwungen zu schreiben. Und habe getan, was Luke oft macht, Ereignisse im Stil von Schlagzeilen auflisten.

Frau warf ihren Miniweihnachtsbaum aus dem Fenster.

Frau fühlte sich auf vertraute Weise losgelöst, als würde sie schweben.

Frau lag schlaflos im Bett und fragte sich, wohin der Fuchs verschwunden war, mit dem sie sich angefreundet hatte.

Ich werde nicht zulassen, dass er mir Weihnachten versaut. Ich hatte mich so sehr darauf gefreut – ein Familienfest, Mums Weihnachtsbraten, *Witwen morden leise* anschauen. Als ich achtzehn war, konnte ich gar nicht schnell genug von meinem

Elternhaus wegkommen, aber jetzt zieht es mich, wenn es mir nicht gut geht, an wie ein Magnet – mein *Zuhause, mein Zuhause.* Das Zimmer, wo ich und Meg (»Das heißt Meg und ich«, würde Mum mich jetzt tadeln) lange, faule Sonntagnachmittage verbracht haben, Radfahrer auf den Straßen, der Geruch nach Grillfeuer, Kinder, die Blockflöte üben, Gestalten vor Computerbildschirmen und Familien abends eingerahmt von Wohnzimmerfenstern, Katzen auf Türschwellen und taufeuchten Rasen am frühen Morgen, die auf das Klimpern von Schlüsseln warten, Kinder, die fordernd oder liebevoll nach ihrer Mutter rufen. »*Muuuum*!!!« Was werden Mum und Dad dazu sagen? Sie mögen Luke. Aber nicht mehr lange. Damit ist es vorbei, wenn ich ihnen von dem wahren Luke erzähle, von seiner Abneigung gegen Arbeit im Allgemeinen, von seiner Unentschlossenheit, wenn es um sein berufliches Fortkommen geht, von seiner jungenhaften Verletzlichkeit, von seinen Wutausbrüchen. Und jetzt können wir auch noch seine Untreue mit auf die Liste setzen.

Wie konnte ich nur so blöd sein? Blöd, blöd, blöd.

»Du Wichser!«, schrie ich und starrte ein paar Minuten lang wie gelähmt auf den Bildschirm. Der Bildschirmschoner schaltete sich ein: ein Foto von Luke mit Sonnenbrille, von weit unten aufgenommen. Es machte mich wütend. Hab's sofort gelöscht.

Irgendwann hab ich aufgehört, seine SMS zu lesen. Ich habe mit dem Finger über das Display gewischt, bis das rote »Löschen«-Feld erschien. Weg damit.

Das war's also dann. Anderthalb Jahre. Ein griechisches Restaurant in der Dean Street. Ein Freund, der mit ihm in Prag war. Ein unbedachter Satz von einem Mann, dem ich noch nie begegnet war und den ich wahrscheinlich nie wiedersehen werde.

Ich war fest entschlossen, Luke nicht anzurufen, ihm keine SMS zu schicken und nicht zu weinen und nicht zuzulassen, dass *ES* sich wieder bei mir einschlich.

Die ersten beiden Vorsätze habe ich eingehalten.

Ich zwinge mich zu schreiben, und die Ironie daran macht mich fertig. Ich habe alle Fotos von ihm von meinem Handy gelöscht, und jetzt fülle ich meinen Laptop mit ihm. Ich zwinge mich weiterzumachen, obwohl meine Hände schwer wie Blei sind – dicke, bleiche, fleckige Fleischklumpen.

Klischees. Alles Klischees.

Fünfundzwanzigjährige ergeht sich in Selbsthass, doch der Hass auf Luke Addison ist noch größer.

Draußen ist inzwischen kein einziges Auto mehr zu hören, aber ich rufe ihn nicht an, und ich schicke ihm auch keine SMS.

Ich hacke auf die Tasten ein mit meinen plumpen Fingern, und die konfusen Gedanken, die ziellos in meinem Kopf herumwirbeln, werden zu Buchstaben auf dem Bildschirm. Alles dreht sich. Ich bin nicht betrunken, aber das kann noch kommen.

Schreib weiter, Alice… nicht aufhören.

Ich muss mich auf die schönen Dinge konzentrieren, auf die ich mich freuen kann. Weihnachten – und dann ist ja im Februar noch das Klassentreffen in Southampton. Sieht so das Unglück aus? Geht das jetzt so weiter, bis ich dreißig werde? Meilensteine, an die ich mich klammere, um durchzuhalten.

Eine SMS von Ben. »Wie sieht's aus??? Wann sehen wir uns?«

Als ich klein war, habe ich mir immer Liebesdramen ausgemalt: Ich dachte, ich würde erst eine Frau sein, wenn ich so etwas erlebt hatte. Ich habe Gedichte über das Thema geschrieben, lauter versponnenes Geschwätz. Aber das ist die Wirklichkeit – nicht zu wissen, ob der Hass die Liebe übertrumpft, und dann all die lästigen praktischen Details, nicht zu wissen, ob ich mein Handy eingeschaltet lassen oder lieber ausschalten soll, nicht zu wissen, was ich sagen soll, wenn Kollegen mich auf der Arbeit nach Luke fragen, und was ich mit unseren Kinokarten für nächsten Donnerstag machen soll.

Luke Addison ist ein Lügner.

Das ist mein Stichwort für diesen Eintrag. Lügner. Oder Mistkerl. Oder Prag. Oder untreu. Oder naiv. Die Auswahl ist groß.

Das wird vorerst mein letzter Tagebucheintrag sein.

Ich wünschte, er wäre tot. Ich wünschte, *ich* wäre tot.

Meg hat immer noch nicht zurückgerufen.

»Erste Februarwoche bei dir in der Gegend x«, schreibe ich Ben. Aber das selbstgefällige Gefühl, Luke eins ausgewischt zu haben, wird sofort von meinem schlechten Gewissen verdrängt.

Draußen Stille – zumindest die Art Stille, die nachts in einer Großstadt herrscht. »Hallo, alte Freunde«, höre ich mich zur Nacht und zur Beinahestille und zur düsteren Erschöpfung hinter meinen Augen sagen, denn ich bringe es nicht fertig, das hinzuschreiben.

So, das ist mein allerletzter Satz: *Ich werde dafür sorgen, dass Luke es bereut, wenn es mich umbringt.*

■ ■ ■

Brief von Professor Jeremy Cooke,
7. September 2012

Larry,
es ist mir nicht im Traum aufgegangen und auch nicht in einem Anfall verzweifelter mitternächtlicher Grübelei. Es hat weder geblitzt und gedonnert noch haben Engelschöre gesungen. Keine Pauken und Trompeten, nur ein Waldspaziergang mit dem Hund. Eine bescheidene Kulisse für eine derartige Offenbarung: Es war Mord.

Ich weiß jetzt, was mit Alice passiert ist, verstehst du? Es war eine unerwartete, elektrisierende Erkenntnis. Ich schätze, es muss so ähnlich gewesen sein wie bei dir, als du über das Gutenberg-Theorem gestolpert bist (ich weiß, ich tue Ihnen unrecht, Sir, in Ihrem Fall war es natürlich kein Stolpern, sondern das Ergebnis jahrelanger harter Arbeit). Es war ein Geistesblitz – verzeih mir, dass ich den Terminus für mich verwende. So nah war ich noch nie an einem Heureka-Erlebnis.

Es kann nicht sein, sagte ich mir. Es war einfach *unmöglich*. Aber worin besteht die Aufgabe von Wissenschaftlern wie uns, Larry, wenn nicht darin, das Undenkbare zu denken? Selbst wenn es nur hypothetisch war, fragte ich mich: Was wäre wenn?

Wenn man einmal einen bahnbrechenden Gedanken hat, sind der Fantasie Tür und Tor geöffnet. Alles wird nur noch durch dieses Prisma gefiltert. Wie fallende Dominosteine. Nachdem das menschliche Genom erst einmal entschlüsselt war, taten sich zahllose neue Optionen auf – bis hin zu der Möglichkeit, unsere Krankheitsanlagen zu bestimmen. Für mich kommt dieses kleine Wunder der Forschung leider zu spät, aber unsere Nachkommen werden monumentale Fortschritte erzielen.

Heutzutage spielt zwar jeder gern den Amateurdetektiv, doch besteht kein Zweifel, dass die Polizei die Sache völlig falsch anpackt. Es ist genauso, wie wenn man in einem Raum nach etwas Bestimmtem sucht: Es ist unmöglich, die Augen *nicht* teilweise vor allem anderen zu verschließen. Die logische, plausible Methode, mit der sie ihre Aufgabe in Angriff nehmen – indem sie zunächst Theorien aufstellen, um sie sodann zu beweisen oder zu widerlegen –, beruht auf der Annahme, dass eine dieser Theorien korrekt ist. Die Wissenschaft gibt uns die Freiheit – nein, sie verpflichtet uns dazu –, Situationen von komplexeren Blickwinkeln aus zu betrachten.

Als wir uns über den Aufbau meines Buchs unterhielten, über mein »Projekt Alice«, hat diese Person einen Fehler gemacht; eine unüberlegte Bemerkung und Halleluja!, der Nebel lichtete sich. »Wir können aus Alice machen, was wir wollen«, hat die Person achtlos gesagt. »Wir können sie ganz neu erfinden und uns in einem Aufwasch auch gleich neu erfinden.«

Larry, ich wollte dir das unbedingt mitteilen, aber auf mich wartet eine Menge Arbeit. Ich bin schon einmal wegen einer unzureichend durchdachten Hypothese in die Schusslinie geraten. Ich muss Beweise sammeln, Argumente ordnen. Ich muss dafür sorgen, dass meine Hypothese bombensicher ist. Aber ich bin von ihr überzeugt. Wie bei allen scheinbar schwer verständlichen und undurchschaubaren Problemen ist die Lösung ganz offensichtlich.

Fliss und ich gehen heute Abend aus: eine hochgelobte Inszenierung von *Der Sturm* im Mayflower. Ich habe mich schon immer von Prospero angezogen gefühlt, eine der rätselhaftesten shakespeareschen Figuren – gottgleich, kindlich, Herr des Universums, exkommuniziert, leidend an der Liebe oder dem Fehlen derselben, voller Schwächen und doch zur Vergebung fähig. Aber keine Sorge, alter Freund, ich werde mich durch seine Milde nicht umstimmen lassen. Der Gerechtigkeit muss Genüge getan werden.

Mahlers Fünfte, eine Tasse Earl Grey, vor mir der Entwurf meines Kündigungsschreibens (das ich nicht zum ersten Mal aufsetze). Das Leben ist gar nicht so schlecht. Mein Schreibtisch ist übersät mit Notizen zu meinem Buch, dem Alice-Buch. Nach dem Waldspaziergang mit meinem Hund heute Nachmittag wird es wohl ein überraschendes Ende haben.

■ ■ ■

SMS von Alice Salmon, versendet am 4. Februar 2012 zwischen 23:47 und 23:59

An Ben Finch:

Du hast recht, wir sind etwas in der Bewegung Eingefangenes … Bist du da? Wollen wir uns an unserer Lieblingsstelle treffen?

An Megan Parker:

Tut mir leid, dass ich so eine Scheißfreundin bin. Hab dich lieb x

An Luke Addison:

Ich wollte das alles nicht – ich bin so verkorkst. Kein Wunder, dass du mich hasst ☹

An Elizabeth Salmon:

Wie konntest du nur? Wie konntest du nur?

An Luke Addison:

Ich winke nicht, ich ertrinke.

TEIL VI

Was einen zu der Person macht, die man ist

Blogeintrag von Megan Parker, 26. Oktober 2012, 17:15

Heute Morgen habe ich auf Twitter gelesen, dass ich wahnsinnig bin.

Ich musste laut lachen. Im Ernst. Man muss lachen, um nicht zu weinen. Sonst zieht das ganze Zeug einen total runter.

Nachdem Alice tot war, haben sich die Medien zuerst auf ihre Familie gestürzt. Dann waren alle Männer dran, mit denen sie je ein Wort gewechselt hatte – sie wurden je nach Blatt wahlweise mit dem Etikett »Exfreund«, »Exgeliebter«, »möglicher Liebhaber« oder »Eroberung« versehen. Als Nächstes wurden die Freunde und Freundinnen zur Zielscheibe, und ich stand ganz oben auf der Liste. Ich war leichte Beute.

Eine Zeit lang konnte ich meine Wohnung nicht mehr verlassen, weil ein Trupp Journalisten vor der Tür kampierte, die sich gegenseitig mit Kaffee von Starbucks versorgten und mir jedes Mal, wenn ich rauskam, zuriefen: »Hallo Megan! Megan, wie fühlen Sie sich heute?«

Der Tod eines Erwachsenen verursacht zwar nie so viel Aufregung in den Medien wie der Tod eines Kindes, aber ein Journalist ging so weit zu schreiben, unsere Geschichte habe »etwas von einer shakespeareschen Tragödie – zwei Beinaheschwestern, auseinandergerissen durch den Tod!«

Komisch, dass sie alle so genau über mich Bescheid wissen. Ich wusste gar nicht, dass ich in einer »klassischen Vorstadtidylle« aufgewachsen bin, dass ich »eine typische Waage« bin oder dass meine Trauer »schwer wie ein Mühlstein« auf mir lastet.

Es wurden Trauerbegleiter ausgegraben, Artikel zum Thema mit bunten Zeichnungen und Infografiken aufgemotzt. *Der Umgang mit Verlust. Womit Sie rechnen müssen, wenn Ihre beste Freundin stirbt. Berühmtheiten, die ihre Freundin verloren haben.*

Ich habe versucht, mit ihnen zu kooperieren – mich gezwungen, in ihre Kameras zu schauen und ihre Fragen zu beantworten –, aus Angst, sie wie Wespen in einem Marmeladenglas gegen mich aufzubringen. Aber das ist nach hinten losgegangen, und von da an habe ich mich geweigert, mit ihnen zu reden, was allerdings auch nichts genützt hat: Ihre Sichtweise stand sowieso längst fest.

Nachdem aus mir nichts mehr herauszuholen war, tauchte auf einer Webseite ein Foto von meinen Eltern auf, die sich gerade ein paar Tage Erholung von mir gönnten, wie es die Bildunterschrift nahelegte: »Parkers Eltern genießen Strandspaziergang in Devon« (was wohl so viel heißen sollte, dass ihnen nicht mal an ihrem Hochzeitstag ein Wochenende für sich gegönnt war). Und das war beileibe nicht der einzige derartige Fall. Artikel über Elternschaft und Freundschaft, darüber, dass unsere Innenstädte an Wochenenden zu No-go-Gebieten werden – alles Themen, die mit Alice als »Aufhänger« bestens liefen.

Ich weiß schon gar nicht mehr, was ich gesagt oder nicht gesagt habe. Das macht mich alles fix und fertig, aber sie schleichen immer noch um mich herum wie Schakale in der Hoffnung auf einen Bissen vom Kadaver, auf eine neue Spur, eine Zugabe, eine Folgestory.

Es wird interpretiert, spekuliert, übertrieben.

Ich habe irgendwo gelesen, dass ich meinen Job nicht etwa

aufgegeben habe, um mich wieder dem Studium zu widmen, sondern weil ich arbeitsunfähig bin. Ehemalige Kollegen – die nicht genannt werden wollen – haben ausgesagt, ich sei »nur noch ein Schatten meiner selbst« und laufe Gefahr, »unter der enormen Last des Verlusts zusammenzubrechen«. Es scheint eine große Anzahl anonymer Quellen zu geben.

Diese Woche wartete jemand in einem Blog irgendwo zwischen Kommentaren zu Jay-Z und Jim Davidson mit der »Nachricht« auf, Alice und ich hätten »regelmäßig« Gras geraucht. Hallo? Seit wann gilt drei oder vier Mal in den letzten zehn Jahren als regelmäßig? Und worauf stützt sich diese Erkenntnis? Auf einen Halbsatz von einem anonymen Freund. (Keine Sorge Nik, ich nehm's dir nicht übel, du warst ein gefundenes Fressen.)

Zwischen Werbeclips für Schuhe zum halben Preis, Schmerzensgeldforderungen und Diäten, die einen Gewichtsverlust von drei Kilo in nur sieben Tagen garantieren, wurde mir ein neuer Nachname verpasst, mein Alter falsch angegeben und meine Heimatstadt nach Cambridgeshire verlegt. Nebenbei möchte ich anmerken, dass mein Vater nicht leitender Angestellter in einem Möbelhaus war, sondern der Geschäftsführer einer Polsterei. Ich bin in einer Doppelhaushälfte aufgewachsen. Der Urlaub, den ich im Alter von elf Jahren mit Alice' Familie verbracht habe, war nicht in der Türkei, sondern in Griechenland. Nicht mal, wenn sie was Nettes schreiben, halten sie sich an die Wahrheit. Unsere Kindheit war nicht »idyllisch«; sie war stinknormal, und sie umdichten zu wollen wäre unredlich.

Man hat mich als religiöse Fanatikerin bezeichnet, als Partygirl, PR-Hiwi, Nullachtfuffzehn-Mittzwanzigerin. Was ich erlebt habe, hat Parallelen zu dem, was Alice passiert ist. Aber ich kann froh sein, denn ich lebe noch und kann den ganzen Mist lesen.

Auf einigen Webseiten wurde – wahrscheinlich, weil man glaubt, damit die Leser berühren zu können – die Öffentlichkeit aufgefordert, mich in Frieden zu lassen. »Wie viel kann man dieser Frau noch zumuten?«, hieß es.

Ich kann gut nachvollziehen, dass das hektische Geschäft mit den Schlagzeilen Alice immer wieder fertiggemacht hat. »Es schläft nie«, hat sie mal zu mir gesagt. »Genauso wenig wie ich.«

Für jeden, der mich als liebenswürdig beschreibt, gibt es einen, der das Gegenteil behauptet – jemanden, der sich zu Wort meldet, wenn in Chatrooms über mich debattiert wird wie über eine Double-Dip-Rezession oder über die Sauberkeit von Tischtüchern bei TripAdvisor. Wenn einer sagt, ich sei »tapfer«, kontert ein anderer, ich sei »am Ende«, »loyal« wird mit »verlogen« pariert, »normal« mit »schräg«.

Inzwischen habe ich kapiert, warum große Stars und Politiker Imageberater beschäftigen. Diese Sorte PR war nie mein Ding, diese Mauscheleien, mit denen bestimmte Namen in die Schlagzeilen gepuscht beziehungsweise aus ihnen herausgehalten werden, diese Hinterzimmerdeals, mit denen Max Clifford berühmt wurde, bis sich das Medienungeheuer, das er scheinbar gezähmt hatte, auf ihn stürzte. Geschieht ihm recht: Das hat man davon, wenn man mit den Haien schwimmt.

Irgendwann müssen sie doch genug von mir haben, oder? Sie werden doch bestimmt bald weiterziehen wie ein Heuschreckenschwarm und sich ihr nächstes Opfer suchen. Bitte, lasst mich endlich in Frieden.

Naiv wie ich bin, dachte ich, es würde helfen, wenn ich ein eigenes Blog führe, aber ich habe festgestellt, dass ich damit nur Öl ins Feuer gegossen habe, und deswegen ist das hier definitiv mein letzter Eintrag. Und jetzt sage ich euch noch, worauf die Medien sich konzentrieren sollten. Darauf, wie dieser Cooke aus einer Tragödie Kapital schlägt. In einer Vorankündigung wird sein Buch beworben als »Der Fall Alice Salmon aus einer außergewöhnlichen Perspektive betrachtet«, als »explosiver Bericht eines Insiders über einen Fall, der das Land erschüttert hat«.

Der Verlag, der damit rechnet, dass das Buch ein Bestseller wird, kündigt an, dass es bereits im kommenden Sommer, wenn nicht sogar schon im Frühjahr auf den Markt kommt. Die sollten sich schämen. Und er auch, dieser selbstgefällige, so was von bescheidene Mister Unsympath, der ungerührt auf seiner Brille rumkaut und verkündet, dass er seiner erbärmlichen Räuberpistole noch ein Kapitel hinzuzufügen gedenkt.

Eine goldene Regel des PR-Wesens lautet, man soll sich ans Drehbuch halten, aber manchmal muss man auf sein Bauchgefühl hören. »Spuck's aus, spuck's aus«, hat Alice immer gesagt, und das werde ich tun.

Es tut mir leid, wenn meine Trauer euch nicht groß genug ist, wenn es nicht die richtige Art Trauer ist – aber bitte, lasst mich in Frieden. Niemand weiß, wie viel ich verloren habe.

In diesem Blog sind keine Kommentare mehr möglich.

▪ ▪ ▪

**Brief von Robert Salmon,
3. September 2012**

Harding, Young & Sharp
3 Bow's Yard
London EC1Y 7BZ

Mr Cooke,
mir ist die Aufgabe zugefallen, Ihnen im Namen meiner Familie zu schreiben.

Zunächst einmal möchte ich klarstellen, dass wir den Inhalt

Ihres Buchs in keiner Weise billigen, anerkennen oder gutheißen. Es gibt also ein Wort, das Sie nicht auf den Buchdeckel drucken dürfen: autorisiert.

Meine Mutter spricht immer wieder von einer Rezension Ihres Buchs, die sie zufällig gelesen hat: »eine Mischung aus Thriller und sozialwissenschaftlicher Abhandlung«. Sie selbst würde Ihr Machwerk eher als »Grabschändung« bezeichnen. Eine merkwürdige Art, Tote auszugraben, findet sie.

Sie sind ein Mistkerl, Cooke. Ich lege diesem Brief einen Ausdruck einer E-Mail bei, die Alice am 10. Dezember 2004 geschrieben, aber anscheinend nie abgeschickt hat. Die werden Sie bestimmt nicht in Ihr »umfassendes« Werk aufnehmen. Sie pochen auf die Wahrheit – okay, veröffentlichen Sie diese E-Mail von Alice, dann klingt Ihre Forderung nach Wahrheit vielleicht weniger hohl.

Ich habe neulich den letzten Teil einer Radiosendung gehört, in der Sie sich über das Thema »Wiedergutmachung« ausließen und über Ihr absolutes Vertrauen in die Justiz. Tja, die Justiz hat uns bisher noch keine Antwort geliefert, vielleicht ist sie ja doch eine Niete.

Ich habe meine Sohnespflicht erfüllt, indem ich Ihnen unsere Einstellung zu Ihrem Buch unterbreitet habe. Ich möchte Ihnen noch mitteilen – und ich tue das, obwohl meine Eltern mich nicht darum gebeten haben –, dass meine Mutter seit Wochen keinen Tropfen Alkohol mehr angerührt hat. Jedenfalls sind wir unglaublich stolz auf sie.

Ich tue sogar, was ich mir geschworen hatte nicht zu tun – ich trete in einen Dialog ein, ich begebe mich auf die Ebene der Kommunikation mit Ihnen. Aber es besteht kein Grund, sich darauf etwas einzubilden. Meine Mutter sagt, Sie bedeuten ihr weniger als ein Staubkorn. Ihre Worte.

Was meinen Vater und mich angeht, so kann ich Ihnen sagen, dass wir einen geilen alten Sack erkennen, wenn wir ihn sehen. Sie tun uns wirklich leid. Widerstehen Sie der Versuchung, sich der Selbstverherrlichung oder dem Größenwahn hinzugeben – zu erfahren, dass Sie einmal eine Affäre mit meiner Mutter hatten, war im Verhältnis zu der Tragödie, die wir hinter uns hatten, eher leicht zu verkraften.

Als ich anfing, dieses Schreiben aufzusetzen, wollte ich mich als Rechtsanwalt an Sie wenden, doch das scheint mir nicht zu gelingen. Alice hat immer gesagt, ich sei als Anwalt eine Null. »Trau dich auch mal was, Rob«, sagte sie. »Es würde dir guttun.« Ich werde mich also trauen. Ich muss Ihnen etwas gestehen: Ich habe Ihnen am 24. Mai eine Voicemail hinterlassen, was ich nicht hätte tun sollen. Dafür bitte ich um Entschuldigung.

Abgesehen davon rate ich Ihnen, unserer Bitte, uns in Frieden zu lassen, Folge zu leisten. Ich möchte hier nicht weiter ausführen, was mein Vater geschworen hat, Ihnen anzutun, sollten Sie unsere Bitte missachten.

Sollten Sie versuchen, meine Eltern zu erreichen, wird es Ihnen nicht gelingen. Sie haben sich entschlossen, noch einmal ganz von vorn anzufangen, sie sind umgezogen und haben alle ihre Kontaktdaten geändert. Sie werden sie nicht finden, Herr Professor, ob es Ihnen passt oder nicht, wie meine Mutter meinte. Sie sagt, Sie könnten ihr den Buckel runterrutschen, zusammen mit dem Rest der Welt. Sie sagt, Alice – die echte Alice – werde in ihrem Herzen länger leben als in irgendeinem Buch. Sie sagt, Sie könnten sich das Buch irgendwohin stecken.

Übrigens hat keiner von uns die Absicht, Ihr Druckwerk zu lesen.

Hochachtungsvoll
Robert Salmon

■ ■ ■

E-Mail von Alice Salmon, 3. Februar 2012

Von: Alicethefish7@gmail.com
An: Lukea504@gmail.com
Betreff: WIR
Anhang: Lemmings.jpg

Hey Mr L.,
ich habe über uns nachgedacht – seit zwei Monaten denke ich über kaum etwas anderes nach, und ich bin zu einem Schluss gelangt. Ich werde nicht lügen, ich habe das Thema hin und her gewälzt, und ich werde das, was du getan hast, immer verabscheuen, aber dich verabscheue ich nicht. Das kann ich nicht. Ich liebe dich. Ich liebe dich, und alles andere ist nebensächlich. Ich brauche noch etwas Zeit, bis wir miteinander reden können, aber es ist mir wichtig, dass du das jetzt weißt. Das ist alles.

Du hast einen riesigen, egoistischen Fehler gemacht, aber ich bin schließlich auch kein Ausbund von Tugend, und ich will nicht, dass mein gekränkter Stolz unsere Zukunft zerstört. Keine Sorge, ich werde dir keinen Vortrag halten – wir sollten ein paar Beruhigungspillen nehmen, bevor wir zusammenziehen –, aber wir könnten doch eine *gemeinsame Zukunft* haben.

Erinnerst du dich noch an den Tag, als wir auf dem London Eye waren? Ich wünsche mir mehr solche Tage. Das war einfach großartig. Wie wir durch den Himmel geflogen sind, unter uns London, *unser* London. Ich habe so getan, als würde ich die Themse und die Parlamentsgebäude und die South Bank bewundern, aber in Wirklichkeit hatte ich nur Augen für dich, ich war hin und weg, und plötzlich ist mir klar geworden: *Manche Frauen warten ein Leben lang auf so etwas.*

Ich bin seit zwei Monaten in einer Art Trancezustand – Arbeit, Fitnessstudio, Treffen mit den Mädels. Es ist nicht so, als hätte ich nichts zu tun, aber es ist alles schwarz und weiß, nichtssagend, es gibt nichts, was glitzert oder heraustönt oder herausragt. Wenn ich mit dir zusammen bin, fühle ich mich lebendig, und das hat mir die Entscheidung leicht gemacht. Also, Mr L., ich will mit dir zusammen sein, und zwar nicht, weil ich mich vor der Alternative fürchte – ich würde auch allein zurechtkommen, ich würde mich vergnügen, keine Frage, das würden wir beide, aber reicht es zurechtzukommen? Reicht es, sich zu amüsieren? Scheiß drauf! Ich habe mehr verdient. Das haben wir beide.

Muss gleich los, der Chef sitzt mir im Nacken wegen einer Story. Ich rufe den Mann an, der, als er gestern Abend von der Arbeit kam, zwei gelbe Parkverbotsstreifen vor seiner Einfahrt vorfand, und werde mir notieren, was er zu sagen hat – wahrscheinlich war er »schockiert« und »erbost« und schimpft jetzt auf die »hirnverbrannten Bürokraten«. Gegen solche Wüteriche bin ich das reinste Lämmchen! Ich habe gerade deine Nummer in mein Handy getippt – ich wollte sie schon aus meinen Kontakten löschen, aber sie hat sich mir ins Gehirn eingebrannt –, und um ein Haar hätte ich dich angerufen. Es ist so schwer, es *nicht* zu tun! Schon wenn ich daran denke, dich anzurufen, habe ich deine Stimme im Ohr, deine Kadenz (schlag den Begriff gleich auch noch nach!). Aber ich brauche noch ein bisschen Zeit, um zu verarbeiten, was passiert ist – nein, ich will nicht drum herumreden: was du *getan* hast –, und das musst du respektieren. Kannst du das? Für mich? Bitte! Nächste Woche sind die zwei Monate um, und es hätte einen gewissen Reiz, uns dann zu treffen, eine Symmetrie, aber du darfst mich nicht drängen, Luke. Außerdem hat die Vorstellung, mir das Reden mit dir aufzusparen, auch seinen Reiz – so habe ich etwas, worauf ich mich freuen kann. Ich werde die ganze Zeit daran denken, wenn ich am Wochenende in Hampshire bin (da wird die Sau rausgelassen, das weiß ich jetzt schon); es wird mein Geheimnis sein, unser Geheimnis. Klingt das, als wäre ich geistesgestört? Aber sind wir das nicht alle ein bisschen? Vor allem, wenn wir verliebt sind. Habe ich das überhaupt erwähnt? ICH LIEBE DICH.

A x

PS: Das alles gilt natürlich nur für den Fall, dass du weiter mit mir zusammen sein willst, denn es könnte ja sein, dass du in den vergangenen acht Wochen eine Frau kennengelernt hast, die viel klüger und viel hübscher ist als ich. Andererseits würdest du garantiert länger als acht Wochen brauchen, um eine zu finden, die dein ewiges Gelaber über Filme und dein zwanghaftes Hemdenbügeln aushalten würde.

PPS: Wenn du so was jemals wieder tust, schneid ich dir die Eier ab!

PPPS: Ich liebe dich.

■ ■ ■

E-Mail von Elizabeth Salmon,
8. Oktober 2012

Von: Elizabeth_salmon101@hotmail.com
An: jfhcooke@gmail.com
Betreff: Sie

Lieber Jem,
ich wette, du hast nicht damit gerechnet, jemals wieder von mir zu hören. Ich hatte auch nicht damit gerechnet, dass ich mich noch einmal bei dir melden würde. Reg dich nicht auf, ich werde mich kurz fassen. Nach einem Gespräch mit Meg fühle ich mich jedoch verpflichtet, dir zu schreiben. Ich bin mir dessen bewusst, dass ihr euch zerstritten habt, aber du musst deine dummen Vorurteile vergessen. Sie hat mir die Augen geöffnet.

»Tut mir leid, dass ich mich so lange nicht gemeldet habe«, sagte sie. »Manchmal ist es einfacher, Erinnerungen aus dem Weg zu gehen. Und je länger ich es vor mir hergeschoben habe, umso schwerer wurde es.«

»Komm her, Liebes«, sagte ich. Sie fiel mir in die Arme, und ich atmete tief ein: einen Geruch, der mich an Alice erinnerte.

Ich habe sie aufgesucht unter dem Vorwand, ihr das Buch von Kazuo Ishiguro zurückgeben zu wollen. Die Ärmste, sie hatte es eines Abends vor unserer Haustür abgelegt, offenbar hatte sie es nicht über sich gebracht zu klingeln, aber ich dachte, wenn Alice es ihr gegeben hat, dann hätte sie gewollt, dass Meg es behält.

»Sie fehlt mir immer noch jeden Tag, Tante Liz.«

Es ist mindestens zehn Jahre her, seit sie mich so genannt hat – das wurde zur selben Zeit ganz diskret aufgegeben, als Alice aufgehört hat, Megs Mutter mit »Tante Pam« anzureden.

»Es heißt, dass es nicht besser wird, dass man nie darüber hinwegkommt. Man lernt einfach, eine andere Wirklichkeit zu akzeptieren, man gewöhnt sich daran.«

Auf dem Tisch Zigaretten, ein braunes Tablettenröhrchen, ein paar zerlesene Sonntagszeitungen, Schlagzeilen über Barack Obamas Debatte mit Mitt Romney, eine Fährenkollision in Hongkong, eine Frau aus Georgien, die angeblich im Alter von 132 Jahren gestorben ist. Ihre neue Wirklichkeit. »Man braucht sich für die Narben nicht zu schämen. Sie machen uns zu dem, was wir sind.«

Megs Anwesenheit machte Alice' Abwesenheit noch wirklicher, ihre Lebendigkeit machte mir den Tod meiner Tochter noch deutlicher bewusst, verlieh ihrem Nichtmehrdasein Farbe und Tiefe. Ich musste daran denken, wie ich früher die Stimmen der beiden Mädchen oben in Alice' Zimmer gehört hatte, das helle Lachen, wie sie geflüstert, Pläne geschmiedet, gesungen, ihr Taschengeld für Rollschuhe gespart hatten. Wie sie später vor dem Spiegel gestanden und sich fürs Ausgehen zurechtgemacht hatten: aufgeregte, furchtlose junge Mädchen. »Manche Eltern geben einem Stern den Namen ihres toten Kindes«, sagte ich. »Wenn du das nächste Mal eine sternklare Nacht erlebst, Meg, schau in den Himmel. Da oben gibt es eine ganze Galaxie aus Kindern.« Wir haben uns gegenseitig die Tränen von den Wangen gewischt; Haut, die Alice berührt hatte. »Eines Tages wirst du

Kinder haben, Liebes, und die werden dir so viel Freude bereiten wie Alice mir Freude bereitet hat.«

»Warum hat sie es getan, Tante Liz«

Ich habe ihr die ganze Zeit mit dem Daumen die Wange gerieben, als versuchte ich, einen Fleck zu entfernen.

»Warum hat sie diesen Weg gewählt? Sie hätte doch nicht …«

Es dauerte einen Moment, bis ich verstand, worauf sie anspielte; ein Hebel in mir stellte sich neu ein. »Liebes. Es war ein Unfall.«

»Tut mir leid, Tante Liz, aber wir können einander nur helfen, wenn wir ehrlich sind.«

»Alice hätte das niemals getan.«

»Aber sie hat es getan.«

»Nein, das darfst du nicht sagen.«

»Es tut mir leid, dass ich das tun muss, aber wir können nicht weiterleben, solange wir uns dem nicht stellen. Du darfst dich nicht schämen. Es gibt tausend Gründe, warum Menschen sich umbringen … ich meine, sich das Leben nehmen. Die Vorstellung ist furchtbar, aber es ist eine Entscheidung, die sie getroffen hat.«

»So war meine Tochter nicht.«

»Es geht nicht darum, wie sie war; es gibt keine Schablone. Jeder kann an diesen Punkt gelangen.«

Panik raubte mir den Atem: Ich würde Alice nie wiedersehen.

»Sie hat mir erzählt, was du getan hast, als du in Southampton warst. Dass du … du weißt schon … dass du … Sie hat mir erzählt, dass es ihrem Opa herausgerutscht ist.«

»Das ist dreißig Jahre her.«

Jem, es heißt, im Zeitalter des Internets gäbe es keine Geheimnisse, aber das stimmt nicht. Ich habe eine SMS von Alice erhalten.

Der Kontaktbeamte sagte etwas von Handyortung. Von Datenwiederherstellung. Alice' SMS, ihre Handygespräche, sogar ihre Internetchronik wurde öffentlich – freigegeben von Ermittlern oder entdeckt oder verraten oder geteilt von Leuten, mit denen sie in Kontakt stand. Zwischen haarsträubenden Unwahrheiten eingestreute Schnipsel von ihrem geliebten iPhone, das sie aus dem Fluss gefischt haben, Fakten vermischt mit Fiktion, Realität vermischt mit Mythen. Aber nicht alle ihre SMS konnten wiederhergestellt werden. Die meisten schon, aber eine nicht. Eine, die sie mir am Abend ihres Todes geschickt hat.

Du siehst, es gibt Geheimnisse.

Was soll ich tun, Jem?

Alles Liebe

Liz

■ ■ ■

Text, den Elizabeth Salmon auf Alice Salmons Beerdigung vorgelesen hat, 13. Februar 2012

Der Tod bedeutet nichts.
Ich bin nur in den nächsten Raum geschlüpft.
Ich bin ich, und du bist du.
Was wir füreinander waren,
sind wir immer noch.

Nennt mich bei meinem vertrauten Namen.
Sprecht mit mir so unbeschwert

Wie ihr es immer getan habt.
In demselben Ton.
Setzt keine ernste oder traurige Miene auf.

Lacht, wie wir immer gelacht haben
Über die kleinen Späße, die wir so mochten.
Spielt, lächelt, denkt an mich. Betet für mich.
Lasst meinen Namen so alltäglich klingen
Wie immer.
Sprecht ihn unbefangen aus.
Ohne die Spur eines Schattens.

Das Leben bedeutet das, was es immer bedeutet hat.
Es ist, wie es immer war;
Die Kontinuität ist ungebrochen.
Warum sollte ich nicht mehr in euren Gedanken sein,
nur weil ihr mich nicht mehr seht?

Ich warte auf euch.
Ganz in der Nähe.
Nur um die Ecke.

Alles ist gut.

▪ ▪ ▪

Brief von Professor Jeremy Cooke,
10. Oktober 2012

Larry, sie war hier. Ohne Ankündigung, ohne Warnung. Hat einfach an die Tür geklopft und stand da.

Sie ist immer noch schön. Nachlässig gekleidet und ein bisschen zerstreut, ein bisschen wie Redgrave oder Hepburn.

Wahrscheinlich ist es politisch unkorrekt, eine Frau mit einem guten Wein zu vergleichen, aber sie ist auf eindrucksvolle Weise gereift. »Wo sind deine Antworten?«, wollte sie wissen.

»Hallo Liz. Komm rein.«

Sie setzte sich auf die Stuhlkante. »Komm schon, Doktor Tod. Du hast doch so intensive Forschungen betrieben – wo sind deine Ergebnisse?«

Es war klar, dass sie nicht gekommen war, um Small Talk zu machen. Was ihren Ton anging, machte sie genau da weiter, wo wir vor dreißig Jahren aufgehört hatten.

»Wenn du so eine Intelligenzbestie bist, dann erklär mir doch mal, was mit meiner Tochter passiert ist. Mach schon, ich höre.«

Es roch leicht nach Alkohol, aber der Geruch kam nicht von ihr, sondern aus dem Glas Rotwein auf meinem Schreibtisch. Eine Erinnerung regte sich in mir, wässrig und indiskret.

»Und wenn es stimmt? Wenn sie sich doch das Leben genommen hat?«

»Das hat sie nicht, Liz.«

»Megan ist davon überzeugt.«

»Du solltest alles, was Miss Parker sagt, mit Vorsicht genießen.«

»Du solltest deine lächerliche Abneigung gegen sie allmählich überwinden. Dass du sie öffentlich kritisierst und sie der Fantasterei bezichtigst, ist nicht gerade hilfreich. Es ist kindisch.«

Ich war drauf und dran ihr zu erzählen, was Fliss gesagt hatte, dass Meg einen Narren an mir gefressen hat, doch ich verkniff es mir. Es fühlte sich taktlos an, ihr gegenüber von meiner Frau zu sprechen – ebenso wie es umgekehrt sein würde, sollte ich Fliss von dieser Begegnung berichten.

»Megan war ihre beste Freundin.«

Ich befand mich in einer Zwickmühle, Larry. Ich habe mich

am Abend vor ihrem Tod mit Alice gestritten, wie du dich erinnern wirst; sie war zwar extrem aufgebracht, aber sie hat sich auf keinen Fall verhalten wie jemand, der kurz davorsteht, sich umzubringen (nicht dass ich zu dem Zeitpunkt bereit gewesen wäre, Liz über diesen Zwischenfall zu informieren; für sie und den Rest der Welt hatte der Streit nicht stattgefunden). Außerdem bekommt man, wenn man sich unzählige Stunden lang durch das Leben einer Person wühlt, ein Gefühl für ihren Charakter. Die Vorstellung, sie könnte Selbstmord begangen haben: Es passt einfach nicht. »Liz«, sagte ich und hätte ihr beinahe eine Hand auf den Arm gelegt.

»Das Einzige, woran ich mich geklammert habe, war, dass es nicht *das* war – und jetzt glauben offenbar alle, dass es das doch war.«

»Nein, sie war stark.«

»Jem, du Schwachkopf, man braucht nicht *schwach* zu sein, um sich das Leben zu nehmen. Selbstmord ist eine Folge von Depressionen, und das ist eine Krankheit der *Starken*.«

Eine Weile saßen wir schweigend da. Sie ließ ihren Blick durch das Zimmer wandern, über den leeren Aschenbecher, die Aktenordner, den steinernen Briefbeschwerer, den sie mir vor Ewigkeiten geschenkt hatte. Ich dachte an Hotels, Autobahntankstellen, Auseinandersetzungen, ihren BH-Verschluss.

»Und wenn wir uns alle von Anfang an geirrt haben?«, sagte sie schließlich. »Selbstmord war die einzige Erklärung, die ich nicht verkraften konnte – ich konnte einfach nicht akzeptieren, dass meine Kleine so unglücklich gewesen sein könnte. Ich leugne es seit acht Monaten, aber vielleicht kann man das Unleugbare nicht leugnen.«

Sie hatte dunkle Ringe unter den Augen; ebenso wie ich scheint sie an Schlaflosigkeit zu leiden. Wir beide bei einem Konzert, wir beide in einem holzgetäfelten Zimmer beim Makrelenessen, in einer Pension in einer kleinen Küstenstadt, lange vor dem Touristenboom, die Ledersitze meines TR7, braun und klebrig. Eine Erinnerung löste die nächste aus – ganze Schichten, wie Kohleflöze im Gestein.

»Dann war da noch die SMS.«

»Die SMS?«

»Sie hat sie zwanzig Minuten nach Mitternacht abgeschickt, aber ich habe sie erst am Sonntagmorgen gesehen.«

»Und was stand darin?«

»Zuerst habe ich mir nichts dabei gedacht, ich war es gewöhnt, dass sie mich betrunken ansimst, aber gegen zehn war ich völlig aus dem Häuschen, weil sie immer noch nicht auf meinen Anruf reagiert hatte. Und dann klingelte es, und die Polizei stand vor der Tür – ein Mann und eine Frau. Ich wusste sofort, dass etwas Schlimmes passiert war, denn sie schicken nur dann jemanden vorbei, wenn es schlimm ist.« Sie rieb an einem Fleck auf der Stuhllehne herum. »Als ich die SMS gelesen habe, war es immer noch ein ganz normaler Sonntagmorgen, der allerletzte normale Sonntagmorgen.«

»Liz, sprich mit mir. Was stand in der SMS?«

»Es war ein Plath-Zitat. Dieses *verfluchte* Weib. Die Zeile, wo sie im Gras liegt – da geht es eindeutig um Suizid.«

Sie befeuchtete ihren Finger mit der Zunge und rückte dem Fleck auf der Stuhllehne etwas energischer zu Leibe, kratzte mit dem Fingernagel daran herum. »Das geht nicht ab«, murmelte sie, und plötzlich hatte mich das Mitgefühl im Griff wie ein Schraubstock. »Die Presse hat alles ausgegraben, aber nicht diese SMS. Ich habe mich die ganze Zeit dagegen gewehrt, es kann jedoch nur eins bedeuten. Ich konnte den Gedanken nicht ertragen, dass das ihre letzten Worte waren, deswegen habe ich niemandem davon erzählt, nicht mal David, ich konnte es einfach nicht.«

»Aber die Polizei …«

»Der Polizei habe ich's gesagt, allerdings nicht den beiden, die an dem Morgen zu uns gekommen sind, sondern den anderen, die später mit uns gesprochen haben. Sonst niemandem. Es ist eins der wenigen Teile von Alice, die nicht zum Gemeingut geworden sind. Es geht niemanden etwas an.«

Wir saßen da, die Atmosphäre war angespannt und knisternd, wie nach einem Streit, den wir gar nicht gehabt hatten.

»Ich dachte sofort, dass sie betrunken war, als sie das geschrieben hat, denn das Zitat war verstümmelt, und meine Alice war bei Zitaten sehr pedantisch.« Sie schniefte, brachte ein schiefes Lächeln zustande, das jedoch sofort wieder verschwand. »Du hast doch immer zu allem eine Meinung – was hältst du also davon?«

Es war vielleicht dreißig Jahren her, dass sie mich angefaucht hatte: »Du wirst deine Frau niemals verlassen, stimmt's?« Damals begehrte ich sie wie wahnsinnig, der unvermeidliche Höhepunkt, die Vorstellung, sie zu entkleiden, machte es nur noch schlimmer. Sie jetzt so gebrochen zu erleben, weckte bei mir kein Begehren, sondern nur einen Wunsch: ihren Schmerz zu lindern.

»Ich glaube, die Polizei wird den Fall letztlich aufklären. Aber du solltest jetzt nicht hier sein. Kann ich dich irgendwohin bringen? Nach Hause zum Beispiel?«

»Das ist zu weit.«

»Ich würde es tun. Du weißt, dass ich das für dich tun würde.«

»Wenn ich du wäre, würde ich mich hüten, meinem Mann über den Weg zu laufen.«

Ich füllte mein Glas noch einmal, und ein Bild von Liz tauchte vor mir auf: vom Rotwein verfärbte Zähne. Schuldgefühle regten sich, aber ich hatte nichts Böses getan, Larry. Ich würde dieses Rendezvous in wenigen Minuten beenden und nach Hause fahren zu einer anderen Frau mit ähnlich ergrautem Haar: ein Mann von Mitte sechzig, der an Sodbrennen leidet und Mühe hat, Zugfahrpläne zu entziffern, auf demselben Weg wie vor dreißig Jahren, nur dass ich damals in einem glänzenden Sportwagen durch grüne Alleen gefahren bin, fünf Partien Squash nacheinander absolvierte und anschließend mit dem Rennrad loslegen konnte und keinen Krebs hatte.

»Weiß David, dass du hier bist?«

»Was glaubst du wohl?«

Wie 1982. Fragen und Gegenfragen.

»Dave und Robbie glauben, ich wäre immer noch hilflos, sie verhätscheln mich wie ein kleines Kind. Ich bin aber kein Kind.«

»Du bist stark.«

»Nein, ich bin nicht stark, Jem. Wer wäre in meiner Situation schon stark?« Sie verschränkte die Arme und rieb sich die Schultern, als wäre ihr kalt. Ihre *Hülle*. Neben uns das Sofa, auf dem ihre betrunkene Tochter vor acht Jahren geschlafen hat.

Sie sagte: »Du sollst wissen, dass ich meinen Mann sehr liebe, Jem.«

»Kanadakraniche, was?«

»Kanadakraniche. Ich nehme an, du hast von dem wirren, infantilen Gerücht gehört, du seist Alice' Vater.«

»Mocksy«, sagte ich. »Aufgehetzt von Devereux. Meiner Nemesis.«

»Einen so anständigen Mann wie David würde ich niemals betrügen.«

Alice hat mich immer an Liz erinnert, Larry, aber in dem Moment war es umgekehrt: Liz erinnerte mich an Alice.

»Du solltest das Gedicht ›Atlas‹ von Fanthorpe lesen«, sagte sie. »Es ist eine perfekte Beschreibung der Ehe.«

Ich putzte meine Brille; früher hatte ich immer eine Schachtel Kleenex in Reichweite, für den Fall, dass irgendwelche Erstsemester mir ihr Herz ausschütteten, aber die kommen heute nur noch, um mich über ihre Rechte aufzuklären und eine bessere Note zu verlangen. Ich habe meine eigene Theorie, Larry. Nein, es ist mehr als eine Theorie, es ist eine Tatsache. Und es hat nichts mit Selbstmord zu tun.

»Kommst du zurecht?«, fragte ich.

»Das Blau der Polizeiuniformen ist in Wirklichkeit nicht so wie im Fernsehen.«

»Liz, kommst du zurecht?«

Was ich vorhabe, könnte dazu führen, dass sie vielleicht nie wieder zurechtkommt.

■ ■ ■

Abschrift eines Hörergesprächs auf Dane Radio in der Sendung »The Morning Man« von Martin Clark, 2. September 2012

MC: Später werden wir über Politik reden und uns anhören, wie Sie dazu stehen, dass unsere Grenzen geöffnet werden sollen, liebe Zuhörer, aber unser erstes Thema lautet »Glückliche Zufälle«, und wir möchten von Ihnen hören, ob Sie schon einmal eine solche Erfahrung gemacht haben ... Uns interessieren die Einzelheiten Ihres allerabsurdesten Erlebnisses, und als Erste haben wir heute Ellie aus Southampton in der Leitung. Herzlich willkommen beim Frühstücksradio, Ellie, was wollen Sie uns berichten?

EE: Ich rufe an wegen der Sache mit den Zufällen. Mir ist so etwas mit der toten Frau passiert, die überall in den Nachrichten war.

MC: Aha. Okay. Welche tote Frau genau meinen Sie denn?

EE: Alice Salmon. Ich hab an dem Tag, als die gestorben ist, mit ihr gesprochen.

MC: Das ist ... äh, ein bisschen ... ab vom Thema, aber lassen Sie mal hören ...

EE: Ich war im siebten Monat schwanger, und sie hat mir im Bus ihren Platz angeboten. »Sie sehen aus, als hätten Sie schwer zu tragen«, hat sie zu mir gesagt, und dann hat sie gefragt, ob ich Zwillinge erwarte, und als ich Nein gesagt hab, meinte sie, sie müsste sich angewöhnen, ihre grauen Zellen in Aktion zu setzen, bevor sie den Mund aufmacht, aber ich hab gesagt, man könnte leicht denken, ich bekäme Zwillinge, weil ich so einen Riesenbauch hatte, und sie meinte, sie hätte auch einen, aber keine Entschuldigung dafür! Sie meinte, ich würde strahlen. Eine Frau auf meiner Arbeit hatte dauernd von so einem Buch erzählt, *Gute Taten*, und das war eine gute Tat, weil normalerweise redet doch niemand im Bus mit einem.

MC: Sie sprechen da ein viel zu wenig beachtetes Element der Alltagskultur an, Ellie – wir geben unseren Hörern sogar Leseempfehlungen. Was Sie erlebt haben, geht uns allen ans Herz, und man spürt, wie sehr diese Geschichte Sie berührt hat … Erzählen Sie uns mehr.

EE: Erst ein paar Tage später hab ich kapiert, dass das dieselbe Frau war, über die in allen Zeitungen berichtet wurde.

MC: Ja, wir haben natürlich von dieser tragischen Geschichte gehört. Kurz nachdem sie sich zugetragen hat, haben wir hier mit Studiogästen darüber diskutiert. Ihre Geschichte ist rührend, aber wenn ich des Teufels Advokat wäre, dann würde ich sagen, es handelt sich eher um einen traurigen als einen glücklichen Zufall, meinen Sie nicht, Ellie?

EE: Also, darauf wollte ich grade kommen. Als ich in dem Bus war, hat mein Mann mir eine SMS geschickt und vorgeschlagen, dass wir unser Kind *Alice* nennen. »So heiße ich auch«, hat die Frau gesagt, als ich ihr davon erzählt habe.

MC: Vielen Dank, Ellie! Liebe Hörer an der Südküste, können Sie von einem glücklichen Zufall berichten, mit dem Sie diese Geschichte toppen können? Der absolut unschlagbare Zufall, der große Wurf, der Wink des Schicksals… Rufen Sie an, melden Sie sich, Einzelheiten finden Sie auf unserer Webseite.

EE: Sie sagte, sie würde sich die Kante geben, und ich sagte, ich wünschte, ich könnte das auch. Dann hat sie meinen Bauch angeschaut und gesagt, es wär bestimmt anstrengend, so eine Kugel durch die Gegend zu schleppen, und dass wir es Müttern wirklich nicht leicht machen. Dabei wären sie immer für uns da, und manchmal müssten wir auch zu ihnen halten.

MC: Das ist ein guter Punkt, Ellie, danke, dass Sie uns angerufen haben… Ah, beinahe hätte ich vergessen zu fragen: Welchen Namen haben Sie Ihrem Kind denn nun gegeben?

EE: Alice. Wir haben sie Alice getauft.

MC: Jetzt kommt erst mal wieder Musik, liebe Zuhörer, und nach den Verkehrshinweisen sind wir wieder da, um uns Ihre Geschichten von glücklichen Zufällen anzuhören…

■ ■ ■

Auszug aus einem Brief von Professor Jeremy Cooke, 6. November 2012

»Sie haben gesagt, Sie wollten mich sprechen«, sagte sie. »Hier bin ich.«

»Guten Tag, junge Frau. Kommen Sie rein.«

Sie trat ein, wickelte sich den Schal vom Hals und verkündete: »Sie sind ein bisschen zu alt dafür, herumzuschleichen und Zettel mit Nachrichten zu hinterlassen, oder?«

Larry, wenn sie auf meine E-Mails reagiert hätte, dann hätte ich mich nicht auf die alte Tour mit dem Zettel-unter-der-Tür-durchschieben verlegen müssen. »Ich möchte mich für mein Verhalten entschuldigen«, hatte ich geschrieben, überzeugt, dass sie das aus ihrem Bau locken würde. »Kommen Sie vorbei; es lohnt sich.« Sie trug Stiefel und eine schwarze Strumpfhose und trotz des schlechten Wetters einen kurzen Rock. »Sie sehen gut aus«, log ich.

Sie schlüpfte aus ihrem Mantel und hängte ihn über eine Stuhllehne. »Das ist ja wie in einem Kerker hier, man kriegt kaum Luft.«

Ich reichte ihr ein Glas von dem Wein, den ich extra für sie besorgt hatte. Weiß, gut gekühlt, so wie sie ihn mag. »Setzen Sie sich, machen Sie es sich bequem.«

Sie setzte sich, dann sagte sie: »Und was ist mit Ihrem Angebot?«

Ich hatte auf meinem Zettel angedeutet, ich könnte ihr ein paar Museen als Klienten für ihre neue PR-Agentur besorgen; sie hatte offenbar nicht mehr die Absicht, wieder zurück an die Universität zu gehen. Unser Verhältnis war abgekühlt, aber ich vermutete, dass ihre Geschäftstüchtigkeit ihre Vorbehalte gegen einen Besuch bei mir in den Hintergrund schieben würde. Jetzt, aufgewühlt wegen schlechter Nachrichten von meinem Arzt, war ich ihr gegenüber ziemlich gereizt. »Warum haben Sie behauptet, ich hätte Sie betatscht?«

»Wenn der Schuh passt.«

»Aber es stimmt nicht.«

Verächtlich trank sie einen großen Schluck aus dem Glas. »Was ist das für ein Wein?«

»Gagnard-Delagrange. Ein exzellenter Tropfen.«

»Ich trinke in letzter Zeit kaum noch«, sagte sie. »Es macht mir Angst, seit das mit Alice passiert ist. Wenn ich betrunkene Frauen sehe, würde ich ihnen am liebsten einen Vortrag über die Gefahren von Alkohol halten. Wahrscheinlich werde ich alt!«

»Ich werde mit dem Alter immer impulsiver«, sagte ich gedankenverloren. »In meinem nächsten Leben werde ich ein Draufgänger sein.«

»Alice ist ein großes Spiel für Sie, nicht wahr?«

»Wohl kaum.«

»Ich habe das Interview gelesen, in dem Sie sich als ›eingefleischter Menschenkenner‹ bezeichnen. Aber Sie interessieren sich nur für Menschen, die tot sind oder irgendeinem exotischen Stamm angehören oder auf einem anderen Kontinent leben. Das ist wie Lesen – Sie meiden das wirkliche Leben, weil Tote und Menschen, die weit weg sind, Ihnen nichts anhaben können.«

Ich hätte gern mit diesem einen Buchtitel gekontert, irgendwas mit *ferne Menschen*, aber mein Gedächtnis ist auch nicht mehr, was es einmal war. »Fertig mit dem Rufmord?«

»Nein, noch nicht. Was ist mit uns? Mit den Lebenden? Haben wir nicht dieselbe Sorgfaltspflicht verdient? Wie steht es mit dem Recht auf Privatsphäre? Die Medien treten die Privatsphäre mit Füßen. Manches von dem, was sie über Alice und mich geschrieben haben, ist reine Erfindung.«

Sie hielt mir ihr leeres Glas hin, es wirkte wie eine flehende Geste, und ich schenkte ihr nach.

»Die Nachrichten von heute sind das Einwickelpapier von morgen, sage ich mir immer wieder, aber es hilft nicht.«

Sie spielt die Privatsphärenkarte aus, Larry, dabei hat sie keine Gelegenheit ausgelassen, sich ins Rampenlicht zu drängen, mit ihrem gequälten Lächeln zu kokettieren – sie hat etwas von Diana –, tief Luft zu holen und Lobreden auf ihre beste Freundin zu halten.

»Ihnen macht das offenbar nichts aus«, fügte sie hinzu. »Sie sind ja teflonbeschichtet. Aber geht es Ihnen nicht auf die Nerven, dass jeder sich bereits ein gewisses Bild von Ihnen gemacht hat?«

»Man gewöhnt sich dran.« So viele meiner Beziehungen sind auf diese Weise in die Brüche gegangen, Larry: die zu meinem Vater, zu meinen Klassenkameraden, meinen Kommilitonen, meinen Kollegen. Ich habe kürzlich gehört, dass Devereux jetzt in einem Seniorenheim wohnt, wo er geistig umnachtet in einer Ecke hockt und Gift und Galle spuckt. Ich kam zur Sache. »Warum haben Sie mich in die Pfanne gehauen?«

»Manchmal kommen Leute in den Knast wegen was, was sie gar nicht getan haben. Sie werden zwar wegen einer Tat verurteilt, die sie nicht begangen haben, aber sie haben etwas getan, was genauso schlimm ist. Ist so etwas ein Justizirrtum?«

»Im Prinzip ja«, sagte ich.

»Ich scheiß auf *im Prinzip*. Es kommt auf dasselbe heraus. Es ist Gerechtigkeit. Ich fand, dass Sie es verdient hatten.«

»Es steht Ihnen nicht zu, für Gerechtigkeit zu sorgen«, sagte ich.

»Und Ihnen auch nicht.« Sie trank den Wein, als wäre es Wasser; sie würde jeden Augenblick betrunken sein. »Eins hab ich gelernt. Der Öffentlichkeit ist eine simple Lüge lieber als eine komplizierte Wahrheit.«

Ich sah die Wintersonne, schwach und wässrig. »Die Wahrheit verläuft in geraden Linien, Megan. Wie das Licht.«

»Hören Sie auf, in Rätseln zu sprechen – Sie wollten mir doch ein Angebot machen. Oder war das mal wieder eine von Ihren vielen Lügen? Wenn ja, dann gehe ich jetzt.«

»Hier gibt es keine Autos oder Reisen zu gewinnen.«

Sie schnaubte verächtlich. »Pah. In einer Zeitung stand, ich könnte mir meine Zukunft jetzt selbst schreiben.«

»*Der ferne Zauberbaum*«, sagte ich, es war mir plötzlich wieder eingefallen. »Das war's. Das Buch von Enid Blyton.«

»Sie schreien.«

»Sind Sie etwa eifersüchtig? Weil nicht *Sie* es sind, die im Rampenlicht steht?«

»Das ist das Bescheuertste, was Sie je gesagt haben, und Sie reden bekanntlich viel.«

»Ich kann Ihnen Komplimente machen, wenn Sie Aufmerksamkeit brauchen.«

Der Heizkörper klickte, fließendes Wasser, Wärme. »Ich habe mich neulich mit Liz unterhalten. Sie sagt, Sie würden inzwischen steif und fest behaupten, es wäre Selbstmord gewesen. Es würde mich interessieren, wie Sie zu dieser Erkenntnis gelangt sind.«

»Diese Brücke ist wie Beachy Head. Die Leute stürzen sich da runter wie die Lemminge.«

Ich weiß durchaus, in welchem Ruf diese Brücke steht, Larry. Ich bin dort oft genug spazieren gegangen; es ist einer der wenigen Orte in der Stadt, wo man allein sein kann. »Falsche Antwort. Versuchen Sie's noch einmal.«

»Ich hätte nicht herkommen sollen; Sie kriegen Ärger, wenn das rauskommt.«

Du kommst hier nicht raus, dachte ich und suchte verstohlen auf meinem Schreibtisch nach dem Zimmerschlüssel. »Na los, warum hat sie sich das Leben genommen?«

»Es heißt, ich wäre eine schlechte Freundin, aber ich bin keine Hellseherin. Wenn Alice betrunken war, konnte sie total unberechenbar sein – vor allem wenn auch noch Drogen ins Spiel kamen, dann war sie so schräg drauf, dass es wehtat, ihr zuzusehen. Außerdem hatte sie früher schon mal von Selbstmord gesprochen.«

Ich war wieder der Protokollant, Larry, in der Rolle, in der ich mich so bequem eingerichtet hatte: Archivar, Analytiker, Forscher. Hinweissammler. »Ach, tatsächlich? Wann denn?«

»Irgendwann. Wahrscheinlich hatte sie einfach keinen Lebenswillen mehr.«

»Man braucht keinen Willen, um zu leben, Megan. Das ist unsere Grundposition. Willen braucht man, um sich das Leben zu nehmen.«

»Ich habe nicht alle Antworten. Ich bin nicht Gott.« Sie ließ sich auf dem Stuhl zurücksinken und wedelte sich Luft zu. »Es war ein Fehler herzukommen«, sagte sie. »Ich muss jetzt los. Und hören Sie gefälligst auf, sich alles aufzuschreiben.«

Ich griff unauffällig nach dem Schlüssel, trat hinter sie, tat so, als wollte ich ein Buch zurück ins Regal stellen, und als sie mir einen Moment lang den Rücken zukehrte, verriegelte ich die Tür. Sie würde nirgendwo hingehen.

»Für wen halten Sie sich, dass Sie glauben, Sie können mich und meine Ansichten beurteilen?«

Larry, ich war durchaus dazu berechtigt, eine Meinung zu haben; ich habe diese junge Dame zur Genüge kennengelernt – wir haben viele Abende zusammen verbracht, wenn meine Frau beim Bridge oder an der Seniorenuni war, wir haben Seite an Seite an meinem Esszimmertisch gesessen und an unserem »Projekt Alice« gearbeitet. Ein seltsames, klaustrophobisches Paar. Wir wühlten uns durch die Berge an Material; es war eine makabre Übung, eine Art Exhumierung. »Wie hat Alice sich umgebracht, Megan?«

»Keine Ihrer Fragen kann sie wieder lebendig machen – sie ist tot.« Sie schnappte sich einen Stapel Unterlagen und riss eine Seite heraus. »Das ist nicht Alice, und ich bin es auch nicht – wir sind mehr als das.«

Draußen im Flur flackerte eine Glühbirne; ich nahm mir vor, am nächsten Tag den Hausmeister anzurufen.

»Sie haben mich einmal beeindruckt«, sagte sie mit erhobener Stimme. »Aber Sie sind überhaupt nichts. Sie sind Worte, Wind, nichts als heiße Luft … Sie sind ein …« Sie stieß ein lautes Lachen aus, ein LOL, wie sie mir einmal erklärt hat, dass das heute so genannt wird. »… ein Vollidiot!«

Nach und nach war in den benachbarten Büros das Licht ausgegangen, meine Kollegen hatten fast alle schon Feierabend gemacht. Ich habe Megan mit Fragen, Komplimenten und Fragen bombardiert. Eine zweite Flasche Wein aufgemacht. Irgendwann war sie ziemlich benebelt; ich sah es an ihren Augen und daran, wie sie die Beine immer wieder schwerfällig übereinanderschlug. Ab und zu warf sie einen Blick auf ihre Uhr, sie war aufgebracht, verlor aber zusehends die Konzentration. Und ich saugte ihre geflüsterten Worte auf, zwang mich, sie mir zu merken, denn Detailtreue gehört nicht mehr zu meinen Stärken (neulich habe ich Fliss aus Versehen »Liz« genannt – ein Lapsus, den sie Gott sei Dank nicht mitbekommen hat).

»Beschreiben Sie die letzte Situation, in der Sie Alice begegnet sind«, forderte ich sie halb förmlich auf.

»Schnee«, sagte sie träumerisch. »Es hat geschneit.«

Im letzten Winter hat es nur ein einziges Mal geschneit: am Abend des 4. Februar.

»Es war am Flussufer, nicht wahr, Megan? Sie waren dort, richtig? Sie waren in Southampton.«

■ ■ ■

Brief von Professor Jeremy Cooke, 20. April 2013

Lieber Larry,
»Ist es normal, so besessen zu sein von Frauen?«, hat er mich gestern Abend gefragt. »So besessen von Sex?«

»Es heißt, Sex sei wie Sauerstoff«, habe ich geantwortet. »Er fehlt einem nur, wenn man keinen hat.«

Mich fasziniert seine raue, kantige Art, die Zeichen auf seinem Körper. Ach ja, und bevor du mich tadelst, Larry, mir ist durchaus bewusst, dass ich den Mistkerl der Polizei übergeben sollte, aber wie heißt es so schön, wer ohne Sünde ist und so weiter?

»Alice war mein Sauerstoff.«

Er nennt sich Mocksy, aber in Wirklichkeit heißt er Gavin.

»Hat es geholfen, ihre Sachen zu sammeln?«, fragte ich.

»Eigentlich nicht. Das waren ja nur ihre Sachen, das war nicht *sie*.«

Auf dem Boden, zusammengestellt für die sichere Rückkehr zu Familie Salmon: ein paar Armreifen, Spielkarten, ein Ausdruck von einem Aufsatz über Maya Angelou, Postkarten, Stifte, ein Untersetzer mit einem Känguru, eine getrocknete Rose, Notizen für eine Konzertkritik, ein Sweatshirt mit dem Slogan »LAUGH LOVE LIVE« auf der Brust.

»Das Einzige, was ich Ihnen nicht mitgebracht habe, ist das Buch von dem Mann mit dem japanischen Namen, das habe ich ihren Eltern vor die Tür gelegt.«

»Mein bester Freund ist kürzlich gestorben«, sagte ich.

»Ich finde immer noch vieles an Ihnen zum Kotzen.«

»Er war mein bester Freund, und ich bin ihm nie begegnet.«

»Und Alice hasse ich auch.«

»Hüten Sie sich vor dem Hass, Gavin. Er beschmutzt sie – irgendwann nehmen Sie seine Farbe an, wenn Sie ihn zu lange mit sich herumtragen.«

Larry, es ist ein überwältigendes neues Konzept: zu versuchen, nicht das Schlechteste in jemandem zu sehen.

An dieser Stelle ist ein kleines Geständnis angebracht: Ich habe Fliss nicht vorbehaltlos die Wahrheit gesagt über diese »Treffen«. Nicht dass es irgendetwas Anstößiges zu gestehen gäbe, aber sie würde das alles nicht gutheißen, was vollkommen verständlich ist angesichts dessen, was der Bursche sich herausgenommen hat, immerhin ist er in unser Haus eingebrochen. Er ist offenbar zu großer Niedertracht fähig, unter der Oberfläche jedoch – und ist es nicht die Aufgabe des Wissenschaftlers zu ergründen, was sich unter der Oberfläche befindet? – ist er nicht durch und durch böse. Das ist niemand. Er hat mir versichert, dass er reinen Tisch machen, noch einmal von vorn anfangen oder wie wir sagen »Tabula rasa« machen möchte.

»Komme ich eigentlich auch in Ihrem Buch vor?«, wollte er wissen.

»Selbstverständlich.«

»Wehe, Sie ziehen über mich her.«

»Ich behandle Sie mit demselben Respekt, den Sie mir in diesen Foren entgegengebracht haben!«

»Das war nur das Internet, ein Buch ist etwas anderes. Die werden meine Posts nicht löschen, falls Sie darauf hinauswollen, das ist gegen die Regeln.«

»Es sind schon schlimmere Dinge über mich behauptet worden. Außerdem gehört das alles dazu.«

»Ich poste nichts mehr in den Foren – diesen Lone-Wolf-Scheißdreck lass ich sein. Kein Schwein interessiert sich für all das Zeug, das ich gepostet habe. Es ist viel wahrscheinlicher, dass Ihr Buch mich berühmt macht – auch wenn es Schwachsinn ist.«

Ich mag Verachtung; sie erinnert mich an meine Gespräche mit diesem Psychologen Carter. Noch ein Geständnis: Ich habe den Mistkerl ausfindig gemacht.

»Ich könnte das ganze Zeug lesen. Ich könnte Ihr Lektor sein!«

»Ich bin der Meinung, dass keiner von denen, die in meinem Buch vorkommen, es im Voraus zu Gesicht bekommen sollte.«

»Ach, ist das so? Sie trauen mir nicht zu, dass ich das Ende nicht verrate, was?«

Der junge Mann stand auf und trat ans Fenster. Wir müssen ein skurriles Bild abgegeben haben, wir beide: zwei Geschöpfe aus unvereinbaren Welten. Exponat A und B. Er fummelte an seinem rechten Ohr herum, er hat so ein gedehntes Piercing, wie sie neuerdings in Mode sind, und plötzlich empfand ich Mitleid mit ihm, weil er sich selbst so verstümmelt hat.

»Dieses Büro, diese Universität, diese Stadt – das sind *Ihre* Foren, nicht wahr?«, sagte er. »Hier können Sie machen, was Sie wollen.«

Seltsamerweise ist er im direkten Kontakt sprachgewandter, weniger einschüchternd. Das Internet hat ihn verbogen, dort sind seine Worte losgelöst, geisterhaft, es fehlt die nonverbale Kommunikation – eine Kneipenrauferei in Echtzeit, bei der der kleinste gemeinsame Nenner siegt.

»Sie war zu stark für uns beide, nicht wahr? Alice, meine ich?«

»Das Verlangen«, sagte ich, »ist ein Teil von uns. Wir können uns nicht davon lösen. Die einzige Wahl, die wir haben, ist, wie wir damit umgehen.« Ich rief mir kurz den einzigartigen Wahnsinn namens Wollust in Erinnerung – die metallische Fleischigkeit einer menschlichen Zunge, den uralten, kompromisslosen Geruch von Sex –, doch die Erinnerung verflog, wurde blass und verschwommen wie die Landschaft einer lange zurückliegenden Urlaubsreise, wie die Hügel auf der Insel Skye, wie die italienischen Dolomiten. Als sexsüchtig hatte er mich in einer seiner Tiraden im Internet bezeichnet, ein Begriff aus den Achtzigerjahren, wie ein Zitat aus *Ist ja irre*. Werde ich so in Erinnerung bleiben? Als unbedeutende Witzfigur, in meiner chaotischen Jugend getrieben von Testosteron und Egoismus, verbrämt als Intellektualismus oder eher noch als Exzentrik.

»Gavin, lernen Sie aus meinen Fehlern«, sagte ich. »Man kann Situationen entschärfen, indem man aus etwas kein Geheimnis mehr macht.«

»Ich glaube, ich habe sie geliebt«, sagte er. »Alice. Irgendwie.

Meine Neue, Zoe, ist eine richtige Freundin – vielleicht liebe ich sie auch.«

»Ich liebe Fliss. Vielleicht mehr als mich selbst.«

»Meine Fresse. Wahrscheinlich machen Frauen uns zu besseren Menschen.«

»Das können Sie laut sagen. Aber es ist noch schlimmer. Das haben sie mit der Religion gemeinsam. Ich wünschte, ich könnte zu meinem Glauben zurückfinden. Bis das passiert, glaube ich an das Potenzial des Menschen, an die Kraft des Wir.«

»Glauben Sie an all das Zeug, Steinzeitmann? An Liebe und so?«

Es herrschte Stille, während ich stumm und ausdruckslos und mit Freude daran dachte, was meine Frau und mich definiert: wie sie mich aus der Küche scheucht, das Klappern der Heckenschere, die Schürze mit der Aufschrift »Bester Koch der Welt«, die sie mir zum Sechzigsten geschenkt hat, ein Café in einer Kleinstadt, ein Antiquariat. »Ja, das tue ich. Sehr sogar. Es ist das, was am Ende bleibt. Es ist das, was Alice jeden Tag verteilt hat, und jetzt ist sie tot, und es ist das, was sie hinterlassen hat.«

Ich stellte mich neben ihn und legte ihm eine Hand auf die Schulter – sie war schmächtig, aber überraschend muskulös.

»Ich bin nicht schwul, Steinzeitmann, nur damit Sie Bescheid wissen.«

Ich ging zurück zu meinem Stuhl. »Ich auch nicht«, sagte ich. »Nur damit Sie Bescheid wissen. Wir können uns von der Herde absondern, junger Mann, aber das Problem ist, dass wir die Herde manchmal brauchen. Schutz, Geborgenheit, Gesellschaft, Liebe – wir sind soziale Tiere.«

Wir sind nicht sehr verschieden, Larry, dieser junge Mann und ich: Unser Drang, gehört zu werden, unsere Geschichte aufzuzeichnen, das Vermächtnis unseres Lebens festzuhalten –

er tut es mit den Regenbogenfarben auf seinen Armen, ich tue es mit diesem Buch, genau wie unsere Vorfahren die Wände in den Höhlen von Lascaux bemalt haben.

»Glauben Sie wirklich, dass man sich ändern kann?«, fragte er.

»Ja, das glaube ich. Das macht uns zu Menschen, dass wir diese Möglichkeit haben. Wir entscheiden jeden Tag, wer wir sein wollen. Was wir anziehen, was wir sagen, was wir essen, wie wir uns benehmen, welche Bilder wir uns auf die Arme tätowieren lassen – durch diese zahllosen winzigen Entscheidungen werden wir, wer wir sind.«

»Ich möchte auch ein Geständnis machen. Dieser alte Knacker, dieser Devereux, hat nie behauptet, Sie hätten Alice' Mutter in dem Jahr vor Alice' Geburt gevögelt. Das war eine Ausschmückung von mir!«

Es fällt so schwer, nicht zu hassen, Larry, trotzdem versuche ich es. Ich veränderte meine Sitzposition – meine Knochen waren steif, doch plötzlich durchfuhr mich ein ungewohnter Schmerz, der mich zusammenzucken ließ.

»Wie ist das, Steinzeitmann, wenn man Krebs hat? Meine Oma hat gesagt, es fühlt sich an, als würde man von innen her aufgefressen.«

Für mich fühlt es sich nicht so an, Larry. Es sind nicht die medizinischen Prozeduren oder der schrittweise Verlust der körperlichen Kräfte, nein, es ist die diffuse Angst vor dem Konzept, nicht mehr zu existieren, während alles andere einfach weitergeht. Wir Wissenschaftler verschleudern Millionen und investieren immense Mengen an intellektueller Energie in die Verfolgung schwammiger Ziele und haben doch bei der Frage, wie wir uns am Leben halten können, nicht einmal an der Oberfläche gekratzt. »Ich werde für Gerechtigkeit sorgen, bevor ich sterbe. Für Alice.«

»Ich hoffe, ihre Mutter hat das Buch nicht gelesen, das ich ihr vor die Tür gelegt habe«, sagte er. »Es handelt davon, dass Menschen gezüchtet werden, um als lebende Ersatzteillager zu dienen. Das ganze Zeug über die Frage, ob es eine Rolle spielt, ob man hundert wird oder jung stirbt, dieses Geschwafel über Erfüllung, das würde ihr bestimmt den Rest geben. Auch wenn es letztlich nur eine Geschichte ist – also was Ausgedachtes.«

Er kratzte sich am Arm, eine nervöse Angewohnheit; er hat ein Ekzem unter der Kriegsbemalung. Ich wollte sagen: »Sie sollten sich nicht tätowieren lassen, Sie sind noch ein Kind«, aber stattdessen fragte ich: »Tut es weh, sich tätowieren zu lassen?«

»Ein bisschen. Aber es lohnt sich.«

Ja, in ein paar tausend Jahren werden wir dieses gigantische Puzzle zusammengesetzt haben, Larry. Wir Wissenschaftler. Wir Anthropologen. Meine Spezies.

»Tattoos«, sagte er, »sind was Bleibendes. Sie verändern einen für immer.«

»Das tut das Leben auch, mein Sohn.«

■ ■ ■

Auszug aus einem Brief von Professor Jeremy Cooke, 6. November 2012

»Sie waren dort, nicht wahr?«, wiederholte ich. »Sie waren in Southampton.«

Sie hatte mit den Konsequenzen ihrer Äußerung zu kämpfen, Larry, rang sichtlich darum, was sie mir antworten sollte. Der Alkohol begann seine Wirkung zu zeigen, ihr Gesicht war verkniffen, die Haare waren strähnig. Der Wein war verdammt teuer gewesen, aber wie es aussah, war er jeden Penny wert.

Ich rückte mit meinem Stuhl näher an sie heran. »Sie waren dort, Megan, nicht wahr? Geben Sie's zu.«

Sie war wütend, verängstigt – eine Mischung, die ich noch nicht oft erlebt habe. Eigentlich nur einmal: Liz. Sie murmelte ein paar Worte.

»Noch einmal«, sagte ich. »Lauter.« Ich hatte die Stimme erhoben, Larry. Für einen impotenten Mann war ich erstaunlich aggressiv und entschlossen, stand womöglich sogar kurz davor, handgreiflich zu werden. »Noch einmal«, wiederholte ich. »Wenn es sein muss, bleiben wir die ganze Nacht hier.«

Sie verzog das Gesicht, rechnete, überlegte, aber der Gagnard-Delagrange, dieser exquisite Weißwein – elegant und belebend und voller Aromen – hatte sein Zauberwerk getan und die Maschinerie ihres Verstandes außer Betrieb gesetzt.

Ich sagte: »Es wäre besser, wenn Sie es freiwillig erzählen. Hier. Jetzt. Mir. Es wäre besser für Sie.«

»Ich bin nur hingegangen, weil sie so betrunken war.«

»Sie *waren* also dort?«

Ihr Blick wanderte zur Decke und folgte unstet den Zierleisten, die den Plafond umrahmen. »Ja, aber nicht mit ihr zusammen. Nicht in ihrer Nähe.«

»Warum?«

»Selbstmord«, sagte sie.

»Nein.«

»Doch.«

»Nein.«

»Doch.« Ihre Aufmerksamkeit wanderte von der kitschigen viktorianischen Rosenschale zu dem Schimmelfleck, der in letzter Zeit von Tennisball- auf Esstellergröße angewachsen war. »Sie hatte früher schon davon gesprochen. Das ist doch Beweis genug, oder?«

»Nein, mir reicht es nicht.«

»Es gibt noch mehr Beweise.«

»Nein, es gibt keine.«

Sie bekam einen Schluckauf, wand sich auf ihrem Stuhl. Ich schenkte ihr den Rest Weißwein ein. Sie war nicht die Erste in diesem Zustand in meinem Büro. Alice und andere waren hier gewesen. Ja, andere.

»Wir machen Fortschritte, Megan.« Ich nahm meinen Brieföffner, ein altmodisches, schlankes Edelstahlmesser in die rechte Hand. Ließ ihn auf meiner linke Handfläche federn. »Es war kein Selbstmord, stimmt's?«

»Hören Sie auf, die Augen davor zu verschließen. Es gibt Beweise.«

»Es gibt keine Spur von Beweisen.«

»Die SMS«, schrie sie. »Die ist ein Beweis!«

Unsere Blicke begegneten sich, und mir lief ein kalter Schauer über den Rücken. »Welche SMS, Megan?«

Sie zögerte, dann sagte sie: »Die Abschieds-SMS!«

»Abschieds-SMS?«

»Das Plath-Zitat, das sie Liz geschickt hat, bevor sie es getan hat. Eindeutiger geht es doch wohl nicht – ein Selbstmordzitat!«

Mir fiel das Geheimnis ein, das Liz mir anvertraut hatte. *Sie haben alles, aber das nicht.* »Woher wissen Sie von dieser SMS?«

»Hab ich irgendwo gelesen.«

»Das kann nicht sein.«

»Doch, es stand in der Zeitung.«

»In welcher?«

»In irgendeiner. Ich muss mir das nicht gefallen lassen«, sagte sie und wollte aufstehen.

Ich legte ihr eine Hand auf die Schulter und hielt sie fest. »Ich möchte, dass Sie mir jetzt genau sagen, welche Zeitung das war, denn in keinem Bericht, der mir unter die Augen gekommen ist, stand auch nur andeutungsweise irgendetwas von einer Abschieds-SMS, und ich kann mit Fug und Recht behaupten, dass niemand zum Thema Alice mehr gelesen hat als ich.«

»Ja, weil Sie krank sind.«

»Ganz genau. Ich habe ganze Kartons voll mit Zeitungsausschnitten. Wir können sie alle durchgehen, wenn Sie wollen. Kommen Sie, wir machen das zusammen.«

»Wenn ich's mir recht überlege, Sie Kleptomane, hab ich's auf 'ner Webseite gelesen. Ja, genau, es stand auf 'ner Webseite.«

»Dann setzen Sie sich hier rüber, und ich rufe jedes Fitzelchen auf, das ich online über Alice gelesen habe. Das ist ganz einfach, ich habe alles mit Lesezeichen markiert, Sie brauchen mir nur zu sagen, welches es war.«

»Glauben Sie etwa, ich hätte ein fotografisches Gedächtnis? Ich weiß nur noch, dass es im Internet stand: dieses Plath-Zitat über den Tod und wie schön es ist, in der weichen, braunen Erde zu liegen.«

»Für jemanden, der behauptet, ein schlechtes Gedächtnis zu haben, erinnern Sie sich aber erstaunlich gut an diese Zeile.«

»Fühlte sich halt komisch an«, sagte sie.

»Es reicht, Megan. Keine Lügen mehr.«

Sie hob eine Hand und zeichnete eine Zickzacklinie in die Luft. »Gedanken folgen nicht immer einer geraden Linie«, sagte sie vage.

Ich habe keiner Menschenseele von der SMS *erzählt – nicht einmal David.* Das hatte Liz gesagt. »Heute Abend hört das Lügen auf.«

»Sie ist gefallen.«

»Sie haben also gesehen, was passiert ist?«

»Ja. Nein.«

»Was denn nun?«

»Dieses Wehr. Es ist so hoch.«

»Wie kommen Sie jetzt auf das Wehr, Megan?«

»Ich war so weit weg.«

»Aber Sie haben gesehen, wie sie ins Wasser gegangen ist?«

»Sie ist gesprungen.«

»Wie können Sie sich da so sicher sein, wenn Sie weit weg waren?«

Sie schlug die Hände vors Gesicht; ich betete, dass sie nicht vollends den Faden verlor oder ohnmächtig wurde. »Ich hab versucht, sie zu retten.«

»Ah, Sie haben also versucht, sie zu retten?«

»Ich meine, fünfundzwanzig Jahre lang. Mein ganzes Leben lang hab ich nichts anderes getan, als sie zu retten. Irgendwann musste es so kommen.«

Ich betrachtete den Schimmelfleck an der Decke. Zwecklos, das jetzt in Ordnung bringen zu lassen, dachte ich. Darum kann sich mein Nachfolger kümmern. »Bis auf die Polizei wissen nur drei Menschen auf der ganzen Welt von dieser SMS: Liz, ich und die Person, die die SMS verschickt hat.«

»Ich hab versucht, sie vom Rand wegzuziehen, aber sie war total durch den Wind. Das hat sie von ihrer Mutter; es war stärker als sie.«

Sie wollte aufstehen, aber ich zwang sie zurück auf den Stuhl. Ihr Blick wanderte zur Tür. Abgeschlossen.

»Sie ist vor mir weggelaufen. Und ausgerutscht.«

»Sie sagten doch, sie sei gesprungen.«

»Können Sie mich nicht einfach in Ruhe lassen? Bitte. Ich kann das nicht.«

»Wie hat es geklungen, Megan, als sie ins Wasser gefallen ist?«

»Warum tun Sie mir das an?«

»Weil niemand weiß, dass wir hier sind. Weil ich es tun kann. Wie hat es sich angehört, das Aufklatschen?«

»Ich hab versucht, sie zu retten, nachdem sie ins Wasser gefallen war, sie schrie um Hilfe, und ich hab's versucht, in meinem ganzen Leben hab ich noch nie etwas so verzweifelt versucht …«

Sie war total begeistert gewesen, Larry, als sich herumsprach, dass Luke verhaftet worden war. Allzu begeistert. Dann, nachdem er wieder freigelassen worden war, brauchte sie etwas Neues, worauf sie ihre Energie richten konnte, eine neue Zielscheibe. Eiskalt und mit Kalkül hat sie mit dem Finger auf ihren neuen Verdächtigen gezeigt: auf *mich*.

Ich sagte: »Sie konnte gar nicht um Hilfe schreien, denn ihr Mund war zweifellos voll Wasser. Sie konnte nicht mal genug Luft holen, um zu schreien.«

»Halten Sie den Mund«, sagte sie.

»Sie wird versucht haben, das Wasser auszuspucken, aber es war ihr schon in den Magen gedrungen.«

»Nein«, sagte sie.

»Sie wird gestrampelt, mit den Armen um sich geschlagen, geweint haben –, sie wird versucht haben, sich auf den Rücken zu drehen –, sie wird hyperventiliert haben.«

»Das kotzt mich an«, sagte sie. »Sie kotzen mich an. Und Alice kotzt mich auch an.«

»Sie wird die Luft angehalten haben, aber das kann man nicht lange; wir haben einen Atemreflex, weil wir das Kohlendioxid in uns loswerden müssen. Nach etwa einer Minute wird sie untergegangen und immer tiefer gesunken sein – wie ein Laib Brot.«

Ich musste daran denken, wie Megan mich, als sie ihre Felle wegschwimmen sah, als Lügner, als Perversen, als *Ungeheuer* beschimpft hatte. Sie wusste die ganze Zeit, dass ich ihr auf die Schliche gekommen war. Mit der Bemerkung, dass wir Alice neu erfinden und dabei uns selbst neu erfinden würden, eine Bemerkung, die sie ganz nebenbei fallen gelassen hatte, hatte sie sich verraten.

»Warum sollten wir das tun wollen?«, hatte ich sie gefragt.

Sie hatte ihre Hand auf mein Knie gelegt.

Natürlich begeben wir uns hier in umstrittene Gewässer,

Larry – die Gewässer der Erinnerung, der Interpretation und der Beschreibung (meine Frau und ich staunen zum Beispiel immer wieder darüber, dass wir völlig unterschiedliche Vorstellungen von der Farbe »Pink« haben). Aber was Megans Verhalten angeht, auch wenn das alles schon mehrere Wochen zurückliegt, bin ich mir ganz sicher. Ihre Hand arbeitete sich ganz langsam an meinem Schenkel hoch. »Wie würde dir das gefallen?«, hat sie gefragt. »Sex mit mir? Das würde dir gefallen, nicht wahr? Die anderen würden das nicht verstehen, aber wir schon. Es wird unser Geheimnis sein, eines unserer Geheimnisse.«

»Verschwinden Sie«, habe ich gesagt.

Zweifellos hatte sie begriffen, was ich wusste, denn was dann folgte, war ein Rattenschwanz von Verleumdungen im Internet.

»Alice' Gehirn hat keinen Sauerstoff mehr bekommen«, sagte ich jetzt. Ich, der Puppenspieler, Larry. Ich trieb ihre Trauer und Scham und Wut erbarmungslos auf einen Höhepunkt zu.

»Nein«, jammerte sie.

Bald hab ich sie so weit, dachte ich und machte weiter, schlug sie, geißelte sie, Kraft durchströmte meinen gebrechlichen Körper, ich fühlte mich viril, archaisch, unsterblich, auf der Suche nach Erleuchtung wie ein Navajo im Peyoterausch oder ein Guahibo im Ayahuascarausch. »Sie hatte Krämpfe, sie hatte Schaum vor dem Mund.«

Ein langer, gespenstischer Schrei. Ich habe Megan Parker zum Weinen gebracht, Larry, und ich habe nicht lockergelassen, mich bis zu meiner eigenen reinen Offenbarung vorgekämpft: zur Wahrheit. Die Wahrheit für mich und für Alice.

»Es war alles pechschwarz. Alice ist immer tiefer in die Schwärze gesunken.«

Sie hielt sich die Ohren zu, stampfte mit den Füßen. »Woher nehmen Sie das Recht, mich so zu quälen?«

»Ich stehe an der Schwelle des Todes. Angesichts meiner

Sterblichkeit nehme ich mir das Recht dazu. Aber vor allem, weil ich die Wahrheit kenne.« Tut mir leid, Larry, dass ich dir bisher nichts von meiner Theorie erzählt habe, aber sich zu weit aus dem Fenster zu lehnen, kann sehr gefährlich sein. »Sie waren es, nicht wahr? Sie haben sie umgebracht, stimmt's?«

Sie blinzelte und stieß einen Laut aus, der klang wie das Miauen eines Kätzchens. Ich ging zu ihr und streichelte ihr übers Haar und hob ihr Kinn an, und sie schaute mich mit einem gehetzten Blick aus den weit aufgerissenen Augen an und flüsterte: »Sie hat mein Baby umgebracht.«

■ ■ ■

Luke Addisons Aufzeichnungen auf seinem Laptop, 30. Juni 2013

Drei Wochen nach deinem Tod habe ich deine Mail entdeckt. Betreff: »L. A.« Das ist jetzt fast anderthalb Jahre her, und es tut immer noch weh.

Dass du ausgerechnet in meinem Spam-Ordner landen musstest, Al, das hast du nicht verdient. Das ist passiert wegen der angehängten Datei: das eingescannte Foto von einer Postkarte, auf der zwei Lemminge über eine Klippe lugen und der eine sagt zum anderen: »Du zuerst«, und der andere sagt: »Nein, du«, und untendrunter hast du geschrieben: *Manchmal muss man im Leben einen Sprung ins Ungewisse wagen.*

Es hat mich total umgehauen, als ich das gesehen habe. Das also hattest du gemeint, als du am Flussufer von den Lemmingen geredet hast – die E-Mail, die du mir am Tag vor deinem Tod geschickt hattest, in der du schriebst, wir sollten wieder zusammenkommen, aber du bräuchtest noch Zeit. Die E-Mail, auf die du keine Antwort bekommen hast. Kein Wunder, dass du so wütend auf mich warst, als ich aufgekreuzt bin.

Anfangs habe ich die E-Mail niemandem gezeigt, weil ich dachte, sie würde nur die bescheuerten Selbstmordtheorien unterstützen, die die Runde machten. Aber die hirntoten Deppen, die das behaupteten, waren nicht mit uns in Margate gewesen. Sie waren nicht dabei, als wir darüber gesprochen haben, dass wir uns eine gemeinsame Wohnung nehmen wollten, sie haben nicht gehört, wie du gesagt hast, es wäre alles sehr erwachsen und Furcht einflößend, aber manchmal müsse man einfach einen Sprung ins Ungewisse wagen. Fast alles, was sie wussten, hatten sie aus zweiter Hand. Dann hat Cooke mich kontaktiert wegen seines Projekts. Er meinte, er hätte Verständnis dafür, wenn ich ihm nichts von unseren Gesprächen erzählen wollte, und sagte, ich könne es ihm auch »inoffiziell« erzählen, und er würde es nur als Hintergrundmaterial benutzen, aber seine Idee mit dem Buch hätte dir gefallen. Genauso ist es mir ergangen mit den Notizen, die ich mir sofort nach deinem Tod gemacht hatte. Anfangs wollte ich alles löschen – und einen Teil habe ich auch gelöscht –, aber jetzt ging es vor allem um Transparenz. »Es ist nicht gut, Dinge zu unterdrücken«, hast du immer gesagt. Du siehst also, es gibt eine Lektion, die ich von dir gelernt habe.

»Hier, bitte«, habe ich zu ihm gesagt und ihm den USB-Stick gegeben. »Nehmen Sie es. Sehen Sie zu, ob Sie sich einen Reim darauf machen können. Es ist lauter chaotisches Zeug.«

Tatsache ist, dass wir Teil unserer jeweiligen Geschichte sind. Dein Freund zu sein, Al, das war ein Privileg, eine Ehre. Ich höre dich schon stöhnen, ich soll nicht sentimental werden, aber mir ist das wichtig. Denn wenn irgendjemand das Buch tatsächlich liest, auch wenn das ziemlich unwahrscheinlich ist – schließlich ist es kein Dan Brown –, möchte ich, dass klar ist, dass ich *dein Freund* war. Ich kapiere immer noch nicht, warum eine so wunderbare Frau wie du sich einen Typen wie mich ausgesucht hat, aber ich will offen sein aus Respekt vor der Frau, die du warst (um dir »Ehre zu erweisen« hättest du es wahrscheinlich auf deine geschraubte Art und Weise ausgedrückt!). Irgendwie glaube ich, dass du auch Spaß daran hättest, wenn wir beide in einem Buch vorkämen. Eine Story braucht Gleichgewicht, hast du immer gesagt. Sie braucht einen Kontext. Man muss das Thema von allen Seiten beleuchten.

Ich denke, jeder geht mit dem, was passiert ist, anders um, und ich kann verstehen, warum einige Leute den Mund gehalten haben. Wie man's auch macht, macht man's verkehrt, aber mich zu öffnen, fühlte sich für mich richtig an. Ich musste das alles loswerden. Ich mag vielleicht ein Trottel sein, doch ich vertraue Cooke.

»Warten Sie noch, ehe Sie sich eine Meinung über mich bilden«, hat er mich gewarnt. »Wenn Sie das Buch erst mal gelesen haben, könnte sie schlechter ausfallen.«

Hört sich an, als hätte er auch ein paar Leichen im Keller, aber es scheint mir ein Zeichen von Respekt, beinahe schon von Ehrfurcht zu sein, mit welcher Akribie und Leidenschaft er dein Leben erforscht und nach Antworten sucht.

»Mein Buch«, meinte er, »wird Stellen enthalten, die Sie als schwer verdaulich empfinden werden.«

»Dann haben Sie also schon gehört, dass ich Legastheniker bin«, habe ich gescherzt.

Ich hoffe, es macht dir nichts aus, Al, aber manchmal lache ich auch. Aber du würdest doch nicht wollen, dass ich nie wieder lache, oder? Vielleicht ist das ja schlimm, doch inzwischen kommt es vor, dass ich den ganzen Tag nicht an dich denke, und dann auf einmal stürzt alles wieder auf mich ein. Als ich heute Nachmittag bei der Arbeit in einer stinklangweiligen Sitzung hockte – ich habe immer noch denselben Job, aber ich werde deinen Rat beherzigen und Architektur studieren –, habe ich heimlich deine Mail aufgemacht. Du fühltest dich sehr lebendig an, als du mit mir zusammen warst. Du hast mich geliebt.

Cooke hat recht, es ist ein Verbrechen zu vergessen, aber genau das passiert. Nicht denen, die dir nahestanden, die dich gemocht und geliebt haben (wir mussten allerdings noch einmal ganz neu bewerten, wer alles in diese Kategorie fällt). Ich meine eher im Allgemeinen. Alice Salmon, sagen die Leute. War das nicht die Frau, die entführt wurde? Nein, das war die an Weihnachten. Nein, die Frau, die ertrunken ist, als ihr Freund auf sie losgegangen ist. Nein, den haben sie wieder laufen lassen, ganz sicher. Hatte die nicht ein kompliziertes Liebesleben? Hat dieser Professor nicht am Ende rausgefunden …?

Ich hoffe, es macht dir nichts aus, Al, aber ich bin mit ein paar Frauen zusammen gewesen. Nichts Ernstes, hat alles nicht funktioniert, und ich habe mich entschlossen, mich erst mal von Frauen fernzuhalten. Ich tue ihnen nur unrecht. Vielleicht bin ich irgendwann wieder so weit. Ist das okay? Wer auch immer sie sein wird, sie wird sich an dir messen müssen.

Nachdem du gestorben warst, bin ich ziemlich durchgedreht und habe immer wieder auf deine Lemming-Mail geantwortet (die Mails habe ich Cooke allerdings nicht gezeigt), aber jetzt würde ich gern wieder öfter mal ein bisschen lachen, wenn das okay ist. Deine Mutter sagt – wir haben uns bei Starbucks getroffen, weil dein Vater nicht will, dass ich ins Haus komme –, ich solle mich nicht ewig quälen. »Du musst leben«, hat sie zu mir gesagt.

»Aber wie soll ich das machen?«, habe ich sie immer wieder gefragt.

»Von einem Tag zum nächsten«, hat sie geantwortet.

Du weißt doch, wie manche Leute mit den Fingern Gänsefüßchen in die Luft malen, wenn sie das Wort »Beziehung« aussprechen. Also, wenn ich an unsere Beziehung denke, Al, dann auf keinen Fall in Anführungszeichen. Es gibt unzählige winzige Dinge, die mich an dich erinnern. Leute, die im Schneidersitz sitzen, große Brillen, Eislaufröcke, Margate im Fernsehen,

Prag, Leute, die in der U-Bahn eine SMS lesen und lächeln, pelzige Ohrenschützer, winzige Tattoos. Jeder, der dich nicht gekannt hat, würde darüber lachen, aber für mich sind das alles Dinge, die zu dir gehörten.

Vor allem Musik weckt Erinnerungen. Früher konnte ich die Songs, die du mochtest, nicht ausstehen, aber heute höre ich sie gern, und ich habe mir eine Playlist zusammengestellt von den Songs, die du diesen Sommer gehört hättest. Es sind keine Schnulzen dabei, es sind alles Stücke, bei denen du vom Sofa gesprungen wärst und vor Begeisterung gejauchzt oder das Autoradio lauter gedreht hättest oder im Clapham Grand auf die Tanzfläche gestürmt wärst, mich angelächelt und getanzt hättest.

Ich werde jetzt meinen iPod einschalten, Al, die Lautstärke aufdrehen und einen Nachtspaziergang im Park machen, wie du es immer gemacht hast, und deine Stimme hören …

Pompeii	Bastille
Wake Me Up	Avicii
Locked Out of Heaven	Bruno Mars
Ho Hey	The Lumineers
Wrecking Ball	Miley Cyrus
Drinking from a Bottle	Calvin Harri (mit Tinie Tempah als Sänger)
I Need Your Love	Calvin Harris (mit Ellie Goulding als Sängerin)
I Love It	Icona Pop
Play Hard	David Guetta
You and Me	The Wannadies
Get Lucky	Daft Punk
We Are Young	Fun (mit Janelle Monáe als Sängerin)

■ ■ ■

Auszug aus einem Brief von Professor Jeremy Cooke, 6. November 2012

»Sie hat mein Baby umgebracht«, kreischte Megan.

Ich trat einen Schritt zurück, aber sie packte mich am Handgelenk.

»Deswegen bin ich nach Southampton gefahren. Sie sollte wissen, was sie getan hatte – ich bin hingefahren, um es ihr zu sagen.«

Ich befreite mich aus ihrem Griff. Ihre Hände fielen kraftlos auf ihren Bauch, und sie brach in Tränen aus, Larry.

»An dem Abend, als sie rausgefunden hatte, dass Luke sie betrogen hatte, ist sie zu mir gekommen und hat sich volllaufen lassen. Sie wollte partout nicht schlafen gehen. Ich hab ihr die Treppe hochgeholfen, aber sie ist ausgerutscht.«

Die Äste des Baums vor dem Fenster bogen sich geräuschvoll im Wind. Sie schluchzte. Heulte Rotz und Wasser.

»Wenn sie sich nicht an mir festgehalten hätte, wäre nichts passiert, aber dann sind wir zusammen die Treppe runtergefallen, und sie lag auf mir drauf und lachte sich kaputt. Sie hat sich *kaputtgelacht*!«

Mitgefühl überflutete mich, vermischt mit spontanem, funkelnden Zorn. Das Fenster eine dunkle Glasscheibe.

»Ausnahmsweise sollte es mal um *mich* gehen und nicht um Alice, aber nicht einmal das konnte sie mir lassen, ein Kind. Weggespült, halb geboren und tot, weggespült ...«

»Mein Gott«, sagte ich.

»Die Zeitungen behaupten, ich hätte eine Schraube locker, aber Alice war komplett gestört. Mit dreizehn hat sie versucht, sich die Pulsadern aufzuschneiden, als würde sie eine Dose Cola light aufreißen, aber Alice, Ihre heißgeliebte Alice, hat es geschafft, selbst das so aussehen zu lassen wie eine rationale Entscheidung.«

»Sie ist nicht meine Alice«, sagte ich. »Nur damit das klar ist, das ist sie nicht.«

»Diese Drohungen, die sie gekriegt hat«, sagte sie, während ihr der Rotz aus der Nase lief, »der ganze Scheiß auf Twitter, diese Hassbriefe, die waren alle von mir. Freeman, das bin ich. Sogar der verwelkte Blumenstrauß war von mir.«

»Sie haben sie ins Wasser gestoßen, nicht wahr?«

»Ich bin hingegangen, um ihr zu zeigen, was sie angerichtet hatte, denn sie hatte *mich* kaputtgemacht.«

»Sie haben sie ins Wasser gestoßen, nicht wahr?«

»Tun Sie mir nichts«, jammerte sie. »Bitte, tun Sie mir nicht weh.« Und dann: »Keiner wird Ihnen glauben.«

»Sie haben sie ins Wasser gestoßen, und dann haben Sie die SMS geschickt, damit es so aussah, als hätte sie sich selbst das Leben genommen.«

»Ihnen traut keiner. Wenn Sie eine Marke wären, wäre Ihr Image für immer verbrannt.«

»Aber wir sind keine Marken.«

»Wir sind alle Marken.«

Der Wind ließ die Äste der Ulme gegen das Fenster schlagen, *meiner* Ulme.

»Ich habe diese Frau geliebt, ich habe sie angebetet. Fremden gegenüber habe ich immer so getan, als wäre ich ihre Schwester. Ihre Zwillingsschwester.«

Es gibt viele Dinge, von denen ich nichts verstehe, Larry, aber Besessenheit ist mir ein vertrautes Terrain. Ich kenne ihre raue Oberfläche, ihre spitzen Stacheln, ihren faulig-säuerlichen Geruch. Die Grenze zwischen Liebe und Hass ist hauchdünn, und wenn man jemanden liebt und die Liebe sich in Hass verwandelt, dann kehrt die Beziehung sich in ihr Gegenteil um. Die Frage, die ich ihr als Nächstes stellte, war extrem grausam in Anbetracht ihres Geständnisses, aber ich hatte keine andere Wahl. »Mädchen oder Junge?«

»Zu früh«, sagte sie. Sie stand auf, und ich ließ sie gewähren, als sie sich in eine Zimmerecke verkroch und auf den Boden kauerte. »Als sie bei mir war, hab ich versucht, ihr zu erzählen, dass ich schwanger war, aber sie hat gar nichts davon mitgekriegt, so besoffen, wie sie war. Sie war blind. Blind, blind, blind. Dabei war sie meine älteste Freundin.«

Keine Zeugen, keine Überwachungskameras. Zwei junge Frauen, eine davon auf einem Friedhof in einem Dorf in der Nähe von Corby, auf ihrem Grabstein ein Brontë-Zitat: *Ich bin kein Vogel, und kein Netz umgarnt mich.*

»Ich werde bald sterben«, sagte ich. »Gönnen Sie mir wenigstens den Trost, diese Geschichte vorher abzuschließen.«

»Was hab ich denn getan?«

»Gelogen.«

»Wenn man einmal eine Grenze überschritten hat, kann man nicht mehr zurück.«

»Doch, man kann. Das kann man immer.« Mir fiel ein Spruch meiner Mutter ein: Eine Lüge ist um die halbe Welt, ehe die Wahrheit die Stiefel anhat. »Ehrlich zu sein, ist nicht schwer. Lügen ist schwer.«

Ich habe tatsächlich überlegt, Larry, ob ich sie mit Gewalt in mein Auto zerren, zur Polizei schaffen und zwingen sollte, ihr Geständnis dort zu wiederholen. »Sie werden nicht davonkommen.«

»Ich bin sehr gut darin, Geheimnisse zu wahren.«

»Ich auch. Aber ich bin besser darin, die Wahrheit zu sagen.«

»PR ist Fiktion«, sagte sie.

Ja, Fiktion. Vermutlich hat sie ihren Kragen hochgeschlagen, sich den Schal vors Gesicht gezogen – es wäre niemandem aufgefallen bei dem Schneetreiben – und ist zurück zu ihrem Auto gegangen und in den Lake District gefahren. Am nächsten Tag wird sie gewartet haben, bis die Neuigkeit überbracht war, dann wird sie Liz und Dave angerufen haben und den beiden eine große Stütze gewesen sein. Eine Rolle, die sie gut gespielt hat, genauso, wie sie jahrelang die Rolle der besten Freundin gespielt hatte. »Kein Wunder, dass Sie den Verdacht so abrupt auf mich gelenkt haben.«

»Ich hatte keine andere Wahl. Luke war aus dem Schneider, die Selbstmordtheorie wurde verworfen – Sie waren der nächstbeste Verdächtige.«

Meine Hypothese war also korrekt. Wie ein Chamäleon hatte sie jede gerade vorherrschende Theorie unterstützt und sich dann, als es ihr zweckdienlich erschien, mich aufs Korn genommen.

Larry, ein unparteiischer Beobachter würde vielleicht sagen, auch ich hätte ein starkes Eigeninteresse. Ein Buch wie das, an dem ich arbeite – *Wer war Alice?* ist der Titel, für den wir uns entschieden haben –, könnte von solch einer Enthüllung profitieren. Eine völlige Kehrtwende. Aber es ist die Wahrheit, und man kann nicht halb wahrhaftig sein, ebenso wenig wie halb blind oder halb tot oder halb schwanger.

Ich schaute in die Nacht hinaus. Dort draußen irgendwo würde ich auch bald sein. Der Gedanke haute mich um: Ich sterbe. »Sie haben es nicht verdient, Mutter zu sein. Wenn Sie ein Kind hätten, würden Sie es vernichten.«

»Ich hab sie geschubst, und ich hörte sie schreien, und ich bin einfach weggegangen, und ich bin froh darüber.« Ihr Kopf fiel zur Seite. »Mir ist schlecht«, sagte sie. »Ich wollte nicht mal ein Kind; ich bin viel zu jung dafür. War einfach Pech, ein One-Night-Stand mit einem Arschloch von einem Kollegen, und ich werde prompt schwanger! Aber als es dann feststand, fühlte es sich gut und richtig an.« Sie umschlang ihre Knie mit den Armen und vergrub das Gesicht. »Ich sollte mit einem Priester reden, anstatt mit einem abgehalfterten Professor. Wie kann man was vermissen, was man nie hatte?«

»Ganz einfach. Das nennt man Fantasie. Sie haben unsere

Fantasie auf Hochtouren laufen lassen.« Eine Weile saßen wir einfach nur da, und in der unheimlichen Stille dachte ich: *Wenn das vorbei ist, werde ich nie wieder irgendjemanden zum Weinen bringen.* »Dieses Zitat, das war ursprünglich von Wilde. Plath hat es sich angeeignet.«

»Ich auch.« Dann, etwas später, fügte sie hinzu: »Ihr Handy lag auf dem Boden. Nachdem sie ins Wasser gegangen war – gesprungen, gefallen, suchen Sie sich's aus –, nachdem es still geworden war, hab ich es aufgehoben, und die SMS an ihre Mummy geschickt. Für Liz war ich Alice. Alice, die sich verabschiedete.«

So einfach ist das, Larry – ein paar Tasten gedrückt, ein paar Ausrufungszeichen gesetzt, ein Smiley oder zwei. Mehr braucht es nicht, um sich zu verabschieden. Mehr braucht es nicht, um zu sterben.

»Krokodilstränen«, sagte ich. »Nichts als Krokodilstränen.«

»Auge um Auge, Cooke. Zahn um Zahn. Sie war eine Mörderin.«

Die kleine Hexe glaubt vielleicht, sie wäre davongekommen, aber ich werde sie vor Gericht bringen. Ich werde mich weit aus dem Fenster hängen, ich werde auf die Barrikaden steigen und meine Stimme erheben, und sie wird dem langen Arm des Gesetzes nicht entkommen. Dieses Unrecht wird gesühnt werden. Larry, ich habe tatsächlich auch eine oder zwei Tränen vergossen. Es fühlte sich angenehm kathartisch an. Ich konnte weinen, ich konnte es tatsächlich.

»Sie haben überhaupt nichts gegen mich in der Hand«, sagte sie.

»Doch, das habe ich«, sagte ich und ging mit erhobener Hand auf sie zu. »Und ich werde Sie drankriegen.«

Als sie mich anschaute, lag mehr als Angst in ihrem Blick.

■ ■ ■

E-Mail von Professor Jeremy Cooke, 25. August 2013

Von: jhfcooke@gmail.com
An: marlenegutenberg@gmail.com
Betreff: Abreise

Liebe Marlene,
es ist nicht mehr lange bis zum morgigen Abflug, und ich nutze die Zeit, um Ihnen ein bisschen ausführlicher zu schreiben als die paar hastigen, knappen Zeilen von gestern.

Mein Arzt hatte gestern keine guten Neuigkeiten für mich. Seiner Einschätzung nach habe ich noch drei Jahre, mit viel Glück vielleicht fünf. Von wegen, ein Buch macht einen unsterblich …

Ich habe mein Schicksal akzeptiert. Ironischerweise löst die Nachricht bei denen, die ich ins Vertrauen ziehe, meist mehr Beklemmung aus als bei mir selbst. Ich habe noch nicht die perfekte Art und Weise gefunden, solche Gespräche zu führen. Ein Mann, der für den *Guardian* Kreuzworträtsel erfindet, gab seine Krebserkrankung durch seine Lösungshinweise bekannt: Anzeichen für Wachstum (5), ein Nahrungskanal, der seinen immerwährenden Ausstoß allmählich einstellt (11). »Speiseröhrenkrebs« dämmerte es mir, als ich das Rätsel im Aufenthaltsraum löste.

Ich werde mich nicht länger an meine Arbeitsstelle klammern wie eine Klette. Ich habe mich entschlossen, in den Ruhestand zu gehen. Am liebsten würde ich mich unauffällig verdrücken, aber das Institut plant eine große Party. Nach einem Glas mittelmäßigem Wein, zwei oder drei Canapés und ein paar freundlichen Worten von meinem Chef (wenn der keine Krawatte trüge, könnte man ihn glatt für einen Studenten halten), der zweifellos meine »Leistung« und meine »einzigartige« Methodologie loben wird, und ein paar freundlichen Abschiedsworten werde ich mein Büro leer räumen, den Schreibtisch säubern, die Tür hinter mir zuziehen und zu Fliss und dem Hund nach Hause fahren.

Meine Frau begegnet dem Zirkus, der um die baldige Erscheinung meines Buchs gemacht wird, mit ihrer ureigenen Stärke und Gelassenheit. Sie hat die Korrekturfahnen brav in einem durchgelesen, während ich gespannt abwartete, sich dann zu mir umgedreht und nur gesagt: »So, so.« Die Meinung der Kritiker ist mir schnuppe, die Meinung meiner Frau dagegen ganz und gar nicht. »Ich bin nicht stolz auf das, was du getan hast, aber ich bin stolz darauf, dass du die Wahrheit herausgefunden hast«, lautet ihr offizieller Kommentar. Hinter den Kulissen, ohne Kamera, gab es Tränen und zerdeppertes Geschirr: die Enthüllung, dass Liz' Mädchenname Mullens war, hat das Fass zum Überlaufen gebracht.

Wegen meiner häufigen Auftritte im Fernsehen und im Radio zieht sie mich damit auf, ich würde mich allmählich zum Medienclown entwickeln. Auf rätselhafte Weise ehrlich (ich bin wohl kaum in einer Position, mich selbst zu zensieren, oder?), ohne Scheu vor Kontroversen, bereit, mich nach einer Diskussion über den derzeitigen Kokainkonsum auf das Thema Ethnografie zu stürzen, beordert man mich zu Podiumsdiskussionen mit leutseligen Moderatoren, die nicht wissen, wo sie mich einordnen sollen: »unermüdlicher Verfechter der Wahrheit« oder »alter Lustmolch«.

Bisher habe ich mich standhaft geweigert, meine letzte Enthüllung preiszugeben und entsprechende Forderungen mit der Erklärung abgeschmettert, dass es mir einzig und allein darum gehe, die schuldige Person vor Gericht zu bringen, und das setzt voraus, dass das Buch komplett und ungekürzt veröffentlicht wird. Natürlich ist es auch das Ende der Geschichte, und Spoiler lassen die Verkaufszahlen bekanntlich in den Keller stürzen.

Vielleicht hätte ich mit meiner Theorie an die Öffentlichkeit gehen sollen, als sie mir zu dämmern begann, aber ich habe gelernt, wie leicht so etwas danebengehen kann. Stattdessen habe ich mich doppelt angestrengt und damit Megan dazu veranlasst, dasselbe zu tun. Im Nachhinein haben unsere Arbeitssitzungen für mich etwas Surreales: ein kompliziertes Schachspiel, mit den Aspekten von Alice' Vergangenheit als Figuren, Züge und Gegenzüge, mein wachsender Verdacht, ihre zunehmend feigen Versuche, meine Schlussfolgerungen zu beeinflussen, ihr immer verzweifelteres Bemühen, ihre eigene Version zu erschaffen, die Version, die sie geschrieben hätte, die Vergangenheit, die sie sich gewünscht hätte, die Zukunft, die sie ersehnte. Ich hatte sie im Verdacht, lange bevor sie die unkluge Bemerkung über die SMS machte, die sie von Alice' Handy geschickt hatte, aber das war die endgültige Bestätigung. Literaturliebhaber verweisen gern auf »die Lüge, die die Wahrheit entlarvt«. Tja, so war es für mich. Die Lüge, die die Wahrheit entlarvte, war in diesem Fall eine elektronische Botschaft über die Glückseligkeit, im Gras zu liegen, kein Gestern und kein Morgen mehr zu haben und seinen Frieden gefunden zu haben.

Ich bin mir durchaus der Tatsache bewusst, dass es potenziell verleumderisch ist, wenn man öffentlich von jemandem behauptet, die beste Freundin ermordet zu haben. Selbst anzudeuten, dass jemand in einer solchen Situation nicht alles in seiner Macht Stehende getan hat, kann schon als diffamierend ausgelegt werden. Aber die Wahrheit ist immer der beste Schutz gegen Verleumdung. Außerdem gibt es einen Präzedenzfall. Medienexperten wird eine Titelseite der *Daily Mail* aus dem Jahr 1997 bekannt sein. Unter der Schlagzeile »Mörder« waren Fotos von fünf Männern abgedruckt, von denen die Zeitung überzeugt war, dass sie für den Tod von Stephen Lawrence verantwortlich waren. »Wenn wir uns irren, sollen sie uns doch verklagen«, stand darunter.

Okay, Megan, wenn ich mich irre, wenn ich lüge, verklag mich.

Was Alice angeht – ich werde nie behaupten, dass mein Buch Anspruch auf Vollständigkeit erhebt; aber das braucht es auch nicht. Ich erinnere nur an die Berichterstattung im Fall Joanna Yeates (Fliss hat mich beschimpft für mein »krankhaftes« Interesse daran). Ihr Wikipedia-Eintrag nennt ihre Alma Mater, ihre Größe, das Pub, in dem sie zuletzt gesehen wurde, man wird sogar darüber unterrichtet, was an ihrem Todestag auf dem Film aus einer Überwachungskamera zu sehen ist – sie kaufte sich eine Pizza –, aber letztlich sind die Informationen äußerst spärlich. Man erfährt vielleicht die Koordinaten der Stelle, wo ihre Leiche gefunden wurde, aber nichts über die Koordinaten ihres Herzens.

Leser, die das Romanhafte an meinem Buch interessiert, werden mich dafür tadeln, dass ich schon zu

Beginn das Ende verrate (unsere Heldin stirbt im ersten Kapitel). Aber so ist das Leben; es ist ja nicht so, als wüsste man am Anfang nicht, was einen am Ende erwartet.

Fliss frotzelt gern, dass es sowieso auf dem Tisch mit den Remittenden landen wird, aber der Erfolg ist eine Lotterie. Zufall, Glück, Vermutungen, Missverständnisse – das sind die wichtigsten Faktoren, die das Schicksal beeinflussen. Wenn Liz nicht fälschlicherweise angenommen hätte, das Buch, das vor ihrer Haustür lag, wäre von Megan gekommen, anstatt von Gavin, hätte sie Megan vielleicht nie besucht und hätte wiederum nicht wie eine Obdachlose an meine Tür geklopft. Es war eins von Alice' Lieblingsbüchern: *Alles, was wir geben mussten.*

Ich kann es kaum erwarten, dass es Morgen wird; ich habe alles bis ins Kleinste geplant. Fliss hat immer davon geträumt, nach Kalifornien zu reisen, und morgen werde ich ihr diesen Traum erfüllen. All die Bildungsurlaube, in denen wir das Tal der Könige und das Panathenäische Stadion und die Ades-Synagoge besichtigt haben, waren absolut faszinierend, aber diesmal werden wir uns zwei Wochen lang hemmungslos vergnügen. Wir werden die Sonne genießen und herzinfarktauslösende Portionen verdrücken und zu schnell mit unserem 1970er Chevy fahren – fürchterlich unpraktische Karre und ein Spritfresser vor dem Herrn, aber zum Teufel mit meinem Fahrrad, bevor ich sterbe, will ich ein Mal einen Chevy fahren. Ich frage mich, wann bei Fliss wohl endlich der Groschen fällt – wenn ich ihr sage, dass sie nicht in ihren Volkshochschulkurs gehen kann, wenn ich ihr sage, dass wir Harley in die Hundepension bringen müssen, wenn sie ihren Reisepass sieht? Darauf freue ich mich ganz besonders: auf das strahlende Lächeln meiner Frau. Denn sie hat das allerschönste Lächeln.

Marlene, ich würde lügen, wenn ich behauptete, dass ich nicht daran gedacht hätte, wir könnten regelmäßig korrespondieren. Aber ich werde Ihnen nicht mehr schreiben, und zwar aus demselben Grund, der mich dazu bewogen hat, meine Tête-à-Têtes mit Gavin einzustellen. Es soll doch niemand einen falschen Eindruck bekommen, oder? Was würden die Leute sagen? Ein schräger Vogel, der alte Cooke. Den muss man im Auge behalten. Also, lassen wir's einfach dabei, okay? Beim Hochachtungsvoll.

Stattdessen werde ich oft von Ihrem schönen Land träumen. Wie ich unangekündigt an Ihre Tür klopfe und Ihr Mann herauskommt, um mich zu begrüßen. »Da laust mich doch der Affe«, wird er sagen. Wir trinken ein Schlückchen zusammen und bringen die Welt in Ordnung und hängen Erinnerungen nach und machen Ausflüge, zwei alte Kumpel, zwei kluge Köpfe, zwei alte Filous, unterwegs auf der Route 1 oder der Route 11 und machen halt in Fredericton und Moncton, zwei Fliegenschisse vor den Bergen. Der große Larry Gutenberg und ich.

Ich werde jetzt meinen Koffer packen. Aber vorher gehe ich ans beschlagene Wohnzimmerfenster und male mit dem Anflug eines Déjà-vu ein Herz, und in die Mitte schreibe ich die Initialen meiner Frau. Das ist genug. Vorerst jedenfalls ist es mehr als genug.

Hochachtungsvoll

Ihr Jeremy Cooke

Epilog

Brief von Alice Salmon,
8. September 2011

Liebes Ich,
du fragst dich wahrscheinlich, warum ich dir schreibe. Eine fünfundzwanzigjährige Journalistin, die in London wohnt. Keine Sorge, du hast nichts zu befürchten. Ich habe nicht vor, ein schauderhaftes Exposé über dich zu schreiben. Das ist nicht mein Stil.

Es ist, weil ich gerade dieses großartige Buch *Dear Me* lese, mit lauter Briefen von Leuten, die ihrem sechzehnjährigen Ich Ratschläge fürs Leben mit auf den Weg geben. Ich möchte die Idee für unsere Zeitung aufgreifen, und ich werde mit mir anfangen. Mit *dir*.

Du solltest ein bisschen mehr mit dem Strom schwimmen, junge Dame. Nachts wach zu liegen und sich verrückt zu machen bringt nichts. Wie ein Chef, den du noch nicht kennst, einmal sagen wird, wenn es ein Problem gibt: Es geht nicht um Leben und Tod.

Es ist in Ordnung, Angst zu haben. Aber es kommt darauf an, dass du dich nicht von der Angst lähmen lässt. Manchmal musst du einfach ins kalte Wasser springen.

Und hör auf, dich wegen deines Aussehens fertigzumachen. Du hast keine Plattfüße und auch keine Schultern wie ein Gewichtheber. Du bist einzigartig. Vielleicht brauchst du eine Weile, bis du weißt, wer genau du bist, aber das Warten lohnt sich, denn, wie dein Dad – mein Dad, *unser* Dad – immer sagt, es gibt dich nur einmal auf der Welt, Ace Salmon.

Ich hoffe, es ist dir nicht peinlich, das hier zu lesen. Wenn es dich tröstet, der *Advertiser* (das ist die Zeitung, für die du mal arbeiten wirst) hat eine Auflagenhöhe von einundachtzig, es wird sich also nicht wie ein Lauffeuer verbreiten (das hier werde ich natürlich streichen, bevor der Chef es zu sehen kriegt, dasselbe gilt für alle Kraftausdrücke). Nach mir die Sintflut! Ich werde alles veröffentlichen und »es per Klick verbreiten«, aber das gehört zu dem, was wir sind: ein Produkt der Internetgeneration.

Wahrscheinlich wirst du nicht auf mich hören, denn für dich hab ich's sowieso längst hinter mir, für dich bin ich alt, praktisch schon tot, und ich kann's dir nicht verdenken, denn im Moment würde ich auch nicht auf mein Ich von Anfang dreißig hören, wenn es mir was über Altersversorgung und Einzugsbereiche für Schulen erzählen würde. Aber darf ich dir wenigstens ein paar Sachen sagen, die du *nicht* tun solltest? Nimm keine Drogen, und trink nicht zu viel, mach keine Schulden, verbring nicht zu viel Zeit online, lass dir nicht den Schlaf rauben wegen irgendwas, was die Leute denken (das klingt allmählich wie dieser Sunscreen Song aus den Neunzigern), mach dir keine Gedanken über Männer und vor allem, hass dich nicht selbst. Andererseits sollst du nicht alles *nicht* tun, denn, wie ein schleimiger Scheißkerl von Professor dir irgendwann mal sagen wird, man bereut weniger das, was man getan hat, als vielmehr das, was man nicht getan hat. Er irrt sich. Manchmal bereut man auch Dinge, die man getan hat. Ich weiß das. Und er müsste das auch wissen. Er mehr als jeder andere.

Und versuch, netter zu deiner Mum zu sein. Sie hat's nicht leicht, und sie hat auch ihre Geheimnisse, und zwar welche, die sie dir mit sechzehn nicht anvertrauen konnte, die sie mir bis heute nicht anvertraut, obwohl ich schon fünfundzwanzig bin.

Eines Tages wird sie mir alles erzählen, und dann werde ich ihr zuhören. Tatsache ist, dass sie vor mir da war und dass ich nach ihr da sein werde. Weißt du noch, wie du dachtest, wenn du deine Mutter wärst, wäre das ein schlimmeres Schicksal als der Tod? Also, ich kann dir sagen, irgendwann kommst du an den Punkt, wo du es kaum abwarten kannst, wenn es sich anfühlt, als wäre es ein Privileg.

Zu Rob solltest du auch netter sein. Mit sechzehn hast du vielleicht aufgehört, ihn zu kneifen, aber mit dir als Teenager zu leben war wirklich nicht einfach, und er hat dich immer beschützt: seine kleine Schwester, die alles aufgeschrieben hat wie eine Besessene und dann so hysterisch wurde wegen dem, was sie gesehen hat, dass sie ihre Tagebücher in einem Wutanfall verbrannt hat.

Übrigens Glückwunsch zum ersten Preis bei dem Schreibwettbewerb *Was verbirgt sich hinter einem Namen?* Ich weiß nicht, ob ich dir jemals gratuliert habe. Als aufstrebende Journalistin (Caitlin Moran, zieh dich warm an!) muss ich allerdings anmerken, dass dein Text zu viele Klammern und Ausrufezeichen hat (als wäre das bei diesem hier anders!) und dass er eigentlich die Frage nicht beantwortet (sonst noch was Neues?). Außerdem hast du nur 996 von den 1000 erlaubten Wörtern benutzt. Aber Tatsache ist, du hast gewonnen. Das kommt mir fast zehn Jahre später immer noch verrückt vor. Der erste Preis für dich – mich, *uns*.

Was du natürlich nicht wissen konntest, als du diese 996 Wörter geschrieben hast, ist, dass du die Stadt, aus der du unbedingt wegwolltest, schon bald lieben gelernt hast, dass du dich für Southampton als Studienort entscheiden würdest (kluge Entscheidung übrigens, Oxford abzulehnen) und dass du ungefähr so lange für Leonardo DiCaprio geschwärmt hast, wie du Zeit hattest, auf »Absenden« zu drücken. Das alles konntest du genauso wenig wissen, wie dass der Song »Iris« von The

Goo Goo Dolls, der auf deinem iPod läuft, während du das hier zehn Jahre später schreibst, dein absoluter Lieblingssong werden würde, dass du in einer Bar in Covent Garden einen Mann namens Luke kennenlernen würdest, oder auch, dass genau an dem Tag, nachdem du den Wettbewerb gewonnen hast, das World Trade Center einstürzen und die Welt zehn Jahre lang nach dem Mann suchen würde, der dafür verantwortlich war, und dass man ihn erst vor ein paar Monaten in Pakistan aufgespürt hat und dass die Nachricht von seinem Tod über das Internet durchgesickert ist, weil ein Nachbar sich über den Lärm amerikanischer Hubschrauber beschwerte.

Luke würde dir gefallen. Früher hast du das Wort »Freund« heimlich vor dich hin gemurmelt, weißt du noch? Und seinen schönen Klang ausgekostet. Du wirst noch lernen, dass es ein kompliziertes Wort ist, eins mit vielen Seiten und Deutungsmöglichkeiten und unterschiedlichen Stufen der Verbindlichkeit. Aber Luke ist mein Freund, und es fühlt sich richtig an.

Es gibt noch eine Reihe mehr Berühmtheiten mit Namen Alice, seit du sie aufgelistet hast, zum Beispiel Alice Cullen, berühmt geworden mit ihrer Rolle in *Twilight – Bis zum Morgengrauen*, und Alice Munro, die eigentlich immer schon berühmt war, aber erst kürzlich von dir entdeckt wurde. Es gibt auch einige erfolgreiche Schriftstellerinnen unseres Namens. Seit ich du war, habe ich *Die Farbe Lila* von Alice Walker gelesen und war total begeistert, auch wenn ich das Wort »Epistolarium« erst nachschlagen musste. Wer weiß, wenn ich mit meinen Musikkritiken Erfolg habe, komme ich vielleicht auch noch auf diese Liste. Unsterblich wie eine romantische Heldin. Ich. *Diese* Alice. Alice Salmon.

Aber fürs Erste bin ich die ein bisschen zu groß Geratene, die sich an ihren Körper gewöhnt und gelernt hat, mit ihm zu leben, die vor Glück ausflippt, wenn sie mit ihren Freundinnen zusammen ist, die sich immer noch über eine DVD-Box von

Dawson's Creek freut, auch wenn sie manchmal, wenn sie die altklugen Sprüche dieser Teenager hört, vor sich hin murmelt: *Ja, ja, alles klar*. Denn das Leben besteht nicht nur aus Strandpartys und nebligen Herbstlandschaften. Es ist furchtbar kompliziert und hat nicht unbedingt ein Happy End. Man hat nicht immer alle auf seiner Seite, es reißen sich nicht immer alle darum, im Team Alice zu sein. Aber es ist so ähnlich wie in *Findet Nemo* (ich bin schon genauso schlimm wie Luke, der zitiert auch immer aus Filmen), wo der Fisch sagt, wenn das Leben einen runterzieht, muss man einfach weiterschwimmen. Und das werde ich tun: Ich schwimme immer weiter.

Also, Kopf hoch, denn in zehn Jahren wirst du das Gefühl haben zu sein, wo du hingehörst. Bis dahin wirst du sogar aufgehört haben, dir zu wünschen, dass die Zeit vergeht – das hast du doch oft getan, oder? Dir gewünscht, es würde etwas Neues passieren.

Letztlich kannst du nichts anderes tun, als das, was wir »Leben« nennen, anzupacken. Keiner übersteht es ganz unbeschadet, aber an unseren Narben erkennt man, wer wir sind, wo wir gewesen sind, welche Kämpfe wir ausgefochten haben, wie wir gesiegt haben. Wenn du an einer Schlange runterrutschst, steig die nächste Leiter hoch. Vergiss nicht, es ist wie beim Scrabble: Setz deine guten Buchstaben ein, sobald du sie findest.

Und die fehlenden vier Wörter? Welche hätten es sein können, welche sind es? Ganz einfach:

Ich bin Alice Salmon.

Danksagung

Ich möchte mich bei allen Mitarbeitern von Janklow & Nesbit bedanken, vor allem bei Kirsty Gordon, die mir einmal etwas Ermutigendes gesagt hat, was ich nie vergessen werde, und bei meiner bewundernswerten Agentin Hellie Ogdon. Ohne Hellies redaktionellen Scharfsinn, ihre außerordentliche Geschäftstüchtigkeit und ihre unermüdliche Unterstützung hätte es dieses Buch ganz einfach nie gegeben.

Es war mir eine große Ehre, mit dem extrem fähigen Rowland White bei Michael Joseph/Penguin zusammenzuarbeiten. Rowlands Begeisterung und Weitblick, die er vom ersten Tag an bewiesen hat, waren für mich von unschätzbarem Wert, und ich betrachte es als außerordentliches Glück, von seinem inspirierenden Lektorat profitiert zu haben. Tausend Dank auch an Emad Akhtar für seine klugen Ratschläge und an das Rechte-Team.

Zum Schluss möchte ich mich noch bei Sarah Knight bei Simon & Schuster in den USA bedanken, die mir beim Schreiben dieses Buchs eine unerschöpfliche Ideenquelle gewesen ist.